双重失踪
THE KILLING HOUR

【美】丽莎·嘉娜（Lisa Gardner）/著　李静　黄静雅/译

重庆出版集团　重庆出版社

目 录

序曲　热浪来袭 / 1

第一章　新特工金柏莉 / 8

第二章　联邦调查局学院开学日 / 19

第三章　气温突破一百 / 29

第四章　特工马克的邮箱 / 37

第五章　生态杀手再次出动 / 47

第六章　第一个女孩的尸体 / 59

第七章　过去从未过去 1 / 65

第八章　掌心里的石头与一片绿叶 / 73

第九章　游戏规则不变 / 83

第十章　缇娜在笼子里 / 91

第十一章　验尸 / 101

第十二章　响尾蛇 / 109

第十三章　犯罪心理画像 1 / 116

第十四章　锯木厂之下 / 130

第十五章　犯罪心理画像 2 / 137

第十六章　过去从未过去 2 / 145

第十七章　一切彻底改变 / 156

第十八章　《格雷的植物学手册》/ 162

第十九章　去夏威夷旅行 / 174

第二十章　犯罪现场调查 / 183

第二十一章　第一目的地：仙那度国家公园 / 190

第二十二章　开始搜寻 / 199

第二十三章　法医语言学 / 205

第二十四章　缇娜必须逃出去 / 214

第二十五章　仙那度大搜救 / 223

第二十六章　犯罪心理画像3 / 232

第二十七章　第二个女孩的尸体 / 242

第二十八章　这次不是两个！/ 252

第二十九章　他已经准备好了 / 261

第三十章　米、粉末、瓶里的液体以及其他 / 270

第三十一章　过去从未过去3 / 277

第三十二章　诺拉·蕾要复仇 / 287

第三十三章　酸碱度三点八的水 / 292

第三十四章　诺拉·蕾梦里的女孩 / 300

第三十五章　特工昆西出马 / 307

第三十六章　粉末的真相 / 315

第三十七章　法医语言学家安努齐奥 / 322

第三十八章　第二目的地：奥恩多夫洞穴 / 328

第三十九章　第三个女孩的尸体 / 337

第四十章　过去从未过去4 / 346

第四十一章　犯罪心理画像4 / 353

第四十二章　诺拉·蕾睡不着 / 359

第四十三章　他是我的哥哥 / 365

第四十四章　犯罪心理画像5 / 373

第四十五章　第三目的地：迪斯莫尔沼泽 / 381

第四十六章　他根本没有哥哥 / 389

第四十七章　你到底是谁 / 401

尾声 过去终将过去 / 409

序曲　热浪来袭

他最初注意到这个案件是在一九九八年。两个女孩去酒吧玩耍，此后再也没有回家。她们是狄安娜·威尔森和玛琳·梅森，佐治亚州立大学的室友，据说两人都很优秀。她们的失踪并没能成为《亚特兰大宪政报》的头条。一直都有人失踪，这种事在大城市并不稀奇。

后来，警方在75号州际公路边发现了梅森的尸体，事情终于有了一点进展。这是善良的亚特兰大人不愿意看到的场景：一个女孩，一个本来拥有幸福家庭的白人女孩四仰八叉地躺在公路边。这种事不应该发生在亚特兰大。

令人费解的是，女孩被发现时衣着完整，钱包也未被动过。没有性侵犯的痕迹，也没有一丝抢劫的征兆。事实上，她的样子看起来很安详，发现她的摩托车手甚至以为她正在睡觉。经过尸检，法医认定梅森为"DOA"——吸毒过量（但梅森的父母强烈否认，坚称他们的女儿绝对不会做出这种事来）。那么，她的室友到哪里去了？

那一周，所有亚特兰大人的日子都相当难熬。大家都在搜寻失踪的女大学生，而温度计的水银柱爬到了将近一百。一开始，每个人都雄心勃勃，最后却都疲乏了。人们又热又累，还有各种其他事务忙于处理。此外，至少有一半人都觉得这桩案子是威尔森做的，她和室友产生了冲突——可能是为了某个男孩，诸如此类的原因。人们看过电视剧《法律与秩序》，都很熟悉这种事情。

最后，一对登山客在瀑布下发现了威尔森的尸体，地点位于一百英里开外的塔卢拉峡谷国家公园。尸体还穿着威尔森参加派对时的裙子，脚上蹬着三英寸高的高跟鞋。然而这一次尸体被发现时并不安详，食腐类动物的啃噬让她惨不忍睹。此外，她头骨尽碎，可能是因为从悬崖上掉下来时头部朝下。只能说大自然母亲毫不怜惜她脚上那双昂贵的马诺洛·布莱尼克细高跟鞋。

又是一桩棘手的谜案。威尔森是什么时候死的？从亚特兰大市中心的酒吧失踪后，她又去哪里了？是她先离开室友的吗？威尔森的钱包也从峡谷里找回来了，里面没有毒品的痕迹。不过奇怪的是，车子和车钥匙都不见了。

拉本县警长办公室接管了这具尸体，此案依旧未能成为新闻焦点。

男人剪下几篇文章，他也不知道自己为什么要这样，他只是这么做了。

一九九九年，类似的案件再次发生。热浪来袭，气温猛升，人们的脾气也变得急躁起来。两个年轻女孩晚上去酒吧玩，再也没能回来。一个叫凯西·库珀，一个叫乔茜·安德斯，来自佐治亚州的梅肯市。她们似乎不属于传统意义上的"好女孩"，两人都尚未成年，本不应该喝酒，不过安德斯的男朋友是酒吧保镖。他声称最后一次看见她们时，她们正往库珀的白色本田思域里钻，两人"一点醉意"都没有。她们的家人心急如焚，说这两个女孩都是田径队的明星队员，绝不可能轻易被人掠走。

这一次大家都紧张起来，都想知道到底发生了什么。两天后，答案揭晓。在距离塔卢拉峡谷国家公园十英里的441号公路旁发现了乔茜·安德斯的尸体。

这一次，拉本县警长办公室反应迅速，立即组织好几支救援队，雇用多条搜救犬，国民警卫队也来了。《亚特兰大宪政报》给予了头条报道。疑云密布的双重失踪案和去年夏天的案件如出一辙：热浪袭来之时，一人死亡，一人失踪。

这一次，男人注意到了之前一直忽略的东西：一封极其简单的信，直接寄给报社编辑的，上面写着"时钟滴答滴答……地球就要毁灭……动物在哭泣……河流在呜咽。你们听不见吗？热气正在展开杀戮……"

此时，男人明白了自己弄这本剪贴簿的原因。

他们并没有在峡谷里找到凯西·库珀。直到十一月，伯克县的棉花丰收季到来，她的尸体才出现。三名工人正在数千英亩的棉花田里操作采棉机，突然，一具女尸冒了出来——还穿着一条小黑裙——他们吓得魂飞魄散。

没有断骨，四肢完好无损。经法医鉴定，这具尸体正是年仅十九岁的凯西·库珀，死因为多个脏器功能衰竭，很有可能是由重度中暑引起。也就是说，她被丢在农田中央时，依然活着。

在距离这具木乃伊尸体三英里外的地方，人们发现了一个容量为一加仑的水壶。五英里外，又发现了她的钱包。着实有意思的是，警方依旧没找到车钥匙，也没有车子的踪迹。

这次大家更加紧张了，法医办公室的人还走漏了消息："乔茜·安德斯的死因是注射了大量处方药安定文。"似乎不大对劲，两年内两对女孩丧命，最后一次出现都是在酒吧里。首先被人发现的女孩的尸体都是在主干道旁；第二名女孩在死亡之前同样都遭受了痛苦而可怕的折磨……

拉本县警长办公室申请佐治亚州调查局（GBI）涉入调查。媒体再次沸腾，《亚特兰大宪政报》献出了多个头版头条："佐治亚州调查局搜捕连环杀手。"流言四起，报道数量猛增。

男人将所有报道一篇不落地剪下，他的内心感到无比冰冷。每次电话铃响，他都会止不住地颤抖。

不过，佐治亚州调查局对案子并没有表现出特别的热衷。调查继续，州警察发言人出来讲话，内容无非是一些官方发言词。

转眼间又到了二〇〇〇年夏天，热浪再次来袭。

五月，气温开始大幅攀升。一个周末，两名年轻漂亮的奥古斯塔州立大学的学生前往萨凡纳市，之后再也没有回家。人们最后一次看到她们是在一家酒吧里，车子也没有了踪迹。

这一次，全国的媒体蜂拥而至，惊慌的选民们上街抗议。男人疯狂地翻看着大堆的报纸。与此同时，佐治亚州发表了多份毫无意义的声明，如"这次我们没有理由怀疑前后案件有关联"。

但是他对事实更加了解，大众也心知肚明。寄给编辑的信也来了。五月三十日，星期二，他发现了这封信。和上一次的内容一模一样："时钟滴答滴答……地球就要毁灭……动物在哭泣……河流在呜咽。你们听不见吗？热浪正在展开杀戮……"

希莉亚·史密瑟斯的尸体在韦恩斯伯勒的25号州际公路旁出现了，距离六个月前凯西·库珀被人发现的棉花地十五英里。史密瑟斯衣着完好，手里还紧紧攥着钱包。无外伤痕迹，无性侵犯迹象。只有左大腿上有一块瘀青，左上臂有一个小小的红色注射点。死因依旧是处方镇静药安定文摄入过量。

消息一出，公众完全疯了。警方立刻进入高度戒备状态。史密瑟斯的闺蜜——塔玛拉·麦克丹尼尔斯——依然失踪。这次警方没有搜寻伯克县的棉花地，而是派志愿者直接去了萨凡纳河泥泞的河岸边。他想，他们终于明白这场游戏的玩法了。

他应该拿起电话，拨打那个仓促设立的热线电话，也可以做个匿名线人，或者扮成一个自以为了解一切的疯子。

但他没有，他只是不知道该说什么。

"我们有理由相信麦克丹尼尔斯小姐依然活着，"佐治亚州调查局特工马克·马克科马克在晚间节目上说道，"我们认为嫌疑人是成对绑架女性，先迅速杀死第一个女性，之后再找个偏远的地方，丢弃第二名女性。这一次我们有理由相信他已经在萨凡纳河边选好了一个地点。目前我们已集结了五百多名志愿者在河岸边展开搜索。我们的目标就是让塔玛拉活着回家。"

接着，马克科马克特工向大家披露了一个惊人的消息。他一直在阅读那些写给编辑的信件，他呼吁写信人和自己联系。警方愿意倾听和帮助。到了晚七点新闻节目播放时，搜救队已经顺流而下，把萨凡纳河岸仔细搜查了一遍。疑犯也终于有了个名字——"生态杀手"，这是福克斯新闻节目给他起的。凶手是个疯子，深信杀害女性能拯救地球，可惜他可不是什么开膛手杰克。

男人想冲他们大喊大叫，他想说他们根本什么都不知道。但当然了，他又能说什么呢？他收看新闻，着魔似的做剪报。他还参加了一场烛光守夜活动，由塔玛拉·麦克丹尼尔斯可怜的父母组织。那个女孩被人最后一次看到时，穿着一条紧身黑色短裙和一双带防水台的高跟鞋。

这次没能找到尸体。只要被萨凡纳河吃下去了，就别指望她会吐出来。

但二〇〇〇年还没有结束。

七月,气温急剧上升,就连树荫下的温度都超过了一百。一对姐妹花——玛丽·琳恩和诺拉·蕾·瓦特——和朋友们约好周五晚上一起吃圣代冰淇淋消暑。最后,在黑暗而蜿蜒的回家小道上,她们莫名其妙地失踪了。

两天后,玛丽·琳恩的尸体在301号公路旁被人发现,那里离萨凡纳河不远。当时气温为华氏一百零三度,酷热指数为118。她的喉咙里被人塞了个带淡棕色花纹的贝壳,腿上还有草和脏土的痕迹。

像以往一样,警方试图掩盖这些细节。但法医工作室的一名知情人士再次把消息捅了出来。

公众这才知道警方已经了解游戏的规则,而男人在一年前还怀疑过这一点。为什么先把第一个女孩抛在容易找到的公路边,为什么她这么快就死了?凶手为什么一次掠走两个女孩?那是因为第一个女孩只是个道具,是这场游戏里必不可少的工具——地图。若能正确解读线索,就可能在第二个女孩死亡之前找到她。只要你动作够快。只要你不惧酷热。

专案组来了,记者团也来了。特工马克科马克在新闻节目上宣布,根据在玛丽·琳恩尸体上发现的海盐、细草和沼泽地里才有的滨螺,他获准对佐治亚州境内的三十七万八千英亩盐沼地进行搜索。

可到底搜哪儿啊,你们这些蠢货?男人在剪贴簿上胡乱写着,都到这个时候了,你们对他的了解怎么还这么少?时钟正在滴答响!

"我们相信诺拉·蕾还活着,"特工马克科马克说,上次他也说过同样的话,"我们一定会带她回家。"

不要做无法兑现的承诺，男人写道。不过这次，他错了。

厚厚的剪贴簿上的最后一篇文章是这样写的：二〇〇〇年七月二十七日，半裸的诺拉·蕾·瓦特被人从佐治亚盐沼深处拉了上来。她是生态杀手的第八个下手对象，她在一百多度的高温、炙热的阳光和焦干的盐粒里熬过了五十六个小时，她吃大米草，把泥巴涂在身上，最终坚强地活了下来。报纸上刊登着这样一张照片：海岸巡逻队的直升机带着她飞向湛蓝的天空，她欢欣鼓舞、兴高采烈，脸上洋溢着胜利的喜悦。

警方终于弄懂了这个游戏，他们最终取得了胜利。

这则新闻成了剪贴簿的最后一页。此后再也没有报刊文章，没有照片，没有晚间新闻的摘抄内容。在最后一页上，男人用整齐的印刷体写下一行字：万一我错了呢？

他在字下画了几道线。

二〇〇〇年终于结束了，诺拉·蕾活了下来，生态杀手也停手了。夏天来了又去，热浪侵袭着整个佐治亚州，用灼热的温度和刺人心底的恐惧一遍遍鞭打着善良的佐治亚人。但什么都没发生。

三年后，《亚特兰大宪政报》发表了一篇回顾性文章。就那七起未解的谋杀案和贯穿了整整三个夏天的恐惧，记者采访了特工马克科马克。他只是简单地说道："我们的调查依然在继续。"

男人没有保存这篇文章。相反，他把报纸揉成一团，扔进了垃圾桶里。他大喝了一通，直到深夜。

结束了，他想。总算结束了，我安全了，就是这么简单。

但他内心却十分清楚事实并非如此。有的事情，永远不能靠猜测，只有时间才能验明真伪……

第一章　新特工金柏莉

弗吉尼亚　匡提科

下午3：59

气温　95华氏度

"上帝啊，真是太热了。连仙人掌和沙漠里的石头也受不了这样的高温。我跟你说，恐龙在地球上灭绝之前，天气就是这样！"

没人吭声。

"你真的觉得橙色适合我？"司机再次找人搭话。

"'真的'这个词太重了。"

"唉，又不是每个人都能穿紫色的格子呢衣服发表演讲。"

"这倒没错。"

"老天啊老天，我就快热死了！"司机——新特工艾丽萨·桑普森——受够了。她徒劳地拽了拽身上的涤纶套装，这衣服就像是上个世纪七十年代的。她把手掌朝方向盘上猛然一拍，怒气冲冲地呼了口气。外面气温有九十五度，车里大概有一百一十度。这种天穿涤纶套装已经很不舒服了，更何况里面还要加上一件防弹背心。艾丽萨的腋下被汗水浸成了亮橙色。新特工金柏莉·昆西也好不到哪里去，她穿的那套红紫相间的格子呢套装上还散发着樟脑丸的味道。

车外的马路上十分安静，台球桌空无一人，典当行里死气沉沉，即使是人们爱打发时间的熟食吧也门可罗雀。时间一分一秒地流逝，慢得就像从金柏莉脸颊上缓缓流下的汗珠。她上方有一把M16步枪，虽然牢牢固定在车顶上，却能随时取下，进入状态。

"有件关于迪斯科时代的事，人们永远都不会告诉你，"艾丽萨还在旁边嘀咕，"那就是尼龙这材料一点都不透气！上帝啊，这到底要怎么样？"

艾丽萨的确非常紧张。在此之前她是名法务会计师，对所有电子表格都怀着极其深沉的爱。给艾丽萨一台电脑，她就能进入极乐世界。不过现在她参加的并非幕后工作，而是冲到了前线。

从理论上来说，那辆黑色汽车随时都有可能出现，里面坐着一个重达两百一十磅的军火交易商。车里坐着的很可能不止他一个。金柏莉、艾丽萨和其他几位特工受命截下这辆车，逮捕车内所有人员。

菲尔·勒翰——前纽约警察——拥有丰富的街头执行任务经验，负责领导此次行动。有两辆后援车——汤姆·斯奎尔和皮特·文斯坐在第一辆车里，艾丽萨和金柏莉在第二辆车里。金柏莉和汤姆都是神枪手，负责用来复枪为大家打掩护。艾丽萨和皮特负责战略驾驶，同时可用手枪打掩护。

联邦调查局的风格就是处处追求完美，这次也不例外。这次逮捕行动不仅计划详尽，参与人员衣着恰当，更是提前演练了一遍。不过在演练过程中，艾丽萨从车里钻出来时不小心被绊倒了，脸部直接着地。上嘴唇到现在还肿着，右嘴角还有斑斑血痕。

伤很浅，但焦虑的心情却深入她的骨髓里。

"时间太久了,"她咕哝着,"我本来设想他会在四点钟出现在银行门口。现在都四点十分了。我想他不会来了。"

"人总会迟到的。"

"他们这么做就是为了迷惑我们。你不热吗?"

金柏莉看了一眼自己的同伴。艾丽萨紧张的时候就喜欢喋喋不休。而金柏莉紧张时说话就会变得格外言简意赅。而最近,她大部分时间讲话都很少。"该出现时就会出现,别紧张,冷静一点!"

听了这话,艾丽萨抿了抿嘴,她那双明亮的蓝眼睛突然亮了一下,愤怒、受伤、尴尬,很难判断到底是什么心情。在被男人掌控的调查局里,金柏莉是难得的女性上司,从她嘴里说出的任何批评都几近侮辱。她们俩本应站在同一阵线,不是说女孩在一起才有力量、女性应该互相帮助吗?

金柏莉继续凝视着马路。现在她也生气了。该死的,该死的!见鬼了!

仪表板上的无线电设备突然响了。艾丽萨一把抓起接收器,丝毫不掩饰自己如释重负的心情。

菲尔·勒翰的声音很小,却很沉稳。"我是A车。目标已出现,正在上车。B车准备好了吗?"

"准备好了。"

"C车准备好了吗?"

艾丽萨敲了敲接收器。"准备好了,随时都可出发。"

"我们数到三。一,二,三。"

震耳欲聋的警报声立刻划破了这条闷热而安宁的街道,虽然一直在期盼这声音,但金柏莉还是紧紧缩在车座上。

"放轻松，"艾丽萨干涩地说，紧接着将车子发动。一股灼热的空气从通风口钻了进来，直接吹到她们脸上，但现在她们已然全神贯注，完全没有理会。金柏莉伸手去拿来复枪，艾丽萨的脚悬在油门上。

警报声越来越近。

时机还没到，还没到……

"FBI，停车！"勒翰的声音通过高音喇叭从两个街区外传了过来，他正把疑犯往这边的巷子里赶。目标开着一辆改装后的奔驰装甲车，上面还配备了榴弹发射器。按照预想，他们应该趁他出来干活时将他逮捕，最好是在他失去警惕、没带武器时。不过这都是设想。

"停车！"勒翰再次发出命令。显然，对方今天不准备和他们礼尚往来了。艾丽萨和金柏莉并没有听到尖厉的刹车声，迎接她们的是一阵发动机的咆哮。艾丽萨的脚离油门更近了。

"正从电影院旁经过，"勒翰的声音从无线电里传来，"疑犯正在驶向药房。准备好……出发！"

艾丽萨一脚踏上油门，深蓝色的汽车往前一冲，扑进空旷的大街。这时，一团模糊的影子出现在她们左边，艾丽萨踩住刹车，车尾一摆，呈四十五度角指向大街。与此同时，又一辆车出现在她们右侧，挡住车道。

马路上发生的一切都被金柏莉收入眼底——一辆银白色汽车开了过来，车头上赫然一个大大的奔驰标志。她一把推开车门，同时松开安全带，举起来复枪，瞄准奔驰车的前轮。

她的手指紧紧扣住扳机。

疑犯终于刹车了。轮胎与地面强烈摩擦，发出短促而尖锐的声音，空气中弥漫着灼热的橡胶味。最后，车子在离他们十五英尺的地方停了下来。

"FBI，手放在头上！**手放在头上！**"

勒翰震怒的声音从喇叭里传出，他的车在奔驰后面停下。他一脚踢开车门，将手枪架在车窗框上，瞄准前面的汽车。

现在他没有手去抓高音喇叭了，便大声吼道："司机，手放在头上！司机，左手向前，放下车窗！"

黑色汽车一动不动。车门没有开，黑色的窗户也没有落下。这不是什么好征兆。金柏莉调整了一下握住枪尾的左手，抖掉搭在身上的安全带。她的脚依然放在车内，脚一旦落地，就很有可能成为袭击目标。运气好的时候，你希望罪犯只能看到你长长的黑色枪管。她不知道今天的运气会怎样。

又一滴汗流到金柏莉的眉毛上，然后顺着脸颊流下，在脸上缓缓流出一道湿漉漉的印记。

"司机，举起双手！"勒翰再次命令道，"司机，用你的左手，把四扇窗户都放下。"

驾驶座上的窗户终于落了下来。从金柏莉的角度望过去，早晨的阳光在司机头部形成一个光圈，她勉强能看到司机的头部轮廓。他似乎已经听话地把双手举了起来。她稍微松了松握住枪的手。

"司机，用你的左手，取下车钥匙。"

勒翰一直命令他用左手，这是在运用平均定律。一般人都习惯于用右手，因此他们会希望右手处于视觉范围内。接下来，司机会被命令将车钥匙丢到打开的车窗外——用的依然是左手，然后缓缓走出车外，双手必须一直举在空中。他必须原地转一个三百六十度的身，给警方看他身上并没有携带任何武器。如果穿着夹克，警方就会要求他把衣服敞开，让藏在衣服下的东西一览无遗。最后，他要双手抱头，走过来,转身,跪在地上,脚踝交叉,坐在脚后跟上。这时,他们就可以向前,将疑犯收监。

不幸的是,今天碰上的这位司机似乎并不了解他们的做事方法,不知道停车后究竟该做什么。他没有放下双手,也没有去取点火处的车钥匙。

"昆西?"勒翰的声音断断续续地从无线电里传来。

"我能看见司机,"金柏莉答道,她正透过来复枪观察疑犯。"不过挡风玻璃颜色太深,我看不清副驾驶上有没有人。"

"斯奎尔?"

汤姆·斯奎尔在 B 车里,负责掩护工作,他的车子停在金柏莉右侧,大约二十英尺的距离。"我觉得……我觉得后座上好像有人。不过隔着窗户,也说不准。"

"司机,用左手,把车钥匙从点火装置上取下。"勒翰再次命令道。他的声音更大了,但并没失控。对方似乎很有耐心。要想让司机走到你的面前,绝对不能失控。

是幻觉吗?还是汽车真的缓缓动了一下?有人在动……

"司机,我们是 FBI!把钥匙取下!"

"妈的,妈的,妈的!"艾丽萨在金柏莉身边抱怨道。她脸上的汗一个劲儿地往下淌。她把身子探出一半到车外,手中的格洛克点四零手枪搁在车门和车顶之间。不过,她的右胳膊止不住地颤抖着。金柏莉这才注意到艾丽萨的安全带并没有完全解掉,还钩在左胳膊上。

"司机!"司机的左手终于动了一下。艾丽萨重重叹了口气。可下一秒,一切都完蛋了。金柏莉最先发现苗头不对。

"枪!驾驶座后面!"

"砰！砰！砰！"赤红色的点向前挡风玻璃袭来。金柏莉赶忙弯下腰，钻出车外，用车门做掩护。她动作很快，迅速开枪，用子弹在门窗上拉开一张掩护网。枪击声更加密集。

"上膛！"她冲无线电吼道。

"文斯给手枪上膛！"

"加大火力，重点攻击后座的窗户！右边！"

"艾丽萨！"金柏莉喊道，"给我们打掩护！"

金柏莉一边向她的同伴转过身去，一边疯狂地往弹夹里装子弹。这时，她才意识到艾丽萨不见了。

"艾丽萨？"

她从前排座椅上转过身去，新特工艾丽萨·辛普森躺倒在柏油马路上，一块深红色污渍在廉价的橙色套装上渗开。

"特工倒下了！特工倒下了！"金柏莉喊道。"砰！"又一声枪响。艾丽萨腿下的柏油被掀起了两英尺。

"该死的，"艾丽萨呻吟道，"哦，该死的，真疼啊！"

"掩护的来复枪呢？"勒翰吼道。

金柏莉赶忙开枪掩护。她发现奔驰车的车门都开了，成了敌人的掩体，四面八方都有鲜亮的颜色在爆炸。哦，现在正式上演现实版《拯救大兵瑞恩》。

"来复枪！"勒翰又喊了起来。

金柏莉赶忙爬到自己那侧，把枪架在车门上，同时匆忙回忆着事先做好的行动约定——逮捕疑犯依然是首要目标。可是现在他们受到重火力的打压，而且可能会失去一名战友。管他呢。她对着奔驰车旁边一切移动的东西开枪。"砰！"又是这个声音！她这边的车门被枪击中，紫色液体溅了出来。她条件反射地喊了起来，往下一躲。

又是一声枪击声！人行道被掀了起来，枪打中的地方离她暴露在外的脚只有一英尺。妈的！

金柏莉迅速移动，用火力掩护自己，躲到后座上。

"我是昆西，来复在上膛，"她冲无线电大喊，肾上腺素急剧分泌，她的手抖得厉害，摸了两次才打开卡榫。加油，金柏莉！深呼吸！

他们必须重新控制局势。可她怎么都没法把子弹装进弹匣。呼吸，呼吸，呼吸！保持冷静。就在这时，她的眼角瞥见了什么。车。那辆黑色轿车，门依然开着，却在往前开。

她抓起对讲机，竟然没抓住。她又一次抓起，吼道："打轮胎！打轮胎！"

可能是听到了她的呼叫，也可能是他们自己意识到了目前的状况——又一轮子弹把地面打得稀巴烂，黑车终于被迫停，就在距离金柏莉一英尺的地方。她抬起头，迎上了坐在驾驶座上的男人吃惊的眼神。他急忙从车里跑出来，金柏莉也从后车门跳出，追了上去。

片刻之后，疼痛伴随着灼热而耀眼的粉色液体，在她的腰椎处爆炸般扩张开来。

新特工金柏莉·昆西也倒下了，她再也没能站起来。

"好了，这真是场愚蠢至极的演习，"十五分钟后，联邦调查局督导马克·沃森感叹道。车辆拦截训练结束，五名新特工都已回到霍根巷，他们浑身上下沾满油漆，热得喘不过气来，基本上都处于半死不活的状态。现在，他们可以在三十八名同级同学面前，享受被训斥的"优待"了。

"第一个错误，有谁知道吗？"

"艾丽萨没有把安全带解下。"

"没错，她解开了安全扣，却没有把安全带去掉。接着行动开始时……"

艾丽萨垂下头："我被缠住了，想重新弄。"

"对方突然出现，你被击中肩膀。这就是我们的训练目的。第二个问题呢？"

"金柏莉没有掩护她的搭档。"

听到这话，沃森的眼睛一亮，这是他最爱谈的话题之一。他是十年前加入的联邦调查局，之前一直在丹佛做警察。"没错，金柏莉和她的搭档。我们来好好谈一下。金柏莉，艾丽萨没解开安全带，你怎么没注意到这个？"

"我发现了！"金柏莉抗议道，"可当时敌车里有了动静，枪也响了……一切都发生得太快了。"

"是啊，'发生得太快了'，可以把这句话刻在你们的墓碑上了！那是差生和死人才能享受的墓志铭！听着，你们应该注意疑犯，应该关注自己的角色，但是也必须关注身边发生的一切。你的搭档忽略了一个细节，那是她犯的错误。但如果你不帮她弥补，那就是你的错了。后来她挨了枪子儿，你也死了，这错误愈演愈烈。还有，你怎么能把她丢在人行道上？"

"勒翰要求我进行来复枪掩护。"

"你让自己的同事暴露在外！就算她当时没死，你那么做也让她离死不远了！你就不能把她拖回车里吗？"

金柏莉张开嘴，立刻又闭上了。她放弃了辩解，只能怨愤而自私地希望艾丽萨能把自己照顾好，哪怕只有一次也行。

"第三个错误。"沃森干脆地说。

"他们没能控制住敌车。"又一名同学答道。

"没错。你们截停了嫌犯的车，却没能把它控制住。"他盯着勒翰，继续说道，"当错误第一次出现时，你应该做什么？"

勒翰觉得羞愧极了，他局促不安地摆弄着棕色休闲西装的领子。这身衣服起码比他身板大两个号，左肩上还多了一大块粉色夹杂着芥末黄色的污迹。漆弹枪是演员演戏时用的。现在，敌方把所有能看到的地方都染上了颜色，他们身上穿着的二手衣服彻底毁了。弹壳炸到人身上很疼，勒翰也受了伤，他用左胳膊护住自己的肋骨。根据记录，过去联邦调查局学院的学员不允许使用漆弹枪，必须真枪上阵，不过弹匣都是空的。官方的解释是，教官们希望学员都能切身体验到武器的威力。所以，他们都必须穿上防弹衣，以提前习惯重量。这听起来合情合理，但为什么就不能使用空子弹呢？

学员们自有一套理论，鲜艳明亮的彩漆在身上炸开，会让整个人看起来十分狼狈，而且那疼痛也会让人记忆深刻，一时半会儿绝对忘不了。班级心理医生史蒂文冷冰冰地指出，对所有人来说，霍根巷演习可称得上一次经典的震惊疗法，且意义深远。

"打爆汽车轮胎。"勒翰开口道。

"没错，幸好金柏莉最后想到了这个，但也成了今天的死亡之举。"

沃森又一次尖锐地看向金柏莉。她看着他的眼睛，明白他的意思，赶忙扬起下巴。

"她放弃了用车做掩护。"第一个人说道。

"还放下了武器。"

"没有完成现场保护就去追疑犯了。"

"导致同伴失去了火力掩护。"

"她也死了。"

"也许是想念她的搭档了。"

笑声四起。金柏莉白了评论的人一眼。那是韦斯勒，前海军队员，是个大块头，每呼吸一下发出的声音都像是在吹口哨。他笑着回应了金柏莉的眼神。昨天的"当日死亡行动"他本可获得胜利，在霍根银行抢劫案中，他没有打中抢劫犯，反而击倒了倒霉的出纳员。

"当时我有点走神了。"金柏莉简短地说。

"于是你也死了。"沃森纠正道。

"只是瘫痪而已！"

这话又引得同学们用奇怪的眼神看着她。"你应该先稳住车，控制局势，之后再开始追捕。"

"到时他就跑了。"

"但你得到了车，可以作为证据，日后可以用来对付他。最重要的是，你的小命还在。一鸟在手啊，金柏莉。一鸟在手，胜过二鸟在林啊。"沃森用严厉的目光看了她一眼，然后面对全体学员继续说教，"大家记住，在情况紧急的时刻，你们一定要保持冷静。想想训练和演习时你所接受的指导，就像此刻一样。霍根小巷演习的目的就是让你们学会正确判断。在银行劫案发生时挨了枪子，这就是你判断力不佳的证明。"说话间，他又看了金柏莉一眼，好像指的就是她一样。

"记住训练时学到的一切。放聪明点，冷静一些，这样你们才能活下去。"他看了眼手表，拍了一下手掌，"好了，大家伙儿，到此为止！拜托你们快去把彩漆洗掉吧。记住，这么热的天，一定要多喝水。"

第二章 联邦调查局学院开学日

弗吉尼亚　匡提科
下午5：22
气温　94华氏度

二十分钟后，金柏莉回到华盛顿大楼，独自一人站在她小小的寝室里，看起来十分愉快。下午败得那么惨，她还以为自己会大哭一场。这次学院训练计划共十六周，目前已进行到第九周，她发现自己已经累得哭不出来了。

她只是裸身站在狭小的寝室里，看着镜子里的自己，实在不敢相信自己的眼睛。

右边传来水流声，她的室友露西刚刚结束体育训练课，正在浴室里洗澡。这间浴室由她们俩和另外两个同学共用。她身后响起阵阵枪声，不时还会传来炮弹的爆炸声。联邦调查局学院和国家学院一天的训练项目算是结束了，不过匡提科依然十分热闹——海军正在道路上进行基础练习；缉毒局在开展多项训练。在面积达三百八十五英亩的土地上，时刻都有人在射击。

五月的时候，金柏莉第一次来这里。当她从班车上下来时，呼吸到的空气里混杂着无烟火药和刚修剪过的青草气息,她觉得这是她这辈子闻过的最好闻的气息。在她看来,学院虽不起眼,但却十分美丽。十三座巨大的淡棕色砖砌大楼矗立在一起,看起来就像是七十年代的公共建筑——社区大学,或是政府办公室。

建筑平淡无奇,内部也没什么大区别。视线所及之处都是耐用的蓝灰色地毯、灰白色的墙、稀疏摆放的家具,几把实用的橙色矮背椅,还有容易组装的橡木桌子。自从一九七二年正式设立以来,这里的装饰从未做过大的变动。

尽管如此,却丝毫没有影响这里的吸引力。来访者都要到杰斐逊宿舍楼报到登记,那里最引以为傲的是木质装饰板和被玻璃环绕的中庭,非常适合室内烧烤。十几条烟色玻璃构成的长廊将每栋建筑连接在一起,走在其中,会让人觉得身处在郁郁葱葱的草地上,而非室内。这里到处都有庭院,开满鲜花的绿树,还有铁制板凳、石板露台,成就了一处处风景。阳光灿烂的时候,学员们在起伏的草地上追逐着蹦蹦跳跳的土拨鼠、兔子和松鼠。到了黄昏,森林边缘就出现了鹿、狐狸和浣熊,一双双发亮的琥珀色眼睛透露出紧张不安,宿舍里的学员们也如此回应它们。大概在来到这里的第三周的某一天,金柏莉沿着玻璃走廊散步,她正转过头欣赏一株含苞待放的白色山茱萸。突然,一条黑色大蛇从树枝里蹿了出来,掉到院子里。

还好她没有尖叫,不过她的一个同学——一名前海军军官——却尖叫起来。后来他不好意思地解释说,当时自己只是被惊到了。

说真的,他的确受到了惊吓,但人总会有尖叫的时刻,这是可以谅解的。不过,教导员们一定会很失望。

金柏莉的思绪又回到了全身镜上,从镜子里看,她的样子真是太糟糕了：右肩上一大块暗紫色，左侧大腿一片青黄，胸口上满是淤痕，小腿上也尽是乌紫。昨天的射击训练在她右脸上留下了印记，看起来好像是被人用肉锤打了一顿。她转过身，看着后腰处刚刚形成的瘀青。这颜色和右大腿后侧的大块红斑倒是很搭配。

九个星期之前，五英尺六英寸的她体重为五十二公斤，看起来十分健美。她热爱运动，身材一直保持着苗条匀称，各种体能训练都能轻松搞定。她拥有犯罪学硕士学位，十二岁起就开始接触枪械，成天和联邦特工——她的父亲——混在一起，她可以大摇大摆地迈进学院宽敞的玻璃门，那气势就好像这儿天生属于她一样。来到这里的时候，金柏莉·昆西依然对"9·11"事件怒火冲天，坏人就在那儿，我们却放下武器，退缩成一团。

那是九个星期之前的她。现在，一切却……

现在的她体重骤减，眼眶发黑，双颊凹陷，双腿瘦到似乎无法支撑起她的身体。和过去相比，此刻的她就像个难民，身体上的伤痕和内心的痛苦终于相得益彰。

她不忍再看下去了，可又无法挪开双眼。

浴室里传来叮当一声——一听就知道水龙头生了锈——流水声断了。露西很快就会出来了。

金柏莉把手朝镜子伸去，她慢慢地抚摸着镜中瘀青的肩膀，手指尖触碰到的却是冰冷而坚硬的玻璃。

突然，她不由自主地想起一个六年来都没想过的人——她的母亲——伊丽莎白·昆西：一头柔软而卷曲的深棕色长发，优雅迷人，穿着她最喜欢的象牙白丝绸衬衫。母亲正微笑着看着她，神情却无比忧伤、迷惑和痛苦。

"我只希望你能快乐，金柏莉。哦上帝啊，要是你和你爸爸没那么像就好了……"

金柏莉的手指依然停留在镜子上。她闭上眼睛，这么多年过去了，有些事她还是无法释怀。

浴室里又响起一个声音，露西拉上了窗帘。金柏莉睁开眼睛，匆匆走到床边，抓起衣服。她的手指在颤抖，肩膀依旧很疼。

她穿上联邦调查局配发的尼龙运动短裤和一件淡蓝色T恤。

六点了，同学们快去吃晚饭了。金柏莉准备出发去训练。

金柏莉在五月的第三周到达位于弗吉尼亚州匡提科的联邦调查局学院，成为NAC 03-05班的一分子。"NAC 03-05"意味着这个班级是二〇〇三年度的第五个新特工班。

和她的同学们一样，金柏莉这辈子最大的梦想就是成为联邦特工。她得知自己申请通过时非常激动——这么说其实不足以描述她当时的状态。每年都有很多人提交申请，而学院接受率仅为百分之六，这概率比哈佛还低。所以当时的金柏莉百感交集，她眩晕、敬畏、兴奋、吃惊、紧张、惧怕又惊奇。在接到通知后的二十四小时里，她没有把消息告诉任何人。在经历了这么多年的学习、训练、努力和等待后，她更愿意守着秘密，度过属于自己的特别日子。

她拿着录取通知书，来到中央公园，呆呆地坐着，看纽约的人们从身边走过，脸上挂着傻傻的笑容。

第二天，她打电话给父亲。他说："太好了，金柏莉。"他的声音一如既往的平稳、冷静。金柏莉却不知道为什么，喋喋不休地说了起来："我什么都不需要，我已经准备好出发了。真的，我很好。"

他邀请金柏莉来和他以及他的伴侣蕾妮·康纳吃晚饭，她拒绝了。挂掉电话后，她先是去剪掉了一头脏兮兮的金发，又修剪了一下手指甲，之后驱车五小时，来到阿灵顿国家公墓，在白色十字架构成的海洋里静静坐下。

阿灵顿公墓总散发着刚修剪过的草坪的清香，绿意盎然，阳光充沛而明亮。很多人都不知道这一点，金柏莉却很清楚。

三周后，她去学院报到，发现整个场面很像夏令营开营。新特工们全被打发去杰斐逊宿舍楼，管理员大声嚷嚷他们的名字，匆忙地在名单上划掉已到的人员。新学员们都紧紧抓着旅行包，努力装出镇定自若的样子。

有人匆匆塞给金柏莉一个包裹，里面有几条薄薄的白色亚麻床单和一个橙色床罩，这就是她的寝具。她还领到一条旧旧的白色毛巾和同样老旧的浴巾。新学员必须自己铺床。如果想更换干净的床单，就得把旧的包好送去织物交换处。之后，她收到一本学生指南，里面详细介绍了学院方方面面的规则。手册一共有二十四页。

下一个要去的地方是军人福利社。在那里，金柏莉以三百二十五美元的低价购买了一套新特工制服，包括一条棕色工装裤、一条棕色腰带和一件左胸处带有学院标志的深蓝色 Polo 衫。和其他人一样，金柏莉也买了一条专用带，用来挂自己的身份徽章。她了解到，徽章在学院里相当重要。首先，随身带着徽章可避免被安保人员逮住、扔出去。其次，有了徽章，她就能在餐厅里领取免费食物了。

星期一到星期五，从上午八点到下午四点半，所有新来的学员都必须穿制服。过了四点半，所有人都穿上了平时的休闲服，神奇般地又变回了普通人。当然，拖鞋、裹胸和背心都不在允许范围之内，这里毕竟是严肃的地方。

手枪也在禁止携带范围之内。金柏莉将那把格洛克点四零手枪上交到武器管理处。然后她被分配到一把深受新特工们喜爱的红色塑料枪,大伙儿亲切地称之为"蜡笔枪""红手柄",重量、大小和一把格洛克手枪差不多。根据规定,新特工必须二十四小时随身携带这把蜡笔枪,还有仿真手铐。理论上来说,这么做有助于大家习惯枪的重量和配枪的感觉。

金柏莉则对这把红手柄嗤之以鼻,在她看来,这玩意儿又幼稚又蠢。她只想把自己的格洛克拿回来。不过话说回来,班上其他同学——以前的职业是会计、律师和心理医生——对武器的知识为零,都很喜爱这个新玩意儿。无论是从腰带上脱落下来,还是掉在大厅里,或是一屁股坐上去,都不用担心会误伤自己和其他人。一天,基恩·伊夫动作大了点儿,不小心让他的蜡笔枪重重地飞了出去,越过半个屋子,砸中了另一名新特工的脑袋。看来最开始的几个星期里,并非所有人都适合佩戴武器。

但金柏莉依然想把自己的格洛克手枪要回来。

新学员的怀里都抱满了东西——床品、制服,还有玩具手枪,然后各自前往自己的寝室,与室友见面。大家向麦迪逊宿舍楼与华盛顿宿舍楼进发,两人一间房,两间房的人共用一个浴室。房间很小,但功能齐备:两张单人床,两张小橡木桌子,一个大书架。浴室里有一个小洗脸池和一个淋浴喷头,没有浴缸,墙壁漆成湖蓝色,个中原因只有保洁员才知道。到了第四周,所有人都遍体鳞伤,身上满是瘀青,于是在浴缸里好好泡个热水澡就成了每个人的愿望。已经有不少学员在隔壁的斯塔福德酒店里开了房间,为的就是能在热水中舒缓一下。

金柏莉的室友叫露西·道贝尔斯，今年三十六岁，以前是个辩护律师，在波士顿有一套租金为两千美元一个月的豪宅。来的第一天，她看了一眼寒酸的宿舍，痛苦地抱怨道："哦，上帝啊，我到底做了什么？"

金柏莉立刻想到，等这一天结束时，露西一定会为了一杯霞多丽白葡萄酒和旁人大打出手。她也会非常思念自己五岁大的儿子。

到这儿约第十二周的时候，好消息来了——这消息对新特工们来说简直是个天大的消息——新人可以获得入住"希尔顿酒店"（也就是杰斐逊宿舍楼）私人间的机会。那里的寝室不仅更大一些，还配备私人浴室。简直是人间天堂！

只要你能熬过第十二周。

金柏莉已经有三个同学半路退出了。

理论上来说，联邦调查局学院已经放弃了过去那种魔鬼训练营式的风格，转变为更友善、更温和的训练方式。局里明白吸纳新特工是多么昂贵，因此把学院当成了训练特工的最后阶段，而非淘汰弱者的最后机会。

不过这只是理论而已。事实上，考验从第一周就开始了。你能在十六分钟内跑完两英里吗？你能在一分钟内做完五十个俯卧撑吗？能做完六十个仰卧起坐吗？一次来回跑必须在二十四秒内完成，五十英尺长的绳子必须在四十五秒内爬完。

新特工拼命地跑，不停地训练，他们熬过了体脂肪测试，祈祷能赶快把弱点弥补起来——不管是来回跑、攀绳练习，还是俯卧撑——只为通过三轮体能测试。

还有理论课程，他们必须了解白领犯罪、犯罪心理画像、民事权利、国外反间谍问题、集团犯罪和贩毒案件；学习刑讯、逮捕策略、机动车驾驶、卧底和计算机等课程。此外，他们还要参加一系列有关犯罪学、法定权利、司法科学、伦理学和联邦调查局历史的讲座。有的课很有意思，有的简直是对精神的极大摧残。而这所有的课，都得在十六周里经过三轮测试。和高中不同，在这里超过八十五分才算通过测试。哪怕少一分，也算失败。失败一次，可以有一次补考机会。再失败一次，那只能被"回收"到下一个班，重新学习。

回收，这词听起来很是不痛不痒。就像一场没有胜者也没有败者的电脑竞技比赛，只是被"回收"了而已。

但实际上，"回收"却非同小可，所有人都害怕和恐惧这个词，它简直就是新特工的噩梦。大家只会在大厅里小声嘀咕这个不祥的词语。正是这份藏在心底的恐惧驱使着每个人一遍遍地去攀爬高耸的训练墙。已经是第九周了，大家的睡眠时间越来越少，被鞭策着去训练的时间越来越多，操练也越来越严格。每过一天，大家的期望值就高一分……总会有人在生不如死的训练中获得奖励。

除了体能训练和文化课程，新特工还要学习武器使用。金柏莉觉得自己在这方面有优势。过去的十年里，她一直都在学习格洛克点四零手枪课程，不但使用起来得心应手，命中率也高。

不过，现在的枪械训练课要求不仅要站在原地、对准纸靶子开枪，还要练习坐着开枪，以应对近距离突袭。此外，还有运动中射击、匍匐射击、夜间射击。有一套设计动作是这样的：先趴在地上，接着起身，向前跑，然后突然卧倒，再起来跑，接着站停，开枪。必须学会右手开枪，左手开枪。不停练习装填弹药，一遍又一遍。

枪械练习不仅局限于手枪。

在这里金柏莉第一次使用了M-16来复枪。之后，她用雷明顿870

型霰弹枪打了至少一千轮子弹，不过枪的后坐力极强，差点把她的右脸颊和肩膀震碎。再后来是赫克勒-科赫MP5/10式冲锋枪，一百轮子弹很快打完。虽然辛苦，但对金柏莉来说这样的练习还是很有意思的。

现在开展的就是霍根小巷实战演练。在这里，他们会模拟多种场景，只有参与者才知道下一秒会发生什么。以前，金柏莉焦虑时总会做同一个梦，而且画面都是黑白的：她赤裸着身子离开家里，突然出现在教室参加突击测验。而现在，她的噩梦变成了鲜明的彩色，充满暴力气息——桃红色的教室，芥末黄色的街道。突击测试里紫色和绿色的彩漆四溅。她不停地向前奔跑，沿着无尽的隧道夺命狂奔，一路上全是不停爆炸的橙色、粉色、紫色、蓝色、黄色、黑色和绿色。

有好几个夜晚，她突然惊醒，努力遏制住自己疲惫的叫喊声；还有的时候，她只是躺在床上，感受来自右肩的抽动。好几次她感觉出露西也醒着，但这样的夜晚她们不会聊天。两人只是躺在黑暗中，给彼此一个舔舐伤口的空间。

到了早上六点，起床，再次重复这个过程。

已经过去九周，还剩七周了。不能表现出软弱，不要暴露情感。只能默默忍受。

金柏莉拼了命也要熬过去。她是个坚强的女孩，那双冷静的蓝色眼睛和她父亲简直一模一样。她很聪明，二十一岁取得了心理学学士学位，二十二岁又拿到了犯罪学硕士学位。她不屈不挠，母亲和姐姐遭遇不幸后，她依然坚强地活着。

她在班里年龄最小，但却是最出名的一个。总有人在大厅里小声议论她。你知道她父亲是谁吧？真是太遗憾了。听说杀手差点把她也干掉，她倒是很冷血，开枪把杀手打死了……

金柏莉的同学们对犯罪心理画像课期待已久，他们急切地记下大量笔记，她却一个字也没写。

她走到楼下，往大厅前面走，一帮穿着绿汗衫的人凑在一起谈天说笑。都是国家学院的学生，看来他们今天的训练结束了，即将前往大会议室喝冰啤酒。接下来是穿蓝色T恤衫的人，聊天的声音震耳欲聋——一看就知道是新学员，训练结束了，他们要在看书学习/体育锻炼/去健身房之前，去餐厅迅速吃顿饭。他们还经常互相教学，律师把自己的法律专业知识教给海军陆战队队员，以换取枪械训练经验。只要打开心房，你会发现大家都很乐于助人。

金柏莉挤过人群，走到大门外。外面酷热难当，热浪袭来，好像迎面给了她一拳。

她径直朝着树荫下的训练场走去，然后开始跑步。烦恼、苦痛、伤害，道路两旁的树上写着标语：接受它，爱它！

"我可以，我可以。"金柏莉气喘吁吁。

疼痛不已的身体在抗拒，胸腔痛到绷得紧紧的。但她并没有停下脚步，无论怎样，都要继续前行。一步一步地，任由疼痛一点点加剧。

金柏莉明白这个道理。六年前，她就彻底懂了——姐姐死了，妈妈被人杀死，她站在俄勒冈州波特兰市一家酒店的房间里，一把枪紧紧抵住她的前额，仿佛情人的热吻。

第三章　气温突破一百

弗吉尼亚　弗雷德里克斯堡
下午6：45
气温　92华氏度

二十岁的缇娜·克拉恩刚要走出闷热的公寓，电话铃响了。缇娜叹了口气，折回厨房里，不耐烦地对着话筒说了声"你好"，另一只手不停地抹着脖子后面的汗珠。上帝啊，这暑热真让人受不了。自从周日之后空气湿度逐渐增加，到现在都没有要好转的迹象。刚洗完澡，缇娜就出了一身汗，薄薄的绿色背心裙贴着皮肤，刚从毛孔里渗出的汗珠缓缓从胸前流下。

半小时前她和室友贝琪就约好了，随便去个地方，只要有空调就行。贝琪已经在车里等她了，缇娜刚走到门口，就来了这么一出。

打电话来的是她妈妈，缇娜的身体不由抽搐了一下。

"嗨，妈妈，"她强行欢快地说，"你还好吗？"她一边说一边看向门外，暗自希望贝琪能冒出来，这样她就可以表明只有一分钟的时间。可惜，完全没有贝琪的影子。

缇娜的脚焦急地敲打着地面，庆幸妈妈住在离这儿有一千英里远的明尼苏达州，看不到她此刻歉疚的表情。

"嗯，我正准备出门呢。是啊，今天是星期二，时区不同嘛。妈，我们的日期还是一样的。"这番话给她带来一番严厉的斥责。她从桌上拿起一张纸巾，擦了擦额头。纸巾一下子湿透了，她摇摇头，轻轻拍了拍上嘴唇。

"我明天当然有课。我们不会去喝酒的，妈妈。"实际上，缇娜喝过的最烈的饮料就是冰茶。不过妈妈可不相信。老天啊，缇娜可是来上大学的！在妈妈眼里，大学生活充满了罪恶。要知道，大学校园里充斥着酒精和性。

"我不知道我们要去哪儿，妈。就是……出门呗！这个星期气温得有几百万度，我们必须在身体自燃之前赶到有空调的地方去。"上帝啊，她们一定得这么做。

听了这话，妈妈一下子担心起来。缇娜抬起一只手，想把即将到来的长篇大论扼杀在摇篮中。"不，没我说的那么夸张。不，真的，妈妈，我没事。就是有点儿热，我能受得了。暑期课程很棒，工作也不错——"

妈妈的声音更响亮了。

"我一周只工作二十小时，我当然会把重心放在学习上。真的，没骗你，一切都很好。我发誓。"最后那三个字她差点没喊出来。缇娜再次抽搐了一下。妈妈们的身体里是不是都装着个内置雷达啊？唉，刚占上风的时候就应该收手。她又抽了张纸巾，盖在脸上吸掉汗。现在她已经不确定这汗是因为天气热，还是因为自己的紧张。

"不，我没和谁约会。"这话是真的。

"我们分手了，妈。上个月，我跟你说过了。"算是吧。

"不，我没有颓废。我还年轻呢，能挺过去。"至少贝琪、薇薇安和凯伦都是这么跟她说的。

"妈——"她完全插不上话。

"妈——"她妈妈依旧说个不停。男人就是恶魔，缇娜年纪还小不适合谈恋爱。现在该把重心放在学业上，当然了，还有家庭。你永远都不应该忘记自己的根。

"妈——"她妈正说到了兴头上。你干吗不回家来呢？你回家次数太少了。你怎么回事，看不起我了吗？做秘书也没什么丢人的啊。不是所有的女孩都有机会上大学的……

"妈！你听我说，我必须走了。"电话那头一阵沉默。她给自己惹上麻烦了。让妈妈陷入沉默可比滔滔不绝的说教严重。

"贝琪在车里等我呢，"缇娜试着解释，"我爱你，妈妈。明晚我会给你打电话的，向你保证。"

她才不会，她们双方都心知肚明。

"嗯，要是有事的话我周末再打给你。"这话还差不多。电话那头的妈妈叹了口气。也许她的态度已经缓和下来了，也许依然觉得很受伤。妈妈的心事总是很难琢磨。缇娜三岁的时候，爸爸就离家出走了。这么多年来妈妈一直一个人带着她生活。是啊，她有时是很专横，过度担心，说一不二，但为了让女儿能上大学，她也吃了不少苦头。

她努力尝试，努力工作，努力去爱。缇娜比任何人都了解这一点，妈妈总是担心自己做得不够。

缇娜把电话拿到汗湿的耳旁。双方都沉默着，她打算妥协了，但电话那头又传来一声叹气声，最佳时刻过去了。

"我爱你。"缇娜说，这是发自肺腑的话，因此口气也柔和了不少。

"我得走了。过会儿再和你聊天,再见。"

趁还没改变主意,缇娜赶忙把电话放回原处,拿起帆布大包,走到门外。贝琪正坐在她那可爱的小萨博敞篷车里一脸疑问地看着缇娜,脸上被汗水浸得泛着光。

"是我妈。"缇娜简短地解释,把包往后座使劲一扔。

"哦。你不会已经……"

"还没。"

"胆小鬼。"

"没错。"缇娜懒洋洋地打开副驾驶的门,屁股一抬,坐在车门上,接着往里一滑,陷进宽大的米黄色皮座椅里。一双长腿翘在空中,棕色的高跟拖鞋,脚趾涂成粉红色。她还文了一个小小的七星瓢虫文身,妈妈还不知道呢。

"救命,我快融化了!"缇娜用夸张的声音向朋友惊呼道,手顺势一抬,贴在额头上。贝琪终于笑了,发动了汽车。

"听说明天会更热。到了星期五,气温就要突破一百了。"

"上帝啊,现在就杀死我吧。"缇娜挺直背,摸了摸头发上的头绳,再系好安全带。行动开始了。尽管她说话的语气很轻松,表情却是严肃的。神采从她那双蓝色的眼睛里慢慢褪去,取而代之的是积累了四个星期的担忧。

"嘿,缇娜,"过了会儿,贝琪开口了,"一切都会好起来的。"

缇娜强迫自己转过头去,握住贝琪的手。"好闺蜜?"她轻轻问道。

贝琪笑着看着她:"永远都是。"

在他看来,落日是世界上最美的风景之一。天空被染成了琥珀色、玫瑰色和桃红色,阳光的余烬在地平线上熊熊燃烧。云朵仿佛在色彩中洗涤过,成了艺术家用画笔在空中留下的痕迹。白云堆积、翻滚,先是金黄,然后是深紫,最后不可避免地变成了黑色。

他一直都喜欢看日落。他还记得以前每天吃过晚饭后,妈妈都会把他和弟弟带到摇摇欲坠的小屋门口,让他们靠在栏杆上,看着太阳慢慢地在远方的群山中下沉。谁都不会说话。很小的时候他们就知道要保持虔诚的沉默。

这是属于母亲的时刻,是她的宗教仪式。每到这个时刻,她总是独自站在门廊西边的角落里,看着太阳渐渐西沉。在那短短的时间里,她脸上的表情会变得柔和起来,嘴唇弯起,形成一个淡淡的笑容,肩膀也会跟着放松下来。当太阳最终落到地平线下之后,母亲总会深深地叹一口长气。

美好的一刻结束了。母亲的肩膀又紧张地耸起,担忧的皱纹再次爬到脸上,让她看上去至少老了十岁。她把他们俩赶回屋子里,继续干着繁重的家务。他和弟弟尽力帮忙,同时小心翼翼地避免弄出大的声响。

直到又长大了些、快成年了,他才开始思考属于母亲的这些片段。为什么只有在太阳即将下山、一天结束时,母亲才能放松一会儿?为什么只有在白天的光辉奄奄一息时,她才会稍稍快乐一点?这到底意味着什么?

还没来得及问这些问题,母亲就去世了。也许无法理解的东西才是最好的吧。

男人走回酒店房间。虽然已经付了过夜钱,但他还是准备半小时后就离开。他不会想念这个地方的,他不喜欢混凝土堆砌成的房子,也不喜欢这种只有一扇窗户的房间。这种地方死气沉沉，简直就是当代的坟墓。美国人居然愿意付大把的钱睡在这种廉价材料建成的棺材里，这真是让他觉得匪夷所思。

有时候，他担心这种充斥着虚假的房间——花哨的被子，密度板拼成的家具，石油合成纤维制成的地毯——会刺破他的皮肤，渗入他的血液，他怕自己某天早上醒来，也突然产生一股想吃麦当劳"巨无霸"汉堡的冲动。

这想法让他害怕，他不得不做几个深呼吸。可惜这并不是个好主意。这里空气污浊，四周弥漫着玻璃纤维隔热材料和塑料假树的气息。他狂躁地揉了揉太阳穴，知道自己必须赶快离开这儿。

他把衣服塞进行李袋里。现在只剩一件事没做了。

他用浴巾裹住一只手，伸到床下，缓缓拉出一个棕色公文箱。这个箱子看起来非常普通，可能也塞满了表格、计算器和其他个人电子设备。但实际并非如此。这个箱子里面放的是一支已经被拆分开的飞镖枪，不过很容易重新组装。他检查了一下公文箱的内袋，然后从中拉出一个金属盒子，数了数里面的飞镖数量。一共十二支，每支里都装着五百五十毫克麻醉剂氯胺酮，都是今天早晨准备妥当的。

他将金属盒子放回原处，又拿出两卷强力胶带和一个普通的牛皮纸袋，里面装满了钉子。除了这些，他还在箱子里放了一小玻璃瓶的水合氯醛，以备不时之需，谢天谢地，他还没有机会用。水合氯醛旁边是一个专用绝缘水壶，十五分钟前才从小冰箱里拿出来。水壶外面已经冻上，里面的物品依然处于冷藏状态。这很重要——安定文必须被冷冻起来，否则就会结晶。

他摸了摸瓶子，冰凉冰凉的。很好。这是他第一次用这种设备，不免有些紧张。这个塑料保温水壶还真不错，只要花上四块九毛九就能在沃尔玛买一个。

他做了个深呼吸，努力思考是否还需要其他什么。这个过程持续了好一会儿，说实话，他是很紧张。最近一段时间，他一直在日期的问题上徘徊。发生在很久之前的事现在想来都历历在目，而昨天才发生的一切却仿佛蒙上了一层朦胧的光晕，如梦一般。

昨天刚到这里时，三年前的时光在他脑海里一下子鲜活起来，那画面简直栩栩如生。而今天早上的事却开始褪色，像一张卷了边的纸。他很担心一旦等得太久，所有的记忆都会统统消失，它们会和其他想法——那些闷声燃烧的想法——一起，消失在空虚的黑洞里，他又会再次坐到那逐渐崩塌的悬崖边，无助地等待着，等着有东西飘浮上来。

咸饼干、苏打饼干，哦，还有水，一加仑的水罐，好几个水罐。

没错，这些东西都在他的货车里，昨天刚买来的，也是从沃尔玛买的，还是凯马特超市买的？他记不清了，细节统统消失，滑进了记忆的黑洞。他想做什么？昨天，他去买东西了，买了很多补给品，在一家非常大的店。唉，名字有什么重要的呢？他用现金付的账，对吗？后来把发票烧掉了吗？

当然烧掉了。就算记忆跟他开了个玩笑，干蠢事也是不可原谅的。在这一点上，他爸爸的态度异常强硬。他总说，这世界被该死的蠢货主宰着，就算他们打着手电筒，凭两只手也找不到自己的屁眼在哪儿。而他的儿子，必须比他们那些人优秀。坚强起来，挺直腰杆，像男人一样接受惩罚。

男人不再东张西望。他又想到了火，滚烫的火焰。不过他立刻就止住了这个念头，希望它坠到黑洞里，他很清楚这个想法永远无法停留太久。他拿好行李袋，提起公文箱。其他的物品都在货车上。房间早已用氨水擦拭过，一个指纹也不会留下。

好了。

还有最后一件要取的东西。它就在房间的角落里，放在那可怕的劣质地毯上，一个小小的方形鱼缸，上面覆盖着他自己的黄色床单，已经褪了色。

他把行李袋的带子背到肩膀上，又把公文箱的带子背好，接着用双臂提起沉重的玻璃鱼缸。床单滑到一旁，玻璃被床单映成黄色，缸里一阵乱响。

"嘘——"他低声说道，"还没到时间呢，亲爱的，还没到时间。"男人大踏步地走进如同血色一般的黄昏中，闷热的空气扑面而来，令人窒息。他的脑细胞瞬间活跃起来，无数画面涌入脑海：黑色短裙，高跟鞋，金色长发，蓝色眼睛，红色衬衫，被绑起来的双手，黑色头发，棕色眼睛，修长的双腿，长长的指甲，白得发亮的牙齿。

男人把所有东西都放在车上，然后在方向盘前坐下。在最后一刻，他那模糊的记忆一下子清晰起来，他拍拍胸兜。没错，身份徽章也在里面。他拿出徽章，最后检查了一遍。徽章为长方形，设计很简洁，蓝色背景衬着白色字母，上面写着"访客专用"。

他翻到徽章反面，后面的内容显然更加有趣，"联邦调查局财产"。

男人把徽章别到领口。太阳西沉，天空从猩红色变成了紫红色，最后成了黑色。

"时钟滴答滴答。"男人嘀咕着。最后，他发动汽车，向前驶去。

第四章　特工马克的邮箱

弗吉尼亚　斯塔福德

下午9：34

气温　89华氏度

"甜心，你怎么了？今晚你好像心不在焉啊。"

"受不了这种热。"

"这可不是一个生活在热特兰大的人该说的话。"

"我一直都想搬家。"

詹妮——一个身材紧致的红发女郎，虽然脸上一副饱经风霜的模样，眼睛里却透着真诚的善意——正透过弥漫的蓝色烟雾若有所思地盯着他看。

"马克，你在佐治亚州生活多久了？"她的声音盖过了周围嘈杂的喧闹声。

"自从我还是爸爸眼中的小不点时就住在那儿了。"

她笑着摇了摇头，把烟蒂摁灭在玻璃烟灰缸里。"那么，亲爱的，你永远不会搬家的。相信我的话，你生来就是佐治亚人，这是你身上的烙印，没办法。"

"你会这么说只不过因为你是个得州人。"

"从我还是我爷爷的爷爷的爷爷眼中的小不点起,我就是啦。其他美国佬喜欢到处跑,亲爱的。我们南方人扎了根就不走了。"

特工马克·马克科马克微笑着点点头,对这个说法表示认同。他的目光再次落到了拥挤酒吧的前门。他看着人们走进来,下意识地搜索成双成对出现的年轻女孩。他应该更了解的。但在这样的日子,当气温突破九十大关时,他总是心不在焉。

"加糖吗?"詹妮又问了一遍。他回过神来,转头看向她,挤出一个令人心痛的微笑。

"抱歉,我向你发誓,我妈妈绝对没教过我这么做。"

"那我们不要告诉她就好了。你们今天的会议不是很顺利吧,对吗?"

"你怎么知道……"

"我也是警察啊,马克。不要因为我长得漂亮、胸部丰满,就忘了这个事实。"

他正要张嘴表示抗议,她却挥挥手,打断了他,接着在自己的钱包里一阵好找,终于摸出一根没抽过的烟。他递上打火机,她笑了,这是她表示感谢的方式,只不过眼角的皱纹多了些。两个人都不再开口说话。

今天晚上酒吧气氛很是活跃,已经人满为患,但还是源源不断地有顾客从门口涌入。当然了,其中有一半都是国家学院的学生,有探员、警长,还有几个参加为期十一周课程的军事警察。尽管如此,麦克还是没想到在星期二的晚上,酒吧里会如此人潮涌动。人们从家里逃一般地跑出来,大概都是为了躲避暑热。

他和詹妮三小时前来到酒吧，来得够早，因此赢得了极难抢到的好座位。一般情况下，国家学院的学生都不怎么离开匡提科，他们通常在会议室里一待就是好几个小时，喝喝啤酒，互相讲讲工作上的故事，直到深夜一两点才走，暗自祈祷肝脏还能撑得过去。他们中间流传着这样一个小段子：为什么所有的项目会在第十一周结束？那是因为没有人的肾脏能熬过十二周。

今天晚上，所有的人都很焦躁。从周日开始大家就在难以忍受的高温和湿气中煎熬，据说会一直持续增强到周五。在外面走路无异于跋涉在一堆湿毛巾里。不到五分钟，身上的汗衫就会湿透，紧紧裹着身体。再过十分钟，短裤就贴在了大腿上。室内要好点，学院那古老的空调系统已经启动，散发着吵闹的噪音，费力地把室温降到了八十五度。

六点一过，人们就开始从匡提科往外逃，努力寻找各种消遣方式。詹妮和马克就是在这个时间过来的。八周前，也就是训练的第一周他们才互相认识。詹妮调侃道，南方人必须团结在一起，特别是在一个充斥着语速奇快的北方佬的班级里。不过说这话的时候，她的眼神一直停留在他宽广的胸膛上面。而马克只是咧嘴笑了笑。活到三十六岁，他已经明白自己是个外形还算可以的男人，身高六英尺二英寸，黑发蓝眼，热爱健身，喜欢跑步、骑行、钓鱼、打猎、远足、划独木舟，皮肤被太阳晒得恰到好处。不管是什么运动，只要你说得上来，他都能玩得有模有样。他还有一个亲妹妹和九个表亲，他们从小就在一起长大。在佐治亚这种充满诱惑的地方，人们很容易就给自己惹上麻烦，马克科马克却以身作则，让他们明白必须谨慎地走好人生每一步。

这一切的一切在最后为他赢得了一副肌肉紧致的好体格，似乎对所有年龄段的女人都存在着相当的吸引力。马克淡定地对待这一切。这种态度却给他招来更多的桃花运。但他的妈妈却淡定不了，她迫切希望马克能带个老婆回家，再生一大堆孙子孙女。马克想，总会有这一天的。不过，现在的他完全和工作结了婚，按照目前的情况来看，真是不好说。

他的目光又回到了酒吧门口。两个年轻女孩走了进来，后面还跟了一对。她们一路愉快地叽叽喳喳个不停。他不知道等她们离开这里时会不会也这样快乐。会怎么离开呢？依旧是一起离开？还是一个人单独走？或是各自找到了新的情人？谁知道呢。如何离开才是最安全的？老天啊，他真讨厌这样的夜晚。

"你应该把它放下。"詹妮说。

"放下什么啊？"

"让你那张帅脸眉头紧锁的事。"

马克只好把目光从门口收回，表情漠然。他端起啤酒杯在手指间转了起来。"你碰到过那种案子吗？"

"那种浸入你骨髓、没事就出现在脑海里，做梦时还缠着你，到了五年、六年、甚至十年、二十年后还不放过你，让你半夜尖叫着从梦中惊醒的案子？不，亲爱的，我完全没有接触过这种案件。"她掐灭烟头，又把手伸进包里找另一支烟。

"亲爱的，"马克略带嘲讽地说，"你这是当着我的面扯谎啊。"他再次举起打火机，看着她用那双蓝色的眼睛评价似的看着自己，就连她靠近他的手、点燃香烟时，眼睛都没挪开。

她往后坐了坐，长长地吸了一口烟，然后慢慢呼出。她突然说道："好了，帅哥，今晚不会拿你怎么样的，就跟我说说会面的事吧。"

"根本就没有会面。"他立刻接口说。

"放你鸽子了？"

"那是为了钓更大的鱼，根据安努齐奥博士的说法，现在是恐怖主义盛行。"

"严重影响了你那五年都没破的老案子。"她替他把话说完。

他笑了笑，身体往后一仰，摊开一双古铜色的手。"詹妮，七个女孩死了。七个啊，她们再也不能回家。被一个该死的连环杀手谋杀不是她们的错，也不是外来恐怖主义的错。"

"都是财政预算的错。"

"千真万确。行为科学部只有安努齐奥博士一名法医语言学家，但全美国有成千上万封威胁信件。显然，那些寄给编辑的信只能压后处理了。但对我来说，这些信件无疑是唯一的证据。尽管国家学院声名远扬，但我的上司把我送过来可不仅仅是为了接受再教育。我来是要和一个人见面，让他用专业知识分析一下我们仅有的证据。我回去后，要是说不出点博士倒出的干货，那就只能拍拍屁股走人了。"

"可你并不在乎自己的屁股。"

"要是我在乎的话，反倒会轻松许多。"马克面色逐渐凝重起来。

"你向行为科学部的其他人寻求过帮助吗？"

"我问遍了所有可能帮助我的人。该死的，詹妮，我真不是矫情，但我只想要这个人。"

"你可以自己去试试。"

"试过了，一无所获。"

詹妮一边思考一边又慢慢吸了一口烟。不管她是怎么想的，马克可没被她那对丰乳迷昏了头。詹妮是个警长，手底下管着十二个男人。

要知道她是在得克萨斯州工作，那里依然在鼓励女孩去做啦啦队队员，或者成为美国小姐，做个花瓶就对了。也就是说，詹妮确实很有一手，人很聪明，经验也丰富。她应该遇到过不少纠结于心的案件。想想外面炎热的天气，到了周末还不知道会热成什么样，此时詹妮要是愿意给他些内行人的建议，那他真会感激涕零。

"已经三年了，"她终于开了口，"对一个连环杀手来说，这蛰伏期够长的了。说不定你的搜捕对象已经受到其他什么指控，被关进了监狱。这样的情况并不罕见。"

"有可能。"马克嘴上表示赞同，但从口气中能够听出他并不认可这种推测。

詹妮点点头表示理解："好吧，也许他已经死了，你觉得这个推断怎么样，大男孩？"

"那我就哈利路亚，感谢上帝。"马克说，但声音依旧充满了怀疑。六个月前，他就努力接受这个理论。该死，他真希望自己能彻底相信那些话：喜欢暴力的人常常过着充斥着暴力的生活，最后也会死于暴力。这对所有纳税人来说都是好事，马克当时也是这么想的。

但就在六个月前，他的邮箱里出现了一封信……真是有意思，恰恰是那个能震撼你的世界的东西，能够让沮丧万分的专案组从三年的沉寂中走出来的东西，他们立刻行动起来，快，快，就是现在，还剩下不到二十四小时了。可这些话他都不能跟詹妮说。这些细节只有在对方也知情的情况下才能拿出来讨论，比如他想和安努齐奥博士谈论的真正原因，以及他来弗吉尼亚州的真正目的。

正想着，腰部传来一阵震动。他低头看向寻呼机，一种不祥的预感渐渐从身体里升起。屏幕上，十个冷冰冰的数字在召唤他。区号是亚特兰大的。其他的数字……该死！

"我得走了。"他一下子站了起来。

"她……很——美吗？"詹妮拖着调子说。

"亲爱的，今晚不是我的幸运之夜。"他往桌上丢了三十美元，够付他俩的酒钱了。

"你有车吗？"他的问题简洁且带着不合情理的粗鲁。他俩都明白这话的含义。

"没有谁是不可取代的。"

"詹妮，你这话可是深深伤害了我。"

她笑了，眼睛依旧依依不舍地停留在他高大健硕的身体上，眼神透露着悲伤。

"甜心，我可没伤害你。"

说话间，马克已经大步跨到了门外。

一走到外面，热浪扑面而来，带走了马克脸上的微笑。原本闪烁着快乐光芒的蓝色眼睛黯淡下来，脸上的表情也凝重起来。自从上次接到那个电话后，已经过去四周了。他开始怀疑自己的猜测是否正确。

特工马克科马克打开手机，愤怒地拨了个号。电话铃声刚响了一下，对方就接了起来。

"你都没做什么努力。"一个刺耳扭曲的声音在他耳朵里响起。男的？女的？管他呢，说不定是老鼠米奇。

"我就在这儿，不是吗？"马克厉声回答。他走到弗吉尼亚停车场，停下脚步，向空旷黑暗的四周环顾一圈。号码归属地是亚特兰大，但最近马克对此有些怀疑。只要用的是佐治亚州的手机号码，不管在哪里打电话，归属地都不会变。

"他离你比想象的还要近。"

"那你就不要再跟我出谜题绕弯子了，告诉我真相吧。"马克向右转了个弯，走了几步，又向左转了一下。什么都没有。

"我把真相都写在信里了。"那个空洞的声音叹息着说道。

"你写的是一道谜题。伙计，我要的是有用的信息，不是这种幼稚的游戏。"

"你要的是死亡。"

"你也没好到哪里去。得了吧，都六个月了。别兜圈子了，赶快做点正事吧。你一定是想得到什么，我也想。我们做个交易吧，怎么样？"

对方沉默了。马克想，说不定这话真的羞辱到他了，可没过一会儿，他又开始担心自己会不会让他/她/米老鼠恼羞成怒。他紧抓着手机，使劲凑向耳边。他不能让电话就这么断了线，该死的，他承担不起后果，真是太可恨了。

六个月前，马克的邮箱里收到了第一封"信"，准确来说，是一份剪报，是寄给《弗吉尼亚向导报》编辑的，内容虽然很短，却让他毛骨悚然，因为它和三年前其他编辑收到的信件一模一样："地球就要毁灭……动物在哭泣……河流在呜咽。你们听不见吗？热浪正在展开杀戮……"

三年后，怪兽又现身了。马克不知道这三年间到底发生了什么，不过现在他和他的专案组成员都很紧张，非常担心接下来会发生的事。

"天气越来越热了。"对方的声音很平和。马克狂躁地向四周望去，黑漆漆一片，一个人都没有，什么东西都看不到。该死！

"你是谁？"他试探地问道，"拜托，伙计，快跟我说吧。"

"他离你比想象的还要近。"

"那就把他名字告诉我。我去把他抓来,这样就没人会受伤了。"他决定换一种策略,"你害怕了吗?你怕他,对吗?相信我,我们可以保护你。"

"他并不想伤害她们,我觉得他是控制不住自己。"

"如果你关心他,担心他的安危,那请你暂时把忧虑放在一边吧。我们都有一定的程序,会采取适当的逮捕行动。拜托,这家伙已经杀死了七个女孩。把他的名字告诉我,让我帮你解决难题。这样做才是对的。"

"我并不知道所有问题的答案,"对方说,声音听起来似乎无比悲痛,马克差点就相信了。接着,对方又说道,"特工,你本应在三年前把他缉拿归案。为什么?哦,你们为什么抓不到他?"

"和我们合作,这次一定可以逮住他的。"

"太迟了,"对方说,"他永远都没法熬过这暑热。"

电话断了。马克独自一人站在空旷的停车场里,用力握着那只小小的手机,连珠炮般骂出一串脏话。他又按了一次拨号键。铃声响了起来,响了很久,但无人应答。除非对方再次主动联系马克,否则不会有人接听这个电话。

"该死的,"马克再次咒骂道,"该死的,该死的,该死的!"

他找到自己租来的车子,里面的温度几乎接近两百。他滑到座位上,前额抵在方向盘上,"哐哐哐",砸了三下。

这已经是第六通电话了,可他离该死的真相还是很远。时间已经不多了,马克心里很清楚,他也能感觉到,自从上周日温度计中的水银一点点向上冲时,他就有了感觉。明天他得给亚特兰大办公室打个电话，把这个电话的内容告诉专案组，好让他们去复查、再返工、再分析……之后就只好等待。这么长时间以来，他们唯一能做的只有等待。马克再次把前额狠狠地抵在方向盘上，长长地叹了口气。

他又想到了诺拉·蕾·瓦特。当她从救援直升机里走出来，看到站在螺旋桨外的父母时，她的脸瞬间被点亮，就好像明媚的阳光。然而这种幸福持续的时间太短太短。半分钟后，她激动又天真地问："玛丽·琳恩呢？"然后，世界瞬间崩塌，只剩下她一遍又一遍地哀号。"不，不，不，哦，上帝啊，不要这样啊！"她爸爸试着把她扶起来，她却瘫坐在柏油地面上，蜷缩进军用毯子里，好像只有这样才能让自己不受到伤害。最后，她的父母和她一起瘫倒在地上，哭成一团，谁也不知道这悲伤什么时候才能过去。

那一天他们既赢了，也输了。

可现在呢？

天气闷热无比，时间已经很晚了。又有一个人在给编辑写信了。回家吧，小女孩们，锁上门，关掉灯。别像诺拉·蕾·瓦特一样，为了一个冰淇淋在黑夜里和妹妹出门，最后却被人遗弃在不毛之地，只能奋力地把自己埋进泥泞中，还要忍受不停啃着她脚趾头的招潮蟹，割开手掌的蛏子，还有那些在头顶盘旋的食腐动物。

第五章　生态杀手再次出动

弗吉尼亚　弗雷德里克斯堡
晚上10：34
气温　89华氏度

"我准备好了。"缇娜靠近贝琪耳边说道。酒吧里人声鼎沸，音乐节奏强劲，她的室友似乎并没有听见。她们已经出了弗雷德里克斯堡，身处一个备受大学生、摩托党和西方音乐爱好者喜爱的小酒吧里。即使在星期二的晚上，这个地方依然人头攒动。人很多，贝斯声也很吵，缇娜都不知道这里的屋顶怎么撑得住。

"我准备好了！"缇娜提高音量，再次喊道。这次贝琪终于转过身来。

"什么？"贝琪吼道。

"该……回……去……了！"缇娜也吼道。

"去厕所？"

"回家！"

"噢……"她终于明白了。她关心地靠近缇娜，一双棕色的眼睛透着柔和，"你还好吗？"

"太热了!"

"你在开玩笑吧。"

"我感觉……不是很舒服。"实际上,她感觉糟透了。本来绑好的长发松散下来,紧贴在脖子上,汗水顺着后背、屁股流到腿上。空气太闷,她不停地深呼吸,深呼吸,可依然喘不过气来。她觉得自己可能生病了。

"我去跟其他人说一下。"贝琪立刻回应道,接着就向拥挤不堪的舞池走去,薇薇和凯伦正在那堆熙熙攘攘的人群里。缇娜闭上眼睛,向自己保证:绝对不在拥挤的酒吧里呕吐。

十五分钟后,她们挤出了人堆,向贝琪的萨博汽车走去。薇薇和凯伦走在后面,缇娜用手捂着脸,她觉得自己好像在发烧。

"能撑得住吗?"贝琪问她。刚在酒吧里那么一番鬼喊,她已经习惯了那个音量,现在一说话,声音立马划破了停车场的安静氛围。大家齐刷刷皱了一下眉头。

"我不知道。"

"丫头,你要是病了的话最好赶紧告诉我,"贝琪严肃地警告说,"你在厕所里吐的时候,我会帮你把头发抓起来。不过可千万别吐在我车里。"

缇娜虚弱地笑了:"谢谢。"

"我可以回去给你弄点儿苏打水。"凯伦在后面提议道。

"也许我们应该等会儿再走。"薇薇说,说完,她和凯伦、贝琪都停下了脚步,但缇娜却爬进了车里。

"我只想回家,"她低声咕哝着,"我们赶快回去吧。"一倚到座椅后背上,她就闭上了眼睛,感觉舒服了一些。她的手一直捂在肚子上。

嘈杂的音乐声渐渐退去，缇娜慢慢恍惚起来，一阵困意向她袭来。似乎没开多远，就来了一个急刹车，她被弄醒了。

"该死……"她一下子抬起头来。车突然往前一冲，她赶忙抓住前面的仪表板。

"后车轮，"贝琪一脸厌恶地说，"可能爆胎了。"车又往右边一冲，缇娜有点受不了了。

"贝琪，"她急忙喊道，"停车！快！"

"明白！"贝琪一顿一顿地把车开到马路右边。缇娜迅速抓起安全带，拉开车门，冲到树林边的路堤旁。还好来得及，哦，天啊，这真不好玩，一点意思都没有！她先吐掉了两杯蔓越橘汁，接着是作为晚饭的意大利面，然后，这二十年来吃下肚的东西几乎都被吐得一干二净！她只能把双手撑在腿上来支撑自己。

"我要死了，"她想，"我成了一个坏女孩，现在报应来了。原来妈妈一直都是对的。再这么下去我真受不了了，哦，上帝啊，我想回家。"她似乎哭了，也有可能是脸上的汗，这个很难区分。她把头伏在膝盖中间。慢慢地，胃没有那么难受了，痉挛症状也有所减轻，最糟糕的恶心感也过去了。她努力直起腰，抬起头，看着天空，现在要是能洗个冷水澡她就是死了都愿意。不过可没有那个好运气，要知道，她们身处弗雷德里克斯堡郊外，这里人迹罕至。她们只能干等了。

她叹了口气。就在这时，她第一次听到了那个声音。那不是贝琪的声音，不是出了城的女孩会发出的声音。那是一声高亢、短促的金属音，像是来复枪枪管滑动，"嗒嗒"地后退。缇娜缓缓向马路走去。在这闷热潮湿的黑夜里，她不再是孤身一人。

金柏莉一点儿动静都没听到。拜托，她可是个联邦调查局学员，一个对犯罪案件有着丰富经验且疑心异常之重的女人，可她还是什么都没听见。她独自一人站在学院的户外靶场里，周围是一望无边的黑暗，零星散落着几点手电筒发出的光芒。她手中握着一把空猎枪。

夜已经深了。新特工、海军陆战队的队员都回宿舍了，该死的，就连国家学院的"好学生们"也早就上床了。运动场的灯已经熄灭。远处高耸的大树仿佛一道不祥的屏障，将她与文明世界隔开。再远一点，还有巨大的钢墙，目的是将各个靶场区分开，同时挡住来势汹汹的子弹。

没有光，没有声音。闷热潮湿的夜晚呈现出诡异的寂静，连松鼠都懒得在树林里蹦跶。她累了，这是最好的理由。她先是奔跑、举重、走路、学习，接着又"咕咚咕咚"喝掉三加仑的水，吃掉两根能量棒，最后来到了这里。她双腿发抖，胳膊上的肌肉也累得发颤。她把猎枪架在肩上，一遍又一遍地开枪射击。枪托紧紧抵在她的右肩，将后坐力完全吸收。她双脚分开，与臀部同宽，膝盖放松，身体稍稍向射击方向前倾。最后一刻，右手紧扣扳机，左手向前一拉，仿佛要把手中的猎枪如扫帚般一撕两半。心存一线希望，千万不要再一屁股坐到地上，不要把肩膀震碎，也不要把脸捣烂。

学院规定，只有在有人监管的情况下才能练习实弹射击，因此金柏莉想象不出自己目前的表现究竟是好是坏。不过依然有很多新特工会在一天的学习结束之后苦苦练习，熟悉整套动作，毕竟练习次数越多，手感也就越佳。等到足够熟练时，说不定就会成为自己的本能反应。一旦成为本能，接下来的几轮武器测验也就不在话下了。

她向下一发"子弹"的方向倾了倾，似乎有点过了，两条麻木的腿有些摇摇晃晃，状况不妙。她赶忙伸出一只手，身体及时平衡住了。就在这时，一个男人的声音从黑漆漆的旁边传来："你不应该独自一人在这儿。"

这一次，金柏莉靠的是本能行事。她一个转身，看到一个颇具威胁性的高大身影，急忙把枪口对准了对方的脸。接着她撒腿就跑，她边跑边咕哝，真是又惊又痛。她可不想等着看对方的真实模样。夜已经深了，这个地方又地处偏远。她知道有些凶手就喜欢听受害者的尖叫声。

脚步声，沉重而迅速，就在她身后不远。慌乱之初，她想朝树林里跑，不行，这个主意不好，树林里太过阴暗，根本找不到救援的人。她必须抄近路跑回学院大楼，靠近有光、有人、有联邦调查局警察的地方。

对方一点点朝她逼近。金柏莉做了个深呼吸，她的心脏"怦怦"直跳，肺部似乎快要爆炸。这样一次次的奔跑早就让她的身体疲惫不堪了，还好有肾上腺素的帮忙。她把注意力放在身后的脚步声上，努力把那凌乱的声音和自己疯狂的心跳声区分开。他就快追上来了。他速度很快，这点毫无疑问，他比她高大，身体也更强壮。一天的劳累结束后，男人的身体状况永远占上风。

管他呢！

她默默数着他的脚步节奏，然后和自己进行了一下比较。一、二、三！对方突然把手伸向她的左手腕。金柏莉突然停下脚步，站稳，再一个右转身。他一下子就冲到了前面。而她猛地向右前方跑去，那里有光！

"老天啊！"她听见那人的咒骂声，不由得笑了，冷静而残酷。

脚步声再次不依不饶地在她身后响起。当时妈妈是否就是这感觉？她悲壮地反抗到最后一刻。爸爸一直避免让金柏莉接触到那个案件的具体细节。可一年后，她自己翻遍了《费城调查者报》上的所有文章。"上流社会的恐怖屋"，当日头条赫然印着这样的标题，整篇报道详尽地描述了遍布每个房间的血迹。妈妈当时是否知道就是这个男人谋杀了曼蒂？她是不是已经猜到他接下来会对金柏莉下手？又或者，在最后那绝望的几分钟里，她仅仅意识到在丝绸外衣和珍珠饰品下，她也只不过是个动物？和所有的动物一样，哪怕是最低级的田鼠，为了活命也会战斗到最后一秒。

脚步声又逼近了，而灯光却依然那么遥远，她逃不了了。她有些惊奇自己居然这么冷静地接受了这个想法。时间到了，金柏莉。这次没有演员，没有彩弹枪，没有防弹背心。她还有最后一招。她数着对方的脚步声，算好他什么时候会扑上来。就在这时，在"怦怦"的心跳声响起之时，他冲上来了，巨大的身影向她猛扑过来。她蹲在地上，双手蜷缩起来护着脑袋。

在远处灯光的映衬下，她隐约看到了他的脸：瞪得大大的双眼，他试图停下来，双臂剧烈地挥舞着。他又做了最后的努力，身体左倾，想猛地转到她旁边。金柏莉机敏地伸腿一扫。他一下子脸朝地摔了下去。几秒钟之后，她就已经翻到了对方的背上，摁住他的胸部，用银光闪闪的猎刀对准他的喉咙。

"你他妈到底是谁？"她厉声问道。他却哈哈大笑起来。

"贝琪？"缇娜紧张地喊道，无人应答。"贝琪？"还是没回应。

这时缇娜意识到一定出事了。周围什么声音都没有。难道她不应该能听见汽车关门、开门的响动吗？难不成连贝琪也吐了？可就算是吐，也应该有声响啊。汽车声，蟋蟀声，风从树林间吹过的声音……但奇怪了，什么声音都没有，一点点动静都没有。整个夜晚仿佛只剩下死一般的沉寂。

"这可不好玩啊。"缇娜的声音听起来虚弱无力。

就在这时，她听见了树枝折断的声音，接着就看到了一张脸。

苍白，阴郁，黑色翻领毛衣，表情看起来似乎带着温柔。"这么热的天怎么还会有人穿高领的衣服啊？"缇娜想。

正想着，对方举起来复枪，枪管架在肩膀，枪口对准缇娜。缇娜什么都不想了，拔腿向森林跑去。

"别笑了，你到底在笑什么？嘿，停下！"

男人笑得更厉害了，笑到整个身体都忍不住地抽搐，而金柏莉被颠得摇摆不停，仿佛一条摇摇欲坠的小船。

"竟然败在女人手下，"他叹了口气，一口南方口音，错不了。"哦，拜托，亲爱的……千万别告诉我妹妹。"

他妹妹？怎么回事？

"好了，够了。再动一下我就割开你的喉咙。"

这次金柏莉的声音一定很有震慑力，他不再笑了。这样很好。

"你叫什么名字？"她冷冷地问道。

"我是特工马克·马克科马克，你可以直接叫我马克。"

金柏莉吃惊地睁大了眼睛。她突然有种不好的感觉。"联邦调查局的？"她小声问道。哦不，她放倒了自己的同事，说不定还会是她日后的顶头上司。她很想知道谁会打电话给她父亲向他汇报这一切。"*知*

道吗,老昆西,你在我们局里时是明星中的明星,不过,恐怕你的女儿……嗯,是个怪物。"

"我是佐治亚调查局的,"男人拉长声调说,"州警察,不过我们一直都欣赏联邦调查局,所以偷用了你们的头衔。"

"你这个……"她已经气得说不出话来,只好用左手重重捶了一下他的肩膀,这时她想起自己手里还有刀呢。

"你是国家学院的人!"她怒斥道,那腔调和责骂不法之徒没什么两样。

"那你显然是个……新特工。"

"嘿!我的刀还对着你的喉咙呢,先生!"

"我知道,"他皱起眉头,那副随意的样子让金柏莉觉得更加奇怪了。是她出现幻觉了吗?还是身下的他刚才真的为了舒服动了动身子?

"你为什么随身带着刀?"

"他们把我的格洛克手枪拿走了。"她想也没想,脱口而出。

"哦,那是。"他点点头,似乎在肯定她是个聪明的女孩,而不是一个有着高度偏执症的联邦特工。

"女士,我还有一个私人问题想问你。嗯……你把刀藏在什么地方了?"

"你胆敢再问一遍?"此刻她能感受到他落在自己身体上的眼神,脸刷的一下子红了。这没什么,天气很热,她刚才高强度地运动了一番,身上只穿了尼龙短裤和蓝色薄T恤,实在遮盖不了什么。她刚训练了好几个小时,拜托,她可想不到会有这样的会面。不过话说回来,能把东西捆在大腿内侧确实也很惊人。

"你为什么跟在我后面?"她问道,刀尖紧紧抵住他的喉咙。

"你为什么跑？"

她怒气冲冲地皱起眉头，嘴唇紧抿，想了想，又换了个策略。"你在这儿做什么？"

"我在远处注意到了这边的光，觉得最好过来看一下。"

"啊哈！看来我不是唯一一个有偏执狂的人。"

"那倒没错，女士。看来我俩偏执程度差不多。我受不了暑热，你呢？为什么这么晚还在外面？"

"我没什么好说的！"

"这么回答也算公平。毕竟你手里有刀。"说完他就沉默了，似乎在等她做些什么。这真是一段有趣的时间，现在她该干什么呢？新特工金柏莉·昆西现在才开始担忧这个问题。不幸的是，这位受制于她的执法人员头衔比她大。该死的，该死的！上帝啊，她真的好累。

这时，她身体中最后的肾上腺素也没了。刚才她把自己逼得太急，此刻一下子松懈下来，整个人都瘫软了。她把手从对方胸前拿掉，将酸痛不已的四肢摊在相对舒适的青草地上自由伸展。

"今天很不容易吧？"南方仔问道，似乎没有要站起来的意思。

"人生就是不容易的。"金柏莉语气平平，不过话一出口，她就后悔了。幸好这位警官大人什么也没说。他把手放在脑后，似乎在仔细研究着夜空。金柏莉顺着他的眼神望过去，第一次发现夜晚的天空居然如此清澈，上面还点缀着一颗颗如同水晶一般的小星星，真像是无边无际的海洋。真是太美了。和她一般年纪的女孩这时候应该正牵着男朋友的手，悠闲地散步，边躲避着亲吻边"咯咯"直笑。

现在的金柏莉根本不敢想象这样的生活。这是她曾经想要的。

她扭过头看了看身边这位同伴，他似乎正享受着这份寂静。近距离看过去，他确实块头挺大。虽然不如班上的那个前海军陆战队队员，身高却也超过了六英尺，而且十分灵活。黑发，棕色皮肤，身材不错。她居然把他击败了，真是不错，她为自己感到骄傲。

"你真是把我吓死了。"她最终打破了沉默。

"是你想多了。"他说。

"晚上你不该偷偷摸摸地在外面晃悠。"

"你说得没错。"

"你参加这个课程有多久了？"

"六月份刚来的，你呢？"

"第九周了，还剩七周。"

"你一定会做得不错。"他说。

"你怎么知道？"

"你从我手里逃掉了，不是吗？相信我，亲爱的，一般情况下美女都无法从我手里逃掉的。"

"你简直是胡说八道！"她怒气冲冲地说。

他又笑了起来。这一次的笑悠长而低沉，就像是丛林中的野猫发出的"呜呜"声。她觉得自己并不喜欢这位马克科马克特工。她应该走了，离他远点儿。她浑身疼得厉害。

她又抬头望着星空。

"外面很热。"她说。

"是啊，女士。"

"你说你不喜欢天气太热。"

"是的，女士。"他停顿了一下，然后扭过头来。"热浪能杀人。"他说。她呆了一下，才意识到他终于严肃起来了。

树枝擦着她的脸，灌木拉扯着她的脚踝，稍微高一点的草又缠着她的凉鞋不放，似乎要把她拽倒。缇娜身体前倾，大口喘着粗气，心都快跳到嗓子眼儿里了。她艰难地从一棵树跑向另一棵树，不顾一切地向前挪着步子。他并没有追过来。她听不见匆匆的脚步声，身后也没传来让她停下的怒吼。他动作很轻，很隐秘。这让她更加恐惧了。

到底要跑到哪儿去？她不知道。他为什么要追她？她已经吓到不敢去寻求答案。贝琪出什么事了？一想到这个，她感到无比的痛苦。

灼热的空气快把她的喉咙烤焦了。而空气中沉闷的湿气又在鞭笞着她的肺部。

夜已经深了，她跑的方向偏离了马路，只凭着本能往山下跑。现在她才意识到自己犯了个错误——绝不会有救星出现在这黑暗阴森的深处。现在她的安全毫无保证，往前多跑点说不定还能有一线生机。她身体灵活，也许可以找到一棵高树爬上去，躲避在他的头顶；也许她可以找一条深沟，低下身子，紧紧蜷缩成一团，让他发现不了；或者找一条长长的藤蔓，像迪士尼电影里的泰山一样，轻轻一荡，逃出生天。她真希望自己现在是在一部电影里。只要不是在这里，在哪里都行！

地上不知从哪儿冒出一根木头，可能是一棵几十年前被闪电击倒的老树。她的小腿硬生生地撞了上去，一下子摔倒在地，疼痛钻心，她忍不住叫了出来。手掌落在一片多刺的灌木上，肩膀狠狠砸向坚硬的地面，呼吸霎时困难起来。

细微的树枝断裂声从她身后传来。那步伐冷静，自制，从容。

死神来临时大概就是这样吧！从树林间缓缓走来，泰然自若。

缇娜的小腿因疼痛而抽搐个不停，肺也没法正常呼吸。她硬逼着自己爬了起来，摇摇晃晃站住，努力往前走。

黑暗中传来一声微弱的口哨声。一个短暂的刺痛。她低下头，发现左大腿上多了一支带羽毛的飞镖。怎么回事……

她想往前挪步。大脑给身体下令，用最原始的直觉在内心嘶吼：跑啊，跑啊，快跑啊！可她的双腿发软。一股奇异的暖流在血管中横行，肌肉放弃了挣扎。她双腿一弯，倒在齐膝深的草地里。

她的恐惧渐渐从意识中退去。心跳慢慢放缓，肺渐渐放松，一口舒缓的空气终于进入体内。她的身体好像飘浮了起来，周围的树林不停地旋转着。

迷药，她想。完蛋了，最后就连这个想法也像一阵烟一样消散了。

脚步声，越来越近。她看到的最后一个画面是他的脸，正充满耐心地看着她。

"求你了，"缇娜含糊不清地央求道，双手本能地护着肚子，"求求你……别伤害我……我怀孕了。"

男人什么也没说，只是把神志不清的她扛到肩头，扬长而去。

诺拉·蕾·瓦特做了个梦，梦里充斥着蓝色、粉色和紫色。在梦里，空气就像天鹅绒一般，她转啊转，转啊转，直到看见一闪一闪的星星。在梦里，她笑个不停，小狗孟弗莱在她脚边追来追去，就连一直愁眉不展的父母脸上也有了微笑。

梦里唯一缺失的，依然是她的妹妹。

接着门开了，仿佛一张张开的黑色大嘴，正示意她往里走，拉着她过去。诺拉·蕾向门口走去，毫无惧意。这门她以前也走过。这些天来，她常为了再找到这扇门而长睡不醒。

诺拉·蕾迈进那深深的阴影里。

突然，她一下子惊醒过来，发现妈妈正站在昏暗的房间里，手搭在她的肩膀上。

"你刚刚做梦了。"她妈妈说。

"我看到玛丽·琳恩了，"诺拉·蕾迷迷糊糊地说，"我觉得她有了一个朋友。"

"嘘——"妈妈说，"别想她了，宝贝。你会这么想都是因为天气太热了。"

第六章　第一个女孩的尸体

弗吉尼亚　匡提科

晚上7：03

气温　83华氏度

"起床。"

"不。"

"起床！"

"不！"

"金柏莉,已经七点了,起来!"

"逼我也没用。"

那恼人的声音终于消失了。谢天谢地,金柏莉欣喜地回到她迫切需要的睡眠中。突然……一股冰凉的水浇到了她的脸上。金柏莉一下子从床上直挺挺地坐起,一边疯狂擦拭眼睛上的水,一边大口地喘着粗气。

露西正站在她身边,手里拿着一个空水罐,脸上毫无歉意。"我有个五岁大的儿子,"她说,"所以你别想跟我来这招儿。"

金柏莉的目光这才落到床边的钟上,"上午7点"。

"啊啊啊!"她大叫道。一下子从床上跳了下来,满屋子乱窜。她应该……应该……没错,应该先穿衣服。终于回过神来,她拔腿就往衣柜那儿跑。

"昨晚弄到很晚啊?"露西跟在金柏莉后面,扬起一边眉毛问道,"让我猜猜。去进行体能训练了?射击训练?还是两者皆有?"

"两者皆有。"金柏莉找到了她那条卡其长裤,慌忙套上。穿着穿着才记起今早该去身体训练课程处报到,于是她又脱掉卡其裤,换上蓝色尼龙短裤。

"这伤不错,"露西评论道,"想看我屁股上那块吗?说真的,我现在就像一块牛肉。别忘了,我以前是个辩护律师。不骗你,我以前开的都是奔驰车。"

"我还以为那车只有毒品贩子才爱开。"金柏莉找到了T恤衫,一边往身上套,一边往浴室方向走去。她犯了个错误——不该往镜子那儿看。她在镜子里发现了一张脸,实在是不忍细看。哦,上帝啊,她的眼睛深深下陷,都快变成小坑了。

"我昨晚和儿子聊天，"露西的声音从她身后飘来。"这小孩到处跟别人说，我在学习开枪，不过只会打坏人。"

"真是太可爱了。"

"你真这么觉得？"

"绝对的。"金柏莉找到了牙膏，怒气冲冲地在嘴里一顿刷，用力吐掉泡沫，漱了漱口。她又犯了个错误，往镜子里看了第二眼，这一眼让她从浴室里落荒而逃。

"你看起来真是糟糕透了，"露西开心地说，"这是你的策略吗？准备凭这副尊荣把坏人都吓跑？"

"你得记住，我可是个用枪高手。"金柏莉嘀咕道。

"没错，不过你别忘了，我是用冷水桶高手！"露西胜利地挥舞着罐子，最后才想起看一眼时钟。这一瞥可不得了，她赶忙把罐子放到桌上，径直奔向门口，快出门时又停下脚步，"说真的，金柏莉，你晚上训练的时间应该短点儿，小心毕不了业。"

"祝你射击愉快！"金柏莉一边冲着室友远去的身影兴奋地喊道，一边忙乱地系上球鞋鞋带。露西走了。几秒钟之后，金柏莉也出了门。

说到底，金柏莉算得上是个幸运的女孩。她能精确指出自己整个职业生涯崩溃的确切时刻。一切都发生在八点二十三分，就在那天早上，在联邦调查局学院里。离全部训练结束还有六周时间。

她很累，睡眠不足，加上午夜和那个佐治亚特工的奇怪追逐，让她有点晕头转向，她把自己逼得太紧了，也许是应该听听露西的建议。

她会考虑这一点的。当然不是现在，是之后，在他们搬走尸体后。

开局很顺利，体能训练也不难。上午八点，他们做了俯卧撑，再做了一些仰卧起坐，然后是几组全身跳跃运动，都是些老花样，小学时就做过了。他们就像是一帮穿着蓝色衣服的孩子，老老实实地排队，老老实实地做着一项项运动。

接着，他们开始三英里的长跑，路线就是昨晚金柏莉跑的那一条。

真正的体能训练在森林里开始了。这条路并不难跑。感谢上帝，路面都铺得好好的，前进的方向都有指示。然而所有的指示似乎又包含了暗示。还能怎么办，跑啊！接受吧！爱上它！咬着牙忍下去！

起初大家是成群结队地跑，慢慢地每个人都找到了自己的节奏，人群渐渐分散。一直以来，金柏莉既不是班上跑得最快的，当然也不是最慢的那个。除了今天上午。

还没跑多久，她就落到了队伍尾巴上。

模模糊糊中，她意识到自己和同伴们的差距越拉越大，她注意到自己一边挣扎着想追上去，一边发出痛苦的喘息声。她左半边身体疼得厉害，步伐越发拖沓。她低头看着脚下的柏油路面，用意志力逼迫自己一步步往前迈。

真的是非常难受，眼前的世界反常地倾斜着。有那么一阵子，她觉得自己真的要晕过去了。她慌忙跑到路边，扶住一棵树，摇摇晃晃地撑着自己。

上帝啊，身体一侧真疼啊，肌肉拉得紧紧的，好像有把扳手牢牢钳住了肺一样。该死的空气，这个时候已经热起来了，湿气又那么重，无论她怎样大口喘气，都觉得氧气不够。

她向树林深处走去，希望能找一片阴凉地。可天气太热，就连绿葱葱的树叶都跟病了似的打着卷。突然，她胳膊上起了好多鸡皮疙瘩，身体紧跟着不受控制地颤抖起来。

是脱水还是中暑了？她无精打采地想。金柏莉，自我折磨到这个程度够了吗？还是准备对自己再狠一点儿？

周围的树木旋转得更快了，耳朵里响起一阵微弱的呼啸声，眼前出现了好多黑点。

呼吸，金柏莉，拜托，亲爱的，大口呼吸，镇定下来！

可她做不到。身体依然绷得紧紧的。她连口气都喘不上来，她要在森林里晕过去了，她要瘫倒在这块铺着落叶的坚硬土地上了，她管不了那么多，只渴望倒下去时能把脸贴在凉爽的土地上。

就在那时，一堆古怪的想法齐齐涌进她的脑海里。

昨夜，当她看见站在自己身边的陌生男子时，恐惧感一下子紧紧攥住了她的喉咙。她当时在想……想什么？终于轮到她了？死神终究要把家里所有女人都拜访一遍。六年前，她侥幸逃脱，但那并不意味着死神已经放过了她。

她觉得自己花了太多时间在看那些犯罪现场的照片，有时甚至能看见里面的画面在动，不过她从来没跟任何人说过这事。她看见自己的面孔出现在那一具具毫无生气的尸体上，看见自己的脑袋正安在那些残损的躯体和四肢上。

有时候她会做噩梦，梦见自己遭人杀害，只是她不会像正常人一样在梦见自己死之前醒过来。不，她的梦非常完整：身体从悬崖边坠落下去，砸在岩石上，摔得七零八碎，而头却撞在破烂不堪的汽车挡风玻璃上。这种死亡的感觉真是太真实了。

做这样的梦时，她从不尖叫。她只有一个想法：该是我的终于还是来了。

她已经无法呼吸，越来越多的黑点在眼前舞动，她只好紧紧抓住一棵树干。怎么会这么热？空气里的氧气都到哪里去了？

这时，仅存的理智告诉她，这是焦虑发作的症状。她的身体已经到了崩溃的边缘，于是，六年未出现的焦虑发作再次来袭。她踉踉跄跄地向树林更深处走去，她必须慢慢恢复过来，必须调整呼吸。过去，她曾经深受它的折磨。这一次，她一定能挺过来。

她在灌木丛中艰难跋涉着，完全没有心思去理会不停划着自己的面颊、缠住自己头发的树枝。此刻的她只想找个凉快一点的地方。

深呼吸，从一数到十。把注意力集中到双手，让它们慢慢恢复平静。你要坚强，你要勇敢，你是个受过专业训练的战士。

深呼吸，金柏莉，拜托，亲爱的，深呼吸。

她蹒跚着走到一块空地上，把头埋在双膝之间，大口呼吸着，她喘个不停，肺部终于张开，终于有空气进入胸腔了，谢天谢地。吸入，呼出，没错，就这样，继续……

金柏莉低下头看着紧贴在腹部的双手，终于不再颤抖了。她逼自己把手从身体上拿开，然后仔细查看每根手指，寻找是否还有颤抖的迹象。

好多了。再过一会儿，她就能彻底平静下来。到时候她会继续跑步。到现在为止，在别人眼里，她是很擅长这一点的，没有人会知道刚才发生的一切。

金柏莉直起身子，深深地吸了一口气，然后朝训练场方向转去……直到这时，她才发现这里并不只她自己。

前方五英尺就是一条脏兮兮的道路，又宽又滑，可能是海军陆战队训练用的。路的正当中躺着一个四肢摊开、穿着便装的女孩，金色的头发，黑色的凉鞋，四肢黝黑。身上穿着简单的白色棉布衬衫和蓝花超短裙。

金柏莉向前走了一步,她看到了女孩的脸,然后什么都明白了,她立刻感到背后一阵发凉,鸡皮疙瘩立刻爬满了胳膊。在这片闷热潮湿的树林里,她疯狂地四处张望,同时把手伸到大腿内侧,准备拿出藏在那里的刀子。

处理案件的第一步是确保现场的安全。

第二步,呼叫救援。

然后是尽量不去思考为什么在学院的地盘上竟然也会出现这种可怕的事情,这个女孩已经死了,从种种迹象来看,死亡时间并不长。

第七章　过去从未过去1

弗吉尼亚　匡提科

上午10:03

气温　86华氏度

"我再问你一次,金柏莉,你怎么会出现在那里?那里根本不是我们的训练道路!"

"我身上扎了一根刺,所以才会离开训练道路。我试图从那里走出去,不过……我不知道自己到底走了有多远。"

"然后你就看到了那具尸体？"

"当时，我看到前方有东西，"金柏莉眼都不眨地回答说，"于是向它走去，然后……你都知道了。"

和她谈话的是督导马克·沃森，此时正一脸怒容地看着她，不过，最后他还是向后靠到了椅背上。谈话的地点是沃森宽敞明亮的办公室，金柏莉就坐在他对面。耀眼的阳光透过玻璃洒进来，一只橘色的帝王蝶正趴在窗户上震动着翅膀。多么美好的一天，他们竟然在谈论死亡。

听到金柏莉的呼叫声，两个同学连忙跑来。等他们赶到的时候，金柏莉已经弯下腰在检查女孩脉搏了。毫无疑问，她早就没了心跳，金柏莉也没抱什么期望。女孩被发现时，一双棕色的眼睛睁得大大的，完全没有了生气。但是死亡并不是通过眼睛透露出来的，而是她的嘴——嘴唇惨白，而且被人用结实的黑线乱七八糟地缝上了，简直像一个恐怖的人形布偶。不知道什么样的畜生才能做出这种事，估计这女孩从头至尾也无法发出一声惨叫。

一名同学当场吐了出来。金柏莉却毫无反应。

有人把沃森喊了过来。一看到这可怕的画面，他立马联系了联邦调查局和海军罪案调查处（NCIS）的人。最后的结果是学院门口发生的命案并不在联邦调查局的管辖范围之内，而是海军罪案调查处的事，毕竟他们的职责就是保护和服务于海军陆战队。

金柏莉和她的同学被匆匆带走。身穿迷彩服的年轻陆战队队员过来了，身经百战的特工也穿着白色衬衫从天而降。现在，在树林深处，真正的调查工作已经展开。有人在拍照，画素描，做分析，一名法医正仔细检查着女孩的身体，希望不要遗漏一点点线索。其他人则忙着收集证物，往袋子上贴标签。

此时，金柏莉坐在办公室里。好心的联邦调查局长官把她带到这里，希望能远离犯罪现场。她的一边膝盖抖得厉害。最后，她只好把脚收到椅子下面。

"接下来会怎么样？"她轻轻问道。

"我不知道。"她的督导顿了顿，"跟你说实话吧，金柏莉，我们这里还没遇到过这种情况。"

"好吧，那看来是好事。"她喃喃地说。

沃森笑了，但笑容看起来有气无力。"几年前我们这儿出过一次事故。一名国家学院的学生在枪械训练课上突然死了。他年纪很小，所以他的死亡令人生疑。不过，最后法医认定，他死于突发心肌梗死。真是很不幸。但是不像今天的事情这般令人震惊，要知道每年、每天都会有那么多人从那里经过。不过，像这种事情……我们这种机构能建在这里，很大程度上取决于我们和周围社区的关系。万一消息传出去，大家知道这里发现了一具本地女孩的尸体……"

"你怎么知道她是本地人？"

"根据常理推断。她年纪还小，应该不是哪里的员工。如果她是联邦调查局或是海军陆战队的人，我们这边应该能有人把她认出来。所以，她一定不是我们的人。"

"她也可能是谁的女朋友，"金柏莉说，"那嘴……被缝上或许是因为她太爱回嘴了。"

"有可能。"沃森若有所思地看着她，金柏莉只好继续说下去。

"可你并不这么认为。"她说。

"你为什么会这么觉得？"

"她身上没有被实施暴力的迹象。如果是家务事，激情犯罪，那她身上应该会有被打的痕迹,比如瘀青、割伤、擦伤什么的。但实际上……我看了她的胳膊和腿,上面连道擦痕都没有。除了嘴。"

"会不会下手在别人看不到的地方?"

"可能吧,"她的语气略带犹豫,"但还是没法解释施暴人为什么要把尸体丢在陆战队的基地里。"

"你为什么觉得尸体是被移过来的?"沃森皱着眉头问。

"现场没有挣扎的痕迹,"金柏莉立刻回答道,"我跑过去的时候,地面甚至非常平整。"她皱起眉头,一脸疑问地看向沃森,"难道你觉得她被移过去的时候还活着吗?想进入基地并不容易。我发现陆战队的人正在展开'喝彩'行动,也就是说这里所有出入口都有人守着,所有访客都必须持有证件。不管是活人还是死人,想直接踏上学院的土壤根本就不可能。"

"的确如此。"

"可这还是说不通啊。"金柏莉皱着眉,依然坚持自己的看法,"如果那个女孩是活着的时候进来的,就一定要有通行证,两张通行证可比一张难搞多了。所以她可能是死后被运送进来的,放在车后备厢里。我从没见警卫搜过车,所以通过这种方式把她弄进来是可行的。所以,如果这种假设成立的话,那凶手应该是故意把尸体丢弃在匡提科基地的。"说到这儿,她突然摇了摇头。"还是不对。如果你住在这里,然后杀了人,哪怕不是故意的,也绝对不会想到把尸体扔到树林里。一般都会有多远跑多远,留下的证据越少越好。把尸体丢在这儿实在太愚蠢了。"

"我觉得我们现在还是不要妄作推断的好。"沃森低声说道。

"你觉得他是在借此向学院表达自己的想法吗?"金柏莉问,"或者是针对海军陆战队的？可能吗？"

听到这话，沃森一下子愤怒了。显然，金柏莉触碰到了一个禁忌的话题，沃森的表情表示他们的谈话就此结束。他身体往前一探，说："听着，从现在开始，这个案子由海军罪案调查处来处理，你了解他们吗？"

"不了解。"

"那你应该多学着点儿。海军罪案调查处有八百多名特工，他们时刻待命，随时可以赶赴全世界任何一个地方。只要是你说得上来的犯罪行为，他们都处理过，谋杀、强奸、家暴、欺诈、毒品、勒索、恐怖主义。他们有自己的专案组，有自己的法医，连犯罪实验室都有。拜托，这些特工可是调查研究过'科尔'号爆炸案的人。对于一具躺在陆战队基地树林里的尸体，他们当然也有办法。你听明白了？"

"我并没想暗示什么。"

"你只是个菜鸟，金柏莉。别忘了，你还不是特工，只是个新人。别忘了这两个身份之间的差异。"

"是的，长官。"金柏莉僵硬地答道。她抬起下巴，眼睛直视沃森，应对着这意想不到的责备。

不过，督导先生的声音又变得柔和起来："当然，海军罪案调查处的人会来问你一些问题，你一定要尽力配合回答，你懂的，配合兄弟执法机构的工作是非常重要的。但仅此而已，金柏莉，这事和你已经没有关系了。回到自己的班级，闭上嘴巴，不管对谁一个字都别说。"

"没人问我，我就不说？"她干巴巴地问。

听到这话，沃森脸上并没有流露出笑意。"在联邦特工的职业生涯里，很多时候都必须谨慎行事，依情况而裁决。做事不慎重的人，是成不了特工的。"

金柏莉坚毅的表情一下子消失了。她呆呆地盯着地板。沃森的话语冷酷无情,简直就是在威胁她。她无意间发现了那具尸体,可是……他那副样子好像觉得她就是麻烦的制造者,没有她,学院也不会惹上这麻烦。现在最保险的做法就是像他说的一样——站起来,闭上嘴巴,然后离开。

可惜她从来就不喜欢打保险牌。

她抬起头,紧盯着上司的眼睛。"长官,我愿意和海军罪案调查处的人接触,协助他们进行调查。"

"刚才我说的话你没听到吗?"

"我有处理这种案件的经验。"

"你根本就一无所知!别把工作上的事和你的个人生活混为一谈!"

"为什么不可以?暴力死亡就是暴力死亡。在我母亲的尸体被人发现后,我帮了我父亲不少忙。再过七周,我就是真正的联邦特工了。提早办案有什么不好?毕竟发现她的人是我。"她的语气愈发强硬。她并不想这样说话,当话说出口后她才意识到自己犯了错,可惜为时已晚。

沃森的脸顿时沉了下来。如果说之前的模样算严厉的话,那现在就是赤裸裸的恐吓。"金柏莉……我们打开天窗说亮话吧。你觉得作为一个新特工,你的表现怎么样?"

"我会继续努力的。"

"你觉得这是一名特工该有的目标吗?"

"有时候可以吧。"

他冷然一笑,指尖对在一起,撑在下巴前。"有几个教官还是很担心你的,金柏莉。当然,你的简历无可指责,考试分数也一直维持在九十以上,枪械运用也还可以。"

"但是呢?"她咬着牙问。

"但是你太盛气凌人,金柏莉,你来这儿已经九周了,但据大家所说,你连个朋友都没有,没有同盟,连称得上熟人的人都没有。你没有给同班同学带来什么,他们身上也没有你需要的。你就是一座孤岛,但执法部门是一个人与人之间相互合作的系统。没有联系,没有朋友,没有支持,你觉得你能走多远?工作效率能有多高?"

"我会注意的。"她说,说话时心跳得厉害。

"金柏莉,"他说,这回嗓音倒是柔和了不少,她不由得往后退了退——愤怒可以避开,温柔却只会让人害怕。"你要知道,你还很年轻。"

"我一直在成长。"她含糊地说。

"也许对你来说,现在并不是加入联邦调查局的最佳时机。"

"现在就是最佳时机。"

"我觉得你该多给自己几年时间,多给点空间,鉴于你家人的情况……"

"你是要我忘记自己的母亲和姐姐?"

"我可没那么说。"

"假装自己只是一个会计,为枯燥的生活寻找乐趣?"

"金柏莉。"

"我发现了一具尸体!问题出在这儿吗?就因为我在学院门口找到了一个灾难,所以你就要把我踢走吗?"

"住口!"他的口气愈发严厉。金柏莉终于缄口不言,这时,她才意识到自己之前说出的所有的话,脸颊一下红了,只好把眼睛望向别处。

"我要回到班上去了,"金柏莉小声说道,"我保证,一个字都不说。我很钦佩海军罪案调查处的成绩,我也绝不会在调查问题上进行妥协。"

"金柏莉……"督导先生觉得沮丧极了。他似乎还有话要说,但最后只是摇了摇头。"你看起来真是糟糕透了,显然你过去几周都没好好睡觉,也瘦得厉害。你回房去吧,好好休息,抓住这个机会,好好调养身体。要知道稍稍落后一点没什么可害羞的。你已经是我们这里最年轻的申请人之一了,现在完成不了的,过段时间总会赶上。"

金柏莉没有搭话,她硬生生地咽下了一个苦笑。这话她以前就听过,说这话的也是个中年男人,她的导师,一个她以为是自己朋友的人。没想到两天后,他用枪对准了她的脑袋。

千万不要在此刻崩溃,一定不要哭出来。

"我们过几天再聊吧,"沃森打破沉默,"解散吧。"

金柏莉走出他的办公室,走过大厅,走过一群群穿着蓝色衣服的学生,听见他们在窃窃私语。他们是不是在说她的妈妈和妹妹?还是她那传奇一般的父亲?或者他们在讨论今天的事,讨论那具偏偏被她发现的尸体。

一想到这里,金柏莉的眼睛顿时酸痛起来,她急忙用手掌按住太阳穴,她可不想招来别人同情的眼神。

金柏莉走到前门,一脚踏进滚烫的阳光里,汗水立刻冒出来了,眉毛上、额头上全是密密的汗珠,T恤紧紧贴在皮肤上。

她并没有回寝室去。虽然海军罪案调查处会找她谈话,但肯定要等到检查完犯罪现场后才能开始。也就是说,她还有一个小时的时间。

这已经足够了。

金柏莉径直向树林走去。

第八章 掌心里的石头与一片绿叶

弗吉尼亚 匡提科

中午11：33

气温 89华氏度

"死亡时间？"

"很难判断。尸体本身已经接近九十五度，而目前室外温度是八十九度，不利于尸体的降温。脸和脖子都已经僵硬。"穿着白大褂的法医说道。他把尸体稍稍往左翻了一下，用戴着手套的手指按了按已经长出红斑的皮肤，皮肤瞬间泛出惨白色。"还没有完全形成尸斑。"他直起身子，似乎想到了什么，又看了看尸体的眼睛和耳朵。"也没有蛆虫，在这种高温天气下，它们会很快出现。当然苍蝇一般会在嘴巴和开放的伤口处排卵，所以这里机会并不……"他又陷入了思考，似乎在把各种因素放在一起综合考虑，最后，他下了结论："死亡时间大概距现在四到六个小时。"

听到这话，旁边的一个人惊奇地抬起头来，看起来应该是海军罪案调查处的特工，他一边记笔记一边问道："这么短？"

"我现在只能做这样的推断，想更确切的话就得等解剖尸体之后了。"

"那什么时候能解剖尸体？"

"明天早上。"

特工一言不发地紧盯着法医。

"明早六点，可以吗？"法医试探地问。

特工的眼神更加凝重。

"那就今天下午吧。"法医改口。

特工终于露出一丝笑意。法医重重地叹了口气，唉，又是个棘手的案子。

调查员继续问道："死因可能是……"

"真的很难说。尸体上没有明显的刀伤和枪伤。没有皮下出血，这就排除了被勒死的可能性。耳内没有出血，也就是说没有脑部创伤。可以看到左臀开始出现大片瘀青，可能是在死亡前形成的。"法医掀起女孩的蓝花短裙，又仔细看了一番，然后摇了摇头。"我要做一下血液检测，这样才能了解更多情况。"

调查员点点头。这时，旁边多了一个人，穿着白大褂和卡其布裤子，拿着数码相机对着现场不停地拍着照片。而黄色的警戒线外是负责守卫的海军陆战队队员，他们神色冷峻，面无表情。茂密的树叶能够挡住阳光，却挡不住闷热潮湿的空气。特工们已经出了一身又一身的汗，长袖衬衫早已湿透了；年轻的陆战队队员们也没好到哪里去，一串串汗珠顺着他们轮廓分明的脸滚下来。

另一个更年轻的特工走了过来，短寸头，方下巴，正低头看着草木茂密的小路。"我看不到任何拖拽的痕迹。"他说。

法医点点头，走到遇害人脚边。尸体脚上穿着双黑色凉鞋，他拉起一只脚,仔细看了看鞋跟。"这里也没有尘土和碎石,一定是被人抬过来的。"

"这人身体一定很强壮。"拍照的那位插话说。

第一个特工看了他们俩一眼,说:"这里是海军陆战队基地,到处都是联邦调查局学员,每个人都很强壮。"他又朝尸体示意了一下,问:"那嘴巴又是怎么回事?"

法医用手托住尸体脸颊,转来转去看了一番。突然,他把手缩回,向后退了一步。

"怎么了?"年长的特工急忙问道。

"我……我……没什么。"

"没什么?什么叫没什么?"

"可能是光线的原因。"法医说得含含糊糊,可他再也不敢把手放回尸体脸颊上了。

然后,他简单说道:"看来用的是缝纫线,很粗,像是某种装饰缝线,绝不是医用的那种。针脚很粗糙,不可能是专业人士所为。出血很少,应该是死后缝上去的。"

女孩乱糟糟的金发里夹杂了一片树叶。法医心烦意乱地把叶子扯下,扔到一边。然后把遇害人的手拎过头顶,女孩的一只手紧攥着,法医轻轻地掰开她的手指,掌心里竟然藏着一块灰绿色的石头。

"嘿,"他朝着年轻特工喊道,"过来拍张照片?"

那孩子顺从地走了过来,对着石头拍起了照片,并问:"这是什么?"

"不知道,可能是某种石头吧。把它装进袋子,做上标记,好吗?"

"好。"他拿起一个证物袋,把石头放进去,尽忠职守地把袋子上的表格填好。

"没有防卫性伤痕。哦,这里。"法医把戴着手套的大拇指移到尸体左臂上部,指着肩头一处红色发肿的针眼说,"这是注射后留下的痕迹。淤痕很淡,很有可能是死亡之前打的。"

"注射过量?"年长一些的特工皱着眉头问道。

"可能是。一般情况下毒品不会进行肌内注射,都是静脉注射。"法医再次拉起女孩的短裙,从大腿内侧一直检查到脚趾缝里。最后,他又看了看尸体食指和大拇指的中间部分。"没有针孔,她没有使用毒品。"

"不过是个在错误时间走到错误地点的可怜人?"

"极有可能。"

年纪稍大的特工叹了口气:"我们得赶快弄清她的身份。能在这儿给她采指纹吗?"

"我觉得还是到停尸间再说吧,在那儿我们可以从她的手部采集血样和皮肤。你要是赶时间的话,可以查查她的钱包。"

"什么?"

法医脸上浮起笑容,用同情的目光看着这名海军警察。"在那边,警戒线外面的石头上。那儿有个黑色皮质双肩包,我女儿也有一个类似的,现在很流行。"

"这些愚蠢、可怜、没用的……"年长的特工看起来非常难过。他喊了个年轻手下来给包拍照,又让站岗的人员把警戒线向外扩展,把皮背包圈在里面。最后,他戴好手套,把包拿了过来。"记住,里面的东西每件都要登记,"他对助手说道,"现在我们先来看一下钱包。"

年轻特工立刻放下照相机,掏出纸笔。

"好了,开始。钱包,黑色皮质……看看里面,有一张超市会员卡,一张宠物店卡,录像带店租赁卡,又是一张超市会员卡……没有驾照。里面一共有三十美元,但没有驾照,没有信用卡,任何能显示人名的证件都没有。这说明了什么?"

"他不想让我们了解死者的身份。"年轻人急切地说。

"没错。"年长特工皱起眉头,"还有呢?你还想到了什么?我们遗漏了一件东西——钥匙。"他晃了晃包,但并没有听到叮当作响的钥匙声。"什么样的人会不带钥匙?"

"也许凶手是个贼?他从她驾照上知道了她的住址,拿了家里钥匙……反正她也回不了家了。"

"有可能。"话虽这么说,但这位年长特工依旧眉头紧蹙,盯着被害人被牢牢缝上的嘴。

金柏莉就藏在树后,这个位置相当不错,她可以看清发生的一切,她明白他此刻的想法:什么样的贼会把人的嘴巴缝上?同样,什么样的贼会跑到陆战队基地来抛尸?

这时,法医开了口:"我要去车子后备厢里拿几个纸袋子。"

"我们和你一起去吧,我还有几处地方要跟你对一下。"年长特工冲他的助手偏了偏头,年轻人立马跟了上来。他们向泥土路走去,留下四名哨兵看守着躺在地上的尸体。

就在金柏莉琢磨怎么偷偷溜走的时候,一只强有力的手一下子握住她的手腕。紧接着,另一只手捂住了她的嘴巴。她没有大声叫喊,只是当机立断地咬了对方一口。

"该死的,"一个低沉的声音在她耳边响起,"你会不会先观察再出手啊?我老是碰到你,躲都躲不开。"

金柏莉听出了那个声音,她盯着那具魁梧的身体,很不情愿地放松下来。对方也松开了双手。

"你来这儿干吗?"她小声问道,同时紧张地瞥了一眼在不远处守护犯罪现场的陆战队员们。

她转过头去,直视着马克科马克特工。他眉头紧锁。

"你怎么把自己弄成这样?"他抬手示意金柏莉不要有大动作。"等会儿,我不想被别人发现。"

金柏莉摸了摸自己的脸,这才发现鼻子上多了好几道锯齿形伤痕,脸颊上还有几道已经干掉的血迹。看来在森林里乱钻还是会有后果的,怪不得刚才上司一直让她回寝室休息。

她再次问道:"你在这里干什么?"

"我听到了小道消息,所以想过来瞧个究竟。"说着,他对着金柏莉上下打量了一番。"听说是被一个年轻特工发现的,我猜测这项殊荣应该属于你吧?不过,这儿离训练路线有点远啊,不是吗?"

金柏莉没有说话,只是盯着他。他只好耸耸肩,把注意力转到犯罪现场上。

"我想要那片叶子,"他趴在她耳边说,"你看到法医从被害人头发里扯掉的叶子了吗?"

"这可有违规定。"

"这话你留着跟他说去吧,亲爱的。我要那片叶子,既然你也在这儿,就一定要帮我拿到。"

她猛地转过身去:"不。"

"你只需要帮我转移一下看守人员的注意力,去聊聊天,就一会儿,一分钟。我就能拿到了。"

金柏莉皱起眉头，说道："那你去和他们聊天，我来拿叶子。"

他看着金柏莉，觉得她反应太迟钝了。"亲爱的，"他拉着调子说，"可你是个女孩。"

"所以，我连片叶子都弄不来？"她很生气，不由得提高了声音。

他赶忙捂住她的嘴。"不是，当然不是这个意思，我是说，和我比，你对这些年轻小伙子更有吸引力。"他看了一眼法医和两名海军调查员离去的方向。"快点吧，亲爱的，我们可没有那么多时间去浪费。"

"真是个蠢货，"她想，"不过也很性感。"想归想，她还是点头同意了。法医疏忽大意地把女孩头发里的树叶扔了，如果有人能把它取回来肯定是再好不过了。

马克示意她去引开左边的那两个看守，把他们引到前面去。他好从后面溜过去。

半分钟过后，金柏莉深深吸了口气，从树林里溜到小路上。她一个左拐，径直走到看守面前。

"我想看一看尸体。"她故作轻松地说。

"这片区域严禁人员进去，女士。"一名看守生硬地说，眼神落在金柏莉左耳后边。

"哦，我明白。"金柏莉漫不经心地摆了摆手，继续向前走去。

年轻的看守谨慎地往左挪了一步，毫不费力地挡住了她的去路。

"打扰了，"金柏莉的态度听起来也很坚决，"我想你还不明白，我有豁免权，也是负责这个案子的人员。拜托，这个现场就是我发现的。"

对方皱着眉头看着她，完全不为所动。另外两名看守也走了过来，显然是想给予同伴支援。金柏莉冲着他们展露了一个甜到腻人的笑容。同时瞥到马克科马克特工悄悄溜到了他们身后的空地上。

"女士，我请你立即离开。"那名看守继续要求。

"犯罪现场的记录本在哪里？"金柏莉问，"把本子拿出来，我给你们找出我的名字。"

陆战队队员们开始犹疑了。金柏莉的直觉没错，这些家伙的确只是步兵而已，对调查程序和执法步骤一无所知。

"我是认真的，"她又往前走了一步，卫兵们更加不安了。"我叫金柏莉·昆西，新来的特工。今天上午八点二十左右，我发现了被害人的尸体，并且替海军罪案调查处保护现场。这个案子我当然要继续跟进。"

马克已经快到尸体旁边了，这么大的个子居然能做到悄无声息，真令人吃惊。

"女士，这块区域现在归海军陆战队管，只允许陆战队队员进入。除非有专门人员陪同，否则你不能进来。"

"那什么人是专门人员呢？"

"女士……"

"先生，这女孩是我今天上午发现的。我很欣赏你的责任心，但我绝不会把这个可怜的女孩丢给你们这帮穿着迷彩服的大老爷们儿。她需要同性的陪伴，仅此而已。"

士兵狠狠地瞪了她一眼，显然，他觉得金柏莉的说法太雷人了。他叹了口气，竭力压抑住自己的怒火。

马克已经走到树叶那里了。他小心翼翼地趴在地上，手脚并用。这时，金柏莉才意识到一个问题：地上的干叶子太多了，红色，黄色，棕色。刚才夹在女孩头发里的叶子到底是什么颜色？上帝啊，她已经记不得了。

从旁边过来支援的看守又往金柏莉这儿走了几步，同时把手放在来复枪的枪柄上。金柏莉扬起下巴,吃准了他们不敢开枪。

"你必须离开。"第一名看守重复道。

"不。"

"女士,你必须自行离开,否则我们就要把你强行送走了。"

马克拿起一片叶子,皱着眉头看它。他不会也在想叶子的颜色吧?他能记得吗?

"你敢把手放在我身上,我就告你性骚扰。"

陆战队队员眨了眨眼,金柏莉也不屑地眨了眨眼。说实话,这个威胁的确非常有效。

就连马克也抬头往这边看了过来,他显然也被震惊了。这时,金柏莉看到了他手里的叶子——绿色的。

她心里的石头顿时落了下来。没错,这里的叶子基本上都干枯了,大都是去年秋天积下的老叶子。只有那片绿叶才可能是跟着尸体一起到这儿来的。他成功了!他们成功了!

后援的卫兵已经站在第一对卫兵的后面了,四双眼睛齐齐盯着金柏莉。

"你必须离开。"第一个卫兵又开口了,但语气完全没有了之前的凶悍。

"我只是想陪陪她。"金柏莉小声说道。

这话似乎让他进一步卸下了心防,眼神里的警惕消失了,他低头看着脚下的泥路,金柏莉并没有就此住口。

"我曾经有个姐姐,比躺在那儿的女孩大不了多少。有天晚上,一个男人灌醉了她,并对她车子的安全带做了手脚,她开着车径直撞到了电线杆上。那人逃跑了,就留下她一个人。她的头撞在挡风玻璃上,头盖骨碎了。不过,她并没有立刻死去,而是撑了很长一段时间,没有了意识。我一直都忍不住想……血从她脸上流下来的时候,她有感觉吗?她知道自己有多么孤独吗?医生不会告诉我所有的一切。我想知道她有没有哭,明不明白到底发生了什么。我想,世界上最悲惨的事莫过于你知道自己快要死去,却没有人能救得了你。当然,你们都是海军陆战队队员,不用担心这种事,总会有人来救你们的,可我们,我们这些女人,就说不准了,还有我可怜的姐姐。"

所有士兵的目光都垂到了地上。没什么。金柏莉的声音比自己预想的还要沙哑,她不知道自己的表情会怎样,这让她有点担心。

"你是对的,"她突然说道,"我应该走。我还会回来的,等调查官来了我再来吧。"

"那样最好了,女士。"士兵说。说这话时,他依然没有直视金柏莉的眼睛。

"多谢你们的帮助。"她犹疑了一下,又忍不住说,"请帮我照顾好她。"

说完,金柏莉迅速转身,消失在小路后面——她怕自己再做出什么蠢事来。

两分钟后,马克的手碰了碰她的胳膊。她掉头一看,发现他表情凝重,立马明白自己刚说的话都被他听进去了。

"你拿到叶子了吗?"她问。

"是的,女士。"

"现在能告诉我你来这里的真正原因了吧?"

马克答道:"这么多年来,我一直都在等着他的出现。"

第九章　游戏规则不变

弗吉尼亚　匡提科

中午12：33

气温　96华氏度

"一切都开始于一九九八年六月四日。那天晚上两个大学室友去了亚特兰大一家小酒馆，后来再也没回过家。三天之后，一个女孩的尸体在州界线上的75号公路旁被人发现，就在城市南面。四个月后，第二个女孩的尸体出现在离塔卢拉峡谷国家公园四百英里的地方。这两名女孩被人发现时都衣着完整，钱财未动，没有任何遭到抢劫或性侵犯的痕迹。"

金柏莉皱起眉头："这有点奇怪。"

马克看着她，点点头。他们来到"十字路口"酒吧，走到角落里的一张小桌旁坐下，头碰头，声音压得低低的。"第二年，也就是一九九九年，夏天的第一波高温直到七月才袭来。七月十日，佐治亚州梅昆市的两名高中生跑到酒吧里玩，后来再也没人看到她们。两天后，第一个女孩的尸体被人发现，这次地点是在445号公路旁，距离塔卢拉峡谷公园不远。第二具尸体……"

"在峡谷公园里面？"金柏莉大胆推测道。

"不是，这次是在伯克县的棉花地里。离峡谷公园一百五十英里远。我们当时只搜索了公园，什么都没有发现，直到十一月份的棉花收割期到了才找到第二具尸体。"

"等一下，"金柏莉抬起一只手，"你们一直到十一月份才在农田里找到尸体，怎么会用这么长的时间？"

"你从没去过伯克县，那里的棉花田面积有八百平方英里。你在那儿开上一整天的车都不会碰到柏油路。整个伯克县除了棉花田还是棉花田。"

"除了一具死尸。"金柏莉急切地向前倾了倾身子，"这次还是衣着整齐？没有性侵犯的迹象？"

"我们只能说，"马克答道，"每对遇害人中的第二名女孩身体情况都不一样，不过可以确定的是，这四个女孩被人发现时依然穿着之前外出时的衣服，看起来表情都很……平和。"

"死因？"

"各不相同。被抛尸在公路旁的女孩，死亡原因是镇静剂安定文摄入过量。凶手从她们的左肩把致死的药物注射了进去。"

"第二个女孩呢？"

"不清楚。狄安娜·威尔森应该是从高处掉下来摔死的，凯西·库珀可能是被暴晒而死，也可能是死于脱水。"

"她们被抛弃时都还活着？"

"理论上是这样的。"

她不知道自己是否信服马克的这个说法。"你刚提到了她们的钱包，那她们的身份证明都在吗？"

这次轮到马克皱眉头了。看来他想起了那天他们发现的女孩，钱包里也没有任何可以证明身份的东西。"她们都有驾照，"他只得承认，"确认尸体的身份应该不成问题。不过没有发现钥匙，也没找到她们的汽车——一辆都没找到。"

"不会吧？"金柏莉的眉头锁得更紧了，同时，她对案子的兴趣也愈加浓厚，"嗯，继续说。"

"然后是二〇〇〇年，"马克简短地说，语气急促，意识到这点后他翻了个白眼。"那是最糟糕的一年。炎热的夏天，一滴雨都没有。五月二十九日，温度已经攀升到九十五度。奥古斯塔州立大学的两名学生前往萨瓦娜过周末，后来再也没有回家。星期二早晨，一名摩托车手在韦恩斯伯勒的25号公路旁发现了第一具尸体。你知道韦恩斯伯勒在哪儿吗？"

金柏莉想了想，回答说："是在棉花地里？伯克县吗？"

他笑了笑，露出白得发亮的牙齿。"你反应还挺快。明白了吧？这是这场杀戮游戏众多规则中的一条：新一对受害者的第一个抛尸点总是靠近上一对受害者的第二个抛尸点。他大概是喜欢这种连续性，也可能是担心我们上次没找到，就在第二年再给我们一个机会。"说到这儿，他顿了顿，用赞赏的眼神看了金柏莉一眼。"那么今年，你觉得第二个女孩会在哪儿出现？"

"反正不在伯克县。"

"这答案是投机取巧。"

"他还没有在同一个地方重复抛过尸。因此可以判断，地点不会是峡谷公园，也不会是棉花地。我这是在用排除法。"

"佐治亚州的面积大概有近六千平方公里，境内有山川、森林、海岸线、沼泽地、桃园、烟草种植地，当然，还有城市。要排除的话，还得加把劲。"

金柏莉轻轻耸了下肩，认可了他的说法。她不自觉地咬了咬下嘴唇："对了，你刚刚说这是场游戏，那他会留下什么线索吗？"

他笑得更加灿烂了："没错，女士。这游戏的第二条规则就是要有竞争性，所以一定会留线索。我们回到这一系列案件的最初，回到在亚特兰大城外发现的第一名女孩。女尸躺在一条州际公路旁，还记得吗？没有任何暴力、性侵犯的痕迹，也就是说没有血迹和精液，那么在一般谋杀案里会找到的证据这里一点都没有。但有一个有意思的情况，那就是尸体很干净，可以说是异常干净，似乎有人特意清洗过被害人的腿、胳膊和鞋一样。我们不仅没找到残留毛发和纤维，连鞋子上可能会有的啤酒印，头发里会有的小杂碎都没有。就好像……好像女孩被消过毒了。"

"全身都这样？"金柏莉尖锐地问，"这样的话你就不能确定她到底有没有遭受性侵犯了。"

马克摇摇头。"并非全身，只有那些暴露在外的部分，比如头发、脸和四肢。我觉得他一定用了海绵。就像……就像擦洗石板一样。之后他才正式开始。"

"上帝啊。"金柏莉屏住呼吸。她不知道该不该继续问下去。

"这些女孩就是地图，"马克沉静地说，"这就是第一个女孩的意义，也是她被丢在主干道旁的原因——容易被发现。她的死亡可能来得很快，相对来说少受了很多折磨。因为对他来说，她无关紧要，只是个工具，就像向导一样，指引我们走向真正的游戏。"

金柏莉又把身子向前倾了倾。她的心"怦怦"乱跳，大脑里的神经元仿佛在"噼里啪啦"地燃烧。她觉察出这个案子的方向，几乎能看到一条扭曲而阴暗的路在她面前展开。"线索到底是什么？"

"我们在第一个女孩的头发里找到了一根羽毛，身体下方有一朵被碾压过的花朵，鞋子里有个小石块，钱包里有一张名片。犯罪实验室依照规定，给一切能找到的东西取了样，最后……一无所获。"

"什么都没找到？"

"什么都没找到。金柏莉，你去过真正的取证室吧？顺便说一下，我指的不是联邦调查局实验室，他们可不一样，他们有的是钱，配备的器材一定是一流的。我指的是我们这些人好不容易争取到的取证室。"

金柏莉摇摇头。

"我们有器材，很多设备。但除非是测试指纹和DNA，否则，老天，我们的器材就根本没用，就像两只不配对的袜子一样。我们没有数据库，没错，我们也搜集泥土样本，但没用啊，我们没法把它们扫描进超强电脑，接着跟那些犯罪题材电视剧里演的一样，屏幕上奇迹般出现亮点——地点一下就匹配上了！这不可能。实话实说，我们预算很紧张，也就意味着我们的法医只能缩手缩脚地干活。我们只能取样，然后等，等到有一天抓来一个嫌犯，对比工作才能展开。从犯罪现场取一撮土，希望那土和凶手家后院的一模一样——多么完美的探案过程啊！

"换句话说，我们搜集来的那些石块、羽毛和花朵，大家都清楚这些样本留在我们手上毫无用处。于是我们把样本寄给真正的专家，希望他们能有所发现。之后只能等，等上九个月的时间。"

金柏莉不禁闭上了眼睛："哦，不。"

"没有人知道这些情况。"他低声说道，"你要知道，没人能推测出凶手的喜好。"

"他把第二个女孩丢弃在了峡谷里,是吗?"

"没错,他给她留了一加仑的水。女孩穿着高跟鞋,当时的气温接近一百度。"

"但如果能及时破解线索……"

"你指的是,我们发现那朵白色的花是多年生草本植物延龄草的花,全佐治亚州只有塔卢拉峡谷里一块面积为五点三平方英里的地方才有?还是那羽毛是游隼的毛,只有峡谷里才有?或者是她鞋子里的小石块只和悬崖上的石块样本匹配?再或者那张在她钱包里发现的名片属于佐治亚能源公司客服代表,而那家公司碰巧拥有和管理整个峡谷?没错,要是我们能早点知道这些信息,说不定就能找到她。但是,大多数报告都要过好几个月才能出来,而几个月之后,可怜的狄安娜·威尔森早已葬身谷底了。"

金柏莉低下了头。她想着那个可怜的女孩,迷失在凶险丛生的森林里,茫然不知所措。她顶着炽热的阳光,穿着高跟鞋和紧身小黑裙,在崎岖不平的山路上艰难跋涉,想就这么走出去。她不知道那女孩是不是很快就把水给喝完了,心里还坚定地以为不久就会有人来解救自己。也许她从一开始就控制了自己的饮水量,也就是说,她早就做好了最坏的打算。

"那第二对女孩呢?"她的声音也很低落。

马克耸耸肩,目光更加黑暗深邃而严肃。"案子还是没有起色。第一具尸体出现在峡谷外时,所有人都了解其中的关联。但我们只知道有人绑架了女孩,可能会把她藏在峡谷里。天气非常炎热,拉本县的警长办公室立刻做出部署,将全部警力投入到州立公园,全面搜索失踪女孩。过了一周，我们才意识到她可能不在公园里。可就连那个时刻，我们对这个结论都不敢百分百地肯定。"

"这次线索是什么？"

"乔茜·安德斯的红色上衣里有白色棉线，鞋子上有干了的泥土，钱包里有四粒谷物，衣服前袋里塞了一张印花餐巾，上面潦草地写着一个电话号码。"

"棉线和谷物暗示着棉花？"金柏莉猜测道。

"根据后来的检测结果，棉线属于棉籽绒，是棉籽做的。谷物也是棉籽颗粒。泥土里的有机物含量非常高。电话号码是莱尔·波尔克的，时年六十五岁，是名退休电工，居住在萨瓦娜，从未听说过这两个女孩，更别说洛克希酒吧了。那个酒吧是她们二人最后出现的地方。"

"位于伯克县。"金柏莉说。

马克点点头。"对于佐治亚这样的产棉大州，'棉花'这个线索并不够。这儿有九十七个县都种植着这种农作物。至于那个电话号码……我想凶手这么做纯粹是在戏弄我们。我们要搜索的地方有八百平方英里。如果我们能注意的话……"他耸耸肩，不停地把双手分开合起，看起来十分沮丧。

"你是什么时候把这一切联系在一起的？"金柏莉问。

"在凯西·库珀的尸体被发现两个月之后。最后一份证物报告来了，我们根据既有事实，把线索联系了起来。上帝啊，四名女孩成对地失踪。每回都是这样，第一名女孩很快就被人发现，地点总靠着主干道。而第二名女孩要过好长一段时间才能找到，发现地点总是在偏远且危险的地方。第一个女孩身上总是有通向第二个遗弃地点的线索。老天，要是我们能及早破解全部线索，就能及时找到第二个女孩了。

老天，也许这样才能说得通。"马克叹了口气，他真是厌恶极了，但很快又恢复情绪，继续说了下去。

"我们组织了一个专案组，外界并不知道。我们暗地里继续工作，找到佐治亚最出色的生物学家、植物学家、地质学家、昆虫学家等等，让他们集思广益，猜测凶手下一个作案地点。我们的目标就是积极主动出击。即便达不到，至少我们也有专家就位，如果那人再次出手，我们也好及时展开工作。"

"后来呢？"金柏莉问。

"然后就到了二〇〇〇年，"他坦率地说，"那年我们自觉都聪明了不少。可没想到那年败得很惨，前所未有的惨。两起绑架案，三名女孩死亡。"说到这儿，马克瞥了一眼手表，然后迅速收起了下面的话，一把握住金柏莉的手，这个举动让他俩都吃惊不小。

"不过以前是以前，现在是现在。金柏莉，如果这次出手的依旧是生态杀手，那我们时间不多了。时钟正在滴答滴答。接下来，我有事情让你帮忙。"

第十章　缇娜在笼子里

弗吉尼亚　匡提科

下午2：03

气温　98华氏度

"这个马克·马克科马克要害我被赶出联邦调查局学院了。"金柏莉一边开车，一边不动声色地想。她正顺着蜿蜒的小路往高速公路上开。在和马克谈完话后，她洗了个澡，换上学院制服——卡其布工装裤和海军蓝T恤，又把那把玩具枪插进腰带上的皮套里，把手铐挂在腰间。既然以后是要做特工的人，现在看起来就要像点样子才行。她本可以拒绝马克，开车的时候她依然在思考这个问题。她并不了解那个人，撇开他俊朗的外表和迷人的蓝眼睛，他其实并没有指使她做事的权力。金柏莉甚至还不确定他的话的真假。

是的，没错，那个生态杀手把佐治亚州搞得一团糟，但那毕竟是三年前的事了，发生在一个距离这里千里之外的地方。为什么那个佐治亚州的混蛋要突然跑到弗吉尼亚州来？更奇怪的是，为什么他会把一具尸体扔在联邦调查局学院的门口？金柏莉想不通。马克只能看到他想看到的东西。他不是第一个被一桩案件迷住的警察，也不会是最后一个。

这一切都没法解释金柏莉下午不去上课的原因，逃课可是会为她带来处分的。她也不清楚为什么在督导明确告诉她远离这桩案件后，她还要开车冲到县法医工作室去。这种违抗上级命令的行为可能导致她被踢出学院。

然而，在马克提出请求的那一瞬间，她就同意了。她想和法医会面，想参与那个素昧平生的女孩的尸检。

她想的太多太多，她想知道到底发生了什么，想知道女孩的姓名和她曾经拥有的梦想。她想知道女孩是受尽折磨而死还是很快死去。她想了解那个不明身份的凶手有没有遗漏了什么线索，好让她加以利用追踪到他。那样，她就可以为这个女孩伸张正义，她那么年轻，那么美好，不该像垃圾一般被丢在森林里。

简单来说，金柏莉有自己的打算。她学习过心理学，能够看到种种别人察觉不到的迹象；她的姐姐和母亲都死于暴力犯罪，她就算想让自己停下来也做不到。是她发现的那个被害人，是她陪着她待在阴森的树荫下等待警察的到来。她做不到就这样不管不问地走开。

金柏莉根据海军陆战队基地的人给她的地址一路找了过去。她想找海军罪案调查处的调查员，却得知他已经去停尸房参加尸检了。

好消息是，特工卡普兰也在，正好给了金柏莉一个旁观尸检的正当理由——她是去和他谈话的，管他呢，只要她在那儿，想怎么看就怎么看……

当然，这也有不好的一面。卡普兰是一个经验丰富的特工，看到一个新人使劲往他的案子里钻，一定会觉察到什么。他的警觉要比劳累过度的法医高得多。

这也是马克希望金柏莉承担这个任务的原因。没人愿意自己的案子里再多一个指手画脚的警察，但如果是学生那就另当别论了。"表现出你脆弱的一面。"马克是这么建议她的。

没人会对一个懵懂的小新丁起疑心。

金柏莉把车停在那栋不起眼的五层楼建筑外。她做了个深呼吸，心想，过去父亲面对案子时是不是也会同样紧张？他有没有做过出乎他人意料的选择？就像现在的金柏莉一样，冒尽风险，只为求得真相，在这个每天都有金发女孩被谋杀的世界里，为其中一个四处奔波。

遥远而冷静的父亲。虽然有些想不起他的样子，却勇气倍增。她端起肩膀，大步走了进去。

一进大门，一股特别的气味迎面扑来，全是抗菌杀菌的药水味，一闻就知道里面隐藏着什么。她走到玻璃环绕的接待区，提出请求。里面的女人立刻打开了内门，放她直接进去。整个过程非常顺利，这让金柏莉十分感激。

金柏莉顺着长长的走廊往里走，四周是光秃秃的墙，地上铺着油布毯。不时会有人推着金属轮床经过。很多灰色小门，应该是通往不同地方，都被密码锁锁着，金柏莉没有密码。里面的温度比外面低很多，鞋跟撞击着地面，那回声让人心惊，头顶上的日光灯管也在"嗡嗡"作响。

她感到垂在两侧的双手开始颤抖，汗水顺着后背慢慢滑下来。室外骄阳似火，走到这么凉爽的地方本该觉得放松，可她没有这种感觉。

走到走廊尽头，她推开一扇木门，走进一个新的大堂区，这就是法医工作室所在的地方。她按了按门铃，门突然打开，不过她并不感到吃惊。接着，特工卡普兰探出头来。

"你来找法医的?他正忙着。"

"实际上,我是来找你的。"

卡普兰挺直身体站在门口。金柏莉离他很近,近到可以看见那头黑色短发上的点点银霜。他眼神凌厉,薄薄的嘴唇紧抿着,一看就知道是个不苟言笑、饱经风霜的人。虽然不冷酷,但绝对是个难对付的角色。毕竟这是个把海军和海军陆战队管理得井然有序的人。

接下来一定是场硬仗。

"我是新特工金柏莉·昆西。"金柏莉一边说一边伸出一只手。

他握住了金柏莉的手,力度适中,但很坚定,表情里透着警觉。"你这一路来得不容易。"

"我知道你有不少问题要问我。我时间较多,过来找你更方便。我去过基地,他们说你在这儿,所以我就开车来了。"

"你的督导知道你离开学院了吗?"

"我没对他直接说明。今天上午和他谈话时,他对我强调了全面配合海军罪案调查处工作的重要性,所以我向他保证一定会全力以赴。"

"嗯哼。"这就是卡普兰的全部回答。然后他就站在那里,紧盯着金柏莉。两个人就这么沉默地站了好一会儿。看来,做他的孩子就甭想晚上偷偷溜出去。

金柏莉有些坐立不安,她很想摆弄自己的手指。但她强忍住这股冲动,把手伸进口袋里,心想,要是带着格洛克手枪就好了。要知道当你的装备只有一把红色玩具手枪时,想表现出信心十足的样子都难。

"我知道你去了犯罪现场。"卡普兰突然说道。

"我是顺路经过那里。"

"男孩们都被吓得不轻。"

"先生，恕我直言，您的手下确实不经吓。"

卡普兰的嘴唇终于上扬，嘴角透露出一丝若有若无的笑意。"我也是这么跟他们说的。"他说。那一刻，他俩似乎成了同谋者。可惜这愉快的时刻稍纵即逝。"你为什么要插手我的案件，新特工？你父亲没有把你教好吗？"

金柏莉的肩膀一下僵硬了。她意识到了自己的身体反应，但依然故作淡定来应对："我可不是因为喜欢缝衣服才申请去学院的。"

"所以对你来说，这只是一次学术研究？"

"不。"

听到这话，他皱起眉头来："昆西特工，我再问一次，你为什么上这儿来？"

"因为她是我发现的，长官。"

"就凭她是你发现的？"

"是的，长官。案子因我开始，我想善始善终。这是我父亲教我的。"

"这个案子由不得你来终结。"

"没错，长官，这案子是你的，这一点毋庸置疑。我还是个学生，只是希望您能发发善心，给我一个观摩的机会。"

"善心？可没人说过我有。"

"允许一个新手观察验尸过程，让她吐到肠子都出来并不会改变您的形象，长官。"

听到这话，他终于笑了，笑容让他的整个面部轮廓都变了，变得英俊，似乎还很和蔼可亲，那层掩饰在外面的冷酷外表终于被撕开，金柏莉觉得自己有了一线希望。

"你以前看过尸检吗,昆西特工?"

"没有,长官。"

"到时候你就会知道让你难受的并不是血,而是那股气味。也有可能是电锯切割头骨的'嘎嘎'声。你觉得自己行吗?"

"我觉得会恶心是正常的,长官。"

"既然这样的话,就来吧。我得去给联邦调查局的那帮特工崽子们上一课。"卡普兰嘀咕道。他摇了摇头,打开门,让金柏莉走进那个冰冷无菌的房间。

缇娜又要吐了。她竭力控制着自己的反应,可胃还是缩成一团,喉咙绷得紧紧的,胆汁一个劲地往上涌。她强迫自己把那些恶心的液体咽下去。她的嘴巴被胶带封住了。要是现在呕吐的话,她怕自己会溺死在呕吐物里。

她把身体紧紧蜷成一团。小腹的痉挛感似乎减轻了一些,她能稍微舒缓个几分钟。可之后呢?她一点也不知道。

四周是一望无际的黑暗,什么也看不到,什么也听不到。双手被捆在身后,还好绑得不是太紧。脚好像也被捆起来了。动动脚,胶带发出无力的声响,稍稍松开了一些。

不过胶带并不要紧。几小时前她就想明白了,真正的牢笼并非这些胶带,而是困住自己的塑料容器。里面太黑,她没法确切地了解一切,只能根据粗略的空间大小,判断铁门应该在前面。顶上开了一些洞,她把脸靠过去,感觉到自己似乎被扔进了一个巨大的动物笼子里。换句话说,她被关在了狗笼子里。

一开始,她还哭了好一会儿。哭完后她怒火中烧,用身体用力撞塑料墙和金属门。可惜完全没用，只是让自己肩膀瘀青，膝盖受伤。

后来她睡着了。恐惧和疼痛把她折磨得精疲力竭，她根本不知道自己接下来会面临什么样的命运。等她睡醒后，嘴上的胶带不见了，笼子里多了一个一加仑的水罐，还有一根能量棒。她可不是什么会乖乖听话的猴子！她很想拒绝这份诱惑，可一想到还没出生的孩子，她还是就着水，狼吞虎咽地吃起了能量棒。

她觉得水里应该被人下了药。喝完没多久，她就陷入了沉沉的睡眠中。等再次醒来的时候，嘴巴又被胶带封上了。那根能量棒的包装纸也被拿走了。

她很想大哭一场。麻醉药对身体一定不好，对她没好处，对肚子里的孩子也没好处。真是可笑，四周前她还不确定自己想不想要这个孩子。后来，贝琪从梅奥医院拿了一本儿童健康指南回来，她们一起研究那些照片，那时缇娜才知道在怀孕六周后，她的宝宝已经有半英寸那么长了，顶着一个大脑袋，一双没眼皮的眼睛，还有小胳膊小腿，手和脚就跟船桨一样。再过一个星期，孩子就会长到一英寸那么长，手和脚会长出指头来，覆着一层小小的蹼。到那时候，她的宝宝就会是全世界最可爱的小豆子。

换句话说，她的宝宝已经是个小人儿了。一个无比珍贵的小人，缇娜等不及要把他抱在自己的怀里。而且她最好赶快享受那个时刻，因为要不了多久她的妈妈就会气到想要杀了她。

她的妈妈，哦，上帝啊。一想到她缇娜就想哭。要是缇娜有了什么不测……生活对妈妈那样的女人来说真是太不公平了。她辛苦工作了一辈子，就为了女儿能过上更好的生活。

缇娜告诉自己要警惕起来，一定要加倍小心。该死的，她不能就这样凭空消失！她不要成为一个愚蠢没用的数据。她竖起耳朵，努力地听，捕捉一切声音。

缇娜确定自己是在一辆车里。她能感受到车的动静，可什么都看不到，她觉得困惑极了。她可能是在一辆被遮盖好的皮卡车后面，也可能是在一辆一丝缝隙都不透的货车里。依据她的判断，现在还没到晚上，可是四周漆黑一片，手表根本派不上用场，她也不知道究竟过去了多久，她只知道自己睡了很久。药物、恐惧，轮番上阵，让她昏昏欲睡。

她觉得自己被隔绝起来了。到处都黑洞洞的，毫无生气，就连人的呼吸声都听不到，更别说啜泣声了。她很确定自己是这里唯一的活物。这也许是件好事，说明她是唯一一个被绑架来的人。他只带走了她。

可有时她会对这个想法产生怀疑，内心涌起一股想哭的冲动。

她不知道他到底想要干什么。他是个变态吗？专门绑架女大学生，把她们带到自己的隐匿处，做一些见不得人的事？不过她的衣着还是整齐的，连三英寸高的凉鞋都还在。他还把她的钱包一并留下了。变态应该不会这么做。

也许他是个奴隶贩子。她听说过这种事。白种女孩卖到国外去能赚不少钱。她可能会成为某个人众多妻妾中的一个，也会沦落到曼谷的低档酒吧里。好吧，到时候她这个年轻小尤物一下子发胖、变肿，他们可就有的惊喜了。他们也许会接受这个教训，所有的问题都是后话了。

但她的孩子就会出生在没有自由、乌烟瘴气的环境中……

胆汁再次涌到了喉咙口，她再次硬生生地咽下去。

"我不能吐，"她对自己的肚子说，"你得让我歇一会儿，我们要一起面对。我会设法逃出牢笼,你就负责消化所有的食物和水。这儿没什么好忙的,我们要把吃下去的卡路里用到点子上。"

这个忠告实际上非常重要,缇娜吃得越少,她的恶心感就越强烈,这话听起来很不正常,但却是事实。一句话,食物让她感到恶心,可饥饿又让她的恶心愈加严重。

慢慢地,缇娜注意到车子开始减速。她支起耳朵,似乎听到了轻微的刹车声。果然,车停了。

她顿时变得紧张起来。双手在身后不停地摸索着,正好摸到了她的单肩包。她紧紧抓住,像是握着保命的武器。实际上,双手被紧紧绑着,就算拿到什么武器也起不了作用,但她觉得自己必须做点什么。总比傻等着好……

门突然打开。刺眼的阳光一下子透了进来,她被刺到不停地眨着眼睛。接着,热浪像堵墙一般压迫过来。哦上帝啊,外面都快沸腾了。她不由得往后缩了缩,却还是逃不开那酷热。

一个男人站在门口,阳光在他周围勾勒出一个巨大的黑色轮廓。他把胳膊伸了过来,一个玻璃纸包装袋从塑料隔栏间掉了进来。接着又放了一个,再一个。

"你还有水吗?"他问。

缇娜刚想回答,却记起嘴巴还被胶带封着。水还没喝完,但她还想再要一点,便摇了摇头。

"你应该省着点儿喝。"男人斥责道。

她想冲他吐口水,可做不到,只好耸耸肩。

"我再给你一罐。一共就这么多了,你明白吗?"

"就这么多了"是什么意思?是说在放掉她之前就给这么多水吗?

还是在他强奸她、杀掉她，或是把她卖给一帮变态扭曲的人之前？

胃里又是一阵翻滚。她闭上眼睛，竭力把这阵难受的感觉压下去。

紧接着，她感觉到胳膊上一阵刺痛。该死的，是个针头。麻醉药，哦，不……

浑身的肌肉立刻放松下来。她靠着狗笼无力地滑了下去，世界再次离她远去。狗笼门开了，一罐水被放了进来，随即伸进来一只手把缇娜嘴上的胶带撕掉，一阵针刺般的疼痛，一股血慢慢顺着嘴角缓缓流下。

"吃，喝，"男人低声说道，"到了晚上，你浑身的力气就能派上用场了。"

笼门"砰"的一声关上了。接着，货车的门也被放了下来。阳光没了，酷热也被阻隔在了外面。

缇娜瘫倒在狗笼上，双腿蜷起，全身缩成一团，似乎在保护着肚子。麻醉药力越来越强，她沉沉睡去。

第十一章 验尸

弗吉尼亚 匡提科
下午3：14
气温 98华氏度

验尸并没有取得太多进展。对此，金柏莉并不感到惊奇。因为在一般情况下，尸体被发现后无法立即进行检验，而是会安排在几天之后。现在一切都进展缓慢，海军罪案调查处的调查工作也很繁重。

卡普兰特工把金柏莉介绍给法医寇本博士，然后是他的助手吉娜·尼切。

"第一次？"尼切一边问一边迅速地把尸体推了进来。

金柏莉点点头。

"要是想吐的话，不用征求同意，直接出去就行，"尼切爽朗地说，"这里的清洁工作已经够我忙活的了。"她的语气听起来很轻快。接着她又拉开装尸袋上的拉链，将塑料袋往后卷。"我只是助手，寇本博士才是解剖员。他会根据程序来，他让我做什么我就做什么。一般情况下程序是这样的：尸体送来一两天后先在一个独立区域进行登记，登记内容包括衣服、个人财物以及重量，然后把尸体装入一个正式的袋子，编上号。不过这次时间有限，"说到这儿，尼切看了卡普兰一眼，"我们只能进行到哪步算哪步。哦，对了，我忘说了，靠墙的桌子上有一盒手套。橱柜那里有多余的帽子和长袍。请自便吧。"

金柏莉用不确定的眼神看向柜子，又瞄了尼切一眼。对方似乎看懂了她的心思，补充道："要知道，有时候它们会溅得到处都是。"

金柏莉走到橱柜那儿，找了顶帽子盖住一头柔软的短发，又穿上长袍，罩住衣服。她注意到卡普兰特工也跟着她走了过去，穿好保护性装备。他自己带了一副手套来。她就从法医的供给品里拿了一双，暂用一下。

尼切已经打开了装尸袋，她先将外层厚重的塑料膜往后拉，接着拉开一层白色的床单，最后是最里层的塑料膜——很像干洗专用袋——这层膜和尸体直接接触。尼切将每一层包裹物都直接搭在轮床上。做完后，她有条不紊地开始了物品清点工作，将女孩身上的衣服、珠宝都一一记好。而与此同时，寇本博士在准备解剖台。

"在推进来前，我已经把钱包里的东西都登记好了，"尼切依然滔滔不绝，"可怜的孩子，钱包里还装着一本夏威夷的旅行手册。我也一直都想去夏威夷。你觉得她是打算和男朋友一起去吗？如果她有男朋友的话，那现在也成了单身了，拜托，我多么希望有人能把我从这里带走。好了，我们都准备妥当了。"

她把轮床推到解剖台那里。显然，她和寇本博士已经合作过好多次了。他站在头部，她站在脚那儿。倒数三下之后，两个人将赤裸的尸体从轮床搬到了金属板上。然后尼切将轮床推走。

"测试，测试。"寇本博士对着录音器材试了下音。一切都很正常，他满意地开始正式工作。

首先，法医要记录被害者的身体情况，对性别、年龄、身高、体重和头发、眼珠颜色进行描述。他的结论是"她"身体状况很好（"除了她已经死了。"金柏莉暗想着）。法医还详细说明了她身体上的文身特征：玫瑰图案，大约一英寸大小，位于死者左胸上部。

"被害人"、"死者"，这是寇本博士频繁使用的两个词。金柏莉觉得这正是自己的问题所在。她从来没想过"被害人"和"死者"这样的字眼，她只是觉得她"年轻"、"漂亮"、"一头金发"，是个"女孩"。如果要成为冷静，甚至冷漠面对死亡的调查官，那她离那个目标还很远。

寇本博士继续观察可视性创伤。他描述了被害人臀部左上方的一大块瘀青，然后用戴着手套的手轻轻戳了戳像蜡一般的皮肤。"被害人皮肤表面有一块瘀斑，直径约为四英寸，位于左臀上方。中间区域红肿，以针孔为中心，面积约为一点五英寸。对肌内注射来说，一般不会出现这样的瘀斑。造成这种结果的原因可能是注射者缺乏经验，或是使用粗孔径的针头。"

听到这话特工卡普兰不禁皱起眉头，抬手示意了一下。寇本博士立刻关掉了手里的迷你录音器。"你说粗孔径的针头是什么意思？"卡普兰问。

"不同的口径可以穿透不同的厚度。比如在医院里，我们给病人打针用的是十八号针头，能轻易扎进血管。操作得当的话，只会形成非常小的瘀青。而这个注射点周围有大块瘀青，且不仅在肌肉上。中间红肿的点正是针头刺穿皮肤的地方。通过刺穿点的大小，我觉得要么当时有一股很大的力量带着针头扎进人体，没错，针一直刺到了大腿里。要么就是一根粗得惊人的针。"

卡普兰眯起眼睛，考虑着这两种可能性。"可为什么要用粗针？"

"不同大小的针被用在不同的地方。"寇本博士眉头紧蹙,"为了更快注射大量物质,就需要用粗孔径的针。注射混合性液体也需要更粗的针。注意,有意思的地方来了。第二个注射点在手臂上,瘀青范围相对较小,只有一个不为人注意的点,稍稍肿起。那就是我们平时用十八号针头后会留下的印记。当然,这块瘀青之所以面积小,也是因为这是在她死前不久注射形成的。但不管是哪种情况,这个的注射手法都更老到。这两次要么用的针不一样,要么是用的两种不同的肌内注射方法。"

"那么就是说她第一次被注射的地方是在臀部,"卡普兰边想边慢慢说道,"对方用的力量大或者用了大号的针头。之后才是手臂上被注射。但这次手法熟练,也更小心。那么这两次注射相隔了多长时间?"

寇本博士皱起眉头。他又用手指仔细检查了第一块瘀青。"这块区域大,一定得有段时间才能形成。注意到了吗?这里都是紫色和深蓝色,没有消退过程中应出现的黄绿色。我判断,在臀部注射和手臂注射之间相隔了十二到二十四个小时。"

"是偷袭。"金柏莉低声说了句。

特工卡普兰转过身来,又用之前那种凌厉的眼神瞪着她:"再说一遍?"

"是偷袭。"她逼着自己提高声音,"第一块瘀青……如果是因为用力更大,那很有可能是偷袭的结果。这样凶手就获得了最初的控制权。然后,等她被完全制伏,他就可以游刃有余地给她注射了。"

她想到了马克跟她说过的佐治亚州谋杀案。那几个先被发现的女孩臀部都有瘀青,左上臂有一个致命的注射点。过去她从没听过这样的犯罪手法,如果是两个不同的杀手,那在两个不同的地方使用同样方法的概率能有多大呢？

寇本医生再次打开录音器。他把尸体翻了个面，然后对着录音器进行描述：无瘀青和擦伤，最后记述了被害人的嘴部情况，由此结束了初步检查。尼切递给他一张类似标准表格的东西，他快速高效地画出了刚才提及的两处外伤。

接下来到手部。双手在犯罪现场就被袋子裹起来了。尼切拉开纸袋，寇本博士也俯身过来。他在每个指甲下刮了几下。尼切采集样本。接着，寇本博士用棉签将甲床擦拭了一遍，看有没有血迹。他看着卡普兰摇了摇头。"并没有防御造成的伤口，没有其他人的皮肤和血迹。"

卡普兰叹了口气，又靠在墙上嘟哝着："今天不走运啊。"

接下来要对被害人的双手进行取证，尼切拿来一块取指纹用的印泥，可惜尸体在被人发现时已经完全僵硬，手指更是无法掰开。

寇本博士走过来帮她。他用力掰着女孩食指的第一个指关节，直到"咔"的一声，手指才得以松开。尼切开始给手指头上墨，寇本博士熟练地把两只手都打开了。每一次"咔"的声响都在这冰冷的房间里回荡起轻微的回音，金柏莉觉得自己就快吐出来了。

我不会吐的，她不停地告诉自己。可是，上帝啊，要知道这才仅仅是外部检查而已。

指纹取证结束。寇本博士走到死者腿边。尽管她的衣物状态不符合强奸的特点，但为了确定，他还是得亲自检查。

"大腿内侧没有瘀青，大小阴唇均无撕裂痕迹。"寇本博士继续口述道。他梳理了一下阴毛，尼切将散落下来的采集起来，放入单独的证物袋里。之后，他又拿起三根棉签。

看到这儿，金柏莉不得不挪开眼睛。这个年轻女孩已经死了，死前未受任何侵犯，没有任何伤口。可她就是看不下去。她的手指拧在一起，呼吸急促。房间里那股浓烈的气味再次钻入她的鼻子，后背上黏稠的汗不停地向下淌。她用余光瞥见卡普兰的眼睛也刻意回避着看向地面。

过了一会儿，寇本简短地总结道："从外部检查来看并没有发现性侵痕迹。现在，我们开始清洁工作。"

金柏莉的眼睛一下子睁大了。尼切已经就位，她和寇本博士一起拿着水管对着尸体冲了起来。寇本博士看懂了金柏莉脸上疑惑的表情，一边喷水，一边解释说："在外部检查结束后，真正的解剖开始前，我们必须彻底清洁尸体。这样做的目的是防止外部因素，如尘土、纤维、碎石污染体内器官，混淆解剖结果。身体外部检查告终，现在轮到身体内部了。"

寇本博士熟练地关掉水龙头，给每人发了一副塑料护目镜，自己操起一把手术刀。

金柏莉的脸"刷"的一下变绿了，她竭力控制着自己。该死，她可是看过犯罪现场照片的人。对于暴力死亡案件，她绝对不是新手。

她的脚跟开始打晃。她不停地告诫自己要保持冷静。她又看了女孩一眼，这一眼让她再也承受不住了。

"哦，上帝啊，"她倒吸了一口凉气，"她嘴里是什么东西？"

错不了，就是那里，寇本博士之前就隐约有所察觉。先是左侧脸颊鼓了一个包，看起来蜡黄蜡黄的。没过多久，右侧脸颊也鼓了起来。此时，尸体正鼓着腮帮子，瞪着一双无神的棕色眼睛看着所有人。

卡普兰的手迅速摸向腰间的枪套。金柏莉也一样。只不过卡普兰抽出的是一把枪，而她拿出的是一个红色塑料玩具。该死，该死！她一把丢掉玩具枪，眼睛不敢离开女孩的脸半分。

"往后站。"卡普兰说。

寇本博士和助手根本无须他的催促。尼切好奇地瞪大了眼睛，寇本博士则面色苍白，不过他今天一直都是这个样子。"可能是腐烂后产生的气体造成的，"他无力地解释道，"毕竟她之前一直暴露在暑热里。"

"可是尸体才完全僵硬不久。时间不长，不可能是气体。"卡普兰嘀咕道，他的声音听起来有些紧张。

脸颊又鼓了起来，从一侧鼓到另一侧。

"我觉得……"金柏莉的声音十分微弱。她舔了舔嘴唇，再次说道，"我觉得她嘴里有东西。就在她的嘴里。所以嘴唇才被缝得那么紧。"

"哦，天啊！"尼切忍不住喊道。

"上帝啊。"卡普兰喃喃道。

金柏莉紧盯着寇本博士。他的右手抖得厉害，看来他以前从未遇到过这种事情。他的表情痛苦极了，似乎在发誓再也不想碰到同样的事。"长官，"她尽力让自己保持镇定，"你手里有手术刀。你得……你得把缝合线拆开。"

"我不！"

"不管里面有什么，都得让它出来。我们来处理总好过它继续留在里面。"

卡普兰缓缓地点了点头。"她说的有道理。我们必须继续解剖。不管里面是什么，都必须弄出来。"

寇本博士的眼神变得狂乱，一副欲言又止的样子，他一定想和他们争论一番。但他大脑里科学的一面似乎占了上风，他再次看了一眼尸体，看着那可怕的扭曲的脸，终于点了下头。

他开始下达命令:"戴好护目镜、面罩和手套。不管里面是什么,我们都要准备好。"接着他又像想起了什么似的,补充道,"吉娜,站到特工身边去。"

尼切急忙躲到高大的卡普兰身后。金柏莉直起身子,做好准备。她膝盖稍弯,双腿随时准备移动。她戴上护目镜,手里握着最爱的猎刀,而那把玩具手枪早就被丢在了地上。

寇本医生小心翼翼地做着动作。他站的位置很合适,刚好能用手术刀够到女孩的嘴,又不在卡普兰手枪的射击范围内。

"数三下,"寇本博士紧张地说,"一、二、三!"

手术刀挥了一下,两下。寇本博士迅速退后,双脚颤抖不已。一个暗黑、带斑点的东西从那本不该成为牢笼的地方跳了出来,猛地撞到瓷砖地面上,然后迅速蹿到房间另一边。

金柏莉正站在房间的一角,她看清了,错不了,那是一条身上长着棕色斑点的响尾蛇!毒蛇挺了起来,发出可怕的"嘶嘶"声。

卡普兰的格洛克手枪在狭小的房间里响起,金柏莉也掷出了手里的刀子。

第十二章　响尾蛇

弗吉尼亚　匡提科

下午5：14

气温　98华氏度

马克正站在教室外面，询问詹妮在弗吉尼亚州认不认识什么优秀的植物学家。就在这时，一个模糊的蓝色人影咆哮着从走廊另一头冲了过来。转眼之间，马克感到左肩一阵尖锐的疼痛，他讶异地抬起头来，又是一拳。

"你压根就没提蛇的事！"金柏莉·昆西一个右勾拳，他急忙向左边躲去。"嘴里有活蹦乱跳的蛇，你竟然完全没告诉我！"她对准马克的腹部一个刺拳，他往后退了三步。这个小个子打起架来还真不赖。

"你你这个满口谎话、只知道操纵人的冷血混蛋！"她抬起胳膊，准备再来一拳。马克这才反应过来，挡住拳头，顺势把她的胳膊反扭到身后。当然，她也不会就这么束手就擒，试图来一个翻转。

"亲爱的，"他趴在她耳边轻声说，"我很欣赏你的活力，不过，你应该等到没人的时候再来这一出。"

金柏莉愤怒地发出了尖叫，不过她一定把这句话听进去了。这时她才注意到周围人的目光。一般情况下,学生们不会在学院大厅内发生冲突,她这么一闹,所有人的注意力都被吸引过来了。尤其是詹妮,此时正用暧昧的目光紧盯着马克,毫不掩饰自己的好奇。

"我们在练习动作,"马克不紧不慢地大声说,"要知道,我一向乐于帮助新人。"他小心翼翼地松开金柏莉的胳膊,她没有打他,也没有踩他的脚。他判断金柏莉已经冷静下来了。"好了,亲爱的,我们去外面继续讨论伏击嫌疑犯的多种方法吧。"

说完,他就飞快逃到双开门外。尴尬地站了一会儿后,金柏莉也跟了出来。她一直走到大楼拐角处偏僻的石板台子前,然后又绕回去。

"你之前为什么没警告我缝起来的嘴的事!"她喊道。

他举起双手,表示投降:"警告什么?我压根不知道你在说什么!"

"他往她嘴里丢了一条响尾蛇!一条活的蛇!"

"啊哦,那肯定把你吓坏了。那你打蛇的时候有刚才打我那么用力吗?"

"我对准蛇把飞刀扔了出去!"

"当然应该这样。"

她怒气冲冲地说:"可我没扎中它。特工卡普兰开枪把它打死了。"

啊,难怪她这么火大。那本该是她大放光彩的时刻,可惜刀子扔偏了。

这女孩自有一套标准。

"我要我的格洛克手枪!"她依然怒火未消。

"我知道,亲爱的,我知道。"他放下手来,陷入了思考。过了好一会儿,他才开口说:"一条活蛇,这我倒没想到。以前他在一个女孩的喉咙里塞了个鳄鱼蛋。最后一个被害人玛丽·琳恩的嘴里是一只蜗牛。但我怎么也……竟然是一条活生生的蛇。该死，给了他三年时间，他倒是变得更卑鄙了。"

想到这里，他突然感到一阵恐惧。哦，上帝，他的寒毛都竖起来了。

金柏莉似乎没有听到他的话，她正用双手反复揉搓着自己的胳膊，希望能赶走这暑热中的寒战。她小心翼翼地抱着自己，仿佛是一个玻璃做的女人，唯恐自己碎掉。

他真是太震惊了，好一会儿才回过神来。他像想起了什么似的，拉出一把铁椅子，示意她坐下。

"来吧，坐下。休息会儿，解剖已经结束了，亲爱的。在这儿不会再发生什么意外。"

"这话你还是对那已经死了的女孩去说吧。"金柏莉尖刻地说，不过她还是坐了下来。两个人就这么沉默着坐了很久。

金柏莉并不知道下午的时候马克一直在偷偷打听自己。起初，他问了不少关于她的问题。没想到，收获还不小。他没想到这个女孩竟是来自一个血统纯正的执法世家。她的父亲曾经是联邦调查局最牛的心理分析员，破获过不少案件，抓获了很多坏人。

还有人说，这个女儿和父亲一样在犯罪心理研读方面具有相当的天赋。

当然也有不好的说法。她在某些方面着实让人头疼：不服从权威，不喜欢和同学交往——似乎谁都不讨她的喜欢。怪不得马克每次碰到她都差点被她弄死。

还有她家里发生的事情。至亲被杀人狂杀死，她的内心一定会留下不少阴影。至少她没真正去伤害马克，凭这点他就应该感激不已。

马克偷偷瞄了她一眼，金柏莉正茫然地看着远处，眼神涣散。她看起来非常疲惫，一脸憔悴，眼圈发黑，脸上还有几道尚未消退的划痕。

这女孩晚上肯定没睡觉，在他俩见面前就没怎么睡过。

"死因是药物摄入过量吗？"最后还是他先开了口。

她这才回过神来："我还不知道药物检测的结果。她的左腿先被人用针刺中，力道很大。然后在十二到二十四小时之后，她的左上臂被注射了致命的药物。"

"肌内注射？"马克问道。

"是的。"

"衣物完整？钱包没动过？没有性侵迹象？"

"没错。"

"有没有防御性伤痕？血、皮肤，其他类似的痕迹？"

"什么都没有。"

"妈的！"马克狠狠地骂了一句。

她点点头。

"身份确认了吗？"

"还没有。他们已经提取了指纹，确认身份还要一段时间。"

"我们必须知道她是谁，"马克喃喃地说，"必须拿到她的朋友和家人名单，知道那天晚上和谁一起出去了。她们去了哪儿，当时什么情况，她们开的什么车……上帝啊。"他抓了抓头发，大脑快速思考起来。"已经过去至少十二小时了……上帝啊，谁负责这个案子？"

"特工卡普兰。"

"我最好去和他谈谈。"

"祝你好运。"金柏莉不屑地说。

"为什么这么说,他都让你旁观尸检了。"

"那是因为我开了个玩笑,保证一定吐出来。"

"你那么说的?"

"后来我也是这么想的,"她坦言道,"不过那条蛇破坏了尸检的进度。卡普兰一枪打爆了它的头,后来我们又在讨论怎样小心翼翼地清理蛇的内脏,毕竟那也是证据。"

"你这第一次体验着实精彩。"马克认真地说。

"是啊,"她叹了口气,这似乎也很出乎她的意料,"我想以后不会再有比这更精彩的尸检了。"

"没错。"

两个人又陷入了沉默中。金柏莉还在想那条本该死在自己手里的蛇,马克则忙着回忆之前发生的那几个案子,一幕幕从眼前闪过,愈发显得真实。

热气渐渐袭来,如同一条厚重的毯子把他们紧紧裹在椅子上,汗水紧紧粘住衣服,真是太难受了。过去,马克从不会注意这种天气,在他看来,这正是坐在父母家那个大泳池边的好机会,播放着阿兰·杰克逊的歌,喝点自制的柠檬水。等到夕阳西沉后,就可以看到紫色空气里一闪一闪的萤火虫。

然而,这样悠闲的夏日时光已经一去不返。一转眼,夏天突然就变成了敌人,热浪滚滚而来时,女孩们的危险也随之降临,即使结伴外出也不安全。

他必须打电话给亚特兰大,必须想出接近特工卡普兰的最佳方法。

他们需要资源,越快越好。务必找到最佳的专家,要有一名植物学家，一名生物学家，还有地质学家，还有昆虫学家，上帝啊，谁知道他们还需要多少"专家"。有专门研究蛇类的专家吗？他们应该找个了解响尾蛇的人来，解析一下蛇从尸体嘴里蹦出来有什么寓意。

当然了，还有那块石头，马克至今都没有见到。至于今天早上他们发现的那片叶子，他还没追踪到什么结果。在他脑海中，那是目前最重要的线索和证据。

他得看看尸体，这非常关键。衣服也得好好研究一下，还有她的钱包、头发和高跟鞋。这家伙喜欢把线索藏在人们最意想不到的地方。看来他的技术似乎愈发精进了。把一条活生生的响尾蛇塞进人的嘴巴……

该死！这一切真是……该死！

旁边的一扇门突然开了。马克听见有脚步声正往这边来，接着一个身影落在他们坐着的台子旁边，是一个男人。马克不认识他，但从金柏莉的表情可以看出她认识他。

"金柏莉。"男人声音低沉。

"爸爸。"金柏莉似乎很平静。

马克惊奇得眉毛都快飞到发际线里了。这人上了年纪，头发修剪得一丝不苟，一身深灰色西装，仪表不凡。他转身看向马克。

"你一定是特工马克科马克。我是皮尔斯·昆西，很高兴见到你。"

马克握住他伸过来的手。他突然明白了，脸上浮起古怪的笑容，心往下一沉，耳朵里响起一阵微弱的"嗡嗡"声。他一直认为过去的八小时里海军罪案调查处还没采取行动。不过现在看来，他们还是做了些事情的。

皮尔斯·昆西不应该知道他的名字。前联邦特工皮尔斯·昆西没有理由知道国家学院里任何人的名字。除非有人特意告诉他去找马克。这样的话，只有一种可能……

"你们俩跟我来吧，我们一起谈一下。"昆西有意用颇具威严的声音说道。

"你不应该来这里的。"金柏莉有些紧张。

"我收到了邀请。"

"我没打电话给你啊。"

"我想你永远都不会。"

"该死的，他们跟你说了尸体的事？"

"金柏莉……"

"我现在好得很！"

"金……"

"我不要什么帮助，更不要你的帮助！"

"小金……"

"转身，回家吧！如果你还爱我的话，拜托，走吧。"

"我不能走。"

"为什么！"

皮尔斯·昆西重重地叹了口气。他没有接话，只是伸过手去，摸了摸女儿备受摧残的脸。她往后一退。他的手立马缩了回来，仿佛被什么东西烫着了。

"我们要开个会，"昆西又说了一遍，向大楼前面走去，"请跟我来吧。"

马克终于站了起来。金柏莉不情愿地把椅子推回原位。他们跟在她父亲身后，马克的胳膊轻轻落在她的腰上。

"我想我们这下有麻烦了。"马克趴在金柏莉耳边说。

她苦笑了一下:"你根本就不明白情况。"

第十三章　犯罪心理画像1

弗吉尼亚　匡提科

下午5:44

气温　97华氏度

昆西带着他俩走进办公楼的一间办公室里。门上的标牌写着"督导马克·沃森",沃森正靠着办公桌的一角,面对着两名来客。马克认出其中一人正是之前在犯罪现场工作的海军罪案调查处官员。另一位是个迷人的女士,大概不到四十,一头漂亮的栗色长发,一张棱角分明的面孔,她不是那种传统意义上的美女,但更有魅力。肯定不是联邦调查局的人,因为她生气的程度不亚于沃森。

"金柏莉!"女人喊道。她一看见金柏莉走进房间,就站起来给了她一个拥抱。

"蕾妮。"金柏莉微微一笑,算是回应,然后迅速换成了警惕的神情,沃森离开了桌子,这里显然是他的主场。他抬起双手,把大家的注意力都吸引过去。

他先是做了一番介绍：蕾妮，也就是洛琳·康纳，昆西的合作伙伴，他们二人在纽约开了一家名为"昆西与康纳"的调查公司；海军罪案调查处的官员则是托马斯·卡普兰特工，来自诺福克一般犯罪调查组。

沃森宣布，这次海军罪案调查处聘请昆西与康纳调查公司协助案件调查。尸体是在海军陆战队基地发现的，而且就在联邦调查局学院旁边。当权者认为最好请独立公司介入，这对大家都好。这话暗含的意思是，所有人都必须小心，因为坏人很可能就在你们中间，而且当局似乎有意要把这件事盖过去。好吧，政治家得一分。

马克站在门边。为防泄密，门已经关上。他注意到卡普兰站在沃森旁边，昆西坐在洛琳·康纳旁边，而金柏莉则尽力避开父亲。她站在房间的角落里，双臂交叉抱在胸前，下巴扬起，一副准备战斗的模样。

看来大家都选好了同盟者，没有的只能孤身一人。现在该谈正事了。

马克·沃森首先指向了金柏莉："新特工昆西，我已经知道你今天早些时候去见了特工卡普兰。"

"是的，长官。"

"我以为今早我们已达成共识了。这是海军罪案调查处的案子，你不应该碰。"

"我承诺过要配合他们的工作，"金柏莉的语气相当平和，"我去找负责的官员陈述案情，当时很巧，他正要去旁观尸检，于是我问他能否观看一下。他很和蔼地同意了。"说到这儿，金柏莉僵硬地笑了一下，"谢谢你，卡普兰特工。"

沃森看向卡普兰，这位海军陆战队队员只是耸了耸厚实的肩膀。

"她跟我说了她的名字,向我提出请求。管他呢,我同意了。"

"我从没说过谎,"金柏莉立刻说道,"也不会歪曲自己的兴趣。"说完,她皱了皱眉头,"不过,我很后悔没有砍中那条蛇。这一点我要向您道歉。"

"我明白了,"沃森说,"在此之前,你直接违抗我的命令,去了犯罪现场,你这么做也是出于关心他们调查的紧迫性吗?"

"我是去找卡普兰特工的。"

"别当我是傻子。"

"我只是好奇,"金柏莉立即补充道,"也没什么要紧。现场的守卫根本没让我靠近。"

"我知道。那你在树林里骚扰完海军陆战队队员之后呢?新特工昆西?你和马克科马克特工谈话的那一个小时呢?在学院里,我不是明确跟你说了吗,不要跟任何人谈论你的发现。你可以解释一下吗?"

金柏莉呆住了。她眼神闪烁,迅速瞥了一眼马克,似乎有些动摇了。马克强忍住自己想骂脏话的冲动。没错,他们在十字路口酒吧见面,在众目睽睽之下,怎么可能没人知道?真是愚蠢,愚蠢,愚蠢!

这次沃森并没有等待金柏莉回答。他正讲到兴头上,或许是意识到了坐在他对面的老昆西变得紧张起来。

"想象一下我的惊奇程度吧,"沃森继续说,"我的学生不仅没有听我的命令回到寝室,反而跑回了树林里,和一个国家学院的学生密切交谈,更巧的是对方以前办过的案子和今天早上发现的谋杀案惊人相似!金柏莉,你是不是把知道的信息都告诉马克科马克特工了?"

"实际上,很多事都是他告诉我的。"

"是吗,真是太有意思了。正巧,就在十分钟前,他成了卡普兰特工的头号嫌疑犯。"

"哦，拜托，"马克终于忍不住了，"我是在尽自己一切力量侦破案件，你们知不知道现在只是一场噩梦的开始而已。你们根本不知道自己陷入什么样……"

"你昨晚在哪儿？"卡普兰特工突然打断了他的话。

"我先是在斯塔福德的卡洛斯·凯利酒吧。之后回到匡提科，在靶场上碰到了新特工昆西。这不重要。"

卡普兰立刻把目光转向金柏莉："你是几点在靶场看到他的？"

"大概十一点吧。我没看手表。"

"你看到他回宿舍了吗？"

"没有。"

"他去哪儿了？"

"我不知道，我直接回宿舍了，没注意他！"

"也就是说，"卡普兰又看向马克，"没人知道晚上十一点半后你在哪儿。"

"你不觉得这太巧合了吗？"沃森开了口，"我们刚遇到一件谋杀案，和以前你经手的案子有很多相似之处，而同时你又恰好待在学院里。"

马克说："这不是巧合，是设计好的。"

"什么？"沃森忍不住惊呼道。他瞥了一眼卡普兰，同样一脸费解的表情。

显然，他们二人都倾向于"佐治亚州的警察就是杀手"的推论。为什么不呢？早上八点发现死尸，晚上六点前结案。多好的头条新闻啊，真是混蛋。

"也许，"昆西低沉的声音插了进来，"你们应该让他讲话。当然这只是我们作为独立调查方的建议而已。"

"没错,"蕾妮同意他的观点,"让他说说看,也不会有什么坏处。"

"谢谢。"马克用感激的眼神看了一眼昆西和蕾妮,同时又小心翼翼地避开了金柏莉的目光。她现在会是什么感受?受伤,疑惑,还是觉得自己被出卖了?他不想让她有这些感觉,可自己又无能为力。

"我说的每句话你们都可以向我的上司验证,他是亚特兰大警局的特工李·格罗根。没错,一切都开始于九八年,当时的连环杀手犯案手法和你们今天发现的这个很像。第三起案件发生后,我们成立了一个多部门联合特别小组,专门负责调查。不幸的是,在七个被害人死亡之后,我们要找的那个人,也就是'生态杀手'凭空消失了。之后也没有再作案,彻底销声匿迹。最开始,特别小组掌握的线索超过一千条,然而三年过去了,调查工作依然没有什么进展。直到六个月前,天气再次转热。我们收到了一封信。信上的内容都是从报纸上剪下、拼凑起来的,和之前寄给《亚特兰大宪政报》的编辑的信一样。唯一不同的是,这封信不是寄给佐治亚州的报社,而是寄到了《弗吉尼亚向导报》。之后,我就接到了电话……"

昆西打断了他的话。"是你还是特别小组?"

"是我。电话直接打到了我的手机上。鬼知道为什么,我真是够走运的,一共接到六通电话。来电人使用了某种变声设备,他/她/它一直向我传递同样的信息,那就是生态杀手又开始焦虑不安了,他要行动。只不过这次,他选择了弗吉尼亚州,把这里作为他的游戏场地。"

"那么说是你们部门把你派到了这里,"沃森开口了,"为什么这么做?让你来做看门狗?希望你能奇迹般地阻止犯罪?你压根就没告诉过任何人这些事情。"

马克看了他一眼："准确地说，我把这些事情告诉了那些愿意听我说话的人。但是现实一点吧，冷血案件在这儿简直比比皆是，每个人身上至少背负着一个让他们寝食难安的案子。我可以做的就是和行为科学部的法医语言学家安努齐奥博士碰面，把那封写给编辑的信给他看。不过我到现在都不知道他的想法，因为他一直不接我的电话。所以现在就这样了。我有了条好线索，却没有取得好的进展，你们找错了对象，真是一帮神经质的混蛋！"

"这个总结倒是不错。"蕾妮说。

沃森的脸渐渐涨成了猩红色，和红色领带倒是相得益彰。马克紧盯着他的眼睛，怒火中烧，他知道这只能给自己引来敌人，而此时需要的是战友。可他不在意。又一个女孩死了，马克已经厌倦了这一切：站在办公室里，和这些家伙做无谓的讨论，他们现在根本就不能明白，因此也无法及时改变状况。

"仅凭尸体，我看不出来这桩案子和发生在佐治亚州的有什么关联。"卡普兰终于说话了，"那个打电话的人告诉你生态杀手这周会出手？"

"没有。"

"他告诉你地点是在联邦调查局学院？"

"没有。"

"他告诉你生态杀手三年没有动作的原因了？"

"没有。"

"那他有没有解释杀手为什么要从佐治亚转移到弗吉尼亚呢？"

"没有。"

"换句话说，打电话给你的人什么讯息都没透露。"

"你真是把我难住了,长官。没错,我们的调查存在很大的问题。五年过去了,我们对凶手依旧一无所知,到了今天还是一样。所以,也许现在我们应该结束这次谈话,这样我好回去,你懂的,让我回去做点儿实事。"

对方并不打算理会他这番颇有讽刺意味的话,而是把注意力转到其他人身上。"那么说,我们目前掌握的信息是在发现尸体的六个星期之前,有人给报社编辑写了信,我觉得这实在太牵强了。"他尽量保持平和的口气,"一个佐治亚连环杀手,三年来都没有动静,突然往匡提科的土地上送了一具尸体,而且只通知了一个国家学院的学生。根本说不通啊。"

"看来他应该打电话通知你才对?"蕾妮带着讽刺意味反问道,这让马克一下子就对她产生了好感。

"我不是这个意思。"

"或者他应该在信里面好好解释一下自己的行为?"

"这个想法倒不错!如果说他习惯于写信,那和这具尸体有关的信在哪里?在我看来,他喜欢将自己所作所为的功劳据为己有,那这次他的所有权体现在哪里?"

"三年过去了,"蕾妮说,"也许他的心境已经有所改变。"

"听着,"马克插话进来,他听出了自己声音中的焦急。他咽了口唾沫,希望能控制住自己急切的心情。可是没时间了。他们根本不明白;没了死板的文件和备忘录,他们就没法弄明白一个案子。也许这就是生态杀手总能掌握先机的原因。这些官僚主义的行动永远快不起来,再加上执法部门的干涉,是的,执法机构永远行动迟缓,在纸上画几个点,打几个圈,还要不停地瞻前顾后。而与此同时,一个女孩被丢在某个不毛之地，孤身一人，紧抱着水罐，还穿着参加派对时的衣服，茫然地想自己该怎么办。

"别抓着一封该死的信不放了。生态杀手自有他的规则，我们称之为'游戏规则'，在这个案子里，我们观察到了许多。多到足以说服我这就是他的手笔。"马克举起食指，"首先，他只在气候炎热时犯案。"

"现在是七月，几乎每天都很热。"沃森表示反对。

马克没有理会他的反对。"第二点，第一个女孩被发现时，总是衣着整齐，钱包也是原样。没有抢劫、性侵犯的痕迹。一般大腿或臀部上会有一块瘀青，而死亡原因是安定文摄入过量，且都是通过左上臂注射进身体的。"

沃森立刻转向金柏莉："好啊，你还敢说自己没有把细节告诉他，是不是？"

马克立刻尖锐地说："我是自己观察到的。该死的，我等这一刻已经等了三年了，当然要去你们的犯罪现场看一下。躲在树林里的可不是只有新特工。"

"你没有这个权力！"

"我有！我了解这个人，我已经研究了他五年！我跟你说，我们没时间在这儿胡扯淡，你还不明白吗？这女孩不会是唯一的被害人。第三条规则就是他总会一次绑架两个女孩，第一个女孩只是他留给我们的地图，是帮助我们展开真正游戏的工具。"

"展开真正游戏，这是什么意思？"蕾妮问。

"我的意思是此刻还有一个女孩被丢弃在荒野里。之前她是和第一个女孩待在一起的，她们可能是姐妹、室友，也可能是好朋友。她们两个人是同时被袭击的，现在第二个女孩被带走了。他总是提前选好一个地方，一定是那种地理位置特殊，又非常非常危险的地方。在佐治亚州，他选择的是花岗岩峡谷、农田广袤的小县城，然后是萨瓦纳的河岸边，最后是海岸线旁的沼泽地。他喜欢自然裸露的环境，要有掠食性动物，比如响尾蛇、熊、山猫等。他喜欢荒凉偏僻的地方，这样即使女孩走上好几天的路，也碰不到可以求助的人。总之，他喜欢环境独特、却不容易被人想起的地方。之后，他会给这些女孩松绑，因为她们被注射了麻醉药，精神恍惚，一片茫然。接下来，他就会静观其变。在酷热的天气里，有的女孩连几个小时都撑不过去，但也有聪明的、坚强的女孩，能撑过好几天，甚至熬过一周。对她们来说，这种日子漫长而备受折磨，没有食物，没有水，只能苦苦等待有人来救她们。"

蕾妮全神贯注地看着他："他这样作过几次案了？"

"四次。绑架了八个女孩，死了七个。"

"你们救回了一个。"

"诺拉·蕾·瓦特。最后一个女孩，我们及时找到了她。"

"怎么找到的？"昆西问道。

马克深深吸了口气，浑身的肌肉又收缩起来，没办法，他只能强压住心头的不耐烦。

"凶手会在第一具尸体上留下线索。如果能够准确破解它们，就将会极大地缩小第二个女孩所在的区域。"

"什么样的线索？"

"植物、动物、泥土、沉积物、石块、昆虫、蜗牛，该死的，只要是他想得出来的都有可能成为线索。一开始我们并不懂其中的含义，而是根据标准流程来，屁颠屁颠地带着证物跑到实验室，但到最后除了死尸什么都找不到。幸好我们吸取了教训。到第四对女孩被绑架后，我们立刻邀请了很多有经验的专家，有植物学家、生物学家、地质学家，你说得出来的都到位了。诺拉·蕾是和妹妹一起出去的。玛丽·琳恩的尸体被发现时，我们在她的短裙上找到了一些物质，鞋子上有植物样本，喉咙里还有异物。"

"她喉咙里？"卡普兰尖锐地问。马克点点头。聊了这么长时间，这位海军罪案调查处的特工才第一次表现出兴趣来。

"经过检测发现，裙子上的东西是盐。鞋子上的植物样本经比对验证，证实是互花米草。生物学家确认她喉咙里的异物是来自沼泽地的螺壳。这三条线索统统指向盐沼。我们让救援队集中精力在海岸线边展开搜索。五十六个小时后，海岸救援直升机发现了诺拉·蕾——她正疯狂地挥舞着那件亮红色的衬衫。"

"她没能帮助你们指认出杀手？"蕾妮问。

马克摇摇头："她只记得汽车轮胎没气了。然后当她醒过来时，发现自己在一片沼泽地里，口渴得要命。"

"她有没有被注射麻醉药？"沃森插了一句。

"有，左侧大腿上的瘀青还没有完全消退。"

"他偷袭了这两个女孩？"

"我们觉得最有可能的状况是，他一般会以酒吧作为自己的目标地点，寻找年轻女孩，他并没什么特定的要求，只要是两两出现的就行。之后他会跟踪她们到车子旁边。在后胎下面放上一两个大头钉。然后就等在一旁。没多久，车胎就瘪了下来。他假装把车停在一旁，做出一副前来帮忙的模样。然后，他就得手了。"

"拿着针头悄悄接近她们？"沃森狐疑地问。

"不,他用的是飞镖枪。就像狩猎的猎人用的那种武器。"

安静的房间里响起一阵倒吸凉气的声音。马克神情冷酷地看着他们:"你们以为我们什么都没有做吗?五年了,我们一直在找这个人。有关他的描述,以及他怎样掠走被害人的手法,我能一字不落地告诉你们。还有一点我要告诉你们,他并不是每次都能得手。我们后来得知还有两对女孩的汽车轮胎也没气了,当时有个人驾着车在她们后面停了下来。但女孩们拒绝摇下车窗,她们因此幸免于难。玛丽·琳恩,我们最早发现她的尸体时,检测出她的体内还有另一种麻醉剂——克他命,这是兽医和动物管控人员常用的药物,这种药药效来得很快。克他命是管制药品,但能在街头买到。年轻人在锐舞派对使用它,叫它'老K'。安定文也是管制药品,但兽医一直使用。不过,挨个排查兽医根本没用,调查狩猎组织,比如阿巴拉契亚山地俱乐部、奥杜邦协会也是徒劳。我还知道凶手的怒火一天高过一天。之前他一年只出手一次,对一个连环杀手来说,做到这一点很不容易,因为那需要极大的控制力。后来变成十二周出手两次。游戏变得越来越难。第一次,他给我们留下的线索之一是一种非常罕见的草本植物,整个佐治亚州只有一块半径为五英里的区域才有,如果当时我们能注意到这一点的话就能破解。最后一次,也就是搜寻诺拉·蕾·瓦特那一次,所有线索都指向盐沼。可是,佐治亚州有约四十万英亩的盐沼。老实说,当时的搜寻无异于大海捞针。"

"但你们还是成功了。"金柏莉说。

"那是因为她求生意志强。"马克说。

昆西目不转睛地看着他:"四十万英亩的面积可不好找。在那种地况下,光靠直升机想找一个女孩可不容易。你们肯定还了解了其他东西。"

"我琢磨出了一个理论——'地理分析'。"

"受害者之间有一定的关联？地理位置有什么相同之处？"

"不，我们靠的还是尸体。把尸体放在地图上，找出她们所面对的方向。"

"他把尸体当作指南针。"昆西屏住了呼吸。

"是地图，在这家伙眼里第一具尸体只是一个地图而已。所以为什么不能把玛丽·琳恩的尸体指向她的姐姐呢？说白了，她就是个工具。在他的游戏里，她只有这个功能。"

"上帝啊。"蕾妮低声感叹道。接下来，大家都陷入了沉默中。

过了好一会儿，卡普兰清了清喉咙，说道："今天早上发现的被害人并不符合这一点，她的身体没有被摆成任何姿势。实际上，她的四肢指向四个不同的方向。"

"我知道。"

"这是个矛盾的地方。"

"我知道。"

"不过她手里确实有一块石头，"卡普兰一边说一边打量着马克，"嘴里还有一条蛇。我以前可没遇见过这种情况。"

"她头发里还有一片叶子，"马克说，"不过法医在现场把叶子拿出来扔掉了。后来我捡了回来。等这个会议结束我就把它拿来。"

"你这么做等于毁坏了证据链！"沃森脱口而出。

"那你就责怪我好了。你到底想不想要树叶？"

"这说不通啊，"卡普兰依然一脸疑惑，"从一方面来看，那条蛇似乎意味着某个不寻常的东西。从另一方面来看，所谓的交叉点不过是一封半年前寄给编辑的信。不然……毕竟相隔了三年，而且你要找的人还换了个州。要不还能联系起来。还有一个可能,打电话给你的人是在恶作剧,后来尸体的出现纯粹是凑巧,我觉得这两种情况的可能各有一半。"

房间里所有人都缓慢地点了点头——沃森、昆西、蕾妮,除了金柏莉。马克为她感到骄傲。

"我有个想法,"他突然开口说。大家一齐看向他,于是他继续说了下去:"九八年凶手开始作案时,给的线索都明显而简单。后来他渐渐增加了难度,线索越来越难找,受害者的生存环境也越来越艰难。他及时调整难度,计算着我们的学习能力,让他的游戏保持竞争性,而他总是抢在我们前面一步。然后到了二○○○年。在发现七具尸体后,我们终于上了正轨,救出了一名女孩。他退出游戏,因为我们终于赢了。"

说完这句,马克转过头看向昆西。

"连环杀手是不会彻底退出的。"这位优秀的心理分析员迅速回答了他。

"是啊,但有时候杀手自己并不这么觉得,不是吗?"

昆西若有所思地点点头:"没错,有时他们也会尝试一下。邦迪越狱两次,每次都发誓不再袭击女性。他本可以退出,过上平静的生活,免受处罚。可他做不到。他低估了自己的生理和情感需求,为了满足需求,他必须杀人。事实上,他越压抑自己,杀人的冲动就越强。直到最后终于爆发,一个晚上就攻击了五名女孩。"

"我想这人也试过收手。"马克一边说一边看着蕾妮和卡普兰,他们都不由得闭上了眼睛。"只不过如你所说,他控制不了自己的冲动,那种压抑的情绪日益渐长。最后不得不再次开始……"

"这一次和过去不同了,"马克似乎坚信自己的看法。"在过去的游戏中,我们赢了,现在换新游戏登场了。这次被害人的四肢不再是指示方向的罗盘,这次地图里多了一条活生生的毒蛇,尸体还被丢在联邦调查局学院门外。因为如果最好的对手不上场,那发明这场游戏的意义又在哪里?

"二〇〇〇年,这人在十二周内杀了三名女孩。如果这次我们面对的是同一个人,是新的游戏,不管他要做什么,我可以肯定的是这次一定更糟糕,更可怕。女士们先生们,也许我这样说很冒犯,我向你们道歉,但我实在受不了再这么聊下去了。你们不能就这样聊案子,不应该去撰写什么侦探行为报告,创立事件时间表之类的东西。从第一具尸体被发现的那一刻起,时钟就在滴答作响了。如果你们还希望第二个受害者有生还的机会,那么请相信我,赶快开始干活吧。我知道第二个女孩就在某个地方,我只希望我们开始得还不算太迟。"

第十四章　锯木厂之下

弗吉尼亚

晚上7：52

气温　92华氏度

　　倦意开始袭来。他已经连续四十八小时没合眼了，期间还开了整整十六个小时的车。白天的阳光明亮耀眼，可以帮助他克服困意。但是无论多么强烈的日光都有褪去的时候。在他身后，西沉的太阳已将地平线染成了粉色和亮橙色。而在他驶向的一望无际的荒野中，日光已失去了它的威力。

　　黑暗在浓厚的树冠下聚集。阴影越来越重，也在地上拖得越来越长，形成一道黑色深井，吞没了超过六十英尺的面积。经过的那些树木已经扭曲变形，只剩下稀疏的叶子，看起来十分别扭。在这寂静荒凉的自然中只有这一辆加长拖车在疾驰，周围遍地都是被人遗弃的汽车和旧家电，被烧得只剩下个壳子。

　　男人根本不担心有人会看到自己。

　　孩子们不会到这儿的草坪上来玩耍，人们不会坐到这样的门廊里来。这里只有形单影只的猎犬和骨瘦如柴的狗。它们脸颊深陷，臀骨突出,无精打采地坐在残破的台阶上。对了,还有那些在公路上被车撞死的负鼠。

依然有人生活在这里,不是所有人都能负担得起搬离这里的钱。他们已经习惯了弥散在空气里的气味——介于臭鸡蛋和垃圾焚烧之间的味道,其中还混杂着浓重的酸味,老年人闻了会窒息,还没习惯的外来客眼睛能被刺激到流泪。居住在此的人会忍不住揣度,这里极高的癌症发病率可能并不只是巧合。

这儿依然属于弗吉尼亚州。但说实话,其他地方的人都想忘记此处的存在。弗吉尼亚州应该是美丽的,这里有连绵不断、郁郁葱葱的山脉和优美迷人的沙滩。弗吉尼亚是情人圣地——旅游局就是这样宣称的,所以它不该是这样的。

前面是一条岔道,男人向右转去,驶上坑坑洼洼的泥地,将平整的道路抛在身后。车子颠簸得厉害,手中的方向盘也晃动不已。他紧紧抓住方向盘,似乎并不费力,可疲惫的肌肉已经提出了抗议,但还有好几个小时的路要赶。

等到了目的地之后,他要喝杯咖啡,好好伸展一下四肢。接着还有更多的事要做。

生命需要付出努力。像个男人一样接受惩罚吧。

浓密的树冠渐渐后退,货车一下子冲到一片开阔的平地上,微暗的天空亮了起来,像噩梦中被点亮的背景。

车轮下的木屑被扬到空中,夹杂着被压缩在木屑堆里的热气,表面还有一层白色物质,人们会以为那是灰尘,但其实是一层薄薄的霉菌。左手边是一座座摇摇欲坠的棚子,窗户坏了,墙体早已变形,勉强支撑着棚顶。棚里是长长的输送机,传送带上生满了铁锈,而尽头则是巨型的锯条。昏暗的天色下，一根根锯条像黑色的利齿一般排列在一起，上面沾了什么？血？油？随便猜吧。

几年前，这个地方终于被关闭。但已经太迟了。这该死的工厂偷偷躲在密林深处，二十年来一直在污染溪流，杀死地表植物，对地下造成的危害更是无法估量。

在他还年轻时曾亲眼看见过工厂的运作：工人们用汽油驱动的锯子对树木发起一轮轮的砍伐，没人戴护目镜，稍微有点保护意识的人也只给自己戴一顶安全帽而已。男人们穿着宽松的法兰绒衬衫，拿着工具，在森林里大踏步走着，多余的东西都落入了贪婪的刀锋之口。

咖啡杯被直接扔在地上，变形的可乐罐散落一地，仿佛一块雷区。用钝的锯刀直接从机器里拽出来，漫不经心地丢在一旁。在这里走路，一个不小心裤腿就会被割坏。更不小心的话，连腿都会被砍断。

就是这样的一个地方。堆成山的木屑无人问津，只等着有一天自己燃烧起来。一旦发生这种情况，这里就真的什么都没有了，当然也包括人。

愚蠢的混蛋，他们破坏了大地，之后就一走了之，竟然都不去想一想自己做得对不对。

男人从货车上下来，心中的怒火让他再次充满力量。一下车，一群飞虫一窝蜂地涌到他的脸上。蚊子、黄蝇，还有极小的蠓虫，它们成群结队地飞来，向散发着新鲜血液和咸咸汗味的身体发起攻击。男人抬起手在头边挥了挥，可他知道这是徒劳的。黄昏是蚊子最喜欢出动的时间，当然这也是棕蝙蝠的活动时间，此刻它们已在头顶上盘旋了，准备开始一顿饕餮大宴。

货车后面的女孩依然在昏迷中。四小时前，他给她注射了三点五毫克的安定文。她应该还会再昏睡两个小时，这对他接下来开展自己的工作很重要。

首先，他要武装好自己。先是套上蓝色的连体工作服。衣服是合成材料做的，很薄，摸起来很像橡胶。一般情况下，他憎恶人造材料，但此刻无法避免。不久前他对这里的水做过一次酸碱值测试，pH 为二点五。也就是说，这里的水酸性极大，能腐蚀棉布和皮肤。所以只能选择人造材料制成的衣物。

接下来穿上帆布靴，戴上厚手套，然后在腰上绑上一个工具包，里面装着水、苏打饼干、防水火柴，一把瑞士军刀，手持 LED 灯，一个指南针，一卷尼龙绳和两把螺丝钳。

准备工作完成后，他飞快地走向女孩。这个女孩是个黑人，不过对他来说没什么区别。她穿着一条又短又紧的连衣裙，上面印着黄色花朵，根本无法遮住她那修长的棕褐色双腿。她看起来像个经常跑步的人，类似运动员之类的。也许这会在接下来的几天里帮到她，也不一定，谁知道呢。

他咬紧牙，弯下腰，把不省人事的女孩扛到肩膀上。胳膊很疼，后背也咯吱作响。她并不重，但他本身也不是那种壮汉，而且经过四十八小时的高强度劳作后，他的身体早已疲惫不堪。他猛一用力，终于直起身来。好了，最艰难的时刻已经过去了。

她也有一套设备。这是进入游戏场的必需品。他像打扮洋娃娃一样给她做准备工作——展开四肢，把手脚塞到位，再拉好衣服。

接着，他把她绑在冲浪板上。到了最后一刻，他突然想到还落下了钱包和水罐，还有女孩的脸，可能会离污水很近，于是他尽力拉紧面罩，盖住了她的脸。

弄完了，他站起身来，眼前一黑。

我在做什么？我在哪里？我得……我一定要……

他正站在一座废弃的锯木厂里。旁边是一个女孩，还有他的货车。

世界再次不停地旋转，黑暗的空虚感威胁着他，他的脚在发抖，他疯狂按住自己的太阳穴。我在做什么？我在哪里？我得……我一定要……

他正站在一座废弃的锯木厂里。没错。旁边还有一个女孩……他用力搓揉着太阳穴，想用疼痛感让自己的思维清晰起来。集中注意力，伙计，集中精神。

他在自己的货车外面，穿着蓝色连体衣，带了工具包。冲浪板已经放在水上，女孩也已绑好。一切都准备好了。

只是他的头脑更加混沌。他怎么就记不起自己是怎么准备的？到底发生了什么？

那些黑洞，他隐约想了起来。这些天那些黑洞越来越多。未来和过去正以令人惊恐的速度被他遗忘。他是个受过良好教育的人，一个以自己的智力、体力和控制力为傲的人。可他还是逃不过大自然早就织好的网，什么都不是永生的，一切美好的事物终将消亡。

最近，他的梦里总是出现那些火。

男人弯下腰，把绳子一端扣在冲浪板上，另一端甩过肩头，拉了起来。

十七分钟后，他来到地面一个小洞的入口处。很少有人会注意到这里，这里就像一个小小的污水坑。要知道弗吉尼亚州坐落在石灰岩上，洞极多，就像一大块瑞士奶酪。不过，这个小洞很特别。他很小的时候就知道这个地方，知道这里隐藏的一切。

他首先要做的是把绳子绑在附近的一根粗树桩上,并确保不会松掉。他稳稳站着,身体保持平衡,之后利用绳索小心地把冲浪板慢慢放入地球的肠道深处。十分钟后,他听见"啪"的一声,知道冲浪板已经就位,便将绳子牢牢绑在树桩上,拽着绳子往下走,也慢慢消失在散发着恶臭的污水里。到了下面,他站直身体,水刚好没到他的膝盖。四十英尺高的上面只能透进来极其微弱的光,此外周围只有无尽的黑暗。

大多数弗吉尼亚人并没有忘记上面的锯木厂,但他们从不知道地底深处还有另一套迥然不同的生态环境。

他打开头灯,看到洞穴右边有一条狭窄的通道,便弯下腰,手脚并用地爬了起来。女孩漂在他的后面,他再次把板上的绳索系在腰间。

没走几分钟,通道变得愈发狭窄起来。他向前探着瘦削的身体,一点点压低身子,小心地把手伸进油腻且酸性极强的水里。虽然有合成材料制成的塑料衣保护着,但他依然能感觉到水在舔舐着自己的皮肤,冲洗着每一个细胞,腐蚀着每一根骨头。要不了多久,水就会进入他的大脑,到时候他连活着的希望都没了,尘归尘,土归土。

气味越来越难闻。堆积了一层又一层的蝙蝠粪便散发出的腐臭味让人窒息。粪便渗进污泥里,他的手和膝盖压在那些黏湿的东西上,发出"咯吱咯吱"的声音。此外,还有污水和垃圾发出的辛辣刺激的气味。总之,这里充满了深入骨髓、充满威胁意味的死亡气息。

他缓慢地前进,就算有头灯,也要摸索着往前走。蝙蝠很容易受到惊吓,时不时就有只狂躁的生物撞到他的脸上。浣熊也是如此,他只是感到些许惊奇,它们居然能在这里活下来。大部分浣熊早在许多年前就死了。

好了,现在只剩下令人作呕的酸水了,它们不依不饶地腐蚀着最后一点石灰岩，缓慢地将死亡的毒液往外扩散。

身后的冲浪板时不时撞到他的臀部。就在洞顶变得越来越低，低到他的脸就快贴到恶心的水的时候，隧道到头了。眼前一下子开阔起来，他们来到了一个宽敞的岩洞里。

男人立刻直起身来。能舒展开身子真是太舒服了，这种痛快感让他有些尴尬，不过他还是抗拒不了自己的生理需求。他刻意地做了几次深呼吸——他需要氧气来驱散自己的忧虑。他低下头发现自己双手颤抖得厉害，这让他觉得很吃惊，他不应该这么脆弱，他应该很坚强。不过四十八小时不眠不休之后，身体实在承受不住了。

稍停片刻，等恢复冷静之后，他又摆弄起了腰上的绳子。已经进行到了这一步，最艰难的部分已经过去，这时他再次意识到时间过得实在太快了。

他把女孩从冲浪板上解开，放在一块距离水流不远的石板上，然后迅速剥掉女孩身上的防护衣。钱包放到旁边，水罐也摆好。

顶部离地四十英尺，上面有个直径为八英寸的管子，可以当作临时的天窗。白天到来的时候，会有一道狭窄的光线透进来。也许这能带给她一线生机。

他又把连着冲浪板的绳子绑在腰间，准备离开。临走之前，他看了女孩最后一眼，她直着上半身坐着，旁边有一池水。看起来没有被污染，也许只是暂时没有污染而已。池子里蓄着雨水，也许能让她撑得更久些。

水面有波痕，不时地涌动着，这表明下面还有活物。无数不知名的生物在黑暗的水下蠕动，都是些生在这里、长在这里、厮杀在这里的生物。有的会咬人，有的会蜿蜒滑动，更多的不喜欢自己的家园受人打扰。

女孩又发出一阵呻吟。

男人弯下腰来。"嘘——"他趴在她耳边轻声说,"现在你还不想醒来。"

水面上又泛起一阵波纹。男人转过身向外走去。

第十五章　犯罪心理画像2

弗吉尼亚　匡提科

晚上9：28

气温　91华氏度

"她看起来不大好。"蕾妮说。

"我知道。"

"她眼睛是怎么回事?好像跟泰森打了十个回合的拳击一样。"

"我估计是射击训练搞的。"

"她瘦了不少。"

"训练肯定没那么容易。"

"可你也担心她。好了,昆西,承认吧,我知道你想把沃森暴打一顿。真是好极了,我一定帮你把他按倒。"

昆西叹了口气。他放下手里的卷宗,那是几年前发生在佐治亚的凶杀案资料,当然这只是总结性的文字。要是把所有的侦查报告、证据列表和活动日志都拿出来,那些盒子都能塞满一间休息室了。他们俩都厌恶凭总结报告办事,那些文件里面净是些错误百出的推断和总结。但现在只能先这么凑合了。

昆西打开的那页纸上标注着:"资料:亚特兰大案件第832号。"蕾妮的手条件反射般地痒了起来。没错,这正是佐治亚州调查局关于生态杀手的文件。在听完那名佐治亚警察的一番话后,她很想看一看报告的内容。但昆西抢在她前面把文件拿到了手里。他大概会一直读到深夜,一边看一边使劲捏自己的鼻梁,那是他思考得头疼的标志。

"要是我发话,她肯定会生气。"他总算把这句话说了出来。

"那都是因为她是你女儿啊。"

"的确如此。我女儿讨厌我介入她的生活,她宁愿相信猪会飞也不愿接受我的帮助。"

听到这话,蕾妮皱紧了眉头。她正盘腿坐在盖着橙色床单的床中央。她这是第四次来匡提科,每回都被这个地方吓得要死。这里的每一寸土地都在大声诉说声名远扬的执法部门的威严。她和昆西在一起已经六年了,但没有结婚,所以这次还是住在不同的房间里。要知道,学院办事总是有礼有节的。

蕾妮知道这里的工作风格。若没有昆西的担保,她永远都没法跨入那一道道神圣的门。以前进不来,现在也绝无可能。如今她多少能理解金柏莉的不易,明白她为成为执法部门的精英分子,走过了一条多么漫长而艰辛的路。

"我觉得她很难撑下去,"蕾妮尽量让自己的声音保持平和,"她真是太憔悴了,像条被人打了无数次的狗。"

"都是训练逼的。目的就在于测试你的忍耐力。"

"噢,简直是放屁!你认为金柏莉缺乏忍耐力吗?上帝啊,一个疯子把贝茜杀了,她都没崩溃。后来那疯子来追她,她依旧表现正常,意志警醒清晰。要知道,当时我和她在一起。金柏莉忍耐力相当强,她不需要一帮穿制服的蠢货来帮她证明这一点。"

"我觉得沃森不会介意你叫他蠢货的。"

"哦,你说这话可就让我生气了。"

"看得出来。"昆西举起双手做投降状。和沃森、卡普兰见完面后,他就脱掉了西服外套。回到房间后,他连白衬衣上的袖口都卷了起来,领带也松掉了。即便如此,他看起来还是像个联邦特工。蕾妮十分想和他打一架,要是能激怒他就好了。"那你想让我怎么样?"他问。

"别做特工。"

"我不是特工了!"

"哦,看在上帝的分上,再也没有人比你更像特工了。我敢发誓,你的 DNA 上都有着特工的印记。你死的时候,棺材上都会刻上'FBI 财产'!"

"这就是你对我的印象?"

"没错,我现在就是住不了嘴。别想转换话题。我告诉你,金柏莉遇上麻烦了。你看见她的样子了,你也看到沃森是怎么对她的了,出事是早晚的问题!"

"蕾妮……我知道你不想听我的话,但是沃森的确是个经验丰富的督导。他这么做也许自有他的道理。"

"什么?你他妈疯了吧?"

昆西重重地叹了口气。"她违抗了命令。就算有充足的理由,也依然是违抗了命令。金柏莉还是个新特工,这是她自己选择的生活,她的职业生涯刚刚开始,以后的一切都取决于她是否依照命令行事。如果她做不到这一点,那联邦调查局就不是她该待的地方。"

"她发现了一具尸体。你在这儿受训时,发现过多少尸体?屁都没有!我就是这么想的,她的慌乱是很正常的。"

"蕾妮,你看看这些犯罪现场的照片。告诉我,这女孩长得像谁?"

蕾妮不情愿地把头转向散放在床脚的照片。"曼蒂。"她毫不犹疑地说。

昆西严肃地点点头:"长得是很像。我最先注意到的就是这个,你也是。但金柏莉对此只字未提。"

"要是她一个劲地说被害人让她想起自己死去的姐姐,他们肯定会把她五花大绑抬走。"

"但当她看到被害人时一定会想到自己的姐姐。问题关键不就在这儿吗?"

蕾妮对他怒目而视,他正把她引到一个心理陷阱上,她都能感觉到圈套正在收紧。"你也接这个案子了。"她反驳道。

"我办过三百多起谋杀案,所以还是能够保持客观态度的。"

"可你也看出她们的相像了。"

"没错。"

"难道这不会影响到你吗,昆西?"

"什么?你指的是被害人长得像曼蒂?还是曼蒂已经死了,我什么忙都没帮上?"他的问题太尖锐,蕾妮忍不住从床上下来走到他面前,她抚摸着他的双肩,他身体无比僵硬。早就料到会是这样。过了这么多年，他们之间依然有隔阂，依然存在着自我防护意识。过去，她没觉得这有什么大不了，但是近来却觉得有些悲哀。

"你为她感到难过。"她低声说道。

"为金柏莉？当然了。她给自己选了条困难重重的道路。有时候……"说到这儿，他叹了口气。

"继续说下去。"

"金柏莉想让自己变得坚强和强大。这我明白。她经历了那么多，肯定想变得刀枪不入起来。只是……光练射击会让你成为无所不能的人吗，蕾妮？每天逼自己跑六英里就代表你永远不会成为受害者？去练所有你能想象出来的格斗术就意味着你一辈子不会输吗？"他不等回答，答案在此刻根本不重要。"金柏莉似乎坚定地相信，只要她成为联邦特工，就再也没人能伤害得了她。哦，上帝啊，蕾妮，看着自己的孩子重复自己走过的错路实在太痛苦了。"

蕾妮搂住他的肩膀，头靠在他胸上。她知道此刻没有什么言语能安慰得了他，便转而聊起了一个永恒安全的话题——工作，尸体，一桩复杂而引人入胜的谋杀案。

"你觉得那个佐治亚帅哥说得对吗？"她问。

"佐治亚帅哥？"

"我只关心金柏莉，在这方面我毫不自私。那么，既然你先把卷宗拿走了，我问你，你对他所说的佐治亚生态杀手选择弗吉尼亚人下手有什么看法？"

"我还不知道。"昆西回答得相当勉强。他抬起一只手放在她脖子上，轻轻抚摸着她的头发。她闭上眼睛，瞬间觉得一切都会好起来。

"生态杀手案很有意思，调查人员在做了那么多工作后，居然对杀手依旧一无所知，这很让人吃惊。想想看，七起凶杀案过后，调查员都没能发现犯案工具，没发现第一谋杀现场，就连一点点证据都没有发现，比如头发、纤维、血、精液等等都没有。事实上，杀手在每个被害人身上花的时间都非常少，将证物转移的可能性降到最低。他只出击、杀人，再逃跑。"

"真是个有效率的变态。"

昆西耸耸肩："大多数杀手都受嗜血欲望的驱动。他们不仅仅想杀人，还喜欢欣赏遇害人受苦受难的过程。相比较而言，这是我见过的最冷血的谋杀案。嫌疑人对暴力的兴趣显然很低，但夺人性命的能力又非常强。"

"他喜欢玩各种花招，"蕾妮边想边说，"对他来说，有意思的部分不在于杀人，而是设置好尸体，藏好谜题。完事之后再写封信，确保罪犯的头衔不落到其他不法分子头上。"

昆西赞同她的看法："他写那些信是希望给自己的游戏找一个环保的口号。但你觉得他是真出于对环境的关心，还是环境只是他游戏中必不可少的因素？目前，我还不确定，但我可以肯定的是那些信也是他的道具，他在构建自己的舞台，他就像是一个伟大的操控手，躲在幕布后面操纵着所有的线绳，但最后会怎样？他到底想得到什么？他到底想达到什么目的？这让我觉得很费解。"

"那么发生在佐治亚的案件和这一起有什么相似之处？"蕾妮追问道。

"死因相同，"昆西立刻回答她，"连环杀手中会利用处方镇静药杀人的很少见，至少男性杀手不会这么做。"

"女人喜欢用毒药。"蕾妮也认同这一点。

"没错。不过,你亲爱的朋友沃森也提出了几个不错的观点。首先,佐治亚的生态杀手总是把第一个被害人丢在主干道旁,让这个人肉地图很容易就被人发现。根据这条规律,如果在海军基地抛尸,那最佳选择应该是像 MCB-4 或 MCB-3 这样的大道。选择林间泥道有悖他的习惯。第二,他把女孩的嘴缝了起来,这让我很担心。这表明他对暴力的欲望增加了不少,不仅毁损了尸体,更强烈地向我们传达了让被害人永远闭嘴的意思。"

"也许正如特工马克科马克推断的一样,这次杀手设计了一场更为危险的游戏。"

"确实如此。不过,这次的抛尸地点也让我很困惑。我刚才匆匆浏览了一下佐治亚的卷宗资料,他们推测这人是个地道的佐治亚人。因为他对那些地方非常熟悉,不可能是外地人。事实上,游戏的性质也表明,这个人非常热爱自己生活的地方。他绝不会轻易搬到其他州去。"

"也许他觉得警察逼得太紧了。"

"有可能。但他想在弗吉尼亚玩他的游戏,就得先做好准备工作。"

"那几通电话呢?"蕾妮换了个话题,"我觉得在尸体被发现前,马克科马克接到生态杀手要去弗吉尼亚作案的匿名电话绝非巧合。这个打电话的人一定知道点什么。"

"匿名电话正是整个案件最有意思的地方,"昆西对蕾妮的看法表示认可,他又叹了口气,揉了揉太阳穴。"讨论到最后,似乎有一半理由告诉我们这些案件没有丝毫联系,又有一半理由说明它们有着千丝万缕的联系。我们得做个决断。"说到这儿,他看了她一眼,"我想我们应该去了解一下被害人的身份。现在我们手头有一具尸体,和另一起案件有没有关联我们并不清楚。但如果我们有确凿证据显示两名女孩同时被绑架……"

"那下手的人一定就是生态杀手。"蕾妮补充道。

"我就一定要多多关注佐治亚的案子了。"

"卡普兰查过失踪人口报告了吗？"

"他已经派人去翻旧的报告了。在过去二十四小时内，没有新的报告，至少没有年轻女孩失踪的报告。"

"真让人难过，"蕾妮喃喃地说，"被绑架，被谋杀，却连个发现她们失踪的人都没有。"

"大学基本上都放假了，"昆西耸耸肩。"如果受害者是学生，那平时的日程活动根本没有规律，发现她失踪的时间就会变长。"

"也许就是我们确定不了身份的原因，"蕾妮想了想，说，"确定不了她是谁，就无法确定失踪的是一个人还是有同伴。生态杀手在给自己争取时间。"

昆西若有所思地看着她说："我们同样也多了一些时间，不是吗？"

"那么下手的人——可能是生态杀手——暂时还不想让我们知道。"她缓缓说道。

"还有一个可能，有人做足了功课，"昆西低声说，"他杀了人，现在正用障眼法迷惑我们，借机抹掉自己的行踪。"

"你想从哪儿查起？"她问。

"我们以前从哪儿开始，现在就从哪儿开始。离家不远的地方，就是这里。"他终于搂住蕾妮，把她拉到自己怀里。"得了，蕾妮，"他对着她耳朵低声说道，"跟我说实话吧，你不一直都想拆掉联邦调查局学院吗？"

"你根本不懂。"

过了一会儿,昆西低声说:"但我一直在努力。"

"我知道。"她说,说完,闭上眼睛,两行热泪从脸颊上滚了下来。

第十六章　过去从未过去2

弗吉尼亚　匡提科

晚上9:46

气温　91华氏度

金柏莉独自一人坐在寝室里。没过多久,露西匆匆回来了。她把一堆书丢在凌乱的书桌上,又抄起另一堆。

"哇哦,你看起来比早上还要糟糕。"她用这种方式向室友打了个招呼。

"忙活了一天。"金柏莉应道。

"作为一个女生,发现一具尸体肯定不好受。"

"看来你都听说了。"

"所有人都知道了。亲爱的,这是目前最热门的话题。这是你第一次看到尸体?"

"你是说除了我妈和我姐姐?"

露西立刻顿住了,她站在书桌前没有吭声。一阵沉默。"好了,我要去参加学习小组了，"最后，她转过身来，表情十分柔和地说道，"想一起来吗，金柏莉？你知道我们不介意的。"

"不。"金柏莉淡淡地拒绝了她。

露西走了。

沃森说得没错，她应该好好睡一觉。她神经过于紧张，大量分泌的肾上腺素已经消退，只剩下一阵阵的空虚。她想躺倒在狭小的床上，来一场麻木的长睡。

可是，她会梦到曼蒂，梦到妈妈。她不知道哪个会让她更加难受。

她知道父亲会到杰斐逊宿舍楼下，他想和她谈一谈，他总是这样。不用看，她就知道他会有什么样的表情：有些烦躁，还有些困惑。当他接到重要任务时，即使女儿在一旁痛哭，也不会影响他对案件的处理，他会在大脑里把犯罪现场照片、过去发生过的案件以及调查人员日志过一遍。当然，父亲很爱她。可是她和曼蒂很早就明白，父亲并不属于她们，对他来说，死亡是最重要的。

房间里空旷得要命，大厅里还不时传来杂乱的脚步声，她受不了了！其他人都是和朋友在一起，谈天，说笑，只有她孤身一人，她那么拼命，却只会更加孤独。

她终于站了起来，她要离开这可怕的孤岛，她拿起刀子朝大厅走去。外面很热很热，如同一堵热烘烘的墙，压得她透不过气来。都已经晚上十点了，可这黏糊糊的空气还没有散去，看来明天又够受的了。

她艰难地向前走去，前胸后背的汗水把T恤紧紧粘在身上，真是太闷了，闷得几乎呼吸不到氧气，估计这空气里的水分都快接近百分之九十了。

耳畔依然有阵阵笑声，她毫不犹豫地转身朝黑漆漆的靶场走去。

这个点儿了，那里根本不会有人，好吧，可能不会有人。这个念头转瞬即逝，但她知道自己麻烦了。

"我正在等你。"正朝靶场门口走来的马克科马克特工在招呼她。

"少来了。"

"我从来都不会让美女失望的。"

"那你带枪了吗？好吧，真是糟糕。"

他咧嘴一笑，雪白的牙齿在黑暗中发出耀眼的光芒。"我还以为你会和你父亲多待一会儿。"

"那不行。他正在办案，而我是不能介入的。"

"家人也不行？没什么特权吗？"

"你的意思是对犯罪现场照片偷偷瞄上几眼？我想不行。我父亲很专业的，他对待工作非常认真。"

"好吧，你是经过了多少年才练就如此平静、缓和的口气？"

"绝对比你想象中的还久。"她只得承认。

"来吧，亲爱的，坐下来。"说完，他头也不回地朝靶场上碧绿的草地走去。她听话地跟在了后面，这让她自己都感到吃惊。

草地很舒服，压上去软软的，而且带着一丝凉气，真是太舒服了，她索性躺了下来，尽情享受着这分惬意。不过她并没有忘记大腿内侧的刀，所以还是把腿蜷了起来。马克躺到了她的身边，挨得很近很近，肩头已经贴在了她身上。这也让她有些震惊，不过她并没有挪开身子。

估计刚才的会面结束后他洗了个澡，此时浑身散发着香皂和剃须水的香味。她猜想他的头发还是湿漉漉的。刚才走过来的时候，在路灯的照射下，她看到他脸上已经刮得很干净。他是为她刮的吗？如果是的话，接下来又会怎样呢？

不过，她很喜欢他身上的味道，算了，先不想那么多了。

"星星出来了。"他开了口。

"现在是晚上，当然有星星了。"

"你也注意到了？我以为你们这些新特工会忙到没时间关注这些东西。"

"在个人战斗训练中我们总是躺在地上，所以能看到。"

他伸出手抚摸了一下她的脸颊，这完全出乎了她的意料，她下意识地缩了一下。

"你脸上有一片草，"他似乎很平静，"别担心，亲爱的，我可不会偷袭你，我知道你有武器。"

"如果我没带武器呢？"

"那样的话，我当然会立刻就把你压在这里。我毕竟是个荷尔蒙充沛的男人，很容易有粗暴的行为。"

"我并不是这个意思。"

"你不喜欢和人接触，是不是？我的意思是，你肯定会咬我，再来一个空翻，把我打个半死。"

"我是不大习惯那样。我们家都不是那种感情外露的人。"

他似乎在思考着她的话："如果你不介意的话，我要说，你父亲似乎更严厉。"

"我父亲是那种疗伤型的严厉。我母亲来自一个上流家庭。你可以想见，我们的度假能有多快乐，你别指望有什么喧闹爆发之类的。"

"我家里一直都很热闹，"他貌似随意地说，"不是喧闹，而是非常善于表达自己的感情。到现在，我父亲都喜欢一把将我母亲的腰搂住，然后慢慢缩进昏暗的角落里。作为一个成年人，我很羡慕他们的感情，不过，当我还是孩子时……老天，真是尴尬死了，我们只能大声嚷嚷着自己的存在，然后迅速躲到大厅里。"

金柏莉笑了笑："你有没有从中受到什么教育？"

"拜托，当然了。不过，那确实很甜蜜。我的父亲是一名道路设计工程师，母亲是高中英语教师，谁能想到他们会那么幸福？"

"有兄弟姐妹吗？"

"一个妹妹。小时候我总是吓唬她。不过只要我在客厅里睡着，她就会跑过来给我化妆，还拍照片。所以我觉得我俩扯平了。还有，我觉得我是你见过的唯一一个能理解防水睫毛膏有多难卸的男人。我这辈子也别想参加什么政治选举了，那些照片一出，仕途全毁。"

"她现在做什么工作？"

"她叫玛丽贝丝，是名幼儿园老师。换句话说，她比大部分警察厉害得多。要知道让那些小家伙排成一队可不是件容易的事情。也许等孩子们睡着了，她也会往他们脸上涂东西。不过，我可不敢问她有没有做过。"

"你是你们家唯一一名警官。"

"我有个堂兄弟，是消防员。我们也算同行吧。"

金柏莉又笑了："他们听起来都挺有意思的。"

"的确。"他表示同意。她从马克的嗓音里感受到了真切的情感。"他们的确还需要多受点管教。不过作为家人，他们还是很不错的。你想念你的妈妈和姐姐吗？"他突然问道。

"想。"

"我不该问，是吗？"

"如果我说是的，你会听我的话吗？"

"不会。我想我也需要受点管教。不过，星星都出来了。躺在星空下的时候，人总该说点什么。"

"我可没听过这种说法。"虽然这样说，但金柏莉还是转过脸望着浩瀚的夜空，热腾腾的空气轻抚着她的脸，这让她觉得心里轻松不少，话也更容易说出口了。"我们一家人过得并不开心，没有那种普通意义上的开心。可我们尝试过，我必须这么说。我们想开心起来，所以大家一起努力了。你可以说我们那种心情是真切的。"

"你父母离婚了？"

"最后还是离了。那时我们还都是十几岁的孩子。不过问题远不止父母离异那么简单。唉，还是警察家庭会有的事。我父亲的工作要求他奉献自我，长时间守在岗位上。我妈妈……从小受到的教育让她对人生有所期盼，她希望能与众不同。要是和银行家结婚，她应该会过得很好，我是这么想的。医生也行啊，估计也会非常忙，但至少她的丈夫会保持一定的礼貌。可我父亲却是个联邦调查局的分析员。他和死亡打交道，每天接触的都是极端暴力的死亡案件。我觉得妈妈从来都没习惯那样的生活，她肯定一直觉得那种生活很倒胃口。"

"你父亲的工作其实很不错。"马克低声说道。

她转头看向他，神情异乎寻常的严肃。"我也这么觉得。就算他不得不在我生日派对中途离场，或是压根就没来参加，我都以他为荣。在我眼里，他的工作非常具有传奇色彩，就像那些超级英雄一样。有人受伤，我父亲就去拯救他们。我很想他，有时候我会很生气，但记忆中大多时候我都以他为傲。我父亲很酷。至于我的姐姐，唉，就完全不同了。"

"比你大？"

"曼蒂比我大。她有点儿……不一样。她的精神总是过于紧张而敏感，又有点狂野。我对她最初的记忆就是她打破了一个什么东西，父母冲她大声吼叫。她总是在和父母斗争，是真正意义上的斗争。他们是那种循规蹈矩的人，但她却很叛逆。对她来说，这样的生活很痛苦。她对什么都特别在意。谁对她说了一个严厉的词，她都能把那个词想上好几天。谁用不好的眼神看了她一眼，她都会崩溃。晚上她经常做噩梦，常常大哭一场，发作一下。父亲的工作让她感到害怕，父母的离婚彻底摧毁了她。成年以后的日子也没好到哪里去。"

"她似乎绷得太紧。"

"她就是这样的人。"金柏莉沉默了好一会儿，"你知道什么最让我难过吗？你知道真正讽刺的地方在哪儿吗？"

"是什么？"

"她需要我们。她就是那种我和父亲发誓要用生命来保护的人。她一点儿都不坚强，总是做出错误的决定。酗酒，和坏男人约会，相信那些谎话连篇的人。上帝啊，她真的很需要一个人来帮助她，可我们没能做到。小时候我总是恨她。我总是哭啊抱怨啊，说曼蒂又因为什么事不开心了。现在的我只有悔恨，恨自己没能全力照顾她。她是我的家人啊，我们怎么能彻底放弃她呢？"

马克什么也没说，只是伸出手，用拇指轻轻摸了摸她的脸颊。他手上的皮肤像锉子一样粗糙，一直摸到她下巴那儿。她浑身一颤，很想闭上眼睛，像只猫一样拱起背。

"我的脸上又沾到草了？"她低声问道。

"没有。"他轻柔地说。

她转头看向他，自知流露出的眼神已出卖了自己，她知道必须武装起来，可此时完全找不到盔甲。

"他们不相信你。"她的声音很温和。

"我知道。"他的手指顺着她的下巴慢慢游移到耳垂。

"我父亲很厉害，真的很厉害。可和其他调查员一样，他做事非常谨慎小心。他会从案子最初的地方开始，仔细探查，直到最后得出和你一样的结论。要是换成其他的案子也就无所谓了，可如果你是对的，那就有一个女孩的性命危在旦夕……"

"时钟滴答滴答。"马克喃喃道。他的手指又回到了她下巴处，轻抚她的脖子。她觉得自己胸脯起伏得很厉害，就像刚在树林里跑完步。这次她是在向一个目标进发吗？或只是在逃避什么？

"你的态度似乎挺放松的。"她突然说道。

"对案子的态度？也不尽然。"他的手指停止了移动，放在她锁骨处，感受着她的脉搏。他的眼神充满了热切，这是什么眼神？男人要吻女人的眼神？还是警察痴迷于一桩棘手案件的眼神？她对这种事情不是很擅长。一直以来昆西家的女人都没什么感情运。事实上，妈妈和曼蒂爱的最后一个男人害她俩都送了命。都是女人的直觉在作祟。

她真希望自己没有突然想起自己的家人来。她突然很希望自己此刻身处一座岛屿，这样就能无牵无挂地重生，不受过去的牵绊。如果她的家人没有被谋杀，她的生命会是什么样的？金柏莉·昆西会是什么样的？

一个温和、温柔、优雅的人？一个能鼓起勇气在星空下亲吻一个帅气男人的人？一个有能力爱的人？

她扭过头，抽出身子，不让他碰到自己。那问题已经不重要了，她备感难过，难过到无法再看着他的眼睛。

"你打算跟这个案子，是不是？"她背对着马克问道。

"下午我稍微研究了一下弗吉尼亚州的概况，"他回答得很轻松，似乎毫不介意她突然往后退的事实。"你知道吗？这里拥有的海滩、山川、河流、湖泊、海湾、沼泽、水库和洞穴，加起来面积超过了四万平方英亩。光是可以徒步穿越的山脉就有一千多英里。公共土地面积达两百万英亩。这儿还有切萨皮克海湾，是全美最大的入海口。此外还有四千个洞穴和不少水库都是在被淹没的城镇基础上形成的。想要稀缺敏感型生态资源？弗吉尼亚有。想要危险地带？弗吉尼亚有。简而言之，弗吉尼亚是生态杀手最完美的游乐场。还有，你说得没错，我一定会找到线索，追查到底。"

"可你没有这个权限。"

"爱情和战争都是不择手段的。我已经给我的上司打过电话了，我们都坚信这是几个月来掌握到的最可靠的线索。我要是从国家学院着手，做点辅助调查工作，也不会怎么样。主要问题是你父亲和海军罪案调查处的动作太慢了。等他们认同我们的观点后，第二名女孩早就死了。金柏莉，我不希望看到那样的结局。过了这么多年，我早就厌倦落后于人了。"

"你准备做什么？"

"明早第一件事，我要和一个美国地质调查队的植物学家碰头。工作将从那里展开。"

"为什么要和植物学家见面？叶子已经不在你手上了。"

"原始证据已经没了，"他沉稳地说，"但我扫描了一个副本。"

她突然掉过头来："你复制了证据。"

"没错。"

"之后呢?"

"跑去向爸爸求助?"

"你知道我不会的!"

"我在努力。"

"你真的快走火入魔了,你知道吗?你很有可能是错的,这案子说不定和生态杀手、佐治亚遇害的女孩毫无关联。上次你没能抓住罪犯,现在看到的都是自己想看到的东西。"

"有可能。"他耸耸肩,"可这有什么关系?一名女孩已经死了。凶手下了手。不管他是不是我要找的人,找到这个混蛋总是好事,世界总归会清净一些。老实说,对我来说已经够了。"

金柏莉皱着眉头。她确实找不到合适的反驳理由。最后,她突然说道:"我想和你一起去。"

"沃森会把你关起来的。"马克坐直身体,拂掉手上的草。"他会迅速给你屁股上来一脚,把你赶走,你要过好几天才能真正感受到屁股上的疼痛。"

"我可以请假。我会找个顾问老师谈谈话。告诉他发现一具死尸给我带来的情感烦恼。"

"啊,亲爱的,你要是跟他们说你有情绪问题,他们肯定会把你赶走。这里是联邦调查局学院,如果连具尸体都处理不好,那你就不该入这行。"

"不是这样的。顾问说可以,我就能得到假期。就这么简单。"

"等到他了解了你的真正意图之后呢?"

"我在放假,私人时间干什么是我自己的事。沃森对此没有发言权。"

"你在联邦调查局待的时间还不够长,是吗,金柏莉?"

金柏莉努起下巴,他的意思她完全明白,她也同意,这也是她心一直"怦怦"乱跳的原因。继续查案,只会为她招来人生中第一个政治敌人,且不说对职业生涯开端的影响。她等了二十六年才成为联邦特工,而抛开这个身份只是一瞬间的事,这对比真是可笑。

"金柏莉,"马克仿佛看透了她心思一样,突然说道,"你要知道,这么做也不会让你的母亲和姐姐起死回生,不是吗?不管你追捕了多少个凶手也不会改变你家人已经离开的事实,你还是没能及时救回她们,不是吗?"

"我去过她们的墓地,马克,我知道死亡是怎么样的。"

"而你只是个新人,"他继续无情地往下说,"你对这个家伙一无所知,自身的训练也没完成。你的努力也许连一丁点儿的改变都不会带来。在葬送你的职业生涯之前,请好好想想。"

"我还是想去。"

"为什么?"

她看着他,终于露出笑容,不过她知道自己的脸一定僵得可怕。马克问了一个至关重要的问题。老实说,她可以给出许多答案。比如,沃森今早说的话都是对的,在这儿待了九周,同学中没有一个和她成为朋友或是同盟。事实上,她觉得自己最忠实的感情产生于她和那具在森林里发现的尸体之间。或者,她对自己还活着深感愧疚,她厌倦了一放假就去墓地。再或者,在与死亡擦肩而过后,她对追寻死亡产生了一种病态的需求。又比如,她毕竟是父亲的女儿,他们都觉得活着的人没什么意思,对死亡有一种依赖感,特别是在死去的女孩和曼蒂长相惊人相似的时候。

她有那么多答案可以说，但当话真正出口、说出那个离真相最近的理由时，她自己都感到惊讶："因为我想去。"

马克紧紧盯着她，最后，他在黑暗中突然点了下头："行。明早六点，杰斐逊大楼前见面。带上徒步旅行的装备。"

"还有，金柏莉，"他们一起从地上爬起来时，马克又补充道，"别忘了你的格洛克手枪。"

第十七章　一切彻底改变

佐治亚　奥尔巴尼
凌晨1：36
气温　85华氏度

诺拉·蕾的妈妈阿比盖尔·瓦特还在看电视。她躺在棕色的旧沙发上，穿着早就褪了色的粉色浴袍，过去的三年她一直穿着它。深色的短发根根竖起，发根处都已发白，她也不管不顾。除非诺拉·蕾的外婆来家里，硬是把女儿拉起来，否则，她会一直待在沙发上。她总是弓着背，嘴巴稍稍张开，眼神呆滞地看着前方。诺拉·蕾想，有人一头栽进烈酒里，而她妈妈则靠电视躲避世界。

诺拉·蕾还记得她妈妈曾经美丽的日子。阿比盖尔每天早上六点起床，用烫发卷打理头发，发型弄好后，就开始化妆。等诺拉·蕾和玛丽·琳恩下楼吃早饭时，她已经换上了一条漂亮的碎花裙，在厨房里忙碌，一会儿给爸爸倒咖啡，一会儿给她们准备燕麦粥，边忙活边兴高采烈地不停说话，直到七点零五分，她拿上包、去上班的时间到了。她那时一直在一家法律事务所做秘书，挣的钱不多，但她喜欢这份工作，喜欢这家由两个合伙人经营的小公司。此外，这份工作还让她在充斥着蓝领工人的街坊邻居间取得了一定的威望。她可是在一家法律事务所工作，那可是令人尊敬的活。

诺拉·蕾的母亲已经好几年没去办公室了，她都不知道自己母亲是不是已经正式辞职了。自从那天母亲接到一个警察来电，走出了办公室，就再也没回去过。

律师们都很不错。他们自愿为她提供服务，然而因为罪犯到现在都没抓到，这个案子一直不能进行庭审。他们先是照常给阿比盖尔发放了一段时间的工资，之后给她办了停薪留职。现在呢？已经三年过去了，这份工作不可能还在等他。世上没有那么善良的人，没人的生活能就此停住，三年不变。当然，也有例外，那就是诺拉·蕾家的生活。他们似乎被卡到了时间隧道里。玛丽·琳恩的房间墙壁是灿烂的金黄色，房间里放满了蓝色丝带和赛马赢回来的奖杯，日复一日，从没变过样子。那条扔在角落里的脏牛仔裤依然在等着自己十八岁的主人，等她有一天回来，把它扔进洗衣机里。梳子上依旧缠着她褐色的长发，躺在梳妆台上。旁边是一支半开的粉色唇彩。另一管睫毛膏同样也半开着。

梳妆台的镜子上贴着奥尔巴尼州立大学的来信："我们骄傲地通知您，玛丽·琳恩·瓦茨已被我校正式录取为二〇〇〇级新生……"

玛丽·琳恩一直都想学兽医，这样她就能全心全意地投入治疗她心爱马匹的事业里了。诺拉·蕾想做个律师。她们以后可以购买相邻的农场，每天早晨两人一起骑完马后，再投入到待遇丰厚的工作中去。那个夏天，她们俩一直都在谈论对未来的打算。两人边聊边兴奋地"咯咯"直笑。特别是在那最后一夜，热得要命，她们实在受不了了才准备出门买冰淇淋吃。

而一切都在诺拉·蕾回到家、玛丽·琳恩被宣布死亡后彻底改变了。首先，每天都有络绎不绝的人来她家拜访。女人们带来炖菜、饼干和派，男人们带着割草机、榔头，默默地帮他们打理家里的一切。小家里充满了活力，大家都很热心，每个人都想确保诺拉·蕾和她的家人生活正常。

那段时间，妈妈每天还是会洗澡，换衣服。虽然少了个女儿，但生活的框架未变，她还会进行日常的基本活动：起床，卷头发，煮咖啡。

那段时间父亲的状态极差。他像游魂一般，紧握着一双满是老茧的手，在房间里来回晃荡，眼神空空。他是个什么都会修的男人。某个夏天，他给家里建了个露天平台。他靠给邻居们打零工来支付玛丽·琳恩马术夏令营的费用。他像个上了发条的钟一样准，每隔三年就把房屋重新粉刷一遍。他家的房子是整个街区最干净整洁的。

大家总是说，大个子乔伊什么都会。直到七月的那一天。

慢慢地，人们的光顾越来越少。厨房里不会再神奇般地出现食物。到了星期天，也没有人再帮他们修剪草坪。诺拉·蕾的母亲不再梳妆打扮，父亲回到家居店继续工作，每天晚上回到家，就和母亲一起坐在沙发上，像僵尸一样，不停地看不费脑子的电视剧。深夜，电视的光在他们脸上映出鲜明的颜色。

野草占据了他们的草坪，由于无人打理，前廊也渐渐凹陷。诺拉·蕾学会了煮妈妈擅长的炖菜，而她那法学院的梦想则越飘越远。

街坊邻居开始说他们的闲话了。*那户住在可怜小房子里的可怜人家啊。你听说过他们女儿的惨事吗？唉，我来告诉你……*

有时候诺拉·蕾觉得自己应该穿一件带着红字的衣服四处走走，就像她在高中毕业前读到的那本书中的女主角一样。没错，我们就是失去了女儿的那家人。没错，我们就是暴力犯罪的受害者。还有，这种事情也可能会发生在你们身上。所以，你们的躲避和背后议论都没有错。谋杀这种事情说不定会传染，今天发生在我们身上，不久之后就会发生在你们身上。不过，她从没有把这些话说出口，她做不到。现在她是家里最后的生力军。她必须保持振作。她不得不伪装，她要让家人觉得只有她一个女儿也足够了。母亲的头不停地向下点着，这是要睡觉的前兆。父亲称之为真正的夜晚。他早上还要工作，这多少让他比母亲正常一些。这就是他们一家怪异的生活模式。

最后，阿比盖尔还是屈服了，她把头向后仰去，整个肩膀都陷在了又软又厚的沙发里。买这个沙发时，他们还是快乐的一家，憧憬着美好的未来。最后诺拉·蕾也走进了房间。她并没有关上电视机。她知道一旦关上电视，母亲会立刻醒过来，比任何刺耳的报警声都灵。她只是从母亲身上那件已经褪色的浴袍口袋里取出遥控器，慢慢调低声音。

母亲开始打鼾了。那是一个已经数月未动弹的女人发出的轻柔微弱的喘息声，其中的疲惫却超出了她的年龄。

诺拉·蕾的双手垂在两侧，紧紧地攥着。她很想去抚摸母亲的脸颊，想告诉她一切都会好起来的。她想恳求母亲回到自己身边，因为她不想一直当那个最坚强的。她希望自己可以蜷起来大哭一场。

她把遥控器放到咖啡桌上，然后踮着脚慢慢回到自己房间里。房间里的空调一直设定在五十八度，床旁边放着满满一壶水。诺拉·蕾把自己裹在厚厚的床单里，却完全没有睡意。

她又想起了玛丽·琳恩，想着她们在一起的最后一个晚上。她们开着车从星期五餐厅回来，玛丽·琳恩一边开车一边兴奋地和她聊天。

"哦，哦，"她突然说道，"我想可能是爆胎了。哦，等一下，好消息，后面的人好像停下来了。真不错，是不是，诺拉·蕾？这个世界上还是好人多。"

男人很疲惫，非常非常疲惫。已经深夜两点多了，他总算疲惫不堪地做完了最后一桩事情，对他来说，夜晚才开始。他把货车开回原来的地方。虽然浑身酸痛，他还是就着微弱的灯光，把车子里里外外都洗了一遍。他甚至爬到车子下面，把底盘也冲洗了一番。污垢会暴露事实，这一点他很清楚。

接着，他拿出了狗笼子，用氨水擦洗了一遍。刺鼻辛辣的气味让他的感官重回到警觉状态。不一会儿，所有的指纹痕迹都清除掉了。最后，他拿出了清单，还有水族箱要擦，不过它能证明得了什么呢？

证明他曾经养过一条宠物蛇？这可没有犯法。不过，他可不想给别人留下一丝机会。他不想成为父亲口中的那种蠢货，那种打着手电筒也找不到自己屁眼的人。

天旋地转。他感到自己脑袋里乌云密布。过度的劳累使得他的反应能力也降低了。黑洞越来越大，吞噬的不仅是分分秒秒，有时候接连数天都是如此。他已经无法承受。他不得不敏锐起来，不得不提高警惕。

他又一次想到了母亲，想到她看着夕阳西沉后忧伤的表情。她知道地球快要灭亡了吗？难道那个时候她就知道地球上所有美好的事物都会消失？

也许她只是害怕回到房子里，因为那里有脾气火爆的父亲和他粗壮的拳头。

他不愿意再想这些，他不想再玩这个游戏了。他猛地把水族箱从货车里拉出来，把里面的草和树枝扔到树林里，然后倒入半瓶氨水。操作时他是光着双手的，所以能感觉到刺激的化学物正在灼烧着皮肤。

最后这些液体会流入溪流中，杀死生活在其中的海藻、菌类，甚至是可爱的小鱼。看来，他也不是什么好东西。无论他做了什么，他依旧是个开着车子，买着冰箱的男人，可能还吻过一个头上喷满摩斯的女孩。因为这就是男人，男人会杀人、会破坏、会殴打妻子、会虐待孩子，他们按照自己扭曲的方式来塑造一个扭曲的世界。他不停地眨着眼睛，眼泪、鼻涕止不住地流出来，胸部起伏得厉害，直到最后大口地喘着粗气。他想，一定是氨水刺激的。可是他心中有数。他又一次想到了母亲那张苍白、孤独的面孔。

他和弟弟应该跟着她回到房里。他们本该先走进门，判断一下家里的氛围，如果真的要来，他们也应该像个真正的男人一样接受惩罚。然而，他们却没有。父亲在家里，他们跑到了树林，那是他们俩的天堂，有野生的覆盆子和娇嫩的蕨菜。

他们逃到避难所里，尽量不去想树林中那间小屋里会发生什么。这也是他们唯一能做的。

男人关上了水管。货车冲洗好了，水族箱也干净了，每一寸都被消毒了。四十八小时之后，一切都结束了。他又一次感到了疲惫。这种侵入骨髓的疲惫是没有杀过人的人所不能理解的。不过现在，一切总算结束了。

他带走了自己的杀人工具。最后，在爬到床上之前，他把它们塞到了床垫下面。

他枕着枕头，回想着自己刚才所做的一切。高跟鞋，金色的头发，蓝色的眼睛，绿色的裙子，捆绑的双手，深色的头发，褐色的眼睛，修长的双腿，耀眼的指甲，白得发亮的牙齿。男人闭上了眼睛。他终于睡着了，这是几年来睡得最好的一次。

第十八章 《格雷的植物学手册》

弗吉尼亚　匡提科
早晨5：36
气温　84华氏度

昆西被电话铃声惊醒了。对他来说，半夜来电已经司空见惯了，他本能地把手伸向床头柜。接着，铃声再次响起，刺耳不绝。这时，他才想起自己是在联邦调查局学院的宿舍里，电话机还在房子中间的桌子上。他安静而迅速地爬起来，不过已经没必要了。虽然他在第三声响起时就拿起了电话，蕾妮还是睡眼惺忪地坐了起来。蓬松的栗色长发凌乱地散落在苍白的脸旁，让人不由自主地注意到她那棱角分明的脸颊和光洁修长的脖子。老天，早晨的她看起来真是可爱极了。同样，漫长的一天结束时，她也是如此可爱。这么多年过去了，日复一日，她依旧能让他无法呼吸。他望着她，胸口感到一阵剧痛，这些日子以来这种剧痛频繁出现。他转过身，把电话夹在耳朵和肩膀中间。

"我是皮尔斯·昆西。"

过了一会儿，"你确定吗？我不是那个意思，金柏莉……好吧，如果你真想这么做，金柏莉……"长叹了一口气，他的头又开始痛起来，"你是一个成年人了，金柏莉，我尊重你的决定。"

不过，这并没有起到什么作用。昨天结束时，这个唯一幸存的女儿很生他的气，而今天，她的火气显然更大了，"啪"的一声挂上了电话。他只能小心地把听筒挂好，竭力不去注意自己颤抖的双手。六年来，他一直在尽力修补自己和这个活泼聪慧的女儿之间的关系，可惜没有取得太大的进展。起初，昆西觉得金柏莉需要的是时间。经历了家庭的巨大变故，她的内心一定积聚了太多的愤恨。他曾经是联邦特工，是专业人士，可他却救不了贝茜和阿曼达。如果金柏莉因此而恨他，他不会责怪她的。其实他也一直在怨恨自己。可是，一年又一年过去了，最初那种失去的痛苦和挫败感逐渐消退，他在想这是不是更可怕。他和女儿度过了一段痛苦的经历，他们联手战胜了那个杀害了他们家人的精神病，这种经历改变了他们，也改变了他们之间的关系。

也许从那之后，他们之间的关系就变了，金柏莉不再把他看作父亲了。父亲应该是安全的港湾，是灾难来临时的避难所。可是在女儿心里，昆西没能做到这一点。事实上，他的出现总是不断地提醒着那些暴力事件就在他们身边。真正的怪物并不都是丑陋的。有些可能很迷人，是社会中的精英人物。一旦他们瞄准了目标，即便是一个坚强、聪明、受过专业训练的父亲也阻挡不了。

转瞬之间就会失去自己所爱的人，到现在昆西都觉得不可思议。

"是金柏莉吗？"他身后的蕾妮问道，"她想干什么？"

"今天早上她就会离开学院。她和一个辅导员谈过了，声称自己有精神困扰，让他开了假条。"

"金柏莉？"蕾妮觉得难以置信，"她是那种可以不穿鞋子，光脚就穿过火场的人，更别说带灭火器了。不可能。"昆西没有说话，只是等待着。没过多久，蕾妮就明白了，她一直都是一个聪明的女人。

"她想办这个案子！"蕾妮突然叫道。不过，和昆西的反应不同，她笑得前俯后仰。"好吧，你知道什么，我跟你说过那个佐治亚人是个帅哥！"

"如果被沃森督导发现，"昆西一脸严肃，"她的前途就完蛋了。"

"如果沃森督导发现，他只会因为自己不是最先解救出第二个女孩的人而发怒。"蕾妮从床上一跃而起，"好吧，你打算怎么办？"

"工作，"昆西的回答直截了当，"我需要被害人的身份。"

"遵命，长官！"

沉思了一下，他又说："也许，我们最好拜访一下那个法医语言学家，安努齐奥博士。"

蕾妮充满惊奇地望着他："怎么，皮尔斯·昆西，你开始相信是那个生态杀手干的了？"

"我不知道，但是我很清楚我的女儿已经涉入太多。开始工作吧，蕾妮，我们要加快速度了。"

金柏莉和马克已经驾车向里士满驶去。一路上，两个人都没怎么说话。她知道他比较喜欢乡村音乐，作为回报，她告诉他自己早起必须喝一杯咖啡，否则一天都没有精神。

他们开的是他的车，一辆租来的丰田凯美瑞，比她那辆老旧的马自达好多了。马克把一个塞满东西的双肩背包扔到了后备厢里。金柏莉则带了一双登山鞋和一个装着衣服的行李袋。

一大早她就取回了自己的手枪，同时交出了那把塑料玩具手枪和手铐。她填写了好几份表格，交出了自己的证件。仅此而已。她正式从联邦调查局学院休假了。自九岁以来，这是她第一次对成为一名联邦特工表现出了不积极。

她觉得自己应该焦虑、内疚和恐惧。凭着一时冲动，她就把多年的苦心经营抛到了一边。要知道她的人生从来没有过一时冲动，从未隐藏过什么异想天开的萌芽。

然而，她一点也不恐惧。没有焦虑发作的征兆——呼吸急促，肌肉紧绷，头痛剧烈。说实话，这是她几个星期以来感到最轻松的时刻。也许由于长时间的睡眠不足，她的头有点晕。不过，她并不想深究那意味着什么。

一路上，他们的车开得很快。马克递给她一封打印好的邮件，她把导航设定至坐落在城北办公园区的美国地质调查队办公楼。第一眼看过去时，金柏莉觉得这儿和自己想象中的完全不同。

整个办公园区坐落在宽阔的郊区。附近有社区大学、房地产开发项目，还有一所当地学校。人行道两旁种满了郁郁苍苍的大树，可以遮挡住炽热的阳光。到处都是深绿色的庭院，院子里的紫薇树上开满了耀眼的粉色和白色小花。

美国地质调查队的办公楼也和她想象中的完全不同，更新，而且是玻璃和砖结构的单层建筑，窗户很多，四周种着紫薇树和完全叫不出名字的灌木丛，和传统政府机构那种单色的枯燥风格大相径庭。

真是太美了。金柏莉在想马克知不知道联邦调查局里士满办事处正好也在这条街上。

她和马克从车里走了出来。刚推开厚重的玻璃门，接待员就走过来招呼他们了。

"我找朱雷里。"马克说。接待员给了他们灿烂的一笑，然后就在前面领路了。

"他是植物学家？"金柏莉一边问一边跟着马克走进了宽敞、洒满阳光的大厅。

"确切地说，是地理学家。"

"什么是地理学家？"

"我觉得是研究地图的。"

"你把那片叶子拿给一个制作地图的人看？"

"詹妮认识他，他和她哥哥或别的什么人是同学。他对植物学也有一定的研究，他说他能帮上忙。"马克耸了耸肩，"我是没有管辖权的，我不能按照自己的想法去找专家。"

接待员走到了一间办公室门口，朝着半掩的门示意了一下，然后转身回大厅去了。金柏莉和马克不禁在想这次会不会无功而返。

"是朱先生吗？"马克把头伸进房门里问道。一个个子不高、身材匀称的亚洲男子立刻从椅子上站起来迎接他们。

"哦，老天，可别这么叫我，叫我雷就行了。否则我总觉得你们是在找我父亲。"雷一把握住马克的手,接着又热情地招呼了金柏莉。他比金柏莉想象中的年轻,看起来不像那种老学究。他身着运动短裤和短袖衬衫,材质是背包客最喜欢的超细纤维,这种面料吸汗效果很好。

他招呼他们进了堆满资料的办公室,然后一屁股坐回到椅子上,他似乎有使不完的劲。当他坐下时露出了发达的肱二头肌。他一直不停地在桌子上翻来翻去,鬼知道他在找什么。

"詹妮说你们要我帮忙。"雷的声音非常响亮。

"我们想识别一片树叶。听说你对这方面比较了解。"

"我的大学生活都用在研究植物上了。"雷说道,"直到我转到地理学上。说到这个,其实我一度还研究过动物学和汽车维修,这在当时比较流行。当车子陷到泥泞里时,大家都很庆幸我在旁边。"说完,他立刻转向金柏莉,"你怎么不说话?"

"因为没有喝咖啡。"

"那给你来杯咖啡吧?半小时之前,我在小厨房里煮了一壶世界上最浓郁的咖啡,肯定能把你的瞌睡赶走,还会让你苦得寒毛直竖。"他举起颤抖的双手,那都是咖啡因的缘故。"你要尝尝吗?"

"嗯,还是等一会吧。"

"好吧,随你便。我已经喝了十六盎司左右,告诉你,味道真不错。"他又把目光转向马克,"那片叶子在哪里?"

"跟你说实话,我带来的是一张照片。"马克从文件夹里掏出了一张纸。

"这就是你手头有的?一张照片?"

"是一张扫描件,原始大小。正面和反面都有。"雷紧盯着马克,马克只好无奈地耸耸肩,"对不起,先生,我只能拿到这个。"

"要知道,一片真正的叶子效果会更好,我的意思是,好得太多。这个是干什么用的?"

"是一起案件中的证据。"

"从犯罪现场中得到的?"雷的脸庞一下子亮了起来,"如果我识别出了它,是不是可以帮助抓到坏人或者找到尸体?就像《犯罪现场调查》中的那样?"

"绝对的。"马克向他保证。

"太棒了!"雷的热情更加高昂了,"通过照片辨认确实比较难,但是我喜欢挑战。让我看看你手里的东西。"

他拿出放大镜,仔细研究了一下照片。"好了,先从最基本的开始。这是一种被子植物,阔叶树,它的尖端是椭圆形,边缘是粗齿,很可能是来自桦木科的某种桦树。"他抬起了头,"我想再问一下你是在哪里发现它的?"

"恐怕我不能透露更多了。"

雷又看了看那张照片,皱起了眉头。"你手里真的只有这个?没有树皮、花朵和树枝之类的?"

"是的。"

"好吧,看来你也喜欢挑战。"雷把办公椅向后一推,一下子跳到对面的书架旁,迅速扫了一下所有的书名,他的手指停在了一大本标记为《格雷的植物学手册》的书上,"不知道这算是好消息还是坏消息,桦树科是植物中最大的科之一,在弗吉尼亚就有很多种类。历史上,老阿帕拉齐亚山地人经常从黑桦树中提取汁水制作桦树啤酒,那味道有点像冬青油。他们差点把山上所有的黑桦树都采回家做这个。后来,合成冬青油出现了,山地人只能作罢。这个结局还不错。"

他回到桌子旁边，一把将椅子推过来，就像推一辆玩具汽车那样轻松，然后又用手指飞快地翻动着那本厚厚的手册。站在他身后的金柏莉也朝书上看了过去，似乎是一页又一页的树叶图片，下面还标注着一大堆词语，看起来像是拉丁文。绝对不是那种简易读本。

"好了，首先，我们从黑桦开始，也被称为黑桦树、美加甜桦或者矮桦，它的树叶大概有三到四英寸长。你这张照片上的树叶大概是两点五英寸长，但有可能是没有完全长大，所以不能排除它的可能性。"

"黑桦树一般会在哪里生长？"马克问道。

"哦，到处都可以。我国西部的山上有，靠近水流的切萨皮克湾周围也有。这个有用吗？"

"我还不知道，"马克皱着眉头说，"还有其他的吗？"

"黄桦，也被称为黄桦树，和黑桦相比，它一般生长在山的更高处，树体更大，一般能长到八十英尺高，树叶长达五英寸。所以我觉得它太大了，不符合我们的要求。我看一下……"雷飞快地翻着书。

"好，我们再看一下白桦树，也就是纸皮桦，叶子可以长到三英寸，从长度上比较接近。一般生长在山里，通常在清理过或者火烧过的地方。还有河桦树，别名水白桦，生长在有水渠、溪流、池塘或湖泊的低海拔地区，它个头较小，叶子一般两到三英寸长，所以是有可能的。"他突然抬起头来看着他们，"你们没有葇荑花序？"

"葇荑什么？"

"就是通常会和树叶在一起的花朵，也就是飞絮。桦树的飞絮通常是长长的圆锥形，从树叶之间垂下来。不同品种的桦树的花大小区别很明显，这将有助于缩小范围。如果有树枝和树皮就更好了。黑桦，黄桦和纸桦，从名字上就能听出来它们之间的明显区分之一就是树皮的颜色。"

"我只有一片树叶。"马克说，接着又低声咕哝了一句，"因为我们的对手也喜欢挑战。"他转过身看着金柏莉，肩头绷得紧紧的。

"他不会用一些常见的东西，"金柏莉平静地说，"没有指南针，记得吗？所以这次，所有的线索都会缩小到一个区域，否则就失去了游戏的意义。"

"你说得对。"马克又把头扭向地理学家，"你刚才说桦树在弗吉尼亚很常见，那有没有不常见的呢？比如某种稀有的或者是濒临灭绝的？"

雷乌溜溜的眼珠似乎闪了一下，他摸了摸下巴。"这个问题不错……没有，这一点帮不上忙。"他合上了书，沉思了几秒，突然打开电脑，对着键盘"噼里啪啦"敲了几下，"看到没有？你们真正要找的是树木学家，而我只是一个卑微的地理学家，对植物学有所涉猎而已。而树木学家……"

"名气更大？"金柏莉问道。

"不，他们是专门研究树木的植物学家。看，我是一个多面手，来吧，问我关于花的问题。我对花朵真的很了解，或是蕨类植物，关于这些方面的。而树木学家，能告诉你关于树木的一切。"

"哦，天啊，就没有通晓一切的学家吗。"金柏莉小声咕哝着。

"谁知道呢。"马克说。

"你们已经来到了里士满办公室，这里到处都是地理学家和水文学家。很多人都有多重背景，比如植物学、生物学、地质学等等。我们很乐于帮助你，不过，我们可能不是你所需要的那种专业人士。你还是去莱斯顿吧，那是我们的总部，里面有植物学家、孢粉学家、地质学家、熔岩地质学家,凡是你能想到的都有。能在那里的都是大腕。"

"莱斯顿在哪里?"马克问道。

"从这里向北两个小时。"

"我没有那么多时间了。"

"随便你吧。"雷的手指还在键盘上忙活着,"不过,还有一个节约时间的办法,我们有二十世纪最伟大的奇迹,嗒嗒,哈!网络,每一门学科都会有一个专门的网站。看看,怪才们都是科技控。"他按了一下回车键,果然,屏幕上出现了美国农业部的网站,下面有弗吉尼亚树木学一栏。

"真是太神奇了!"金柏莉惊呼。

"你怎么做到的?"马克也很惊讶。

"现在我们找到了最终的嫌疑目标,"雷大声宣布,"先生们,女士们,请允许我向你们介绍灰色桦树,也就是灰桦。它是桦树家族中个头较小的成员,高三十英尺,树叶长约三英寸。树皮看起来可能像褐色,实际上是灰白色。它的树皮光滑,不像黄桦和纸皮桦那样易剥落。老实说,看起来就像顶着一头乱蓬蓬的头发。木质轻而柔软,大多用来做木质纸浆卷和燃料。更重要的是,它只在一个地方生长。啊哦,问题来了,这里并没有写明这个地方在哪里。"

雷停了下来,揉了揉鼻子,又盯着屏幕一行一行地看,马克蹲在他的后面,一脸的急切,金柏莉已经很熟悉这个表情了。

"你的意思是这种桦树可能就是我们照片中的这个?"

"可能。"

"整个弗吉尼亚州只有一个地方才有?"

"树木学家是这样说的。"

"我需要知道地点。"马克感到自己的心跳都要停了,"现在就必须知道。"

"嗯,嗯,嗯,好,我来想想,"雷拿铅笔在屏幕上敲打着,"先看一下它在其他州的分布地区,灰桦在纽约州、宾夕法尼亚州和新泽西州都很普遍,这几个州都在我们的北边。这就意味着这种树可能偏好较低的温度,那么如果在弗吉尼亚的话……"

"在山里。"金柏莉接了他的话。

他点点头:"没错,现在的问题是,到底在哪个区域?这里有蓝岭山脉,谢南多厄山脉,阿巴拉契山脉,我们要找的是哪里?等一下,我有办法了。"他又一次把椅子推得老远,然后在书架上找到了一本指南,飞快地翻了几页之后,他拿起了电话。"麻烦找一下凯西·莱文。她出去了?那你知道她什么时候回来吗?我给她留个口信。"顿了一下,他说,"凯西,你好,我是美国地质调查队的朱雷里,我想请教一个有关灰桦树的问题。它生长在我们州的哪个地方?这个很重要,是破案用的。等你回来后,麻烦回个电话给我,我们等你。再见。"

他挂上电话,看到对面两个人正用急切的目光望着自己,赶紧解释道:"凯西是仙那度国家公园的植物学家,她对那里的树木非常熟悉,没有人比她更了解灰桦树了。不过,她此刻正在野外。"

"要待多久?"马克迫切想知道。

"四天。"

"可我们等不了四天!"

雷抬起了一只手:"是,是,是,我知道了。我们等到中午吧。到时候她会回来吃午饭,听到我的留言,给我回电。我再给你回电话。还有四个小时就到中午了。"

"四个小时太久了。"马克的声音听起来冷酷极了。

"我还能说什么呢?你只带来了一张树叶的照片,真的很难判断。"

"我有个疑问,"金柏莉开了口,"根据你的了解……弗吉尼亚和夏威夷之间有什么联系吗?"

"弗吉尼亚和夏威夷?"

"是的。"

"哼,天知道有什么联系。从植物学的角度,我想不出什么联系。夏威夷在热带,弗吉尼亚不是。好吧,当然除了这个星期。我们总在不停地打破纪录。"

"没有其他方面的联系?"金柏莉并不死心。

雷又揉了揉鼻子:"你可能要问地质学家。我们这里有山脉,他们也有山脉;我们有切萨皮克湾,周围是星罗棋布的堰洲岛,和他们的堰洲岛很相似。但是从植物学和动物学的角度来看,没有什么关联性。"

"这个办公楼里能找到地质学家吗?"

"我们这里没有地质学家。你必须去莱斯顿才行。等等!"他看着她的表情,突然举起了一只手,"我知道,我知道,你们没有时间去莱斯顿。好吧……詹妮弗·约克,她是我们这里的核心取样员之一,我想她应该对地质学有所了解。"

"她的办公室在哪里?"

"这栋建筑的另一边,左手边第三间办公室。"

"好的。"她转向马克,他正一脸迷惑地望着她。"你听到他的话了吧?"她清楚地说道,"我们去找地质学家。"

第十九章　去夏威夷旅行

弗吉尼亚　里士满

上午8：13

气温　87华氏度

"为什么要问夏威夷？"刚走到大厅马克就迫不及待地问道。

"因为法医助手说受害者的包里有一本去夏威夷的旅行手册。"马克一把拉住她的胳膊，两个人都停了下来。马克看起来严肃极了，她被弄得喘不过气来，只好紧紧盯着他此刻正狠握着她腰部的手指。

"我记得你昨天并没有提到这一点。"他非常不爽。

"之前我也没想到。那本旅行手册是法医助手递过来的，我只是好心帮忙接了一下。但是昨天晚上我想到了你说的话，凶手会在部分受害者的包里放点东西，名片、带餐厅名字的鸡尾酒餐巾。因此，我觉得这里值得想一想。"

马克慢慢松开了手："昨晚你还想到了其他什么没有？"

"有啊，我还想到要绑好刀。"

他终于笑了："这次你把它绑在哪里了？脚踝？大腿？我发誓今天早上一见面我就在想这件事情。衣服穿得这么少，身材如此苗条，却藏了一把三英寸长的刀。亲爱的,我还没有遇到过像你这样的女人,让男人费尽心思地想着刀。"

马克向她靠近了一些,他闻到了香皂的气味,那是一种又干净又强烈的感觉。金柏莉立刻向后退了一步,她已经完全喘不过气来了。

"如果我是一个好男孩,"马克轻轻地喃喃道,"你能让我搜一下吗?或者说你希望我坏一点?"

"喂,喂,喂,喂,"金柏莉终于站稳了脚步,她抬起双手,死死地挡在了他们中间,"我可不是和你调情。"

"当然不是。"

"好,那你是什么意思呢?"

"金柏莉,你不习惯这种比较随意的方式。我知道。算了,我想对你来说这是很严肃的。"他朝她点了点头,蓝色的眼睛瞬间黯淡了下来,比起之前的那番挑逗,这反而深深打动了她。他直起身子,转身走向大厅,"那个地质学家在哪里?"

他昂首阔步地向前走去,金柏莉只好紧随其后。

五分钟之后,马克来到了一间关着的办公室门口,名牌上写着"詹妮弗·约克"。就在这时,门突然打开了。

"什么事?"一个年轻的女子问道。和朱雷里一样,她穿得也很休闲,卡其短裤、白色的无领衬衫和一双耐用的登山靴。

马克冲她笑了一下,紧接着说道:"我想你就是詹妮弗·约克吧?女士,我是特工马克·马克科马克,这位是……特别调查员昆西。刚才我们在请教你的同事朱雷里一些问题,是有关一起案件的。他向我们强烈推荐了你,说你是地质学方面的专家。"

对方有些不相信地眨了眨眼睛,她先盯着马克的脸,然后又把目光移到宽阔的胸膛上,"特工?就跟警察一样?"

"是的,女士。我们正在侦查一起特殊的案件,你可以称它为绑架案,我们有一些犯罪现场的东西,树叶,石块之类的。现在需要对它们加以识别以找到受害者。能耽误你一点时间吗?你肯定能帮上我们大忙。"

马克又一次露出了迷人的微笑,她赶紧打开门,差点绊倒了自己。她邀请马克进来,似乎瞥了同行的金柏莉一眼,但很快又把目光落到了马克身上。看来他对付女人很有一套。詹妮弗·约克的办公室和朱雷里的很相似,拥挤的书架,塞得满满的文件柜,实用的办公桌。她一手叉着腰,一手轻抚着办公桌,摆出了一个曼妙的姿势,正好凸显她的胸部。

"那么,"金柏莉开了口,约克终于注意到了她,"我们想知道弗吉尼亚和夏威夷之间有什么联系?"

"你指的是两个州之间?"

"是两个州之间,没错。它们之间有什么联系?"

这个浅黑肤色的女人盯着金柏莉看了很久,突然放弃了自己的姿势,坐到了椅子上。既然在讨论工作问题,她的表情也变得严肃起来。

"实际上,从地质学的角度来看,它们之间确实有联系。我们经常把仙那度国家公园中的蓝岭山脉和夏威夷群岛进行对比,它们中都有玄武质火山石的成分。从本质来说,现在我们所说的蓝岭山脉在十亿年前实际上是格林威尔山脉,从纽芬兰一直延伸到得克萨斯州,高度和现在的喜马拉雅山差不多,然而,随着时间的推移,这条山脉不停地被侵蚀,到了六亿年前,只比丘陵高一点了。然后,就有了凯托克廷火山岩。"

"火山？"马克惊奇地问道，"在弗吉尼亚？"

"算是吧。山谷中有一条大的裂缝，岩浆从地幔涌到地表，淹没了整个山谷，形成了凯托克廷地层，这个在国家公园北部就能看到。"

"凯托克廷地层还存在？"马克问道，"它的地质构造和夏威夷很相似？"

"是的，现在还存在。"詹妮弗一边回答，一边冲他温柔地一笑，"不过，从地质上来说并不完全一样。夏威夷的玄武岩是黑色的，而仙那度国家公园里的是深绿色的。是变质进程让仙那度的玄武岩有了新矿物质的结晶，比如绿泥石、绿帘石和钠长石，它们赋予了玄武岩浓重的绿色。实际上，正是因为这种改变，我们现在称仙那度的石头为变玄武岩石。"

马克转向金柏莉，她明白他的意思，受害者被发现时手里握着一块石头，是不是深绿色的？她记不清楚了。他们还没来得及好好看一下，那块石头就被海军罪案调查处的调查员拿走了。

"变玄武岩石在公园里罕见吗？"马克问约克。

"一点也不。如果你驾车从北边入口到松顿山口，一路上都能够看到。还有从石头人到狂奔山口那二十英里也遍地都是。如果向公园南边去的话就更多了。"

"那公园里有没有某种石头是非常罕见的？"金柏莉又提出了一个问题。约克仔细想了想。"好吧，实际上，仙那度国家公园里有三种主要的基石。北部和南部是变玄武岩，这一点刚才已经说了。还有一种硅质岩石，它是在公园的南部和松顿山口。最后是花岗岩石，分布在公园的中心地带。硅质岩石是一种沉积岩，含有丰富的二氧化硅，分布地区最少。花岗岩分布的地方最广，几乎贯穿从中部到北部的所有区域。不过，即使在同一种基石之间也存在着不少差异。比如，有的花岗岩中会含有更多的特定矿物质，这取决于它们所在的位置。变玄武岩和硅质岩石也是如此。"

"岩石并不是完全一样的？"马克说。

"没错。"又是一个热情的笑容，就像老师在赞扬自己最中意的学生一般。

"地质学家一直在对岩石进行分析。简单来说，就是拿来一块岩石样本的截面放在偏光显微镜下，通过对岩石的矿物质进行分解分析，就有可能精准地确认它在公园里的具体位置。实际上，某种特定岩石的分布范围是非常小的。当然，我们这里目前没有这样的设备，不过，如果你带了岩石的话，我愿意打电话联系……"

"我们没有带岩石……"

她吃惊地看着他们："什么，没有岩石？"

"是的。"他又赶紧补充道，"但是我们有一本夏威夷的旅行指南。"约克不停地眨着眼睛，试图弄明白对方的意思，最后还是放弃了。"好吧，如果没有岩石样本的话，我不知道该告诉你们什么。没错，仙那度国家公园里有很多岩石，有一部分和夏威夷那里的很相似。但是我不知道接下来该跟你们说什么了，仙那度国家公园自然保护区占地约八万英亩，那里有太多太多地质学家感兴趣的岩石和地质。"

"你能不能给我们一本书或者岩石指南？"金柏莉问道，"我的意思是，一旦我们拿到样本，就可以从中查找到更多的信息。"

"那根本没用。仅凭肉眼，你最多能判断那块岩石是玄武岩、花岗岩还是硅质岩。这仅能把搜索范围减少一半，还有四万英亩的可能区域。分析岩石就必须通过显微镜来了解它所含的矿物质。"

"那我们能从你这里借一台显微镜吗？"金柏莉的底气明显不足。

"它们价值不菲，我想美国政府不会同意的。"

"该死的政府。"

约克说："等你们拿到岩石后就给我打电话，我很乐于帮助你们。"

"我们会试一下的。"马克立刻接道。但金柏莉知道他这样说只是出于礼貌。他们不可能拿到受害者手里的那块石头。他们是外人，根本接触不到真正有用的证据。

"最后一个问题，"金柏莉说，"仙那度国家公园里有没有响尾蛇？"

约克看起来很吃惊。"多得很。你为什么这样问？"

"随口问问。看来我也要穿上一双厚靴子。"

"要当心那些石头。"约克建议她，"响尾蛇喜欢蜷缩在岩石之间的角落和缝隙中。到了黄昏，它们甚至会盘在温暖的地面。"

"知道了。"

好了，只能这样了。最后，马克握着约克的手，对方再次展露出迷人的微笑，又一次挺起了胸膛。金柏莉也和她握了握手，不过明显僵硬很多，这很正常，谁让她没有马克那般宽阔的胸膛和诱人的魅力。

他们回到了前门，这时天空蓝得刺眼，外面已经开始热气腾腾了。"收获不大。"走到门口的马克停顿了一下说道。他似乎想最后享受一下空调的凉爽，然后冲到滚滚的热浪中。

"至少有了一个开头，"金柏莉坚定地说，"所有的迹象都指向仙那度国家公园。"

"是的，但八万英亩啊。你说得对，我们必须立刻找到那个女孩。"他厌恶地摇了摇头，"我们需要直升机，该死的，我们需要搜救队、国民警卫队还有搜救犬，至少要六只才够。可怜的女孩……"

"我知道。"金柏莉依然很平静。

"这似乎很不公平,是不是?一个被绑架的受害者应当获得全世界的帮助。可实际上……"

"她只有我们。"

他点点头,黝黑的脸上写满了失落,她忍不住想伸出手去抚摸他,她在想这种突如其来的接触会让谁更加触动,他还是她?

"我们需要准备物资。"马克说,"然后最好早点上路。仙那度国家公园离这里相当远,尤其在我们根本不知道最终目的地的情况下。"

"我们会找到她的。"金柏莉说。

"我们需要更多的信息。见鬼,我为什么不把那块石头拿来?"

"因为那样做的话就过分了。对那片叶子法医已经处理不当了,但那块石头……"

"说不定被装进袋子,贴上标签,然后丢弃在某个犯罪实验室了。"马克愈加气愤。

"我们会找到她的。"金柏莉再次强调。

在玻璃门前,他终于平静了下来,但蓝色的眼睛依然黯淡,透露着深深的挫败感。不过,片刻之后,他的表情变得柔和起来,低声说道:"你真是个敬业的小姑娘。"

"没错。"

他看了一下手表:"我希望你是对的,已经十点了。"他的声音依然温柔。说完,他一把推开了厚重的大门,"哦,老天,真是越来越热了。"

缇娜慢慢苏醒过来,她最先意识到了两件事:她快要渴死了。这种极度的饥渴使得舌头肿胀得厉害,像是起毛了一样;还有头顶上不停作响的"嗡嗡"声。她睁开了眼睛,可什么都看不到。浓密的头发粘在满是汗水的脸上,遮住了她的视线,真是太不舒服了。她把几绺头发向后撩了撩,却只看到一团模糊的黑色烟雾。就在这时,她突然意识到了"嗡嗡"声是什么。缇娜一下子跳了起来,拼命地挥舞着双手,差点尖叫起来。她从头到脚都爬满了"嗡嗡"作响的蚊子。她立刻想到疟疾、西尼罗河病毒,该死,还有鼠疫,她就知道这些。她从未见过如此多的虫子,钻进她的头发里,把饥饿的尖嘴刺进她的皮肤里。哦,上帝,哦,上帝,哦,上帝。

她一脚踩到了泥里,三寸高的高跟鞋立刻陷进了泥潭中。当泥水没过她的脚趾时,她隐约感到一丝凉意。紧接着,她做了一个错误的决定——低头看了看,这一次,她尖叫了出来,在她的脚踝处滑动着一条黑色的长蛇。

缇娜迅速爬回岩石上,显然这里才是她的安全地带。饥饿的蚊子依然朝她扑来。这时,她看到了其他猎食者:黄色的苍蝇、小蠓虫,还有其他大小不一"嗡嗡"作响的各类飞虫。它们盘旋在她的头和肩膀周围,找寻裸露在外的皮肤:喉咙处、嘴角、眼白。耳朵、眼皮和脸颊上不时有新的伤痕出现。她的腿上也有不少伤疤,有的还在向外流血,血腥味招来了更多的蚊子。她开始用手不停地拍打着,最后全身都需要拍打。

"去死,去死,去死。"她气喘吁吁地说。很多蚊子被打死了。手指缝中粘满了吸得饱饱的蚊子的尸体,手掌上全是自己身上的鲜血,她突然有一种满足感。可是紧接着又有成百上千的虫子冲了过来占领她娇嫩的皮肤,她感到了一阵阵疼痛。

她终于大哭起来,哭得喘不过气。由于太过愤怒,不可避免的事情发生了：她的胃开始翻滚，她只好跪下来，手撑着地，对着臭烘烘的泥潭呕吐起来。

先是水，然后是绿色的胆汁，还有一点点饭。她的胃开始收缩，又是一阵阵的干呕，她只能低着头。蚊子逮住了这个机会，朝着她的肩膀、肘部和小腿一哄而上。她正在被活活吞噬，她根本救不了自己。时间一分一秒地逝去，胃痛似乎有所减轻，五脏六腑的痉挛和恶心也逐渐缓解。她已经虚弱不堪。她慢慢直起身子，把湿漉漉的长发向后理了理，这时她感觉到耳朵上又出现了新伤。

蚊子在她眼前不停地飞舞，寻找新的下手处。她拍拍手想把它们赶走，可是这次她的动作明显无力了很多，她已经意识到自己根本不是敌人的对手。她可以杀死几百只蚊子，但还会有上千只蚊子飞过来。哦，上帝……她的喉咙干得快要冒出火来，全身的皮肤都像火燎一般。她把颤抖着的双手举到面前，看到上面满是鲜红愤怒的咬痕。她又抬起头看了看白炽的天空，耀眼的阳光已经在炙烤大地。狗笼子不见了，从各种迹象来看，她应该是被扔到了某个沼泽地中，这里是昆虫、蛇和其他鬼才知道的东西的天堂。

她低声对自己说："好在他不是那种性变态。"说完就大笑了起来，笑着笑着又开始大哭。最后她用低到不能再低的声音说："对不起，妈妈。哦，上帝，快来人把我救出去吧。"

第二十章　犯罪现场调查

弗吉尼亚　匡提科
上午10：08
气温　91华氏度

　　上午八点，特工卡普兰带着蕾妮和昆西走进了用警戒线围起的犯罪现场，这就是昨天受害者被发现的地方。八点十分，卡普兰离开了，还有一大堆工作在等着他。现场只剩下蕾妮和昆西。对昆西来说，这样最好，他在检查犯罪现场的时候不喜欢被打扰。嘈杂声、相机的"咔咔"声、铅笔画在纸上的"沙沙"声，再小的声音都可能打扰他的思绪。当死亡不可避免地出现后，昆西偏爱这暴风雨后的平静。他希望等到所有的调查人员离去，留下自己一个人思索。

　　蕾妮站在离他三十英尺远的地方，这个距离正好。她正在树林边缘悄无声息地来回走动着。现在的她已经习惯了昆西的工作方式，因此也和他一样安静地进行着一切。他们已经在这里待了两个多小时，采取的是常规的网格化模式，缓慢而有条不紊地对现场的每一寸地方进行分析。然后，考虑到警察可能存在的疏忽，他们又到封锁区域外寻找可能被遗漏的证据，说不定会神奇般地出现某个线索，把所有的迹象都串联起来，如果真有这样的证据就好了。

尽管头顶的橡树非常茂密，但灼热的烈日依旧无情地烘烤着他们。他们很快就消灭了一瓶水、两瓶水，现在他们手里的第三瓶水已经暖乎乎的了。昆西身上穿的是白色礼服衬衫，早上才熨烫平整，此刻已经热乎乎地粘在了胸膛上，而汗水还在不停地顺着脸颊向下流淌着。由于手上出汗太多，铅笔不停地打滑，笔记本上也浸满了汗渍。

这个早晨真是够受的，看来今天也不会好过。难道这就是杀手想要的？怒火中烧的执法人员在潮湿恶劣的天气状况下奋力工作，制服紧紧裹在身上，捆得人快要窒息。

有些杀手喜欢把尸体抛在极其恶劣或恶心的地方，因为他们享受着探员们在垃圾桶中翻寻，在沼泽地中跋涉这些情景带来的快感。他们先是羞辱了被害人，然后又陶醉在摆弄警察的兴奋中。昆西又一次停下脚步，转过身，不由自主地皱着眉头。他想让自己好好认识一下这个地方，好好感受一下这里的一切。整个基地有四百英亩，他想知道凶手为何单单选择了这里。这个地方被树木所遮盖，上面全是茂密的树冠。到了晚上，根本看不到脚下的道路。道路的宽度刚好够一辆车通行，车轮走过的地方一定会留下痕迹，但现在却看不到任何印记。对手选择的地方距离公路半英里，难不成黑漆漆的夜里他是背着一具一百一十磅的尸体摇摇晃晃地走到这里的？显然这里有很多更容易到达而不需要耗费如此之多体力的地方。

所以还是这个问题："为什么单单选择了这里？"

昆西开始有了一些想法，他相信蕾妮一定也有自己的看法。

"你们看得怎么样了？"卡普兰冲着他们喊道。

他正顺着那条脏兮兮的小路走过来，身上的衣服看起来比他们干爽多了，看来他刚才一直在空调房里待着。昆西立刻感到了愤恨。

"我给你们带来了杀虫剂。"卡普兰欢快地说。

"你是头儿。"昆西对他说，"看看你的后面。"

卡普兰停下来向后看了看："什么都没有啊。"

"没错。"

"啊？"

"向下看。"二十英尺外的蕾妮有些不耐烦了。"看看你的脚印。"

今天一早，蕾妮把自己浓密的栗色头发扎成了马尾辫，一个小时之前，辫子开始松散下来，一缕缕头发粘在脖子上。她的样子看起来有点凶，燥热不仅让汗水浸湿了她的头发，还让她那双灰色的眼眸愈发地黑。她成长在俄勒冈的海岸边，那里的气候相对温和多了。蕾妮对这种湿热的天气真是厌恶到了极点。昆西预测再过一个小时她一定会发狂。

"没有脚印啊。"卡普兰说。

"没错。"昆西叹了口气，只好把注意力从现场转移开来，"根据天气频道的记录，五天前这里下过一场雨，平均降雨量有两英寸。如果现在从这条小道走到树林里，你会发现很多地方依然潮湿，踩上去软软的。茂密的树木让这里免受阳光的炙烤。考虑到空气的湿度依然很大，我觉得能晒干的地方很少。"

"但这条路上却比较干。"

"是的。显然，由于海军陆战队和联邦调查局学员日积月累的踩踏，这条小路已经像石头一样结实。一个两百磅的男人外加一具一百磅的尸体不会在上面留下任何痕迹。"

卡普兰朝他们皱着眉头，显然还没有弄明白："我已经说过没有任何足印,可以看到的。"

昆西很想再长叹一口气,他宁愿这里只有他和蕾妮两个人。而此时的蕾妮更加不耐烦地看着这位海军罪案调查处特工。

"如果离开道路走到这附近的树林里,会怎么样?"

"地面还很松软,会留下脚印。"

"那么对于陌生的游客来说,树林里太过潮湿?"

"没错,我想是的。"

"我左边三十英尺处是什么?"昆西一字一句地问道。

"体育训练道。"

"铺好的体育训练道。"

"当然是铺好的体育训练道。"

昆西望着他:"如果你想把一具尸体搬到树林里,为什么不走铺好的体育训练道?那样会好走很多。看看周围松软的土地,这条路能确保不留下任何足印,为什么不走?"

"被树木遮盖的路上行人更少,"卡普兰慢悠悠地说,"这有利于他隐藏自己。"

"根据法医的报告,嫌疑人的抛尸时间是凌晨时分,在那个时候,嫌疑人无须费力隐藏了。为什么要走这条脏兮兮的道路,为什么冒着留下脚印的风险?"

"他不够聪明?"卡普兰的声音明显不自信了。

蕾妮气恼地摇了摇头,走到他们旁边:"因为嫌疑人对这里很了解。他走过这条路,知道这里足够结实,不会留下脚印。同时这里视野宽阔,他不容易撞到树枝上,不会不小心留下衣服上的纤维。面对现实吧,卡普兰,他肯定不是随意选的这里。他了解这个地方。说不定,在过去的五天里,他还从训练道上跑过。"

他们拖着沉重的脚步向学院走去,卡普兰显得非常气馁。

"我和周二晚上当班的四名陆战队员谈过,"他说,"他们没发现任何可疑的情况:没有不寻常的车辆,没有可疑的驾驶员。唯一不同的是当天晚上特别繁忙,很多国家学院的学生都跑到了有空调的酒吧里,直到深夜两点,进出的车辆才算停歇。不过,每个人都出示了证件。他们想不出有什么特别的。"

"他们会对每个进出人员进行登记吗?"蕾妮走到昆西身边问道。

"不会。不过,每个驾驶员都必须出示通行证,哨兵会要求看他们的证件,询问他们的最终目的地。"

"通行证是什么样子的?"

卡普兰指了指蕾妮衬衫领子上挂着的一个白色塑料卡片:"和这个差不多,不过颜色有所不同。有蓝色的、白色的,还有黄色的。每种颜色都有特定的含义。黄色代表无人陪同的访客,拥有完全访问权。我们还有陪同访客卡,这意味着在没有特定人陪同的情况下不允许返回基地。诸如此类。"

蕾妮低头看了看,说:"我觉得这个并不复杂。会不会有人盗刷别人的卡?"

"进出都需要出示徽章。相信我,联邦调查局的警察一直都很关注此类事件。如果什么人都能刷进来的话,我们肯定不会好过。"

"我只是问问。"蕾妮的语气很温和。

卡普兰瞪了她一眼,刚才的谈话已严重伤害了他的自尊:"你不能偷徽章。你走不进基地里的。拜托,我们一直都很严肃地对待这种事情。听我说,也许你说的是对的,嫌疑犯可能是内部人。虽然不知道原因，但我感到很沮丧。不过话说回来，如果所有看起来不错的人都是好人，那我也就失业了，不是吗？"

"这个想法可不积极。"蕾妮说。

"女士，这可是世界上最不好的想法。"他瞥了一眼昆西，"要知道，我一直都在思考……没有性侵害，还有使用的武器，可以说是一种麻药，难道我们不可以怀疑是女性所为吗？"

"肯定不是女性。"昆西回答得很干脆。

"可是女性更喜欢用毒药杀人。没有性侵犯这一点让我很困惑。毒死一个女人，然后把她的尸体抛到树林里，男人们要做的不会只是这些，男人们会实施性侵犯。你们没看到那女孩穿成什么样子吗？"

昆西停了一下，说道："被害人穿的是一条短裙，在这样的天气里这种穿着很正常。你是暗指有些着装是在引诱性罪犯。"

"我不是那个意思！"卡普兰立刻打断了他的话。

"这起犯罪并不是为了性侵犯。"昆西当作没有听到卡普兰的话，"他想要的是控制力。我们遇到过很多杀手都不是为了性侵犯。比如，伯克威茨[1]，一个非常厉害的枪手，他总是先选择受害者，然后走到车旁，朝他们开火，离开。还有卡辛斯基[2]，他的癖好是通过远距离射击把人杀死或致残。离我们最近的有环城公路杀手，他会从受害者的后备厢里袭击他们，他让整个东岸都陷入了恐慌之中。这些谋杀并不是为了性，它为的是控制力。那么，在这种背景下，使用麻药完全说得通，因为它是一种控制工具。"

"除此之外，"蕾妮补充道，"一个女人绝对没本事背着一具死尸步

---

[1] 戴维·伯克威茨，20世纪70年代美国连环杀手。
[2] 泰德·卡辛斯基，美国恐怖分子，从1978年开始制造了长达17年的连环爆炸案。

行半英里到树林,我们可没有强壮的胸大肌。"

他们终于走出了相对阴凉的树下,阳光立刻像锤子一样砸向他们,训练道上的热浪滚滚袭来。

"天啊,"卡普兰说,"这都还没到中午呢。"

"今天又会热得不得了。"昆西喃喃自语。

蕾妮接茬儿说:"去他妈的学院,我要穿上短裤。"

"还有最后一件事,"卡普兰举起了一只手说,"这个必须告诉你们。"听到这话,蕾妮不耐烦地叹了口气,停下脚步,而昆西预感到一定是非常重要的事情。

"我们拿到了被害人身体中毒药的检测报告,一共有两种,小剂量的氯胺酮,还有剂量大得多的,也是最终致命的苯二氮,安定文。换句话说……"

"是昨天晚上马克科马克特工指出的那两种药。"昆西低声咕哝着。

"没错。"卡普兰缓缓说道,"马克科马克了解它们。那现在怎么办?"

第二十一章　第一目的地：仙那度国家公园

弗吉尼亚　匡提科
上午11：48
气温　95华氏度

车子一路疾驰，里士满的那些建筑很快就消失不见了。马克向西驶入了64号州际公路，那里有巍峨高耸的深绿色山脉和碧蓝色的天空，两者相互呼应，形成鲜明的对比。在这画卷一般的美景中他们一直前行着。

中途他们只停下来两次。一次是在德士古，车子要加油。然后是沃尔玛，他们必须购买一些徒步装备：杀虫剂、急救包、登山袜、能量棒、巧克力棒、一整箱水，外加若干瓶水。马克的双肩背包里有指南针、瑞士军刀和防水火柴。他们又买了一套给金柏莉带着，以防万一。

当他们回到车上时，马克看到手机上有朱雷里的留言。一点半的时候植物学家凯西·莱文会在仙那度国家公园内的大草甸旅馆等他们。两个人都没有说话，继续上路。一路上经过了一座又一座城市。公路两旁兴建了很多住宅小区。慢慢地，房子越来越少，他们驶向更深的西部，那里广袤的土地如同翠绿的宝石，美得让人屏住呼吸。

"真是上帝的国度。"他爸爸一定会这样说。现在这样的地方没有多少了。金柏莉调整了导航,不再走15号公路,转向33号公路。这条公路的两边都是辽阔的田野,零星点缀着带有白色走廊的红砖平房。他们经过了奶牛场、马厩、葡萄园和农场。车外的一切都是绿的,就像是一块块田地拼起的流动着的图画,而那一排排深绿色的树木则是它们的分界线。他们还看到成群的马和牛,路过一个又一个小镇,镇上有简陋的熟食店、破旧的加油站和古朴的教堂。一转眼的工夫,小镇就抛在了后面。他们朝着山脉深处走去。慢慢地,车子开始爬坡。

自从和地质专家见面之后,金柏莉一直都没有说话。她把遮阳板拉下来,阴影投在脸上,让人看不出她的表情。马克有些担心。今天一大早她就起来了,一脸憔悴,眼睛通红,一看就知道没有休息好。她穿着亚麻裤和白色衬衫,外面套了一件亚麻夹克,看起来非常干练和职业。不过马克怀疑她穿长裤是为了隐藏她的刀,而外套则是为了遮住腰间的格洛克手枪。看来,她已经做好了战斗的准备。

他猜想她一定战斗过很多次。对她来说,自从姐姐和母亲离开之后,人生已经变成了一场漫长的战争。这个想法深深刺痛了他。

"真美!"最后他说。

她终于把身子转了过来,瞥了他一眼,伸了伸腿。"是的。"

"你喜欢山吗?或者说你就是一个城市咖?"

她摇了摇头:"城市咖。严格来说,我在亚历山大长大,周围有很多山。不过和里士满相比,亚历山大更像是华盛顿的郊区。可以这样说,我母亲对史密斯学会[1]的兴趣远大于仙那度山脉。后来我又去纽约

---

1 唯一由美国政府资助、半官方性质的第三方博物馆机构。由英国科学家詹姆斯·史密斯遗赠捐款创建。——译注

上大学了。你呢？"

"我喜欢山，还有大河、田野、果园、小溪和树林，凡是你能说出来的我都喜欢。我的成长一直都很幸运。我的外祖父母，也就是我母亲的父母拥有一座一百英亩的桃树林。每个孩子结婚时，他们都会赠送三英亩的土地来建造房子。这样一来，所有的兄弟姐妹都住得很近。基本上，我和妹妹都是在伯尼镇长大，周围全是表兄弟姐妹，我们可以在宽阔的土地上玩耍。每天，妈妈都会把我们踢出门，让我们注意安全，按时回家吃晚饭。我们很听她的话。"

"你肯定很喜欢那些表兄弟姐妹。"

"算了吧，我们之间经常闹得哭鼻子。不过这也是快乐的一部分。我们一起做游戏，一起惹麻烦，像异教徒那样四处跑来跑去。到了晚上，"说到这里，他瞥了她一眼，"我们就玩桌面游戏。"

"所有家人一起？每天晚上？"她有些不相信。

"对，我们轮着去每一个阿姨和舅舅家，玩完了再离开。是我妈妈发起的。她讨厌电视，认为它会让我们的大脑生锈。她总是称它笨蛋机。在我十二岁那年，她就把家里的电视机扔掉了。我不知道父亲现在是否还耿耿于怀。但是从那之后，我们不得不找点事情做好打发时间。"

"所以你们玩游戏？"

"所有有益的游戏，大富翁，拼字，骰子，遗忘时代传说，还有我的最爱——大冒险。"

金柏莉吃惊地挑了挑眉毛："那谁赢了呢？"

"当然是我了。"

"我相信。"她似乎很严肃，"表面上看，你过着悠闲的南方生活，但内心深处，你是一个天生的好斗者。每次你谈论这个案子时，我都能看出这一点。你不喜欢失败。"

"那些喜欢说人生没有赢家的人显然都是失败者。"

"赞同你的说法。"

他抿了抿嘴唇:"可我觉得你并不赞同。"

"我的家人不玩桌游,"最后她主动说道,"我们看书。"

"是严肃的还是娱乐的?"

"当然是严肃的了,至少在我妈妈监督的时候。不过等灯一关上,曼蒂会偷偷翻出来几本《甜蜜高谷》,我们躲在被窝里用手电筒照着看。哦,我们都笑得肚子疼。"

"《甜蜜高谷》?我以为你会喜欢像南希·德鲁[1]那样的女孩。"

"我确实很喜欢南希。不过曼蒂很擅长弄来一些违禁品,她更喜欢《甜蜜高谷》,还有酒,不过那是另外的故事了。"

"你也挺叛逆的。"

"我们都有难忘的时刻。那么,"她转向他,"有魅力的南方男人,你谈过恋爱吗?"

"啊哦。"

金柏莉紧盯着他,最后他只好叹了口气向她投降:"好吧,谈过一次,是我妹妹的一个朋友,她撮合我们的,我们也挺合得来,相处了一段时间。"

"后来发生了什么?"

"我不知道。"

"这可不是答案。"

"亲爱的,从男人的角度来看,这就是答案。"

---

[1] 美国畅销推理小说中的女主角、业余侦探。——译注

她继续紧盯着他，他只好再次投降："也许我是一个笨蛋。瑞秋是个非常好的女孩，幽默、甜美，喜欢运动。她是二年级的老师，对孩子们非常好。可能是我做得不够好。"

"所以你和她分手了，伤了自己妹妹最好朋友的心？"

他耸了耸肩："更像是慢慢走到那一步的。瑞秋是男人们都想娶回家的那种女孩，然后安定下来，生几个孩子。但我还不想那样。你知道我们的工作，接到电话后就必须立刻出发。天知道你什么时候能回来。我总会想到这样的场景：她等待的时间越来越长，笑容越来越少。这不是我想要的。"

"你想她吗？"

"老实说，我已经好几年没有想到她了。"

"为什么？听起来她是那么完美。"

马克有些不耐烦地看了她一眼："没有人是完美的，金柏莉。如果你真的想知道，我告诉你，我们之间确实有问题。在我看来，这是一个重要的问题：我们从来不吵架。"

"从来没吵过架？"

"从来没有。男人和女人之间应当吵架的。坦白地讲，每六个月就应该大打一场，然后再昏天暗地地做爱，直到把床压垮。至少我是这样认为的。该你了，他叫什么名字？"

"我没有。"

"亲爱的，每个人都有。数学课上坐在你前面的男生，逃走的大学里的四分卫，还有你姐姐的男朋友，也许正是你暗恋的对象。拜托，坦白有利于灵魂的放松。"

"真的没有。我从来没有恋爱过，我觉得自己不适合谈恋爱。"

他朝她皱了皱眉头："每个人都会恋爱。"

"你说得不对，"她立刻反驳道，"爱情并不适合所有的人。有些人会独自一人过着自己的生活，并且觉得很幸福。而恋爱……它代表付出，代表脆弱，我不擅长这些。"

马克若有所思地看着她："啊，亲爱的，显然你还没有遇到对的人。"

金柏莉的脸一下子红了。她转过身，再次看着窗外。道路越来越陡峭，已经到了蓝岭山脉。车子正在费力地穿过狂奔入口。整条山路呈"之"字形，拐弯处非常险峻，不过窗外的风景非常迷人。他们到了山顶，大概海拔两千四百英尺。这时，整个世界就像一条铺开的深绿色毯子，展现在他们面前的是深不见底的绿色山谷，越来越多的灰色花岗岩，还有一眼望不到边的碧蓝色天空。

"哇哦！"金柏莉感慨着，此时马克也找不到更好的词语。车子驶进了仙那度国家公园入口，在支付了费用之后，他们拿到了包含所有景点的地图。他们沿着天际线公路继续朝北向大草甸进军。车速明显慢了下来，这里限速是每小时三十五英里，主要是因为路上有太多的美景要看。蜿蜒的道路两边长满了野草，中间点缀着黄色和白色的小花。到了森林深处，地上则铺满了蕨类植物，看起来就像是铺了一层厚厚的绿色地毯。而头顶尽是高耸雄伟的橡树和山毛榉的枝叶，阳光透过缝隙洒下来，地上点点金光。眼前不时有蝴蝶在飞舞。金柏莉赞叹不已，转弯时马克看到他们后面有一只母鹿带着小鹿穿过小道。还有两只鸟雀在松林中间捉迷藏。然后他们就到了第一个观景台，在这里树木都退到了两旁，半个弗吉尼亚展现在眼前。

马克把车子停到了路边。虽然是户外活动的老手了，但有时候还是想坐下来看看。他和金柏莉一边赞叹一边沉浸在如画一般的美景中，翡翠般的森林、灰色的岩石、五彩斑斓的野花，蓝领山脉展示出了自己最美的一面。

"你觉得他是不是个环境保护者？"金柏莉喃喃地问道。

无须多问，马克就知道她指的是谁。"我不确定，不过他挑的地方确实很棒。"

"地球正在毁灭。"她的声音听起来非常轻柔，"看看右边，好多株已经死掉的铁杉树，可能是因为球蚜，这种蚜虫在许多森林中都很猖獗。整条山脉像一道天然的屏障保护着这里的一切，可是这种情况又能保持多久呢？总有一天，田野里会盖上住宅小区，而森林则变成了满足消费者无穷购物欲的商场。曾几何时，我们国家的大部分地方都像这里一样，可现在，我们不得不驾车几百英里来这里寻找美丽的景色。"

"这是社会进步所必需的。"

"这只是借口。"

"不对，"马克打断了她，"也对。一切都在改变。所有的一切都会消亡。也许我们应该担心自己的子孙。但我还是不明白这和那个凶手谋杀一群无辜的女性有什么关系。也许他希望自己与众不同，见鬼，也许他确实有这方面的良心，这困扰着他，让他忍不住杀人。但是那些信，那些对环境的说法……在我看来，那就是一堆废话，让他有借口去做自己真正想做的一切：绑架和杀人。"

"在心理学上，"金柏莉说，"有很多种不同的原因来解释为什么人们会采取某种特定的行为。这同样适用于杀手。有些人是因为自我意识，由于一直缺乏约束，他们总会把自己的需要放在第一位，接受不了对他们的任何限制。连环杀手杀人是因为他们享受那种控制感。一名股票经纪人杀死了自己的情妇，因为她威胁说要告诉他的妻子，在他看来，自己的安全感要比别人的生命重要得多。像个孩子一样扣动了扳机，只是因为他想这样做。

"不过，还有另一种类型的杀手，道德杀手。狂热的宗教信徒走进教堂内开枪射击，他认为这是自己的职责。还有向堕胎医生开枪的凶手，在她眼里，医生是在犯罪。他们杀人不是为了自己，他们认为自己做的是正确的事情。也许这个生态杀手就属于这一类人。"

马克挑了挑眉毛："这就是我们的选择？一边是不成熟的疯子，一边是有正义感的疯子？"

"理论上来说是这样。"

"好吧，你想要心理呓语吗？我也会玩儿。我记得弗洛伊德说过，我们所做的一切都和自己的某方面有关联。"

"你知道弗洛伊德？"

"嗨，不要被我帅气的外表欺骗了，亲爱的。我可是有头脑的人。那好吧，根据弗洛伊德所说，你选的领带、戴的戒指、买的衬衫，所有和你有关的一切，都是在替你传达某种信息，一切都不是偶然的，都是有一定目的的。那么，现在让我们来看看这个人的所作所为。他绑架的女孩都是成对的，一般都是刚从酒吧里走出来，他为什么这样做？依我看来，恐怖主义杀手一般会杀害有特定信仰的人，不管是男人、女人或孩子。道德杀手杀害帮助堕胎的医生是因为对方的职业，和性别无关。再回到我们的对手身上，佐治亚州有八名受害者，如果你认为这里也是他干的，那就是十名受害者了，都是大学生年龄的女孩，刚从酒吧离开，这和他自身有什么联系？"

"他不喜欢女人。"金柏莉的声音依然很轻柔，"尤其不喜欢喝酒的女孩。"

"他恨她们。"马克说得很直接,"他恨那些淫荡的女人,容易上钩的女人。我不知道他是如何分类的,但是有一点毋庸置疑,他恨女人。我不知道原因是什么。也许连他自己都不知道因为什么。也许他确实觉得这和环境有关。如果他真是想拯救世界的话,我们应该能看到他目标的多样性。但实际上并非如此,他只会杀害女人,定期杀戮。我觉得他是另一种普通但非常危险的疯子。"

"你不相信分析学?"

"金柏莉,我们已经分析了四年,去问问陈尸间那个可怜的女孩这有没有帮到我们。"

"你真尖刻。"

"是实事求是,"他反驳道,"这起案件不是穿着西装坐在办公室里就能解决的,它必须在这里解决,要在山里跋涉,出一身臭汗,还要躲避响尾蛇。因为这就是那个生态杀手想要的。他仇恨女性,同时每次他把受害者放在危险的地方时,也是为了对付我们:执法人员,搜救队员,我们不得不翻山越岭,大汗淋漓。别以为他不知道。"

"有搜救人员受伤吗?"

"见鬼,当然有。有几个搜救队员从塔卢拉峡谷摔了下去,四肢摔断。棉花地那次导致了两名志愿者中暑。后来沿着萨凡纳河搜寻时,一人被短吻鳄袭击,还有两个人被棉口蛇咬伤。"

"有人死亡吗?"她立刻问道。

马克回头看了看宽阔却急转直下的地势,喃喃地说:"呃,亲爱的,目前还没有。"

第二十二章　开始搜寻

弗吉尼亚　仙那度国家公园

下午1：44

气温　97华氏度

凯西·莱文是个身材娇小的女性，一脸严肃，红色短发，鼻梁两侧有不少雀斑。金柏莉和马克刚走进旅馆，她就过来打了声招呼。整个旅馆是由玻璃和横梁构成，看起来非常开阔。她引导他们来到了后面的办公室。

"雷说你有一张树叶的照片，强调一点，不是真正的树叶，只是一张照片。"

"没错，女士。"马克赶紧把那张扫描的图片拿了出来。凯西把它放在面前的桌子上，打开了头顶的电灯。不过整面墙都是玻璃，阳光完全可以透进来，所以这盏灯并没有起到什么作用。

"应该是灰桦，"最后，这位植物学家说，"如果有真正的树叶就更好了。"

"你是树木学家吗？"金柏莉好奇地问道。

"不是，但是我知道我的公园里都有什么。"她关上了电灯，坦率地看着他们,"你们知道冰期生物种遗吗?"

"难民?"马克问道。

"这是我自己的看法。冰期生物种遗指的是那些冰川时期遗留下来的植物,现在生长在不属于自己的气候中。从根本上说,几百万年前,这里全部都是冰川。后来冰川融化,一些物种遗留了下来,大多数情况下,它们会生长在山的高处,寻找生存所需要的寒冷条件。香脂冷杉和红杉木就是这里的冰期生物种遗。灰桦也是。"

"雷说这里只在一个地方有灰桦。"马克急切地说。

"是的,就在外面。我来拿张地图。"莱文从凳子上站起来,在整面墙的书架上翻寻着,然后拿出一张地图,打开。这真是金柏莉见过的最大的地图。这是仙那度县的地质图,上面标注着一道道亮紫色、深紫色,还有霓虹橙色,相当刺眼。

"这是包括公园在内的地质地图,我们在这里。"莱文把地图摊在了乱糟糟的桌子上,迅速点向靠近底部的一个石灰绿色的点,"目前,大草甸营地对面的沼泽高原上的灰桦最多,不过在周围一英里的地方也会有一些。所以,如果你想找弗吉尼亚唯一生长灰桦的地方,就必须来这里。"

"太好了!"马克低声说道,"现在我们只要确认找的就是灰桦。目前这里有多少人?"

"你指的是野营者吗?现在登记的大概有三十左右。通常会更多,不过高温已经赶走了一部分人。白天还有相当数量的背包客和其他人。当然,这样的天气里会有很多人驾车前来,但是他们根本就没有从开着空调的车上下来。"

"客人都需要登记吗?"

"不。"

"这里有没有管理员或什么类型的监视器？"

"如果出现问题，我们会有足够的人手。不过我们不会主动寻找问题，你指的就是这个吧。"

"那么说如果有人来来去去，你们根本就不知道？"

"我觉得大部分人都会来来去去，我们确实不知道他们在这里。"

"该死。"

"你愿意跟我说说到底是怎么回事吗？"莱文朝金柏莉示意了一下，"我看得出来她带着武器，你们不妨把一切都告诉我。"

马克似乎在考虑着。他看了一眼金柏莉，但她不知道该说些什么。虽然这里已经不是他的管辖范围，但他毕竟是一名特工，而她，在今天早上六点钟之后就什么都不是了。

"我们在办理一起案件，"马克简要地说，"我们有理由相信这片树叶和一个失踪的本地女孩有关，如果能找到这片树叶的来源地，就能找到那个女孩。"

"你的意思是那个女孩可能就在公园里的某个地方？失踪了？这样的天气？"

"有可能。"

莱文把双手抱在胸前，目不转睛地盯着他们两个。"你懂的，"最后她说，"现在，我想看一下你们的证件。"

马克把手伸到后兜里拿出了自己的证件，金柏莉站在那里一动不动。她没有什么可拿的，也没什么好说的。她第一次意识到了自己所作所为的严重性。她一直用自己的生命在追求着一件事情，可现在呢？

她转过身去，背对着他们。阳光透过玻璃刺向她的眼睛，她紧紧闭上眼睛，希望感觉到脸上的温热。有个女孩正在那里，有个女孩正需要着自己。

母亲和姐姐死了，她们不会活过来。马克说得没错，无论她做什么都改变不了一切。那她到底想证明什么？证明她和曼蒂一样会自我毁灭？

或许这次，她只是想彻底弄明白某件事。仅此一次。她想找到那个女孩，想去拯救她，让她安然无恙地回家。因为任何事都好过于这六年来的痛苦。

"你是佐治亚州调查局的。"莱文对马克说。

"是的，女士。"

"如果我没记错的话，我们是在弗吉尼亚。"

"是的，女士。"

"雷根本就没有问你这些问题，是不是？"

"雷对我们的调查给予了很多帮助，我们对此很感激，同时也很感谢你所说的一切。"

莱文可不傻，她看了一眼金柏莉："我猜你根本没有证件。"

金柏莉回过身来，努力让自己保持平静："是的，我没有。"

"你们看看，现在即使在树荫下也有一百度，我很不喜欢在这样的温度下野外作业，但因为工作的需要我只能坚持下去。你们最好快点说。我可不愿意抛下自己的本职工作，来陪你们这两个根本没有管辖权的所谓警察。"

"我在追踪一起案件。"马克立刻说道，"最初是在佐治亚州，凶手袭击了八个女孩，如果你想看照片的话，我可以拿给你，只要你的胃承受得了。我相信他现在已经转移到了弗吉尼亚。联邦调查局也介入了,但是等他们发现到底是怎么回事时,那个女孩可能早就死掉了。而我,已经研究这个案子几年了,我了解这个凶手。我有正当理由相信他绑架了一个女孩,并把她独自一人扔到了这个公园的某个地方。莱文女士,你说得没错,外面很热。她失踪了。而我不愿意就这样无所事事地干等着,等那帮联邦特工完成那一大堆必要的文字工作。我打算自己找那个女孩,而昆西小姐愿意帮助我。这就是我们来这里的原因,也是我们正在做的事情。如果冒犯到你,我向你表示歉意。因为那个女孩可能就在你这个公园里,她需要帮助。"

凯西·莱文看起来有些困惑,最后她说:"你有没有介绍信?"

"我可以把我上司的名字告诉你,他在佐治亚。"

"他知道这起案件?"

"就是他派我来跟踪的。"

"如果我和你合作的话,那将意味着什么?"

"女士,我没有管辖权,所以,理论上说,我不能要求你做任何事情。"

"可是你认为她可能就在这里,有多久了?"

"凶手应该是昨天把她丢到这里的。"

"昨天气温将近一百度。"莱文说。

"我知道。"

"她身上带了什么工具没有?"

"他绑架的都是刚从酒吧里出来的女孩。所以她最多带着皮包,穿着小礼服。"

莱文不禁眨了眨眼睛:"天啊,他之前也做过?"

"八个女孩。到目前为止,只有一个女孩活了下来。今天,我想让这个数字上升为两个。"

"我们公园有搜救队，"莱文反应很快，"如果……如果你确实有足够的理由认为有个徒步者在大草甸附近失踪了，如果你向我们报告了此事，我就有权力呼叫搜救队。"

马克完全愣住了，这是他没有想到的，也正是他急需的，一支搜救队，很多人，都是受过训练的专业人士，换句话说，这是今天取得的第一个真正的成功。

"你确定吗？"马克激动地问道，"这有可能会徒劳无功，说不定我的判断是错误的。"

"你经常错误吗？"

"这方面不会。"

"行，那就……"

"我想报告有人失踪。"马克立即说道。

凯西·莱文说："那我来打电话吧。"

第二十三章　法医语言学

弗吉尼亚　匡提科

下午2：23

气温　99华氏度

下午两点三十分，卡普兰安排了和安努齐奥博士会面，以便了解马克和这位法医语言学家之间的对话。蕾妮觉得卡普兰并不相信安努齐奥博士能了解那个佐治亚州的生态杀手，但他很想通过他来查清马克·马克科马克到底都做了些什么。

不过，她和昆西依然遵照了他的安排。卡普兰有自己的想法，他们也有他们的想法。再说了，行为科学部的办公室里可能只有八十度，总归是个避暑的好去处。

行为科学部位于室内靶场楼的地下室里。在此之前，蕾妮只去过一次，不过她总觉得这有点搞笑。一想到头顶两层的地方不停地有子弹呼啸而过，很多人都会迟疑一下，更好笑的是这个备受尊崇的行为科学部的电梯位于一个偏僻的角落里，旁边就是洗衣房。每天上班都要经过装满脏兮兮的床单和防弹背心的垃圾桶。

到了地下室，电梯门一打开就是镶着木板的大厅，走廊通向四面八方。访客们可以坐在皮沙发上欣赏行为科学部的项目宣传海报。"警察之家暴",这是一场即将到来的研讨会,"自杀与执法","未来学和执法:千禧年大会",一张接着一张。

七年前,当蕾妮初次见到昆西时,他就在行为科学部工作,当时他所研究的项目是建立一个关于青少年大屠杀凶手的有效分析模板。你可千万不要小看这里的研究者,他们都是一顶一的大腕。

为了防止有人觉得这里太过缺乏幽默感,他们在特工照片墙的后面新添了些东西。中间一行最后一张照片是一个外星人的头像,锥形的脑袋,又大又黑的眼睛。说实话,它是所有照片中最好看的了。

卡普兰拐到了中间的走廊上,昆西和蕾妮跟在他后面。

"怀念吗?"蕾妮在昆西耳边悄悄问道。

"一点也不。"

"这儿可没有我想象中的那么枯燥。"

"等你在这里工作一个星期以后再说,每天都看不到一点自然光。"

"牢骚鬼。"

"老实点,否则我把你锁到防空洞里。"

"一言为定,一言为定。"蕾妮低声说,昆西捏了捏她的手,这是今天他们俩的第一次接触。

和蕾妮预想的一样,下面的空间相当宽敞,三条走廊横贯其中,两侧都是狭小的办公室。卡普兰来到中间一条走廊的最后一间办公室门口,敲了敲门,门立刻打开了,一个男人站在那里,似乎正在等着他们。"是卡普兰特工吗?"

蕾妮立刻咬了咬下唇,哇哦,简直和昆西一模一样。这位安努齐奥博士大概有四十多岁,深色短发,鬓角已经有些花白,身穿剪裁精良的深蓝色西装，系着红色领带，身材瘦削，一看就知道是个跑步爱好者及经常把工作带回家的工作狂，目光里透露着对学术的痴迷。他行事直截了当，表情略带些许不耐烦。蕾妮觉得在他看来这种会面是对自己宝贵时间的浪费。

卡普兰做了一下介绍，安努齐奥只是简单握了握蕾妮的手就走到昆西面前，一脸的真诚。看来他对这位前辈的成就相当了解。蕾妮一直紧盯着他们两个，她想，也许这就是联邦特工的招聘条件：穿着深色的西装，眼神中充满认真。很有可能。

安努齐奥指了指这间狭小的办公室，里面的空间根本容不下四个人。他带着他们沿走廊来到了一间空会议室。

"过去这里是主任办公室，"他边解释边看着昆西，"你还在这里的时候。现在变成了会议室，领导们都在对面。想找到他们的新办公室不是一件难事，只要沿着那些《沉默的羔羊》海报走就行了。"

"大家都喜欢好莱坞。"昆西喃喃地说。

"那么现在，"安努齐奥边说边把一个文件夹摆在自己面前，"你们想了解有关佐治亚州调查局马克·马克科马克特工的一些情况？"

"是的，"卡普兰把话接过来，"我们知道你和他本来是要见面的。"

"星期二下午，但是没见成。当时我正在华盛顿开会，是法医语言学研究所赞助的。"

"语言学家的会议，"蕾妮咕哝着，"那不得像炸了窝一样啊？"

"实际上，它非常有意思，"安努齐奥告诉她，"我们有一个专题讲座，专门研究寄给参议员汤姆·达施勒和汤姆·布罗考的带有炭疽病毒的信封。你知道寄信人的母语到底是英语还是阿拉伯语吗？这种分析非常有趣。"

蕾妮的好奇心完全被勾了起来，她忍不住问道："那究竟是哪一种？"

"我们可以肯定对方是一个以英语为母语的人，但故意伪装成阿拉伯语者，我们称之为欺骗性邮件，寄信人会使用一些伎俩来欺骗收信人。在本案中，最重要的证据就在信封上，上面的单词都是看似不经意的大小写字母的混合。这意味着这个人故意用这种方式来表现出自己对英语语法的不熟悉，但实际上正是因为他对罗马字母太熟悉，才能如此随心所欲地运用它，否则很难组成这种多样的字母组合。两个信封上的内容都不多，而且有很多拼写错误，这再次透露出他的欺骗意图。内容很短，但措辞却很简洁，这反映出对方的学历绝对不低。总而言之，这个讲座非常棒。"

"好。"蕾妮只能这样说，然后无助地看着卡普兰。

"那么说星期二的时候你没见到马克·马克科马克特工？"卡普兰问道。

"是的。"

"但是你们之前谈过？"

"还是在他刚到国家学院的时候，他来到我办公室，希望咨询和一起谋杀案有关的情况，他带来了一些寄给编辑的信的复印件。他想从我这里得到一些帮助。"

"那他有没有把复印件都给你？"昆西问道。

"他把手里的都给我了。可惜佐治亚州调查局只同意提供最后一封信的原件。老实说，对于那些印刷出来的版本我可做不了什么，要知道，报社的审查太严格了。"

"你想看看凶手有没有把大小写混着写？"蕾妮问道。

"类似这种东西。听着,现在我和你们说的内容与之前告诉马克科马克特工的一样。法医语言学是一个广阔的领域。作为一个专家,我需要掌握语言学、句法学、拼写学及语法学。但我并不能鉴定笔迹,那需要的是笔迹专家。我的研究对象是文章内容,分析它如何组织语言,如何措辞以及整个语境。所以它们之间有一定的相关性。目前,在这个领域,每个人都有自己擅长的地方。有的语言学家以法医分析为特长,你拿出一个文件,他们就能判断出书写者的种族、性别、年龄、受教育程度,甚至是街道名称。在一定程度上,我也可以做到。不过我的第二专业是识别作者的身份。如果给我两个文本,我可以判断出是否为同一人所写。"

"你是怎么做到的?"蕾妮继续追问。

"从某种程度上来说,我看的是格式。不过,通常来说,我会看词汇的使用、句式结构及重复出现的错误或短语。每个人都有自己惯有的表达方式,那些词句会时不时地出现。你看过《辛普森一家》吗?"

蕾妮点点头。

"那么,如果你是斯普林菲尔德的警察局局长,收到了一封勒索信,里面使用了很多次'D'oh',你可能就要从辛普森一家入手。另外,如果信里出现了'吃我的短裤',你一定会怀疑小辛普森,巴特。每个人都有自己的习惯用语,在书写时,更容易反复使用它们。拼写错误和语法错误也是如此。"

"那么在生态杀手的案子中呢?"昆西说话了。

"资料不够。马克科马克只给了我三张复印件和一份原件。由于只有一份原件,我无法进行笔迹、墨水和纸张的比较。就内容而言,四封信都是一样的:时钟滴答滴答……地球就要毁灭……动物在哭泣……河流在鸣咽。你们听不到吗？热浪正在展开杀戮……老实说，要想对作者进行比较，我需要更多的资料，比如嫌疑犯写的另一封信，或者是内容更长的文本。你们知道泰德·卡辛斯基吗？"

"那个爆炸杀手？当然知道了。"

"那个案件的主要突破口就是卡辛斯基写的东西。我们不仅有他在邮寄炸弹的包裹上留下的笔迹，塞在包裹里的纸条，还有他给媒体寄的信，最后他还在报纸上发表了声明。即使这样，法医语言学家也没能把所有的一切和他联系起来，发现这一点的是他的弟弟。他认出声明中有一部分来自于哥哥写给自己的信。如果没有如此之多可供分析的材料，谁知道最后能不能找出爆炸杀手。"

"可是我们要找的这个人留给警方的东西太少了。"蕾妮说，"是不是很不寻常？我的意思是，正如你刚才所说，一旦他们想发声，总会有很多要说。但这个人只是暗示自己关注环境，其他什么都没有说。"

"正是这一点勾起了我的兴趣。"安努齐奥边说边把目光转向昆西，"这个领域你更擅长，不过四条完全一样的信息确实很不寻常。一般情况下，凶手一旦去接触媒体，或者其他有权威的人，交流的内容都会比较多。当我看到写给编辑的最后一封信时的确有些惊讶，内容还是没变。"

昆西点点头，说："无论是和媒体还是和负责调查的官员联系，凶手想要的大都是控制力。把信寄出，看到媒体复述自己写的内容，这会让有些人产生兴奋感，正如有的凶手喜欢在作案后重回犯罪现场，或者从受害者身上获取某种'纪念品'那样。通常在最开始的时候，凶手的纸条或电话都很简短。一旦意识到所有的注意力都集中过来的时候，他们会不由自主地膨胀，不时地重申自己的控制力。这是他们的自我之旅。而这些信息……"昆西皱了皱眉,"确实很不一样。"

"他把自己与实际行动远远地分开,"安努齐奥说,"注意那句话,热浪正在展开杀戮,不是他杀人,而是热浪杀人。就好像他和这件事没有任何关系。"

"内容用的都是短句,刚才你说过这表明对方的智商不低。"

"他很聪明,但心有负疚感,"安努齐奥继续说,"他并不想杀人,但是他控制不了自己,因此竭力把责任推到其他方面,也许这就是他没有多写的原因。对他来说,写这些信并不是为了控制,而是给自己脱罪。"

"还有另一种可能,"昆西立刻接着说,"伯克威茨也给媒体写了信,在信中他试图对自己的犯罪行为进行解释。然而,最后的结果是这个伯克威茨患有精神疾病,完全不同于那些有组织的杀手。现在,很多人都有精神障碍,比如妄想症或精神分裂症。"

"他们经常重复某个词语,"安努齐奥补充说,"这一点在中风患者或者脑肿瘤患者身上也能看到。他们一遍又一遍地咕哝着某个词,就像在念咒语一般。"

"你的意思是这个人有精神疾病?"蕾妮尖锐地问道。

"不排除这种可能。"

"可是,如果他真是疯子的话,怎么能够成功逃脱警察的追捕呢?别忘了,他已经绑架和杀害了八个人。"

"我并没有说他很笨,"昆西温和地说,"在很多方面,他可能表现得与常人无异。只有接近他时,才会发现这个人似乎不对劲。他可能是一个人独居,不喜欢和别人交往。这就解释了为什么他有那么多的时间在户外,以及为何采取伏击的方式。泰德·邦迪[1]式的杀手会利用社交技巧和花言巧语来解除受害者的防御心理。而这个人知道自己做不到。"

"他构建复杂的谜语,"蕾妮直白地说道,"袭击陌生人,与媒体联系,和警察做游戏。这一切在我看来像是那种老套但条理清晰的精神病患者。"

卡普兰举起了一只手:"行了,行了,行了,咱们有点跑题了吧。那个所谓的生态杀手是佐治亚州的问题,我们来这里是要了解一下马克·马克科马克特工。"

"了解他什么?"安努齐奥皱着眉头问道。

"你觉得会不会是他自己写的这些纸条?"

"我不知道。你必须给我一些他写的东西才行。你为什么要盯着马克·马克科马克特工?"

"你没听说吗?"

"听说什么?我一直在外面参加会议,到现在我都没来得及检查语音邮箱呢。"

"昨天,我们发现了一具女尸,"卡普兰简要地说,"就在海军陆战队的训练场地上。我们怀疑马克科马克牵涉其中。"

"这个案子在很多方面都和生态杀手案类似,"蕾妮补充说,她故意不去看卡普兰愤怒的面孔。"马克科马克特工觉得这个案子也是那个生态杀手的杰作,他跑到弗吉尼亚来了。而卡普兰特工觉得马克科马克可能就是凶手,现场的一切都是他故意伪造的,为的是让我们认为是生态杀手所为。"

---

[1] 20世纪70年代美国的一个连环杀手。

"这里发现了一具尸体？在匡提科？昨天？"安努齐奥看起来一脸茫然。

"你应该时不时地走出这个防空洞。"蕾妮说。

"这太可怕了！"

"我觉得那个女孩肯定也不喜欢这个。"

"不，你们没明白我的意思。"安努齐奥赶紧低下头看了看手里的笔记，"我确实有个猜测，我正打算抽空把它告诉马克科马克特工，虽然不太可能，但……"

"是什么？"昆西急切地说，"快告诉我们。"

"当时，马克科马克特工曾经提及过他接到过和这个案子有关的电话，一个匿名知情人试图帮助他们。他怀疑这个人和凶手认识，可能是家人或者配偶。当时我就有了一个想法。考虑到那些寄给编辑的信都非常简短，而随着时间的推移，大多数杀手都喜欢扩大自己的沟通……"

"哦，不，"昆西大叫一声，然后闭上了眼睛，显然他正在顺着这个想法往下思考，"如果嫌疑人真的感到内疚，如果他真的把自己和所作所为分离……"

"我想让马克科马克特工把电话进行录音，或者把他们之间的对话一字不落地记下来，"安努齐奥的声音听起来冷酷极了，"这样的话我就能把它和那些信上的语言进行比对。你明白我的意思，我并不认为他是什么家人之类的，打电话给马克科马克的那个人很可能……就是凶手本人。"

第二十四章 缇娜必须逃出去

弗吉尼亚

下午3：13

气温 98华氏度

缇娜梦到了火，她被绑到了一堆柴火中间，火苗舔舐着她的双腿，而周围的人们却兴奋地欢呼着。"我的孩子！"她冲着他们大声尖叫，"不许伤害我的孩子！"没有人理会她，人们依旧笑个不停。大火炙烤着她的身躯，还有双手，先是指甲，然后蔓延到肘部，最后终于烧到了头发，耳朵和睫毛已经完全烧焦。热浪慢慢聚拢，开始向她的嘴巴发起进攻，很快就冲到了肺部。她的眼球已经被烤化，顺着脸颊缓缓向下流淌。最后眼眶里全是火苗，正贪婪地舔舐着她的肉体。脑浆已经被烧得沸腾，脸上的皮也从骨头上剥落……

缇娜一下子惊醒了过来。她慌忙把头从石头上抬起，立刻感到了不对劲：眼睛已经肿得完全睁不开，而皮肤就像在火上灼烧一样。蚊子和黄蝇依旧在四周盘旋。她无力地拍打着，浑身的血似乎都已被吸干。它们应该离开去寻找新的猎物，而不是缠着她这个几近脱水，生命即将耗尽的人不放。可惜虫子们并不管这些。她从头到脚都被汗水浸透，对于昆虫们来说这可是饕餮盛宴。

热，太热了。太阳直晒下来，热浪席卷而来，遍体鳞伤的皮肤快要被烤焦，嘴唇已经裂开，喉咙又干又肿。在酷热的阳光照射下，她感到四肢的皮肤在一点点萎缩，每个关节都被扯得发疼，这种感觉真是太难受了。她就像是一个在阳光下暴晒得太久的肉团，毫不夸张地说，她就快变成人肉干了。

你必须动一动，必须做点什么。

之前，缇娜的脑海里就冒出了这个声音。最初，它给了她希望，而现在，她只剩下绝望。她动不了，什么也做不了。现在的她是蚊子的食物，如果离开这块石头，就会立刻变成响尾蛇的美餐。这一点她确信不疑。在眼睛还没有被蚊子叮肿之前，她已经对周围进行了观察。这里应该是一个露天的深坑，大概有十到十五英尺宽，而头顶的洞口离地面至少有二十英尺。她在一块石头上，旁边放着她的手提包，还有一个一加仑的水壶，可能是那个混蛋故意扔下来耍她的。就这些了：深坑、石头和水。其他的就是从石头下面渗出的臭烘烘的淤泥。她绝不会离开石头，踩进那堆烂泥中。淤泥里似乎还有什么东西在蠕动，黑乎乎的，又黏又滑，它们一定在等着她这个可口的美味。她真是害怕极了。

喝水。

不行，那样的话我就没水喝了，我会死掉的。

你已经快要死了，喝水。

她伸出手向四周摸索，摸到水壶了，好烫。第一次醒来时她喝了一点，然后立刻意识到了它的珍贵，赶紧把盖子拧上了。她的资源太有限了。手提包里有一盒口香糖，一包六块装的花生饼，还有一袋苏打饼干，里面应该还有十二块。带上这些是因为她怀孕的缘故。肚子里有一个小生命，她本该一天至少喝上八杯水，多吃三百卡路里的食物，还要多多休息。她看过的所有准妈妈手册上都没有告诉她如何在只有几口水和几块饼干的条件下生存。她还能坚持多久？她的孩子还能坚持多久？

一想到这个，她就备感绝望，但同时也让她充满力量。她内心的呼声是对的。在这个鬼地方，在这恶心的泥潭中的一块石头上她是无法存活的，她已经奄奄一息了。与其这样，不如奋起一搏。

缇娜肿胀的手指笨拙地拧着水壶的塑料盖，就在拧开的瞬间，壶盖突然弹起来，不知道落到了哪里。没关系。她把壶嘴放到嘴边，贪婪地喝了起来。水很烫，还有一股熟塑料的味道，但是她已经很感激了，尽情地咽着每一口水，让它们抚慰自己干渴的喉咙。真是太美妙了，她放纵自己享受这最后的美好。最后，她把水壶从嘴边拿走，大口喘着气，希望能再有一点。干渴就像一头孤独的野兽，刚刚才被唤醒，现在开始变得贪婪起来。

"饼干，"她坚定地告诉自己，"盐是有好处的。"她小心翼翼地把水壶放好，然后顺着石头慢慢摸索着，终于找到了手提包，她费了好大的劲才把包的拉链拉开。

蚊子又回来了，它们闻到了淡水的味道，黄蝇在她嘴边"嗡嗡"飞个不停，不时地吸吮她嘴角流下的液体。她疯狂地拍打着，手指上立刻沾满了它们的尸体，这给了她短暂的满足感。苍蝇越聚越多，她的嘴巴、眼睛还有耳朵里都密密麻麻爬了很多。她知道目前必须先不管它们，不理睬那连续不断的刺痛和可怕恶心的"嗡嗡"声。暂时放弃这场战斗，否则最后一定会输。

她毫不动摇地在手提包里翻寻着，手指触到了苏打饼干。她数了六块拿出来，塞进嘴里，几口便吃完了。饼干又咸又干，她感觉更加口渴了。

再喝一口，她想，把噎在嗓子里的饼干冲下去，缓解一下这种干渴。因为，哦，上帝，苍蝇，苍蝇，苍蝇，它们真是无处不在，"嗡嗡"地绕着她转，不时咬上一口。她越是不去管，它们越是围上来，把尖尖的嘴巴刺进她的皮肤，吮吸她的血液。她只能束手就擒。她就要疯了，疯子至少还能喝水。她把手伸向水壶，突然又缩了回来。不，她还有水，虽然不多，但也足够了。她毕竟不知道自己还要在这里待多长时间。之前，她足足呼叫了一个小时，但没有任何回音。她想那个混蛋一定是把自己丢在了某个荒郊野外。如果真是这样的话，那一切只有靠她自己了。她必须想点办法，必须保持冷静。她揉了揉眼睛，这下糟了，一阵钻心的灼痛。如果朝脸上喷点水可能会好一点，那样她可以冲洗一下眼睛，说不定就它们就能睁开了。还能冲掉脸上的汗水，蚊子们也许就会从她这里飞走。

真是愚蠢的白日梦。现实情况是她浑身汗湿，绿色的背心裙紧紧贴在身上，内裤早已湿透。除了蒸桑拿浴之外，她从没有出过这么多的汗。要是能洗一把脸也好，至少能舒服个几秒钟，不过汗水会立刻流下来，痛苦依然存在。现在的关键是好好整理一下可用资源，谨慎而有计划地利用它们。

而且她必须离开这里，离开毒辣的阳光，寻找一个能遮阴的、相对凉爽一点的地方，然后再想办法在夜里逃走。

这时，她想起了天气预报。热，一天比一天热，到周末的时候气温可能会打破纪录升到三位数。时间不多了，她已经感觉筋疲力尽。

她必须动一动。要么离开这里,要么死在这里。

缇娜现在还不想死。

她用手指摸了摸肿胀的眼睛,竭力想把它们撑开,一股黏稠的液体顺着脸颊流了下来,但她依然不松手,只是痛苦地眨了几下眼睛。

开始的时候,什么都看不到。过了一会儿……黏稠物逐渐流完,她开始能看见了,这个世界是如此明亮、刺眼和艰辛。

缇娜仔细观察了一下周围的环境:下面是又厚又黏的淤泥,头顶大概十五到二十英尺高是深坑的洞口。除此之外呢?她一无所知。她看不到任何灌木丛、树木和矮树丛。不过,不管上面是什么,总比这里要强。

她仔细研究了一下墙壁,然后站在石头边上,一、二、三,她向前用力一扑,红肿的手重重地撞到了墙面,一阵剧痛,好像有什么裂开了。不过她还是做到了,脚踩在石头上,身子靠在了墙边。

墙壁比她想象中的要凉,上面湿漉漉的,不知道是什么东西,又黏又滑,就像长满了藻类或菌类的岩石。太恶心了,缇娜很想把手抽回来,但最后她还是强迫自己用手指在墙面上摸索着,寻找可以抓握的地方。

这不是石头,过了好一会儿她才反应过来。墙面非常粗糙,没有任何凸起或者缝隙。上面的碎片蹭着她的手掌,应该是混凝土。哦,上帝,这是一个人工形成的深坑。那个王八蛋把她丢进了自己刨出的地狱里。

那这会不会是谁家的后院?她的大脑快速转动着。说不定在居民区里?如果她能爬上去,找到通往上面的路……

可是,如果这里是人口集中的地方,为什么没有人听到她的呼救？这些淤泥又是怎么回事？这些烂兮兮的泥里生长着一大堆她完全不想知道的东西……他可能选的是郊外某个地方或森林深处，一个远离文明之地，一个最明智的地方。这样似乎更能说得通，毕竟他绑架了一个年轻的女人。

不过，如果她能爬出去的话……一旦到了上面，她就可以逃跑或者躲起来，可以沿着溪流旁边的小路一路向前。即便现在是在一个偏僻的地下深处，只要到上面总会有机会，她能做的肯定比现在要多。

她继续在坑坑洼洼的墙面上摸索着，这一次她的动作更快，也更加坚定。不一会儿，她摸到了一根藤蔓，又一根，再一根。应该是某个外来入侵物种，要么是想伸进淤泥里，要么是想伸到外面去。无所谓。

缇娜用手抓住了三根藤蔓，试探着往下拉，似乎比较结实而且很有弹性。她可以用到它们。双脚蹬在墙上，拉住藤蔓向上爬。为什么不可以呢？她在电视里看到过很多次这种情形。

确定了目标后，她变得认真起来。她退回到之前栖息的那块石头上，仔仔细细地研究自己拥有的东西。她需要带上手提包，里面有食物，还有其他可能派上用场的东西。这个简单，她只需把它挂在肩膀上，并且在皮包蹭到晒伤的皮肤时不畏缩就行了。水就比较棘手了，水壶装不进包里，她也无法一边拉着藤蔓一边拿着水壶。

她考虑过把水喝完，为什么不可以？水流进喉咙里的感觉真是太爽了，湿湿的，真是美妙。她就要逃走了，逃离这个鬼地方。只要到了上面，她就不需要这些东西了，不是吗？

当然，她根本不知道将会发生什么。她连上面是什么都不知道。不，不能再喝了。她必须把水带上。即便它又重又烫，那也是她唯一的补给了。

她还有裙子。面料又薄又脆,她可以把它撕成条,然后再把水壶系到包上。她用双手向下摸到裙摆,用力一拉,裙摆毫发无伤地从她手中滑落。手指肿胀得太厉害了,根本不听她的指挥。一次又一次的失败之后,她累得气喘吁吁,火冒三丈。

这该死的布料根本撕不开,她需要一把剪刀,可包里没有这种东西。她抑制住抽泣的欲望,感到了深深的挫败。蚊子又一次蜂拥而上,在她僵直的身体上大肆地吸血。她必须动一动,必须做点什么。

她的文胸!她可以把它脱掉,用肩带穿过水壶柄当把手。她还可以把文胸系在皮包带上,这样的话水就可以挂到包上,她的双手就解放了,真不错。

她拉起裙子,慢慢从身上褪下。苍蝇和蚊子们立刻兴奋起来,又白又嫩的肉啊,而且还是没有叮过的鲜肉。她缓缓解开湿答答的文胸,尽量不去理会这些虫子。尼龙布料摸起来黏糊糊的,过了许久才脱下来,她痛苦地长叹了一口气。

更痛苦的是她还要再次穿上这条臭烘烘的湿裙子。天那么热,还是光着好受些,裙子蹭到满是盐渍的皮肤上真是太难受了。这时,似乎有一阵微风拂过她的胸前,还有后背……

她咬紧牙齿,强迫自己把裙子穿上,她扭动着,裙子却总是不配合。有一瞬间,她的脚差点从石头上滑下去,来回摇晃着,十分危险,她望着脚下不断渗出的淤泥,赶紧站好,真是万幸。

她的心跳得厉害,震得肋骨都发疼了。哦,她多希望一切能赶紧结束,她想回家,想再看看妈妈。她还想到明尼苏达州过一个美好的冬天——在漫天大雪中奔跑,冲到厚厚的雪堆上。她还记得雪花落在舌尖上的味道,洁白的冰雪在她嘴里慢慢融化,长长的睫毛上沾满了轻盈的雪花。

她是在哭吗？这个很难看出来，因为她的脸上全是汗水，而眼角趴满了苍蝇。

"我爱你，妈妈！"缇娜低声说。说完之后，她决定暂时抛开这些会让自己流泪的念头。

她把文胸绕到水壶柄上，然后再系到皮包带上，最后把它背到身后。这个背起来并不容易，因为没有壶盖，水很容易洒出来。不过她已经尽力了，至少所有的装备都带上了。下一步。

她在石头上站稳，然后坚定地朝墙上扑去。她的手抓到了墙壁，支撑住了。接着要寻找藤蔓，她找到六根，每只手抓住三根，好痛，藤蔓似乎嵌进了灼伤的肉里。只能忍受了。缇娜脱掉不实用的鞋子，最后一个深呼吸，头顶依然是刺眼的阳光，汗水顺着脸颊向下流淌，蚊虫们还在"嗡嗡"叫个不停。缇娜用胳膊拉住藤蔓，同时把右脚蹬在墙上，墙上长满了湿滑的藻类，她想用脚趾紧紧抓住墙壁，寻找一个相对干燥的地方落脚。一、二、三，她扬起了手臂。

就在这一瞬间，藤蔓似乎断了，她向后倒了下来。她急忙把腿向后一蹬，希望跳到原来的那块石头上。可是水壶摇晃得厉害，她根本保持不了平衡，她失败了，她就要掉进臭气熏天的泥潭里。

她的双手拼命地抓着，最后还是绝望地松开了藤蔓，重重地摔了下来。一个旋转，一个转身，很突然，也很万幸地摔倒在石头上。水，水，她的水，她疯狂地寻找水壶，太好了，它依然神奇地站在那里，保留住了她最后的希望。

她又回到了最初的石头上，水还在，她安全了。

藤蔓落到了脚下的泥潭中，这时，她才明白是怎么回事：所有的藤蔓都被拦腰割断了。一张白纸从上面飘落下来,像是由于刚才剧烈的晃动而掉下来的。缇娜艰难地抬起一只手接住它,然后慢慢举到自己眼前。

上面写着:"热浪正在展开杀戮。"

"婊子养的。"缇娜很想大骂一声,可是嗓子太干,满腔的愤怒出来时却变成了嘶哑的咕哝。她舔了舔嘴唇,根本没用。她有气无力地垂着头,感觉连最后一点力气都使不出来了。

要想离开这里,她需要更多的食物和水,还需要好好休息一会儿。可惜虫子们又回来了,蚊子、黄蜂,围着她雀跃起舞。

"我不要死在这里。"她坚定地对自己说,并竭力调集自己所有的力量,"他妈的,我一定不会。"

但如果她走不出这深坑的话……

缇娜慢慢把目光移向湿滑厚重的泥潭。

第二十五章 仙那度大搜救

弗吉尼亚 仙那度国家公园

下午4:25

气温 99华氏度

"整个搜寻区域被划分成十个片区，每个片区两个人，负责对地图上对应的位置进行分析，然后采用网格化模式分工进行。目前，对我们有利的一点是，徒步者失踪时间只有二十四个小时，她活动半径不会超过三十英里，这样的话我们的搜索范围比较明确。不利之处在于这三十英里的搜索区域包含了整个公园中最陡峭、最恶劣的地形。下面我来说一下注意事项：首先，失踪者一般都会选择向下走。他们疲惫不堪，一旦失去了方向感，他们就会倚靠在山下，即使前方二十英尺的山上就有救援，他们也会错过。第二点，徒步者一般都会被水流的声音所吸引。每个人都知道水的重要性，尤其是迷路的人。如果你们负责的区域中有水流，一定要仔仔细细对周围进行检查，尽可能地沿着水流搜寻。第三点，一旦偏离了平整的徒步道路，你们就到了荒芜的野外，到处都是茂密的灌木丛，在这种地方行走一定要非常小心。你们还要特别留意有没有翻过来的石块、折断的树枝还有被踩踏过的草丛。如果那个女孩还在路上的话,很可能会被别人发现。因此,目前的最大可能就是她还在野外,我们必须克服一切困难来找到她。"

凯西·莱文停顿了一会儿,表情严肃地看着眼前这二十名搜救人员,"外面非常热,没错,这不是开玩笑。我要强调的是,在这样的高温下很容易发生脱水。一般情况下,每天饮用两夸脱就不会发生脱水。不幸的是,在目前的气温下,通过肺部和毛孔,我们的身体每小时就会有一夸脱的水蒸发。因此,两夸脱的水根本不够。坦率地说,你们每个人都应该带上两加仑,但考虑到负重问题,我们要求每个组要么带上净水药片,要么带上净水器,那样你们就可以在沿途的水源处进行补给。一定不能饮用未经处理的溪水。这里的水看上去很纯净,但绝大多数都被兰伯士贾弟虫污染了,一旦饮用了含有这种寄生虫的水,你至少要腹泻一个星期。记住,必须频繁喝水,同时还要开动脑筋。

"假定大家都没有脱水的问题,那么现在要注意的是不要从陡峭的悬崖上滑下去,不要惊扰睡觉的熊。很多情况都要谨记在心。比如响尾蛇。这里的响尾蛇相当多。你们会不时地看到平整的草地,上面散落着过去山崩时滚落下来的石头,乍一看,真是一个坐下来休息的好地方。千万不要。因为蛇也会这样想。那些石块就是它们的家。切记不要和它们发生冲突。还有大黄蜂。它们喜欢把巢筑在地上的窟窿里或者腐烂的木头上。你不去惹它,它也不会惹你。万一闯进了它们的巢穴……我的建议是不要再回到你的同伴那里,否则两个人都有麻烦。你们必须留一个人回来求助。最后,我要提醒大家注意的是刺荨麻。可能很多人都没有见过,它们大概有我们的大腿那么高,长着绿色的阔叶。如果用水煮熟,它们会呈现出迷人的绿色,搭配晚餐很不错。然而,当你走进它们中间,就等于走进了一堆玻璃碴儿内。它们会立刻刺入你的皮肤，然后释放出一种毒液，即使把刺拔掉，这种毒液也会残留很久。要想让这种炎症消退需要半小时到一个小时的时间。到那时，你必须放弃曾经珍爱的一切。

"这里很美。在过去的五年里，我走遍了这里的每一寸土地，我想不出世界上还有什么地方能比这里更迷人。但是我们必须尊重自然。我们必须专注，必须迅速。在目前的情况下，我要求你们每一个人都要开动脑筋。我们的目标是找到失踪的人，而不是再有人失踪。有什么问题要问的吗？"莱文停顿了一会儿，没人说话。"很好，"最后，她干脆利落地结了尾，"那我们开始行动吧。距离天黑只剩下四个半小时的时间了。"

搜救队员解散开来，大家寻找着自己的搭档，陆陆续续走出了旅馆大门。每个人都拿到了自己的任务安排，大部分人对此类行动都非常了解。跟他们相比，马克和金柏莉都是菜鸟。在此之前，马克做过一些和搜救相关的功课，他想此刻金柏莉一定更不自在。虽然有先进的装备和强健的体魄，但她不得不承认自己从未在森林里待过很长时间。如果凯西·莱文说的都是真的，那么他们面对的将是一场危机四伏的冒险之旅。

"你觉得她说的那个黄蜂是什么意思？"金柏莉一边问一边走出了凉爽的旅馆，一阵热浪扑面而来。"黄蜂的巢穴都是筑在地上的，而我们要在地上走，怎么才能避开它们？"

"看好自己走的每一步。"马克说。他停下来，举起刚刚拿到的地图，仔细辨认了一下方向。他们被编到搜救四组，任务是对四号区域进行搜寻，面积大概是三平方英里，应该是可以完成的。

"可是如果只盯着脚下，还怎么去找失踪的女孩，或者折断的树枝什么的？"

"这和开车一个道理，先看前方稍远一点的地方，知道马上会有什么出现，然后再环顾周围，寻找你想看的东西。接着再继续看前方。看前方，瞥四周，看前方，瞥四周，看前方，再瞥四周。好了，根据地图上的指示，我们要到那个山道口。"

"我不觉得这是什么山道。莱文说我们是在荒芜的野外，鬼知道这到底意味着什么。"

"我们是在山道上。"马克耐心地向她解释，"不过这只是最开始的四分之一英里，然后我们才转到野兽们的老巢。"

"我们怎么知道从哪条路走呢？"

"可以利用地图和指南针，先在地图上标出，然后定位。也许会很慢，但是不会出错。"金柏莉只是点点头，她不安地望着眼前浓密的森林，地上铺满了深浅不一的绿色。马克看到的是美景，然而，在金柏莉眼中，那里充满了各种危险。

"告诉我你之前到底有过多少次类似的经历。"她低声说。

"在佐治亚州，我和两个搜救队合作过。"

"你说过有人受伤了。"

"是的。"

"你说过他故意布置这样的场景，为的就是折磨我们。"

"是的。"

"他真是一个大混蛋，是不是？"

"没错。"

金柏莉点点头，挺直肩膀，扬起下巴，马克已经很熟悉这套动作了。"好了，"她硬邦邦地说，"我们会找到那个女孩的，我们会成功的。

到时候我们就可以走出这个公园,抓到那个混蛋,对不对?"

"你就是我中意的那种女孩。"说这话时马克一脸严肃。

然后两个人就钻进了那片茂密、阴暗的森林里。

在这种土路上行走并不是件难事。虽然有些陡峭,但是很容易掌控,路边的岩石壁架和残留的断树根形成了一道天然阶梯。不过浓密的树冠虽然可以遮住阳光,但也阻挡了热气和湿气的散去。马克有些透不过气来,一边走一边大口地喘着气,没多久,他的脸上已全是汗水,背上的汗珠顺着肩胛骨向下流着,背包压在上面,真是太不舒服了。太阳虽然可恶,但湿气才是他们真正的敌人,正是因为它,这片茂密的山林从避暑之地变成了热带丛林。每走一步都要耗费相当大的体力,原计划的四个小时徒步,可能连三个小时都难以坚持。马克和金柏莉已经换了一身衣服。金柏莉现在穿的是短袖棉布T恤和卡其短裤,这是业务徒步爱好者的标准装束。显然还是马克更为专业一些,他穿的是速干尼龙上衣和尼龙短裤。当他流汗时,这种合成面料可以把身上的水分吸走,带给他些许的舒适。而金柏莉的T恤已经紧紧裹在了身上,还有卡其短裤,不用多久它们就会开始摩擦她的皮肤了。他曾一度猜想她会不会抱怨,不过现在他已经明白她绝对不会。

"你觉得她还活着吗?"金柏莉只是问道。她也哼哧哼哧地喘着粗气,不过并没有停下脚步。到了关键时刻,她才不会掉链子呢。

"我读过不少关于搜救行动的研究,"马克说,"在最初的四十八小时内死亡率是百分之七十五,假设那个女孩是昨天被抛在这里的,我们只剩下二十四小时了。"

"通常情况下,"金柏莉依然喘个不停,"失踪的人,"哼哧哼哧,"是怎么死的?"

"一般死于低体温症。如果是今天这样的情况下,死因大都是中暑。这取决于失踪者所处的环境。告诉你一个事实:你知不知道如果在森林中失踪,六岁以下孩子的存活率是最高的?"

金柏莉摇摇头。

"孩子更善于倾听自己的直觉,"马克解释说,"疲劳时,他们会睡觉。害怕时,他们会找个地方躲起来。而成年人,却总以为自己可以重新掌控一切。所以他们不愿意躲避风雨、寒冷或者阳光,他们宁愿不停地奔走,总觉得向前走就安全了。这绝对是大错特错。保持冷静,老实地待在一个地方的胜算更大。一般情况下,一个普通人在没有水的条件下可以坚持五天,在没有食物的条件下可以坚持一个月。但如果你不停地走动,就要经受阳光暴晒,还有可能摔下悬崖,或者误闯入熊穴等等,等等。要知道,一个老笨蛋都能熬一星期,而失踪的徒步者却只能活四十八个小时。"马克突然停了下来,又看了看地图和指南针,"等一下,没错,我们要从这里走。"

旁边的金柏莉一下子愣住了,马克感觉到她的不安似乎又增加了许多。前面根本没有任何道路标志,就像一块平展的土地,突然在前方垂直下坠,随之滚落的还有无数岩石、灌木和草丛。不时还会有倒下的树木横在面前,上面长满了毛茸茸的苔藓和鲜亮的蕨类植物。锯齿状的树枝在头顶纵横交错,粗壮的葡萄藤缠绕着树干。整个森林透露出阴森可怖的气息。凯西·莱文说得没错:它们既美丽又致命。

"如果我们走散了,"马克平静地说,"待在一个地方别动,然后吹口哨,我会找到你的。"每个搜救队员手里都有一个塑料口哨,吹一声是为了联络搭档,吹两声意味着找到了那个女孩,三声则是国际遇险呼救。

金柏莉一直紧盯着地面，马克看到她的眼睛在岩石和灌木丛之间来回扫着，应该是在寻找响尾蛇或黄蜂的踪迹。她的一只手紧贴着左边大腿处，马克猜想那应该是绑刀子的地方，突然，他感到内脏一阵缩紧，一阵难以克制的生理欲望袭来。他不明白为什么一个带武器的女人会让自己如此兴奋，不过话说回来，这就是男人。

"我们不会有事的。"他说。

金柏莉终于瞥了他一眼。"不要说自己无法兑现的承诺。"说完，她离开小路，走向原始的灌木丛。

行进越来越困难。有两次金柏莉差点从陡坡上摔下来。地上的野草又高又密，踩到上面非常湿滑，即使穿着徒步靴也十分费力。还有一块块岩石和树根不时地阻断他们的前行。如果低头看路，脑袋就会撞到树枝；如果抬头提防树枝，又会被障碍物绊倒。如果想同时观察所有的动向，那结果就是摔倒，流血。两个小时过去了，她的腿上和脸上全是一道道的划痕。避开了黄蜂，却碰到了一簇有毒的藤蔓。躲开了腐烂的木头，却又被石头滑倒，扭伤脚踝。

总而言之，她实在不喜欢这次森林之旅。她本以为一切会很美好，结果却恰恰相反。对她来说，这里是一个孤独之地，连同伴的脚步声都会被布满苔藓的岩石所吞噬。虽然知道三英里之内还有一个搜救组，可她什么都听不到。高耸的大树遮住了太阳，也让他们失去了方向感。四周高低起伏的原始景色意味着他们一会儿向上走，一会儿向下走。到底哪里是东南西北？金柏莉完全不知道了，这让她陷入了一种难以名状的焦虑中。

广袤的森林如同大海一般将她吞噬，她即将淹没在这一望无边的绿色当中，不知道该如何抬头，也不知道哪里是岸。她是一个脱离了队伍的城市女孩，万一发生什么不测，都没人能找到她的尸首。

她不愿意这样想，所以竭力将注意力转移到那个失踪的女孩身上。如果当天晚上她去的是酒吧，就很可能穿着高跟鞋，那后来她有没有明智地扔掉它们？

即使穿着徒步靴，金柏莉仍然滑倒过好几次。所以，高跟鞋？想都别想。光脚虽然会不舒服，但至少好控制些。

她会先往哪里走？凯西·莱文说失踪者会倾向于向下走，选择容易行走的道路。可在金柏莉看来，这条路并不好走，需要小心翼翼地寻找落脚点，更慢也更费力。虽然不像上山那般耗费氧气，但她的大腿和屁股已经又酸又痛，心脏就快跳出胸膛了。

她会找个地方躲起来吗？找一个稍微凉快一点地方，借以保存一定的体力。马克刚才说过保持不动才是生存的关键，一定要冷静、沉着，不要毫无头绪地四处乱走。金柏莉环顾了一下四周，头顶是繁茂的枝叶，脚下是一道又一道深深的裂缝，里面不知道生长着什么生物，到处散发着阴森森的气息。

说不定她会再次逃跑，然后被绊倒，摔到地上。也有可能一头扎进毒葛丛或者黄蜂窝里。接下来会怎样？被叮咬，陷入恐慌，衣衫不整，完全不知所措？

她会寻找水，寻找任何可以修复自己伤口的东西。在她看来，潜伏在水里的东西总不会比那些隐藏在树林深处的生物更可怕。

金柏莉突然停下脚步，抬起一只手，向马克示意："你听到了吗？"

"水流的声音。"马克边说边从背包里取出地图，"这里有一条流向西边的小溪。"

"我们沿着它走。莱文就是这么说的，是不是？水流总会吸引那些失踪的人。"

"我也是这样想的。"

金柏莉抬脚向左迈了一步,接着就完全失去了控制。前一秒钟还站在硬实的土地上,下一秒就屁股朝上、沿着湿滑的草坡向下滚去。石头硌着屁股,树枝刮着大腿,真是惨不忍睹。她竭力想把手撑到身下。就在这时,她隐隐听到后面传来了马克的呼喊声:"金柏莉!"

"啊——""扑通"一声,紧接着"砰"的一下,又一根枯树枝掉在面前,她像头犀牛一般撞了上去,眼前顿时金星四冒,耳朵里"嗡嗡"作响,她还咬到了自己的舌头,一股血腥味充斥在嘴巴里。突然,她感觉自己浑身像着火一般。

"妈的,该死!到底怎么搞的?"她站了起来,不停地拍打着胳膊和大腿。疼,疼,疼,像有无数只火蚁在啃噬着每一寸皮肤,她痛得一下子跳了起来,然后又爬到山坡上,双手紧紧拉住树枝,两脚在地上蹭来蹭去。

尽管已经跑回坡上,但身上的痛苦却丝毫没有减轻,皮肤像火燎一般,身体里的血似乎要冲破血管,她无助地看着身上渐渐冒出了一块块亮红色的皮疹。马克终于来到她的面前。"不要抓,不要抓,千万别抓!"

"这到底是他妈的什么?"她歇斯底里地大吼着。

"亲爱的,祝贺你,我想你是碰到了刺荨麻。"

第二十六章　犯罪心理画像3

弗吉尼亚　匡提科

上午8：05

气温　98华氏度

"我们都掌握了哪些情况？"昆西问道。已经过了八点，他、蕾妮、卡普兰特工和督导沃森正在会议室里召开特别会议。每个人的神情都很严肃，一是因为之前在犯罪现场的勘察耗费了不少精力，再则是目前他们并没有掌握多少信息。

"我还是觉得应该好好研究一下马克科马克，"卡普兰依然坚持自己的看法，"干我们这一行的都知道根本没有什么所谓的巧合。他正好在这里，然后就发生了和他办过的案件类似的案子……我觉得一切都太巧了。"

"这不是巧合，这都是有预谋的。"蕾妮有些恼火，她在这一问题上的观点是非常明确的。她对着卡普兰摇了摇头，充满厌恶地说："你可以和他的上司联系，这样就能判断出他说的是真是假。"

"人总是会帮着自己人的。"

"那你的意思是佐治亚州调查局在犯罪了？看来，现在巧合论变成了阴谋论。"

这时，昆西举起了一只手，希望能结束他们之间的争辩。"有没有那个广告的消息？"他问卡普兰。

"根据公共事务官的说法，广告是昨天寄到的，要求刊登在今天的报纸上。不过《匡提科哨兵》是周报，要到周五才能出版。另外，事务官不大喜欢这个广告，他觉得它看起来似乎在传播某种密码，说不定和毒品相关。因此，他把它拿给了我。"

卡普兰把那份备受关注的广告复印件推到桌子对面，那是一个小小的，大概两寸见方的正方形，四周是黑色边框，中间是一段文字，写的是：亲爱的编辑，时钟滴答滴答……地球正在毁灭……动物在哭泣……河流在呜咽。你们听不到吗？热浪正在展开杀戮……

"为什么是一则广告？"沃森有些困惑。

"《匡提科哨兵》的编辑不接收信件。"

"那广告刊登有什么规则？"昆西问道。

卡普兰耸了耸肩："报社只是一个私人机构，与基地的公共事务部门合作出版发行，所以它基本涵盖当地的大小事件，还有商家的生意广告、慈善援助、军人服务等等。实际上，它和其他的小型地区性报纸没有什么区别。刊登广告只需要排版和支付费用。否则，还有其他更好的报纸可供选择。"

"看来我们的对手已经了解了刊登广告的规则，但是他为什么没有想到今天不会刊登？"沃森还是不明白，"似乎不太聪明啊。"

"他已经达到了自己的目的，"昆西说，"今天是第二天，而我们已经读到了他的消息。"

"纯属巧合。"沃森有些不以为然。

"不。这个人做的每一件事都是有目的的。《匡提科哨兵》是部队中历史最悠久的报纸，在一定程度上代表着荣耀和传统。在这份报纸上发布信息和把尸体抛到基地都基于同样的目的，他把犯罪带到我们的门口，他希望得到我们的关注。"

"这符合他的一贯模式，"蕾妮说，"到目前为止，我们知道那个生态杀手也是同样的手法，现在我们又拿到了这封信，我想接下来要怎么做是显而易见的。"

"接下来要怎么做？"沃森问道。

"打电话给马克科马克！让他来谈一下这个案子。他比我们更了解这个人。还有，可能还有个女孩被他抛在某个地方，我们应该找专家再仔细看一看尸体，何况还有响尾蛇、树叶和石头这些东西。拜托，就像信中所说的，时钟滴答滴答，我们已经浪费了一天的时间。"

"我已经把它们都送到了实验室。"卡普兰平静地说。

"你说什么？"蕾妮简直不敢相信自己的耳朵。

"我已经把石头、树叶，还有那条蛇送到了诺福克犯罪实验室。"

"犯罪实验室能对它们做什么？扫出指纹？"

"这个主意不坏。"

"这绝对是个坏主意！难道你之前没有听到马克科马克说什么吗？我们必须找到那个女孩！"

"嗨。"坐在对面的昆西又一次举起手来，这一次他的声音非常响亮，还带着命令的意味，可惜没起到太大的作用。眼看着蕾妮就要冲出座位，双手紧握成拳头，而卡普兰也做好了战斗的准备。今天真是太不容易了，每个人都又热又疲惫，在这种状况下酒吧里的冲突都会增多，更何况这种跨部门的司法案件合作。

"我们必须沿着两条线索进行，"昆西继续说道，声音洪亮而坚决，"所以，请你们都闭上嘴巴，坐好，注意听我说。蕾妮说得没错，我们必须加快速度了。"

蕾妮这才慢慢地坐回椅子上，卡普兰也极不情愿地把目光转到他的身上。

"第一，假设这个人就是那个生态杀手。"卡普兰正要张嘴提出抗议，昆西立刻用冰冷的眼神看了他一眼，这是他过去对待初级特工的一贯表情。这位海军罪案调查处特工乖乖闭上了嘴。"目前我们对此还不是百分百地确定。现在的情况是我们遇到的这个杀手在很多方面都与之前佐治亚州的那个杀手相同。考虑到如此之多的相似性，我们不得不考虑可能还有个女孩被绑架。因此必须着手研究在那具尸体上找到的证据，它们也许代表着某个地理谜团。"说完，他看了一眼卡普兰。

"我可以安排植物学、生物学和地理学方面的专家对所有的证据进行分析。"最后，卡普兰不情愿地说道。

"要快点。"蕾妮催促他。

卡普兰瞥了她一眼："知道了，女士。"

蕾妮只是笑了笑。

昆西深深地吸了一口气，然后接着说道："第二点，我们必须拓宽思路，我看过佐治亚州做的案件总结，我感觉他们从未真正了解这个杀手。他们仅仅给出了一个描述，做出种种假设，而这些假设从未得到过证实。所以现在等于从零开始，我们要归纳自己对于本案的看法。比如，他为什么要把尸体抛在匡提科的训练基地？很明显，这个人似乎想通过这种方式来对权威发出挑战。他觉得自己无所不能，即使在美国最顶尖的执法机构的地盘上也可以为所欲为。还有那些寄给编辑的信以及打给马克科马克的电话,这其中也包含了很多问题。这是不是他重申自己的权利和控制力的表现?抑或这是一个充满矛盾的人,与执法机关的接触暗示着他内心隐藏的希望被抓到的潜意识。还有,那个匿名的来电者是不是嫌犯,或许根本就是其他人?我们还必须考虑一下第三种动机。这个嫌犯的目标并非海军陆战队或者联邦调查局,而是马克·马克科马克个人。"

"哦,你是在开玩笑吧?"卡普兰不高兴了。

昆西依然用凌厉的眼神望着他:"暂且假设那个匿名来电者就是嫌犯本人,正是因为他的那些话,马克科马克才来的弗吉尼亚。那么,按照常理推测,他已经制订了在这个地方实施犯罪的计划。还有,作为计划的一部分,他相当了解马克科马克的行踪,因此决定在这里开始游戏。刊登在《匡提科哨兵》上的广告也符合这一模式。到了周五,报纸会在整个基地传播,那马克科马克也就得到了提示。"

蕾妮看起来有些疑惑,但她依然保持平静:"这个不大说得通。"

"是的。一般情况下,杀手不会把某个执法人员作为特定目标。但是在陌生人遇害事件发生后,马克科马克是专案组的主要负责人,也是最显眼的。如果嫌犯想寻找一个特定的目标,那么选择马克科马克就在情理之中了。"

"那么说,现在出现了两种观点,"蕾妮喃喃地说,"一种是对方是一个普通的杀人狂,正在试图把马克科马克搞到一团糟。还有一种比较复杂,对方饱受内疚折磨,一边不停地谋杀女孩,一边透露出悔恨的迹象。在我看来,这两种都没法让我安心睡觉。"

"因为无论哪种情形,对方都是非常可怕的。"昆西转过身子,面向卡普兰,"我猜你已经把那份广告原件送去分析了?"

"是的，"卡普兰说，"但是收获不大，邮票和信封都是带自粘胶的，所以没有唾液。在纸上没有发现任何指纹，那张广告纸是打印出来的，没有字迹可循。"

"他是用什么方式付款的？"

"现金。一般情况下，人们不会邮寄现金。不过，咱们的这个对手显然很信任这种方式。"

"邮戳是哪里的？"

"斯坦福德。"

"就是邻镇？"

"没错，昨天寄的。都是在本地进行的。在这里杀死了一个女人，同时又寄出了一封信。"

昆西挑了挑眉毛："他很狡猾，并且做了充分的准备。好了，我们还是从信纸着手吧。安努齐奥博士说过马克曾给了他一封信的原件，我希望你把那份广告原件也拿给他。这样他手里就有了两份可供分析的数据。"

卡普兰想了一下，最后还是让步了："他可以保留一个星期，然后我必须收回到实验室。"

"我们一定会配合你。"昆西向他保证。

就在这时传来一阵敲门声，昆西有些不快地抿了抿嘴唇，他们刚刚进入状态就被打断。不过卡普兰已经从椅子上站了起来，解释说："可能是我的同事，我跟他说过我会在这里。"他打开门，果然，一个理着短寸的年轻人走了进来，手里拿着一张纸，由于太过兴奋，身体摇摆不停。

"我觉得你一定想立刻看到这个。"年轻人迫不及待地说。

卡普兰接过那张纸,扫了一眼之后,立刻抬起头来:"你确定吗?"

"是的,长官。十五分钟之前得到了证实。"

"怎么了?"蕾妮忍不住问道。坐在椅子上的沃森也紧张起来。

卡普兰缓缓地把身子转了过来。"我们已经确认了死者的身份。"他一边说一边看着昆西,"这个案子不只是像佐治亚州的那几件。上帝啊,它更糟糕,糟糕极了。"

"喝点水。"

"等一下。"

"金柏莉,喝点水。"

"我想知道接下来会怎么样。"

"亲爱的,停下来喝点水,否则我要对你不客气了。"

金柏莉狠狠地瞪了他一眼,但马克依然很坚决,他就站在她身后十英尺处的一块大石头上,脚下是湍湍流水。他们就是一直沿着这条陡峭的小溪走到这里的。

三个小时的艰苦跋涉之后,她的半个身子都起满了红得发亮的疹子。鬼知道到底是碰到了毒葛还是刺荨麻。她的T恤湿了又干,干了又湿,裤子紧紧地贴在腿上,连脚下的袜子都能踩出水来,更别说头上那顶湿答答的帽子了。而马克则和她形成了鲜明的对比,他正一条腿弓在大石头上,灰色的尼龙上衣紧绷着结实的胸肌,乌黑的短发整齐地梳向后面,凸显出下面那张轮廓分明的古铜色面孔。他没有气喘吁吁,身上也没有一道道划痕。看来三个小时的跋涉根本没有影响到他分毫,见鬼,现在的他看起来很像是里昂·比恩[1]的封面模特。

---

[1] 美国知名户外品牌。——译注

"来咬我啊。"金柏莉挑衅着,不过最后她还是停下来,不情愿地掏出了水壶。水摸起来温温的,还散发着一股塑料味,但喝下去的时候还是感到了一阵惬意。她真是太热了,胸闷得难受,两条腿不听使唤地发抖。现在回想起来,海军陆战队的障碍训练真是轻松多了。

"至少酷热能把这些扁虱赶走。"马克说。

"什么?"

"扁虱。它们不喜欢炎热的环境,如果现在是春天或秋天的话……"金柏莉低下头,惊恐地盯着自己裸露的双腿,红疹下面动来动去的是皮肤上的雀斑吗?那些吸血鬼应该要结束了吧……她听出了马克话语中暗含的幽默,有些不相信地抬起了头。

"你也很危险。"她大吼着。

他只是咧嘴笑了笑:"你是想着拿出刀吗?我都等了一天了。"

"我可不是为了抑制你的性幻想,不过我确实很后悔带着刀。它一直摩擦着我大腿内侧的皮肤,老天,真是折磨死我了。"

"那你要把它取下来吗?我可以帮你。"

"哦,拜托。"

她转过身,用手理了理头发,手掌顿时又湿又咸,真是恶心死了。她的样子一定很像行尸走肉。他竟然还和她调情,真是疯了。

她抬头看了看天空,太阳已经开始慢慢下沉了。真是有意思,在这里其实很容易忘记白天和夜晚的区别。枝繁叶茂的大树遮住了阳光,大部分地方都处在阴影之下,可温度却没有神奇般地降下来。太阳还在一点点地落下,时间越来越晚了。

"时间不多了。"她喃喃自语。

"是的。"他的声音和她一样充满了忧伤。

"我们必须走了。"她弯下腰放好水壶。

他走上前来,挡住了她的手。"你要再喝一点。"

"我刚喝过了!"

"刚刚喝的根本不够,你只喝了一夸脱。你也听到凯西·莱文的话了。在目前的条件下,你这样汗流浃背至少有一个小时了。喝水,金柏莉,这非常重要。"

他的手指还在她手臂上,不是那种紧抓,所以她没有感到疼痛。那是一种让她难以言喻的感觉。他的指尖上长满了老茧,掌心湿漉漉的,可能和她一样,全身都是这样。她依然一动不动。

而此刻,第一次……

她产生了一种想靠近的冲动,她想去亲吻他,他一定是个接吻高手。他的吻一定是那种缓慢而彻底的。对他来说,接吻和调情都是信手拈来的前戏。但对她而言呢?

一定很绝望。不用想她都知道,那一定充满了需要、希望和愤怒。那只是一种妄想,希望能暂时把一切抛在脑后,摆脱脚下每一步所带来的焦虑,忘记还有一个女孩在等待着他们的救助。她已经非常努力了,可是她做得还不够好,她救不了自己的姐姐,救不了自己的妈妈。所以,她凭什么认为这次会不同呢?

她需要得太多,想要得太多。他可以从生活中寻找快乐,而她——金柏莉,只是在等待死亡的来临。

金柏莉转身走开了。过了一会儿,她又拿出水壶,喝了一大口。

"在这种时候,"喝完之后,她说,"你必须狠狠推自己一把。"她的声音听起来非常鼓励人,可马克并不以为然。

"你觉得我很软弱?"

她耸了耸肩："我觉得白天就要结束了，我们必须多走，少说。"

"金柏莉，现在几点了？"

"八点过几分。"

"我们到哪里了？"

"我想还在三英里的网格内。"

"亲爱的，我们已经向下走了三个小时。我们还要走更远。因为我和你一样，很想知道接下来会遇到什么。现在，你是不是想告诉我如何结束这三小时的跋涉，然后在一个小时内，也就是天黑之前返回营地？"

"我……我不知道。"

"那是不可能的。"马克直截了当地说，"天黑之后，我们还会在这片树林里，就这么简单。好消息是，根据地图来看，我们离一条正西方向的小路很近了。估计在天黑之前我们可以结束对这片溪流的搜索，然后留下记号，找到小路。到时候走起来会轻松很多，可以用手电筒来照明，慢慢回到上面。而有勇无谋只会带来困难和危险。亲爱的，不要以为我不知道如何挑战自己。和你相比，我还是多走过不少路的。"

金柏莉仔细地盯着他，突然点了点头。他是在拿他们的生命冒险，可这偏偏让她更喜欢他了。

"行。"她一边说，一边把包背好。她离开河床，看似随意地转过头大喊一声："小老头儿！"

他在后面笑得直不起腰来，她也忍不住笑了起来，这让她对未来的感觉稍好了一些，就在这时好运出现了。金柏莉先看到了。

"我们在哪里？"她忍不住大声问道。

"还在我们的搜索范围内,应该不会有重叠……"

金柏莉指着一棵树,上面有新断的树枝,然后是一堆压碎的蕨类植物,还有被压平的草,显然是人留下来的。金柏莉加快了脚步,这条坑坑洼洼的小径一直向森林深处延伸,慢慢变成了"Z"字形,路不算窄,那些留下的痕迹非常明显。可能是某个人,独自一人濒临崩溃。也可能是一个男人负重前行,也许他背负的就是一个被麻醉的人。

"马克。"她掩饰不住自己的兴奋。

他朝太阳看了一眼,微笑着说:"金柏莉,快跑。"

听到这话,她立刻向前冲去,马克紧跟在她后面。

第二十七章 第二个女孩的尸体

弗吉尼亚

晚上8:43

气温 94华氏度

缇娜真是受够了脚下这堆臭烘烘的烂泥。它们源源不断地向上涌着,发酵般地冒着气泡,似乎还有东西不停在里面蠕动和翻滚着,她不知道也不想知道那些东西是什么。它缓缓波动着,就像一头蛰伏的野兽,耐心等待着她屈服。

已经无路可走了。此刻的她精疲力竭，身体严重脱水，由于暴晒和虫子的叮咬，浑身上下已没有一寸好皮肤。虽然整个人如同在炭火上炙烤一般，她却忍不住地发抖，不一会儿，浑身都起满了鸡皮疙瘩。

她快死了，就是这么简单。人的身体构成中有百分之七十都是水，而现在的她就是一方因缺水而枯竭的池塘。

她蜷缩在滚烫的石头上，想念着妈妈，也许早该告诉她自己怀孕的事情。当然，妈妈肯定会发火，因为她比任何人都清楚一个单身母亲的生活是多么艰难。不过，等火气消了之后，她一定会帮助缇娜，支持缇娜。

她还想到了其他的。当小生命来到这个世界，看着那皱皱巴巴的小脸，听着那"嗷嗷"的哭声，她一定会和妈妈在产房里哭成一团，既疲惫，又骄傲。她甚至看到了她们为孩子挑选衣服的情形，以及因为半夜喂奶而大发牢骚的样子。也许会是一个女儿，一个和她们一样坚强的女孩。三个克拉恩，足够征服整个世界了。哦，明尼苏达州最好当心一点了。她一定会尽力做一个好母亲，可能不会成功，但她一定会尽力。

最后，缇娜抬起头，看了看天空。透过肿胀的眼睛，她依稀看到一块巨大的蓝色帆布，似乎正在慢慢变暗。看来，太阳终于要落下了，耀眼的白光也要消失殆尽。可惜周围的空气并没有冷却下来的意思，厚重的湿气就像一块巨大的毛毯把人紧紧裹住，裹到透不过气来。蚊子和黄蜂依旧拥在她脸上，她快要忍不下去了。

她垂下头，眼睛几乎贴到了双手上。数以百计的蚊虫叮咬使得手上到处都是裂开的伤口。她看到一只黄蝇落到皮肤上，尖嘴插进伤口，过了一会，排出一堆堆白乎乎的蛆虫。

她就要吐出来了，不，她不能吐。现在只剩下一点点水了。不过早晚都会吐的。还没死就浑身爬满了蛆虫，她还能坚持多久？她想到了肚子里的孩子和自己的妈妈，真是太可怜了。就在这时，她又听到了那个声音，一个平静而务实的明尼苏达人的声音：*你知道吗，孩子？到了该坚强的时候了。要么行动起来，要么就这样永远沉寂下去。*

缇娜把目光移向脚下黝黑恶心的泥潭。

行动起来，缇娜，坚强一点。让那个混蛋看看真实的你。你怎么能不反抗就屈服呢？

她坐直了身子，一阵眩晕，世界似乎不停地旋转着，胆汁瞬间从胃里涌上喉咙，一阵干呕咳嗽之后，她硬生生地把胆汁给咽了回去。她慢慢地把身子挪到石头边缘，盯着脚下的泥泞，看起来很像是黑乎乎的布丁，闻起来却……

不许吐！

"好了，"缇娜逐渐冷静了下来，她对自己说，"我能做到。不管是否准备好，我都要来了！"

说完，她的右脚就踩进了泥泞里。她立刻感到有个滑溜溜的东西爬到了自己的脚踝上，然后又迅速离开。她咬紧嘴唇，生怕自己忍不住尖叫出来。她逼迫自己向泥潭深处走去，整个人如同陷进了一堆腐烂的内脏中一般。温温的，黏糊糊的……*不许吐！*

左脚终于也迈进来了。就在这时，她看到一条黑色的响尾蛇正在悄然溜走，这次她没有忍住，终于大叫了出来，嘶哑的尖叫声持续了很久，听起来无助极了。她既害怕又愤怒，哦，上帝，那个男人为什么要这样对待她？她从没有伤害过任何人，她不应该遭受这种痛苦，被抛弃在深坑中，忍受着太阳的炙烤，溃烂的伤口上还有那该死的苍蝇产下的一堆堆蛆虫。她后悔极了，她不该和别人发生性关系，不该不采取预防措施，不该让自己年轻的生命一团糟。可是无论怎样她都不应该遭受这种折磨，她和孩子都应该有更好的生活。

蚊子依然蜂拥而至，她不停地拍打着，脚下的泥泞已没到了小腿，她只能无助地干呕。

蹲下来，缇娜。就当这里是冰冰凉的池塘。咬紧牙关，慢慢蹲下来，这是你唯一的路了。

就在这时⋯⋯

她又听到了远处传来的声音，脚步声？不，不是，但是的确有声响，有人在附近。

缇娜仰起头，朝着上面的洞口大声喊道："嗨！"她竭力想尖叫出来："嗨，嗨！"然而，从嘴巴里出来的却是青蛙一般嘶哑的喊声。声响渐行渐远，附近一定有人，可是他们又走开了。这一点毋庸置疑。

缇娜赶紧拿起水壶，猛地喝了一大口，她要呼救，顾不到以后是否有水了。干渴的喉咙得到了滋润，她再次仰起头，大声叫喊着："嗨！嗨！我在下面！有人吗？有人吗？哦，求你了，快来这里⋯⋯"

金柏莉奔跑着，肺部如同火烧一般，身体一侧好像针扎般疼痛。但她依然奔跑着，沿着斜坡冲向浓密的树丛，跳过一根根腐烂的木头，绕过一块块巨大的石头。她听到了马克粗重的喘息声。他们就这样不要命地向前跑着，不在乎是否会扭伤脚踝，被障碍物绊倒，或撞到树上，甚至其他更严重的意外。

可是太阳下沉得太快，转眼之间，掠过手指的白光就变成了暮色，天空一片血红。十五分钟之前还可以看清楚道路，但此刻的脚下却昏暗无比，道路逐渐消失在眼前。

马克冲到了前面，金柏莉低着头，尽量让自己跟上他的步伐。突然间他们就到了斜坡尽头，长满刺的灌木丛和繁茂的树木都消失了，眼前一片开阔，随之而来的是高至膝盖的野草，脚下的土地变得平坦起来，步行也容易多了。

金柏莉不敢放慢脚步，依然全速前进着。她希望借着昏暗的光线找到那些痕迹。就在这时，她看到左边有个无数块石头垛成的石头堆，大概十五英尺高，上面似乎有一抹惊人的红色。裙子，她立刻想到。然后……一个人的尸体，那个女孩！

他们找到了那个女孩！

金柏莉立刻朝石堆奔去。隐约中，她听到马克冲自己大叫，让她站住。然后，他一把抓住了她的腰，但她推开了他。

"是她，是她！"她得意地吼着马克，然后朝石堆爬去。"嗨，是你吗？嗨，是你吗？嗨，嗨，嗨！"

在她身后，马克吹响了三声口哨，这代表着国际紧急救援，金柏莉不明白他为什么要这样做。他们找到了那个女孩，他们成功了，她离开学院是对的，她终于做到了。

然而，在她看到女孩的瞬间，所有成功带来的喜悦和快乐都如同泡沫一样破裂了，她站在那里，完全僵住。

那一抹红色并不是什么裙子，而是一双浸满血的白袜子，上面的血迹已经风干。女孩并不是摊开四肢躺在那里休息，而是变成了一具布满瘀伤和肿胀的尸体，扭曲得无法辨认。四周一片昏暗，金柏莉看到女孩的四肢似乎动了一下，她发誓这是真的。

突然，她听到了什么声音，连续不断、粗重的"嗡嗡"声，是响尾蛇，是几十条响尾蛇同时蠕动发出的声响。

"金柏莉，"站在地上的马克平静地指挥着，"看在上帝分上，千万不要动。"金柏莉连头都不敢点了，她只能站在那里一动不动。周围的石头影子仿佛也变成了一条条响尾蛇。

"她死了。"金柏莉终于说道，她的声音嘶哑而低沉，一听就知道还没有从震惊中平静下来。马克慢慢向石堆靠近，刚要迈出第三步，就听到有响尾蛇开始动，他立刻停了下来。

声响似乎无处不在，十种、二十种、三十种不同的毒蛇，到处都是。哦，上帝，马克不禁想道。他的手慢慢向手枪摸去。

"她一定又累又迷惘，"金柏莉喃喃地说，"当她看到了这些石头，肯定想爬上来看得清楚点。"

"我知道。"

"哦，上帝，它们几乎咬遍了她的全身。我从没有……从没有见过这种情形。"

"金柏莉，我已经把枪掏出来了，只要有动静，我就会开枪。你别害怕。"

"没用的，马克。这里的蛇太多了。"

"闭嘴！金柏莉！"他忍不住咆哮起来。

她慢慢地把头转向他，笑了一下："看看，现在我俩之间是谁认真了？"

"蛇很不喜欢人类，就像我们不喜欢它们一样。如果你能冷静下来，保持不动，它们会慢慢地缩回到石头里。我已经吹过哨子了，很快就会有人来救我们。"

"我有没有告诉过你我差点死过一次？一个我自认为很了解的男

人，竟然只是利用我来接近我的父亲。他把我和蕾妮困在酒店的房间里，用枪指着我的脑袋。当时蕾妮已经无能为力了。到现在我还记得枪管的感觉，不是冷冰冰的，而是温热的。就像一条鲜活的生命。那种无助的感觉真是很奇怪，被另一个人用胳膊紧紧困住，而你很清楚他马上就要结束你的生命。"

"你还活着，金柏莉。"

"是的，我父亲给了他一个'惊喜'，子弹射入了他的胸膛。三十秒钟之后，一切都改变了，我活了下来，头发上还沾了他的血。我父亲告诉我一切都会好起来，他说的是谎话，但我知道他是为我好。"

马克不知道该说些什么。薄暮很快变成了浓重的黑色，石堆似乎变成了另外一个世界，到处都黑洞洞的。

"她根本就没有机会。"金柏莉还在低声说着，她看着女孩的尸体，"看看她的短裤和丝绸衬衫，她打扮成这样是要去酒吧。她打死也想不到会来到这片荒野，所以这样的衣服无法保护她。真是太残忍了。"

"我们会找到他的。"

"到时候又会有个女孩死去。"

马克闭上了眼睛。"金柏莉，这个世界没有你想的那么糟糕。"

"当然没有，它只会更糟糕。"

他无奈地咽了一口唾沫，他正在失去她，她已经慢慢滑向宿命论的深渊，她曾经直面过死亡，她不相信这一次还会有奇迹发生。他想对她大吼，让她振作起来。但他更想把她拉到怀中，向她保证一切都会没事。她说得没错，当男人想保护自己深爱的人时，总会不由自主地撒谎。

"你看到那些蛇没有？"最后他只是这样问道。

"光线太暗了,它们和石头混在一起,我看不出来。"

"我听不到它们的动静了。"

"不,它们只是安静下来了。也许是累了,今天它们可没闲着。"马克又向前走了一点。他不确定自己可以靠近多少,此时已经听不到什么动静了。他蹑手蹑脚地走着,到了大概还有五英尺的地方,他停住了,拿出手电筒,朝石堆上照去。有的石头很清楚,而有的似乎有突出的痕迹,很像是响尾蛇,确实很难辨认。

"你觉得你能跳到我这儿吗?"他问金柏莉。

他们之间的距离大概有二十英尺,金柏莉所处的位置又非常尴尬,如果她能迅速从一块石头跳到另一块石头上还有可能……

"我好累。"金柏莉低声说。

"我知道,亲爱的,我也很累。但是你必须离开那些石头。我真是越来越喜欢你灿烂的笑容和温柔的性情了,我想你一定不会让我失望的。"

金柏莉没有说话。

"金柏莉,"他的声音更加清晰。"我希望你集中精神,你很坚强,也很聪明。现在,你要集中精神想想如何从这里离开。"

她把目光投向远方。马克看到她的肩膀在微微发抖,他不知道此时她在想些什么。最后,她的目光又转回到他身上。

"火。"她平静地说。

"火?"

"蛇怕火,对不对?还是我看了太多次的《夺宝奇兵》?如果我能有一把火炬,就可以把它们都吓走。"

马克立刻行动起来,虽然他对蛇不是很了解,但他觉得这个主意应该不错。他拿着手电筒在地上搜寻,很快就找到了一根大小合适的树枝。"准备好了吗?"

"准备好了。"

他轻轻地把树枝抛了过去,"砰"的一声,她接到了。他们都屏住了呼吸,右边传来一阵轻微的"嘶嘶"声。

"不要动。"马克提醒她。

金柏莉老老实实地一动不动,不知道过了多久,"嘶嘶"声终于消失了。

"你必须在包里找找有没有可用的东西,"马克指导她说,"如果有多余的羊毛袜子,就把它缠在树枝一端。你前面的口袋里有一个小胶卷筒,是我之前放进去的,那里面有三个蘸了凡士林的棉球,它们很容易被点燃。把棉球塞到袜子里,然后点着火柴。"他举着手电筒,希望她能看清包里的东西。她小心翼翼地翻找着,生怕又引起响尾蛇的注意。

"我找不到多余的袜子,"最后她说,"T恤行不行?"

"可以。"

她只能放下背包了。马克把手电筒照向她周围,应该没有蛇。她小心翼翼地放下背包,一阵"嘶嘶"声,可能是又有响尾蛇被惊扰了。她立刻直起身子一动不动。这时,马克看到了她眉毛上挂着的汗珠。

"你就要成功了。"他鼓励她。

"肯定的。"她的手抖得厉害,差点把树枝弄掉。又是一阵嘶嘶声,这一次的声音很大,应该就在她附近。马克看到金柏莉紧紧闭上了眼睛,他在想她会不会回忆起过去的场景,当那个男人用枪指着她的脑袋时,她的第一反应是不是自己还不想死。*拜托,金柏莉*,他祈祷着,回到我身边。

她用T恤缠住树枝一头，又把棉球塞到里面，然后找到火柴。她哆哆嗦嗦地掏出了一根，"刺啦"一声，点着了，然后慢慢靠近棉球，火炬终于点燃了。

周围立刻亮了起来，她看到了蛇，不是一条，而是四条盘着的响尾蛇。

"马克，"她的声音也响亮起来，"准备好接我。"

她把火炬放到前面探路，一片"嘶嘶"声，不过它们很快就缩了回去，金柏莉跳离了第一块石头，紧接着第二块，第三块，经过的地方出现了一片片空地，那是之前毒蛇盘踞的地方，现在它们已经纷纷逃离。石堆不停晃动着，传出一阵阵"嘶嘶"、"咔嗒咔嗒"的声音。金柏莉就在这一片混乱中艰难前行。

"马克！"她大叫道。她就要从最后一块石头上跳下来了，他必须用自己的身体接住她。

"抓到了！"他一把抓住了她的肩膀，从她颤抖的手中接下火炬。在那一瞬间，她只是呆呆地站着，还没有从震惊和茫然中恢复过来。然后，她冲到他怀中，而他只是不顾一切地紧紧拥着她，内心充满了感激。

"曼蒂。"她喃喃地说，接着就大哭起来。

第二十八章　这次不是两个！

弗吉尼亚　仙那度国家公园

晚上11：51

气温　91华氏度

专家们很快就来到了现场。四周挂着灯笼和电池灯。还有带着木棍的志愿者，他们充当了紧急牧蛇人的角色。每个人都穿上了厚重的靴子和耐用保护裤，他们登上石堆，用一副担架移走被害人的尸体。

马克正在给上司打电话汇报最新情况，而凯西·莱文就站在他旁边。仙那度国家公园属于联邦调查局的司法管辖范围，这个案子最终会到沃森手里，而马克和金柏莉将又一次回到局外人的位置。不过，金柏莉并不在乎。她一个人静静地坐在大草甸旅馆门口的人行道上，看着越来越多的车辆聚集到了停车场。救护车和医疗救助人员来了，可惜无人可救。消防车来了，可惜无火可灭。最后来的是法医，这是今晚唯一有用武之地的专家。

空气依然热得发烫。水珠顺着金柏莉的脸滴落下来，她不知道那到底是汗水还是泪水，真的很难分辨。整个人像被抽空一般，她感到了从未有过的空虚，就好像曾拥有过的一切都消失了，"哗啦"一声，全部冲走了。没有了骨架,如同飘浮在空中,没有了外壳,整个人都散落了。一阵风吹来,她就会像骨灰一样随风消逝,也许这是最好的出路。

出出进进的车子越来越多。疲惫不堪的搜救队员回来了,他们朝临时餐厅走去,打算灌上几桶冰水,好好享受几口橙子。医疗救助人员已经帮他们处理好了身上的小擦伤和扭伤。

大部分人都一屁股坐在了金属折叠椅上,完全不想再动弹。由于搜救的结果不理想,每个人看起来都很悲伤。

不过,到了明天,一切就会过去。大家会重回平日的生活中,回归普通与平凡。有的回到家中,有的回到徒步派对中,还有的回到消防部门。

那金柏莉呢?她要回到学院里吗?向空白的目标射击,假装自己很坚强?或者重新穿上厚重的衣服,回到霍根小巷里,躲避彩漆,和那些有名无实的人继续模拟演练?她可以通过最后一轮测试,成为一名真正意义上的"特工",然后就此度过余生,假装自己的生活因工作而充实。为什么不呢?她父亲就是这样过来的。

她想躺下,就这样躺在坚硬的人行道上。她想慢慢融化到脚下的水泥里,直至世界不复存在。她想回到过去,回到还不了解暴力死亡的时候,或者回到不知道人的身体可以被毒蛇伤害得如此之惨的时候。

先前她已经把真相告诉马克了。她太累了。六年来,她没有睡过一个好觉,她已经疲惫到了极点。她希望可以闭上眼睛,再也不要睁开。她希望自己能彻底消失。

脚步声越来越近,一个身影走在她和救护车灯中间。她抬起头,父亲正大步朝她走来,依然是那身考究的西装,瘦削的面庞,凝重的表情,目光深不可测。他快步向她走近,她知道此时的他很危险,虽然他已经在竭力控制自己的情绪。

不过,她已经没有力气去关心这一切了。

"我很好。"她先开了口。

"闭嘴。"昆西粗暴地打断了她。他抓住她的肩膀,希望把她从人行道上拉起来,拉到自己的怀里。他的脸紧贴在女儿的头发上,"哦,上帝,你知道我有多担心吗?当我接到马克的电话……金柏莉,你真是要把我吓死了。"

她终于忍不住大哭起来:"我们失败了。我以为这次我是对的,可是我们来晚了,她已经死了。哦,上帝,爸爸,为什么每次都太晚了?"

"嘘——"

她不停地向后挣着身子,直到看见了父亲那张坚定的面孔。在孩提时代,父亲给她的印象是冷酷和生疏。她尊重他,崇拜他,她拼命努力就是为了得到他的称赞。可他总是那么遥不可及,如同传奇英雄一般,忙于去帮助其他家庭,唯独没有想到自己的家。而现在,他却醒悟了,这让她觉得太过突然,但这也是她最需要的。"要是我知道如何能走得更快就好了。我没有在山上徒步的经验。我就在这附近长大,怎么会完全不了解森林呢?我不停地被绊倒、摔跤,爸爸,我还摔倒在刺荨麻里,*哦,上帝,为什么我就不能快点呢?*"

"我明白,亲爱的,我都明白。"

"马克说得一点都没错。我曾经想救曼蒂和妈妈,由于我没能帮得了她们,我就把希望都寄托在这一次,我以为救了这个女孩,以后就会变得不同。可是她们还是死了,她也死了,上帝,这到底是为什么?"

"金柏莉,妈妈和曼蒂的死都不是你的错。"她推开他,痛苦地大叫起来，尖叫声在停车场上回荡着，可是她已经不在乎了，"不许这样说！你总是这样说！那当然是我的错。错信他的人是我，把家里所有情况告诉他的人也是我。如果不是我，他根本接近不了她们。如果不是我，他怎么能杀得了她们！爸爸，别再骗我了。妈妈和曼蒂的死就是我造成的。我让你承担责任是因为我知道那样你才会好受点。"

"别说了！你当时才二十岁，那么年轻！你不能让这种内疚感把你毁了。"

"为什么不能？你就是这样的。"

"这说明我们俩都太傻了，是不是？我们都是傻瓜。你妈妈和曼蒂死了……我愿意为她们而死，金柏莉。我很清楚，只要能阻止那一切，我愿意为她们而死。"他的呼吸越来越急促，眼睛里饱含着泪水，金柏莉被震慑住了。

"我也愿意。"她低声说道。

"那我们就尽一切努力，最大的努力。金柏莉，敌人来了，他夺走了她们的生命。有时候上帝会帮助我们。可是有时候，敌人却会取胜。"

"我希望她们能回来。"

"我知道。"

"我一直都在想她们，尤其是曼蒂。"

"我知道。"

"爸爸，我都不知道自己为什么还活着……"

"那是因为上帝怜悯我，金柏莉。如果连你都不在了，我一定会疯的。"他再次把她拉到怀里，让她靠在自己的胸膛上尽情发泄，先是啜泣，渐渐变成了号啕大哭。她听到了父亲的哭泣，泪水一滴滴地落在她的头发上,这就是她坚韧的父亲,在葬礼上他都一直忍着,不曾流过一滴泪水。

"我太想救她了。"金柏莉抽泣着说。

"我知道,愿意关心别人是好事。总有一天,这将成为你的力量之源。"

"可是太痛苦了。现在我什么都没有了。游戏结束了,坏人赢了。我不知道是该回家还是等待下一场比赛。这是生与死的较量,不应该如此草率。"

"一切都还没有结束,金柏莉。"

"不,都结束了。我们没能找到第二个女孩。现在我们唯一能做的就是等待。"

"不,现在还没有结束。"父亲深深地吸了一口气,然后慢慢呼出。这样的夜晚,每个人都透不过气来。他神情悲伤地看着女儿,这种表情是金柏莉从未见过的。"金柏莉,"他平静地说,"宝贝,对不起,这一次,并不是两个女孩,而是四个。"

当蕾妮赶到犯罪现场时已经愤怒透顶了。吊灯标出了道路,走起来并不是很困难,但毕竟是下山的路。虽然已是午夜,月亮照着大地,可温度并未降下来。她的T恤和短裤已经湿透,这已经是今天毁掉的第三身行头了。

她讨厌这样的天气,讨厌这个地方。她想家了,不是她和昆西在曼哈顿中心高楼大厦中的那个家,而是她的故乡,俄勒冈州的贝克斯维尔。那里有高耸的杉树,清新的海风。大家都互相认识,那里有你逃避不了的过去,也有你可以依靠的现在。贝克斯维尔,那里的每个社区，每寸土地都让她有家的感觉……最近一段时间，这种渴望愈发强烈和深沉。过去的痛苦犹如幽灵一般鞭笞着她的内心，她饱受折磨，竭力躲避。昆西似乎也觉察到了她的痛苦。有时候她看到昆西的目光里充满了疑问，她希望自己可以给出答案。可事实上连她都不知道到底是因为什么。

有时她会感到难以名状的痛苦。有时她会想自己到底有多爱昆西，然而这个问题却让她更加痛苦。

她看到马克和三个人聚在尸体旁边。其中一个应该是法医，旁边站着的是他的助手。还有一个女人，红色短发，脸上有不少雀斑，看起来很结实，有着宽宽的肩膀和发达的腿部肌肉，像是专业的徒步者，应该不是法医部门的，很可能是搜救部门的头儿。

很快马克就做了介绍，蕾妮很高兴自己都猜对了。法医叫霍华德·维斯，助手是丹·兰辛，红头发的女人叫凯西·莱文，她确实是搜救活动的组织者。

莱文和法医还在交谈，他们三人退到了一边，只剩下马克和蕾妮面对着这具还未包裹好的尸体。

"昆西在哪儿？"马克问道。

"他说他要和金柏莉进行一次父女之间的谈话。我看了看他的表情，决定不吭声。"

"他们经常争吵？"

"那是因为两个人太相像了。"她耸了耸肩，"总有一天他们会明白。"

"卡普兰和沃森呢？他们是过来了还是留在了基地？"

"我还不知道。沃森在学院是全职工作，联邦调查局肯定会成立专门小组，他可能不会在其中。而卡普兰是负责调查匡提科杀人案的，他有时间，但没有管辖权。不过考虑到他足智多谋，我想最多一两个小时，他就能想出办法，然后带着一帮海军罪案调查处的随从赶过来。哦，难道我们还不够幸运吗？"她低下头朝装着尸体的黑色塑料袋里看了看，在发电机灯光的照射下可以清晰地看到里面的一切，"啊！"

"应该有二十几处伤口，"马克说，"还没有具体数字。这个可怜的女孩肯定走到了蛇堆里，然后就再也逃不出来了。"

"她的钱包呢？水壶呢？"

"没找到。我们不知道她到底被抛在了什么地方，等到白天，我们可以寻找她走过的踪迹，也许能找到线索。"

"她竟然没有带上水，这很奇怪。"

他耸耸肩："在这样的高温下，一加仑的水可以让人支撑两到四个小时。而她在这里至少有二十四个小时了，所以……"

"虽然那个家伙一直在竭力装好人，但他依然是个彻头彻尾的混蛋。"蕾妮直起了身子，"好了。你想听好消息还是坏消息？"

马克沉默了好一会儿。她看到他的额头新增了几道皱纹，下巴似乎也尖了不少。从脸上就能看出他一直在给自己很大的压力。不过，他很快就恢复了平静。"如果可以的话，我宁愿先听好消息。"

"我们拿到了名字。"蕾妮从腰包里掏出一个笔记本，迅速翻找着。她又朝尸体看了一眼，"黑人，年龄二十，褐色眼睛，左胸上方有一块胎记。"她弯下腰，很快又停了下来，意味深长地看了一眼马克，他已经把头扭向一旁了。她很赞赏他的做法。有些人根本不知道尊重尸体，像对待玩具一样对待它们。蕾妮很反感这一点。这是个女孩，有自己的家庭和生活，还有深爱着她的家人。她应该得到尊重。

她缓缓掀起女孩的上衣，动作十分轻柔。她不得不挪动一下她的头,以便让灯光照进来,然后,她清楚地看到了那块棕色的三叶草形胎记,就在女孩穿着的黑色绸缎文胸边上。

"没错。"她尽量让自己保持平静,"就是薇薇安·本森,她是位于弗雷德里克斯堡的圣玛利华盛顿学院的一名学生,暑假期间给叔叔打工。昨天她没有去上班,叔叔给房东打了电话,房东走到楼上的房间里发现她不在,狗在笼子里大叫着。她很可怜那只小狗,然后叫了警察。据她所说,薇薇安和室友凯伦·克拉伦斯从不在外面过夜,主要就是因为那只小狗,她们非常爱它。"

"凯伦是金发白种人?"

"不,凯伦是黑人。"

马克不解地皱了皱眉:"可我们在匡提科发现的那具尸体是金色头发。"

"没错。"

"她不是凯伦·克拉伦斯?"

"那是贝琪·雷迪森。几个小时之前她哥哥已经确认了她的身份。"

"亲爱的蕾妮,我真的很累了,你能不能可怜可怜我,直接告诉我整个事情的来龙去脉?"

"我很乐意。信息大都来自于那个房东。两天前,当薇薇安和凯伦走到楼下等车的时候,她正坐在外面。据她说,来接薇薇安和凯伦的是她们的两个大学同学,她们打算去斯坦福的酒吧。"

"一共有四个人?"

"另外两个是贝琪·雷迪森和缇娜·克拉恩,她们也都在弗雷德里克斯堡参加暑期课程的学习。那天晚上她们坐的是贝琪的萨博敞篷车。从那之后再也没有人见过她们。昨天深夜弗雷德里克斯堡警察局派人查看了贝琪和缇娜的公寓，他们唯一的收获是电话机上的一大堆来电信息，都来自于缇娜·克拉恩的母亲。在此之前，她和女儿之间似乎有点不太愉快，因此她近似疯狂地想再联系到缇娜。"

"我必须坐一会儿，"他边说边转过身子。他找到一根粗糙的树桩，不顾一切地坐了下去，仿佛两条腿已经支撑不住他的身体了。他理了一下头发，接着一遍又一遍地重复着这个动作。"他同时袭击了四个女孩，"最后他说，似乎在努力理出一个完整的头绪，"他把贝琪·雷迪森的尸体丢弃在了匡提科，把薇薇安·本森丢在了这里，现在还剩下缇娜·克拉恩和凯伦·克拉伦斯，她们可能被他……老天，那片灰桦树叶，我把他想得太简单了，当然，一切还没有结束，只是一个诡异的开始。"

"就像昆西说的那样，连环杀人犯的暴力手段会不断升级。"

"你们找到那封给编辑的信了吗？"他突然问道。

"这次没有信，是要刊登在《匡提科哨兵》上的一则广告。"

"海军陆战队的报纸？"马克眉头紧蹙，"那份会在整个基地发行的报纸？"

"是的。我们拿到了邮寄到报社的原始件，不过从证据角度来看没有什么有用的信息。昆西已经把它交给了安努齐奥博士，让他对内容进行分析。"

"你们已经见过那个法医语言学家了？看来你们也没闲着。"

"我们只是在尽力，"蕾妮谦虚地回答说，"你也很快会见到他。昆西已经要求安努齐奥加入本案的调查小组。他们两个都认为那个匿名来电者不是别人，正是凶手本人。不过目前还不清楚他这样做的原因。"

"他没有沾沾自喜。如果来电的人是那个生态杀手，难道他不想居功自傲一番？"

"也许会也许不会。一种观点是他对自己的行为感到内疚，因此采取这种迂回的方式希望你来阻止他。第二种观点，由于他总是不停地重复那些话，我们怀疑他可能有精神方面的障碍。第三种，你也是他的目标之一。和那些女孩一样，你也是被他故意引诱到这里来的，看看这具尸体，马克，你能百分百确定那不会是你？"

"不是我，"马克的声音很平静，"可差点是金柏莉。"

蕾妮的表情愈发柔和了："是的，他还是赢了，是不是？不管怎样，他还是赢了。"

"这个混蛋！"

"是的。"

"我快要受够了，蕾妮。"就在这时，他的手机响了。

第二十九章　他已经准备好了

弗吉尼亚　仙那度国家公园

凌晨1：22

气温　89华氏度

"我是马克科马克特工。"

"热浪正在展开杀戮。"

"你他妈的给我闭嘴！你真觉得这样很好玩？我们刚刚发现你的受害者被二十四条响尾蛇活活咬死。你是不是感觉很爽？把这些年轻的女孩喂给响尾蛇是不是就能让你高兴了？你就是一个变态、混蛋，我不想再和你说话了！"马克"啪"的一声合上了电话。他真是气疯了，比过去任何时候都恼火，心"扑通扑通"直跳，他甚至能听到耳际血管里奔涌的声音。他要做点什么，而不仅仅是冲着手机大吼，他要找出凶手，然后把他捶个稀巴烂。

蕾妮吃惊地盯着他："真是让我大开眼界，不过你真的觉得这样做没错？"

"等等，"他的手机又响了，他朝她看了一眼，"和当局联系也是一种控制手段，是不是？他不会让一切以我们的方式结束。但这并不意味着我不能利用他。"

他接通了手机。"又怎么了？"他问道。看来到了晚上就没有好警察了。

"我只是想帮忙。"一个扭曲的声音传来，似乎有些急躁。

"你是个骗子，还是个杀手。你猜怎么了，我们知道了一个让你尿裤子的事实，所以别浪费我时间了，你这个坏蛋。"

"我不是凶手！"

"我们发现的那两具尸体可不这样认为。"

"他又出手了？我以为……我本以为你们能有更多的时间。"

"嗨，伙计，别撒谎了。我知道就是你。你想得意一番，是不是？这到底是为了什么？先是麻醉了那两个女孩，然后又杀死她们。你是天下第一坏的混蛋。"

蕾妮瞪大了眼睛，拼命地摇着头。当然，她是对的。如果对方想自吹自擂的话，这样惹恼他可不是什么好主意。

"我不是凶手！"对方尖声反驳，紧接着又大声说道，"我是想帮你们。你要么好好听我说，要么自己继续这个游戏。"

"你是谁？"

"他现在更加愤怒了。"

"别废话。你从哪里打过来的？"

"他还要再出手，很快。说不定已经动手了。"

马克决定赌一把："他已经动手了。这一次他掠走的不是两个女孩，而是四个。这是怎么回事？"

一阵停顿，对方似乎非常惊讶："我没有意识到……我不认为……"

"他为什么会来弗吉尼亚？"

"他在这里长大。"

"他来自弗吉尼亚？"马克不禁提高了声音，同时迅速和蕾妮交换了一下眼神。

"一直到十六岁。"对方回答说。

"他什么时候搬到佐治亚州的？"

"我不知道。有……好多年了。请你一定要谅解，我觉得他并不是真心想伤害那些受害者。他只是希望她们找到答案。如果她们能保持冷静，聪明一点，坚强一点……"

"拜托，她们还只是孩子。"

"他曾经也是。"

马克摇了摇头，看来，凶手也曾是受害者。他不想再听这些废话了："听着，现在已经死了两个女孩，还有两个正处于危险之中，把他的名字告诉我,哥们儿,让这一切结束吧。你有这个能力,你可以成为英雄,只要把他那该死的名字告诉我。"

"不行。"

"那就写信给我们。"

"是第一具尸体引导你找到第二具尸体的吗?"

"把他该死的名字告诉我!"

"那第二具尸体会引导你找到第三个人,快点行动吧,我不知道……我不确定接下来他会做出什么。"

对方挂上了电话。马克气得破口大骂,一把将手机扔到旁边的树丛里,惊跑了一头在里面睡觉的浣熊。可他还是平静不下来。他想跑回山上,一头栽进冰冷的溪水中。他想仰起头,对着月亮大声咆哮。他想把自己从小到大学会的一切脏话痛骂出来,然后崩溃大哭。

这么久以来,他一直在跟进这个案子,目睹了太多的死亡。

"该死的,"最后他只能大叫道,"该死的,该死的!"

"他没把名字告诉你。"

"他发誓说自己不是凶手,他说他只是想帮助我们。"

蕾妮凝视着尸体:"差点就骗到我了。"

"没有开玩笑。"马克叹了口气,挺了挺肩膀,毅然朝尸体走去,"这四个女孩是在一辆车里同时失踪的?"

"这是我们的假设。"

"那我们的时间不多了。"他蹲下来,把包裹尸体的黑色塑料袋扯开。

"你在干什么?"

"寻找线索。因为第一个女孩指引我们找到了第二个,现在,第二个会指引我们找到第三个。"

"啊,王八蛋。"蕾妮忍不住骂道。

"没错,你知道该做什么吗?快去找凯西·莱文,我们这里需要帮助,再拿一大杯咖啡来。"

"不休息一下?"

"今晚不行。"

诺拉·蕾又做梦了。这一次是在一个幸福的奇幻乐园里,爸爸妈妈都在笑着,死去的小狗在跳舞。而她正躺在清凉、丝滑的游泳池里,享受每一寸肌肤都被水呵护的感觉。她喜欢这个地方,她希望能经常到这里来,因为在这里她可以听到父母的笑声。天空蓝得那么纯净,看不到一丝灼热的阳光。池水如水晶一般剔透,轻轻拍打着她的四肢。

她回过头,门打开了。她毫不犹豫地离开了泳池。玛丽·琳恩正在骑马,她骑着落雪行走在碧绿的草地上,穿过成片成片的野雏菊,跳过落在地上的一根根木头。她坐在马鞍上,身体前倾,双手紧抓着缰绳,腰背绷得直直的,就像一个专业的骑手。骏马纵身一跃,她也随之一跃,似乎已经和它融为一体。

诺拉·蕾朝篱笆走去。两个女孩正坐在高处的围栏上,一个金发白皮肤,一个黑皮肤。

"你知道我们是在哪里吗?"金发女孩问诺拉·蕾。

"你们是在我的梦里。"

"那我们认识你吗?"黑皮肤的女孩问道。

"我想我们都认识同一个男人。"

"我们能骑那匹马吗?"黑皮肤又问道。

"我不知道。"

"她骑得很好。"金发女孩评价说。

"没有我妹妹驾驭不了的马。"诺拉·蕾觉得很骄傲。

"我也有一个妹妹,"黑皮肤的女孩说,"她会梦到我吗?"

"每天晚上都会。"

"那真是很难过。"

"我知道。"

"我希望我们能做点什么。"

"你们已经死了。"诺拉·蕾说,"你们什么也做不了。现在,一切都交给我吧。"话刚说完,她的妹妹突然不见了,草地消失了,还没等她反应过来,就被从水池里甩了出去。她猛然醒来,睁大眼睛躺在床上,心跳得厉害,双手紧抓着被子。

诺拉·蕾慢慢地坐起来,然后从床头柜上的水壶里倒了一杯水,一饮而下,冰凉的液体顺着喉咙缓缓流到胃里。到现在,她还会经常感到嘴巴周围全是细细的盐粒,像一层厚厚的霜覆盖着她的下巴和嘴唇。她依然记得那种似乎永无休止的饥渴感,一点点深入骨髓,在炙热阳光和厚重盐霜的双重折磨下,她快要活活疯掉了。水,到处都是水,却没有一滴是可以喝的。

她放下水杯,嘴唇上还残留着些许水滴,仿佛是玫瑰上的露珠。她站起身,离开了房间。

母亲已经在沙发上睡着了。她弓着身子,侧向一边,看起来很是别扭。电视机里的露西尔·鲍尔正爬到葡萄桶里,继而兴致勃勃地踩着脚走开了。诺拉·蕾看到父亲独自一人躺在隔壁房间的大床上,应该也睡着了。

房间里安静极了。孤独如潮水一般向诺拉·蕾涌来,她觉得自己的心快要碎掉了。三年过去了，大家的伤口都还未愈合。一切都和之前一样。她依然忘不掉那一粒粒粗糙的盐，它们耗尽了她身体里最后的水分。一只只肥大的螃蟹慢慢啃噬着她的脚趾，她既愤怒又困惑。当时的她只想离开这个人间地狱回到家里。如果还能再见到爸爸妈妈，她一定会扑到他们的怀里……但是，他们再也回不来了。她幸存下来了，可他们却没有。现在，又有两个女孩出现在她梦中的草地上，她知道这意味着什么。周日的时候高温就已到来。噩梦中的那个神秘男人又开始了死亡游戏。她看了一下钟表，已经深夜两点了，但她无所谓。她抓起电话，拨出已经记得滚瓜烂熟的号码。过了一会儿，电话接通了，她说："我要找马克科马克特工，不，我不留口信，我要见他，越快越好。"

缇娜没有做梦。此时的她已经筋疲力尽地瘫在泥泞中，几近神志不清。不过她的一只手仍紧抓在石头上，似乎在寻求最后的安全感。除此之外，身体的其他地方全都是泥，指缝里、头发上，甚至涌到了她的喉咙处。

一大波捕食者绕着她忙个不停。有的对她这个庞然大物缺乏兴趣，有的更热衷于蚕食腐尸。又过了一会儿，头顶传来轰隆隆的脚步声，一个巨大的影子在洞口停了下来，硕大的脑袋伸进洞看了看，乌黑的眼睛在夜晚中闪烁着阴森森的光芒。在它看来，下面的这块鲜肉正合自己的胃口。它用力嗅了两下，两只爪子在洞口不停地扒拉着。洞太深，根本下不去。饥肠辘辘的大熊只好哼哼几声，拖着笨拙的身子缓缓离开。只要下面的人爬上来，它是不会放过如此美味的。不过，现在它还要去寻觅其他食物。

男人还没有睡觉。深夜两点,他已经收拾好了行李,必须加快速度了。他能感觉到阴霾在心底慢慢汇聚。时间飞快流逝,一不小心就从指缝中溜走,消失在无尽的深渊里。

他感觉脑袋后面有一股难以言喻的重压,这不是臆想,而是切切实实的,就在脊椎骨上缘,那股力量紧紧压迫着左耳里面的血管。一定是肿瘤,他十分确定。几年前,他的脑子里就曾长过一个,从那之后,他的记忆就出现了盲点,许多人生片段都坠入深渊之中。最初只是几分钟,是不是?他已经记不起来了。随着时间的推移,黑洞越来越大,完全控制了他。摘除一个之后,又有新的出现,啃噬着他的大脑。现在这个可能有葡萄柚那么大,说不定有西瓜那么大。他的大脑已经不是自己的了,隐藏在其中的恶性包块不断分裂,越长越大。他终于明白了。没错,这就解释了为什么会有那些噩梦,那些焦躁不安的夜晚,还有,为什么最近那些火总是不停地向自己逼近,逼迫自己去做那些本不应该做的事情。

他也越来越多地想起母亲,想起她那苍白的面孔,瘦削、佝偻的肩膀。他也会想到父亲,还有自己当时从树林中那间小屋里穿过的情形。

"男人就要强硬,孩子们,男人就要坚强。不要听政府的那些屁话,他们只是想把我们变成唯唯诺诺的奴隶,必须依靠他们的施舍才能生存。我们绝不能做这样的人。我们拥有土地。只要土地还在,我们就应该坚强下去。"

他是足够强硬,强硬到殴打妻子,虐待孩子,甚至把家里那只猫的脖子扭断。除了强硬,他还异常孤僻。他们家附近根本无人居住,所以完全不用担心有人听到家里的尖叫声,这让他很满意。

乌云慢慢聚成一堆，在头顶翻滚咆哮着。他被牢牢地绑到了椅子上，父亲正在用鞭子抽打弟弟，母亲则在一旁洗碗。父亲威胁说下一个挨打的可能就是他们。后来，他和弟弟在前廊上抱成一团，商讨着他们的逃跑计划。母亲的泪水滴落在他们的头发上，父亲在房里吼着，让她把该死的血迹擦掉赶紧进去。到了半夜，他和弟弟悄悄溜出了大门。当他们最后一次回头时，母亲正静静地站在月光下，面色苍白。但她的眼睛告诉他们，*快跑，趁还有机会时赶快逃跑吧*。他们看到她布满伤痕的脸颊上还有未干的泪痕。他们停下脚步，蹑手蹑脚地回到了房里。她把他们紧紧拥入怀中，好像这是她唯一的希望了。

他知道自己对母亲的恨和对她的爱一样浓烈。他相信母亲对他和弟弟也是如此。他们像是桶里的螃蟹，互相牵扯着，最后谁都无法离开。

他有些站不稳。黑暗又一次席卷而来，他已经跟跟跄跄地站在了悬崖边……时间正在从指缝间偷偷溜走。

他转过身子，逼自己一拳砸在墙上。疼痛让他清醒过来。黑点慢慢消散，房子越来越清晰地出现在眼前。好多了。

他走到抽屉前，取出手枪。

他已经准备好了。

第三十章　米、粉末、瓶里的液体以及其他

弗吉尼亚　仙那度国家公园

凌晨2：43

气温　88华氏度

当昆西赶到时，蕾妮和马克还在仔细查看女孩的尸体。他看了看他们，又看了一眼凯西·莱文，然后略带不解地望着蕾妮。

"她是我们的人。"蕾妮明白他的疑问。

"确定？"

"确定。仅凭着马克的预感，她就愿意冒着风险命令搜救队员参与营救。现在她又从尸体的口袋里拿出了大米，你说她是不是我们的人？"

昆西吃惊地耸起眉毛，又看了一眼莱文："大米？"

"白色，生的。"她迅速回答说，"长形粒状。重申一下，我是植物学家，不是厨师。你可能还需要咨询一下其他专家。"

昆西把目光投向马克，他正在认真检查着女孩的左脚。"为什么是大米？"

"我也想知道。"

"还有其他东西吗?"

"她还戴了一条项链,上面坠着一个装有液体的小瓶,可能也暗含着某种提示。还有九片不同的树叶,四五种泥土样本,三种草以及压碎的花瓣和一大片血。"马克边说边指着旁边的证物袋。

"你自己看一下标本。希望你能看出这些东西到底是刻意放置的,还是她走路时沾上的。他的这种新策略确实难倒了我们。你把金柏莉怎么了?"

"联邦特工正在问她话。"

听到这话,三个人不约而同地抬起了头。昆西冷笑了一下:"看来计划赶不上变化。"

马克粗鲁地问道:"昆西,能不能告诉我你到底在说什么?"

昆西没有直接看他,而是把目光转向了蕾妮:"联邦调查局的专案组已经到了,卡普兰和沃森都不在。实际上,里面的人我一个都不认识。他们刚停下车就认出了金柏莉,然后立刻把她拉到一边进行问话。而我,必须要到旅馆外面等着。"

"这帮混蛋!"蕾妮暴跳如雷,"一开始的时候,他们完全不想和这件事扯上关系。现在,这里突然变成了他们的地盘,我们都被排除在外了。他们想干什么?这个时候推倒一切重新开始?"

"我觉得他们就是想这样做。联邦特工的搜查力非常强,他们带来了电脑操作员、速记员、警犬员、搜救队、地形学专家和侦察飞行员。二十四小时之内他们就会在路边成立一个完备的行动中心,装备了红外摄像机的飞机会对周边地区进行搜索,志愿者在一旁随时待命。真是不赖。"

"在这种时候红外摄像机管个屁用。"马克也很生气,"我们已经试过了。该死的石头和那些四处溜达的熊都会干扰我们。更别说那些在图片中和人很相似的鹿了。我们拿到了数以百计的目标物,可结果呢?没有一个是那个失踪的女孩。还有,他们的假设是另一个失踪的女孩还在森林里,可我知道她根本不在这里。我们的对手不会在一个地方重复,那个女孩一定在离这里很远的某个地方。信不信由你,那里一定会更危险。"

"从目前的情况来看,你说得应该没错。"昆西转过身,望着漆黑盘旋的山路,"十分钟之后联邦调查局的那帮人就会来到这里,这点时间是靠金柏莉磨磨唧唧的回答争取来的。我知道她在这方面肯定没问题。"他皱了皱眉头,又转过身来,"好了,至少在接下来的十分钟内,我还是案件调查人员,有权利处理证据。那么,莱文,作为一个植物学家,你有没有觉得哪样东西很不对劲?"

"米。"她立刻回答说。

"那我拿走一半。"

"那瓶液体可能也有问题。当然,它也有可能是她的私人物品。"

"有没有关于这些女孩最后一次被看到时的穿戴的记录?"

"没有。"蕾妮回答。

昆西思考了一下,说:"那我也拿走一半。"

马克点点头,立刻从证物工具箱里拿出一个小玻璃瓶。昆西看到他的手有些微微颤抖,可能是因为疲惫,也可能是因为愤怒。根据自己的经验,昆西知道这没什么大不了,只要最后把工作完成就没事了。

"为什么只拿走一半?"莱文不解地问道。

"如果我把整个样本拿走,有可能会遗漏些什么。那些特工就会有所察觉,然后我就不得不把所有的东西都交出来。如果我只拿走了一半，就不会有什么明显的……"

"他们就永远不会问。"

"我也永远不会说。"昆西又冷笑了一下，"好了，其他还有什么？"

莱文朝一堆袋子指了指，无奈地说："老实说，我不知道。灯光不够亮，我也没带放大镜。鉴于现有的这些东西，我觉得她应该是穿过了灌木丛，不过现在没时间进行分析了……"

"他一般会留下三到四个线索。"马克说。

"看来我们遗漏了什么。"

"或许是他故意把难度加大了。"蕾妮猜测。

马克耸耸肩："不得不说，这一大堆错误信息就已经够难的了。"

昆西看了一下时间："还有五分钟，赶紧整理好离开。哦，蕾妮，亲爱的，你最好把手机关掉。"

马克检查完了脚。他又把尸体抬高，让脑袋向后仰去，撑开嘴巴，把戴着手套的手伸到了里面。"有两次他都把东西藏在了喉咙里。"他对自己的行为做了一下解释。然后用手朝左右两边摸索，最后失望地摇了摇头，忍不住叹了口气。

"我好像找到了什么。"蕾妮猛地抬起头，"能不能把灯朝我这边照一下？我不知道这是头皮屑还是其他什么东西。"

昆西赶紧把手电筒照了过去，蕾妮正在拨开女孩的头发，发梢上有不少细细的粉状物。蕾妮晃了晃女孩的头，又有不少细粉掉到了铺在下面的塑料袋上。

莱文靠过来，拈了一点在手指上，然后用鼻子仔细闻了闻："我不知道，不是头皮屑，这个更粗糙，就像……我说不好。"

"带点样本走。"昆西一边指挥一边朝路上望去。他又听到了，"砰砰"的脚步声越来越近。

"蕾妮……"他催促着。

她迅速刮了一些粉末到玻璃瓶里，塞好木塞，然后放进腰包。莱文藏好了大米，而马克则把半瓶液体收了起来。昆西朝莱文走过来，三个人略带慌张地起身。"如果他们问起，就说是我让你来现场的，这是你发现的，正在进行正确的分类，等待他们的到来。至于我，你只看到我从这里离开了。相信我，你不需要撒谎。"脚步声越来越近了。昆西紧紧握住莱文的手，真诚地说："谢谢你。"

"祝你好运。"

昆西朝山下走去，蕾妮和马克跟在他的后面。四周漆黑一片，现在只剩莱文一个人了。

"最后一次问你，你怎么会来这里的？是什么原因让你和马克科马克特工来到大草甸旅馆，恰巧又发现了一具尸体？"

"我是来这里徒步旅行的。至于马克科马克特工，你要去问他本人。"

"那么说你只是奇迹般地发现了尸体？这可是你在二十四小时之内发现的第二具尸体了！"

"我只能说是我太幸运了。"

"那你还打算再申请一次休假吗？昆西小姐，你是不是还需要更多时间来抚平悲伤，然后再发现尸体？"

金柏莉紧紧抿着嘴唇。盘问已经将近两个小时，这个严谨的特工一开始做过自我介绍，不过金柏莉已经忘记他的真实姓名了。此时的她只能见招拆招。半夜三更又困又累，却要硬撑着进行这种没有任何意义的对话，两个人都有些不耐烦了。

"我想喝水。"最后她说。

"等一会儿。"

"我在将近一百度的高温下步行了五个小时，快给我水喝，万一我脱水的话，一定不会放过你，到时候你就别想要这份工作了，别指望政府再给你发丰厚的养老金了。听明白了吗？"

"这可不是一个有抱负的特工应该有的态度。"严谨先生根本不理会她的恐吓。

"没错，在学院也没人关心这个。我现在就要喝水。"

严谨先生仍然皱着眉头，显然还在考虑是不是就这样屈服。就在这时，门开了，金柏莉的父亲走了进来。这是她这么多年来第一次对父亲的到来感到由衷的高兴。虽然他们在几个小时之前刚见过面。

"医疗救护人员要见你。"昆西说。

金柏莉不解地眨了眨眼睛，不过她很快就明白了："哦，谢天谢地。我浑身都快疼死了。"

"等一会儿。"严谨先生还在坚持着。

"今天我女儿过得很不容易，不仅仅是因为她帮你们找到了一具尸体。看看她的胳膊和腿，受了多大的罪啊。"金柏莉冲特工先生笑了一下，父亲说得没错，此刻的她看起来真是糟透了，"我不小心碰到了刺荨麻，"她立刻主动说道，"还有毒葛，大概有十几棵。更不用说我的脚踝了，是的，我必须找医生来检查一下。"

"我的问题还没问完。"严谨先生仍不退让。

"等做完了治疗，我想她一定很乐意配合你的工作。"

"她现在就是不配合！"

"金柏莉。"昆西故意用责怪的语气说。

她耸耸肩:"我真的又累又热又痛,没有水喝,没人来帮我治疗,你要我怎么保持头脑清醒?"

"你说得没错。"昆西大步走进房里,把女儿从金属折叠椅上扶了起来。

"特工,实际上,我知道我女儿是一个非常坚强的女孩。我觉得你应该很明白事理,不至于只是询问她而不管她的死活。现在,我要把她带到医生那里去,等治疗结束之后,你再继续问问题吧。"

"我不知道。"

昆西一手扶着金柏莉的腰,一手把她的胳膊架到自己肩膀上,她的样子看起来虚弱极了。"三十分钟后你来急救站,我保证她会配合。"

说完,他搀扶着金柏莉一瘸一拐地走出了大门。

严谨先生一直紧盯着他们的背影,直到他们走进了急救站。

金柏莉喝了点水,又吃了几片橙子。治疗过程很快,医生只是在她的胳膊和腿上涂了一层药膏。结束之后,他们迅速离开救助站,走到停车场的一个偏僻角落里。蕾妮和马克已经开着车等在那里了。

"赶紧上车,"昆西说,"等上路后我们再说。"

第三十一章　过去从未过去3

弗吉尼亚　仙那度国家公园

凌晨3：16

气温　88华氏度

两辆车子沿着山道一路前行。没多久，大草甸旅馆的喧闹声就消失在耳畔。山路曲折盘旋，四周一片漆黑，只有天上点点星光和微弱的月光。金柏莉和马克都沉默不语。金柏莉又一次感到了疲惫，不过和之前不同，这次完全是由于长时间的艰难跋涉和缺乏睡眠造成的身体劳累。说实话，她更喜欢现在的感觉，非常熟悉，也更让人欣慰。因为她的身体总能在过度消耗之后迅速恢复过来，不过她的情绪却恰恰相反……马克拉住了她的手，她没有反抗。过了一会儿，她把自己的手指和他的紧紧相扣。

"我想喝咖啡，"马克说，"最好有四加仑。"

"我想放假，"金柏莉说，"最好有四十年。"

"冲个冷水浴怎么样？"

"空调呢？"

"干爽的衣服。"

"柔软的床。"

"肉汤加一大盘酸奶脆饼干。"

"一大罐带着柠檬片的冰水。"

金柏莉叹了口气,马克也叹了口气。

"我们一时半会儿都别想睡觉了,是不是?"她平静地问道。

"是的。"

"发生什么事了?"

"我还不大清楚。你父亲过来了,他告诉我们联邦调查局的专案组已经到达现场,我们都不在名单上。这帮该死的特工。"

"他们把我爸爸和蕾妮也踢出去了?"金柏莉真是不敢相信。

"目前还没有。他们两个都关上了手机,然后迅速离开,估计会有点帮助。尽管你父亲已经了解更多,但那些特工似乎想重新开始,真是白费力气。我们和凯西·莱文一起对尸体进行检查,找到了一些可能有用的线索,然后把那些证据都拿走了一半。对了,我要郑重告诉你,我们可能已经被正式认定为擅离职守了。你是不是很想当一名联邦特工?因为从此以后……"

"去他妈的联邦调查局。快告诉我你们的计划。"

"我们和你父亲,还有蕾妮一起处理这个案子,看看能不能找到剩下的那两个女孩。然后查出到底是哪个混蛋做了这些事情,盯死他。"

"这是今天晚上我听到的最好的话。"

"好吧,"他谦虚地说,"我会尽力的。"

昆西的车子很快朝一处风景优美的地方拐去,马克紧跟其后。这个时候,周围一辆车子都没有,他们已经把天际公路远远抛在了后面。四个人从车子里走出来,在马克车子前方集合。天气依然湿热难耐,周围不时传来蟋蟀和青蛙的叫声，奇怪的是这些声音似乎都很压抑，好像在等待着什么。已经是七月了，这样的夜晚本应有电闪雷鸣，狂风暴雨，然后大地迎来一阵清凉。然而滚滚热浪席卷了一切，整个世界只剩下令人窒息的湿热和寂静。

昆西脱下外套，松了松领带，挽起袖子。"目前我们手里有三个可能的线索，"他首先开了口，"一瓶液体，米，还有从受害者头发上获取的粉末。大家有什么看法？"

"米？"金柏莉感到很惊讶。

"长粒状，白色，生的。"马克告诉她，"这是莱文的判断。"

金柏莉摇了摇头："可是这说明不了什么。"

"他又加大了难度，"马克很平静，"这就是他的游戏规则。"

"你觉得另外两个受害者会在多远的地方？"蕾妮问道，"如果他掳走了四个人，那么第一个受害者可能指向另外三个受害者。他毕竟只有一个人，而且必须在有限的时间里把一切安排好。"

马克耸耸肩："老实说，我对这种新模式并不了解。他在佐治亚州作案时，会在很大的范围内移动。最先是在一个以花岗岩闻名的州立公园内，接着是棉花田，萨凡纳河岸边，最后是海边的盐碱滩。它们位于我们州完全不同的地方。当然，你说得没错，在这里，他要想把四个人安置在完全不同的地方是相当有难度的，尤其是在二十四小时，甚至更短时间之内。"

"单单搬运她们就不是件容易的事情。"昆西补充说。

"他可能会用厢式货车，这样才有足够的空间藏匿受害者，给她们注射毒药以及四处搬运。在本案里，他必须有足够的空间，毕竟有四个受害者。"

"他怎么能一下子抓住四个人的呢？"金柏莉低声问道，"至少也会有一个人反抗啊？"

"我怀疑她们根本没机会反抗。他最喜欢使用毒标枪。他一般会躲在车里，对准目标发射快速起效的氯胺酮，受害者根本来不及反抗就昏倒在了地上。如果旁边有车子经过，他就伪装成四个醉酒女孩的代驾司机。一切顺利的话，他会把她们搬进车厢里，继续注射氯胺酮，让她们一直处于昏迷不醒的状态。然后他就可以出发去实施自己计划的第二步。他不是那种出色的杀手，但他肯定把活儿都干完了。"

大家都眉头紧蹙地点了点头，是的，他肯定把活儿都干完了。

"蕾妮说你又接到了电话。"昆西对着马克说。

"就在事发现场。不过对方发誓自己绝不是杀手本人，当我指责他时，他就像疯了一样，声称自己只是想帮忙，对于这些女孩的死感到很难过。他不愿意说出自己或那个杀手的名字，不过，他一直发誓自己只是个旁观者。"

"对方在说谎。"昆西说。

"你怎么看？"

"想想你接到这些电话的时间。第一次是在第一个受害者被偶然发现的前夜，这个时间，要么杀手已经抓到了这四个女孩，要么就是正在策划袭击。今天晚上来电时，你正在第二个受害者的死亡现场。我相信这就是卡普兰特工认为的那种可疑的巧合。"

"你觉得杀手就在我们附近？"

"杀手们都喜欢偷窥。这个杀手也不例外。他特意为我们留下了一连串的线索，也许他也想了解我们的进展。"说完，昆西叹了口气，用力捏了捏眉心。

"之前你说过佐治亚州调查局做过很多次尝试来寻找杀手。你们试过去追踪毒药的来源,对受害者进行标准分析,找过兽医、露营者、旅行者、观鸟者,所有常在户外活动的人。"

"没错。"

"你们还曾经对他进行过犯罪心理画像——应该是白人男性,智商中上,但可能从事着比较卑微的工作。经常旅行,缺乏社交经验,遇到问题时易怒。"

"这是专家告诉我的。"

"有两件事让我感到困扰。"昆西说,"第一,我觉得对方比你想象中的更聪明。很显然,他的游戏让你把注意力和资源都放在了寻找第二个受害者身上,而不是去追捕他。"

"在最开始的时候,当然是这样。"

"但是踪迹会越来越淡,所有探员都了解这一点。随着时间的流逝,找到嫌疑犯的概率会越变越低。"

马克极不情愿地点了点头:"你说得没错。"

"第二点,现在我们了解到一个非常有意思的情况,是你之前没有掌握的。"

"什么情况?"

"凶手能进入匡提科的海军陆战队基地。这就把范围缩小了,在弗吉尼亚州内符合这个条件的人并不多。这个线索值得我们重视。"

"你认为凶手是海军陆战队队员或者联邦特工?"马克紧蹙着眉头。

昆西的眼神有些恍惚:"我还不知道。但是重点就在匡提科,那个打给你的电话……里面一定蕴含着什么,只是现在我还不知道。你能把今晚的对话写下来吗?把对方的话一字不落地写下来,我觉得安努齐奥博士肯定很想看一下。"

"你觉得他还会帮助我们？"金柏莉问道。

"你这样说是建立在他知道我们被踢出局的假设上。"昆西耸耸肩。

"他是深居在幕后的学者，外勤特工从来不会把这种消息通知他们。他们生活在自己的世界里，行为科学部也是。再说了，我们还很需要他。到目前为止，那些信和电话是我们和对方的唯一直接联系。这非常重要。如果要打破目前的这种状况，必须找出谁是嫌疑人。否则，只是治标不治本。"

"你打算不管剩下的两个女孩了？"马克有些激动。

"是的，"昆西平静地说，"但你要管。"

"分头行动，各个击破？"

"没错。马克和金柏莉，你们负责寻找失踪的女孩。蕾妮和我继续追踪凶手。"

"那样可能会有危险。"马克说。

昆西笑了笑："这就是我带上蕾妮的原因。让他来纠缠蕾妮试试。"

"阿门。"蕾妮严肃地说。

"我们会再去一次地质勘探局，"金柏莉说，"把样本给他们看一下。我不清楚该怎么处理大米，不过我们会先找水文学家，他们对液体一定很有研究。"

马克若有所思地点点头："说不定他们对大米也有所了解。可能就像之前与夏威夷的那个联系一样。门外汉看不出任何头绪，但专家们……"

"他们在什么地方？"昆西问道。

"里士满。"

"几点上班？"

"八点。"

昆西看了一下时间："好了，好消息来了，我们还能抓紧时间睡上几个小时。"

他们驶离国家公园，在附近的小镇上找到一家连锁酒店，定了三个房间，昆西和蕾妮一间，马克一间，金柏莉一间。

房间里家具又少又破，床上铺了一条已经褪色的蓝色被子，中间还有一个破洞，看来已经接待了不少顾客。里面的空气沉闷无比，四周弥漫着香烟和清洁剂的味道。

不过这毕竟是个房间，有张床，她可以睡觉了。

金柏莉打开了空调。她脱掉已经被汗湿透的衣服，冲进淋浴间，用力抓着满是伤痕的身体。她用洗发水一遍又一遍地冲洗着头发，竭力把那些石头、响尾蛇还有痛苦死去的女孩抛到一边。她不停地擦洗着，可是这根本没用。

她又想到了曼蒂，想到了妈妈，还有那个被抛在匡提科的女孩以及薇薇安·本森。四个人在她脑海中纠缠在一起，有时候匡提科那个女孩变成了曼蒂，有时候她又觉得石堆上的那个人就是自己。她还看到六年前就已经被杀害的妈妈正在树林里飞奔着，拼命躲避着生态杀手。

作为一名调查员应当客观公正，不为感情所左右。最后，金柏莉走出淋浴间，穿上 T 恤。她拿脏兮兮的毛巾擦去镜子上的水雾，然后紧盯着自己：苍白、布满伤痕的面孔，凹陷的双颊，没有血色的嘴唇，还有一双大睁着的蓝色眼睛。

哦，上帝，她都有点害怕自己了。

又一阵眩晕，她咬着嘴唇，双手紧紧抓住盆边，希望能保持最后的清醒。

这么多年来,她一直心无旁骛。射击,阅读罪案教科书。她喜欢那些犯罪研究,希望追寻父亲的脚步。对她来说,所有的案子都是待解的谜团,她想挑战,想佩戴勋章去拯救世界。她一直都很坚强、镇定而有自控力。可现在的她内心仿佛被掏空,只能一天天等待死亡。她再也坚强不起来了。

二十六岁时,所有的防线终于土崩瓦解。她站在这里,吃不下,睡不着,连蛇都害怕,还谈什么拯救世界?她甚至连自己都救不了。

她应该退出,让父亲、蕾妮和马克去努力吧。反正学院已经不要她了,就这样消失又有什么关系?在剩下的日子里,她可以双手紧抱膝盖,蜷缩着躲在房间里。谁会责怪她呢?她已经失去了一半的家人,自己又差点死去两次。如果说谁最有资格精神崩溃的话,那一定是她金柏莉。

可是,她又想到了还有两个失踪的女孩。马克曾告诉过她她们的名字:凯伦·克拉伦斯和缇娜·克拉恩——两个朝气蓬勃的大学生。酷热难耐的夜晚,她们只是想和朋友一起出去逛逛。

凯伦·克拉伦斯和缇娜·克拉恩,必须找到她们,必须有所行动。她不能就这样一走了之,她是父亲的女儿。她可以从学院退出,但绝不能从这个案子退出。

这时,传来一阵敲门声。金柏莉慢慢抬起头来,她知道门外站的是谁。她不应该搭理他,可她还是走到了门口。

她拉开了门,神清气爽的马克站在门口,看来在这三十分钟的时间里他已经好好收拾了一下自己。

"嗨。"他边打招呼边朝里进。

"马克,我太累了。"

"我知道，我也是。"他不由分说地拉住她的手臂朝床边走去，她只好跟在后面。虽然很喜欢他身上散发的香皂气息，不过这个时候她真的只想一个人待着。

"我有没有跟你说过在陌生的酒店里我会睡不好？"他问。

"没有。"

"我有没有跟你说过你只穿T恤的样子特别好看？"

"没有。"

"那我有没有跟你说过我一丝不挂的样子有多诱人？"

"没有。"

"好吧，真是不好意思，因为我说的都是实话。不过我们都很累了，今天晚上只能做这个了。"他坐到床上，想拉着她也坐下来，然而，她站在那里一动不动。

"我不能这么做。"她喃喃地说。

他不再强迫她。他抬起一只手，捧着她的脸蛋，碧蓝的眼睛充满了严肃。他只是专心地望着她，眼神愈加深沉，表情愈加忧郁。在这样的注目下，她几乎无法呼吸。

"今天晚上你吓到我了。"他静静地说，"当你站在那堆石头上，被一群蛇围住的时候，我真是吓坏了。"

"我也很害怕。"

"你是不是觉得我只是在玩弄你，金柏莉？"

"我不知道。"

"我对你的调情和微笑都让你感到很困扰吧。"

"有时候。"

"认真的金柏莉，"他用拇指轻抚她的面颊，"你是我见过的最美丽的女孩,我不知道该如何告诉你,我想让你知道这并非一时兴起。"

她紧紧地闭上了眼睛:"不要。"

"你想打我吗?"他低声问道,"你是想朝这个世界大声尖叫还是想扔出自己的刀?如果你真的生气的话,我会停下来的。亲爱的,只求你别再这么悲伤。"

这句话戳中了她的要害。她瘫坐在马克身旁,感到胸口有什么东西正在破碎。这代表了什么,脆弱还是屈服?她不知道,也不想知道。她突然有一种冲动,想把头紧紧靠在他胸前,然后用手搂着他的腰,让他来温暖自己。她希望他给予回应,紧拥着自己,然后把自己压在身下,征服自己。她渴望猛烈而迅速的搏斗,这样就无须思考和感受了,她只想这样。

到了明天早晨,她可以把这一切归咎在他身上。

她仰起头,轻轻贴住他的双唇,感受着他的呼吸还有悸动。她的嘴唇慢慢向下,先是方正光滑的下巴,然后滑到脖子,她听到了脉搏的跳动。他的双手紧握着她的腰,一动不动。她能感受出他的紧张,他绷直身体,竭力控制着自己。她又闻到了清新的香皂味道和他嘴里散发的薄荷气息,还有剃须水的香味。她再次犹豫了,一切都是如此摄人心魄。他所做的一切都是为了她,和原始的、毫无意义的性无关。

她又要哭了。哦,上帝,她讨厌自己心里的那块坚硬,她不想再这样了。她想重新回到过去那个冷静、理智的金柏莉,她可不想变成哭哭啼啼的小女人。就在这个时候,马克的手指开始游移,先是轻柔地把她的头发拨到后面,然后慢慢向下到修长的脖子。

"嘘。"他低声说,"嘘。"不过,此时的她已经意识不到自己的声音了。

"我不知道我是谁了。"

"亲爱的,你只需要好好睡一觉。到了明天早上就会变好的。一切都会变好的。"马克让她躺在自己身边,她完全失去了抵抗力,只能感受到抵在自己臀部的热气。她以为他一定会做些什么。但他并没有,他只是把她拥在自己胸前,双手搂得紧紧的。

"我也不喜欢陌生的酒店房间。"她突然说。说完她就感觉到他在微笑。过了一会儿,他似乎睡着了。

金柏莉闭上了眼睛,她的手指紧紧扣在马克的手臂上。她也睡着了,这么多年以来她第一次睡得如此香甜。

第三十二章　诺拉·蕾要复仇

弗吉尼亚　弗兰特罗亚尔

早晨6:19

气温　88华氏度

马克最先开始了工作。一阵嗡鸣声把他从沉睡中吵醒。看着昏暗的房间、塌陷的床,闻着阵阵混浊的空气,他有些恍惚。直到看见蜷缩在自己怀里的金柏莉他才回过神来。

他迅速反应过来,生怕吵醒了金柏莉。他小心翼翼地把手臂从她身下抽出，已经麻木的手肘立刻感到一阵刺痛，他差点骂出声来。他赶紧甩了甩手臂，这时他才意识到自己根本不知道手机在什么地方。他模模糊糊地记得好像把它扔到了房间里的某个地方。老实说，经过这样的折磨，这部手机还能正常使用真是个奇迹。

他爬到地板上，蹑手蹑脚地向前摸索着，终于找到了那个巴掌大的东西，在它正要再次响起时及时接通了电话。

"我是马克科马克特工。"他边说边朝床上看了一眼，还好没吵醒金柏莉。

"时间真是够久的。"一个男人的声音传来。

马克立刻松了一口气，不是那个他担心的声音，而是他的上司——李·格伦。"真是漫长的一夜。"马克说。

"成功了吗？"

"没有。"接着，马克向他汇报了过去十二个小时发生的一切，格伦静静地听着。

"你确定是他吗？"

"我觉得一定是。当然，正式的论断还是要看联邦调查局的说法。也许他们认为这是恐怖分子的行动。"

"你听起来不是很好，马克。"

"只睡了三个小时肯定会这样。目前可以确认的是这次他多掠走了两个姑娘。原谅我说脏话，不过，去他妈的联邦特工。我手里有些线索，我会继续追查下去。"

"那我会装作没有听过这些。实际上，我会装作咱俩在讨论钓鱼。"格伦叹了口气，"马克，正式来说，现在我什么都帮不了你。我的上司可以要求他们的上司合作，可这次是联邦特工……"

"我们会被晾在一边的。"

"很有可能。至少在未来的某天，当他们召开新闻发布会时会提到我们，我们会是他们口中那个最先追踪嫌疑犯却没成功的乡巴佬儿，你懂的。"

"我不会放弃的。"马克的声音很平静。

"那我就不妨碍你钓鱼了。"格伦说。

"谢谢你，长官。"

"还有一个问题。"

"啊哦，"马克用力地擦了擦脸，虽然醒来只有十分钟，他却感到无比的疲惫，"什么事情？"

"诺拉·蕾·瓦特。"

"啊？"

"她半夜的时候给我打电话，说要和你谈谈。她声称掌握了和案件相关的消息，不过她只愿意当面告诉你。马克，她知道有两个女孩死了。"

"报纸上报道了吗？"

"完全没有。马克，我也是在十分钟之前才听你说的。老实说，我真是吓坏了。"

"他找她了。"马克喃喃地说。

"有可能。"

"只有这样才能说得通。对他来说，写信已经不够了，打电话给我又让他很沮丧。好吧，我希望是的。那么说他还在联系过去的受害者……这个婊子养的。"

"你打算怎么办？"

"我没法回亚特兰大，我没有时间。"

"我告诉诺拉你不在城里。"

"然后呢?"

"她说她会去找你。说实话,马克,我觉得这才是她的真正目的。"

听到这话,马克有些慌乱了,他不知所措地眨了眨眼睛。考虑到诺拉·蕾曾经经历的磨难,他不能让她再次走进痛苦的深渊。要知道,她只是一个普通人,一个曾备受折磨的受害者。"不行。"他生硬地说。

格伦什么也没说。

"不行。"马克再次重复道,"她不应该遭受这一切。她的人生已经被毁过一次了,她应该远离这一切,和她的家人一起慢慢抚平伤痛。该死,她应该忘掉曾发生的一切。"

"我不认为这样对她能有用。"

"李,我保护不了她。我不知道凶手在哪里,也不知道下一步他会怎么做。说来话长,但我告诉你,我现在和联邦调查局的一个前心理分析员在一起,他觉得对方可能在监视我们。"

"我会把这些告诉她。"

"很好,就这样。"

"如果她还坚持要来呢?"

"那她就是个傻瓜。"

"马克,如果她真的知道些什么,如果她真的有线索……"

马克垂下头,使劲搓了搓头发。上帝,每到这种时候,他真是恨死了自己的工作。"我可以在里士满的机场和她见面。"最后,马克说。

"早晚都行。今天还早,什么事都有可能发生。"

"我会和你保持联系。马克,祝你钓鱼顺利。"

马克挂上电话,把额头紧紧抵在冰冷的手机上。真是一团糟。他应该回到床上,或者至少爬过去冲个澡。等他的眼睛再次睁开时,说不定会发现这一天更有意义。

可惜他已经完全清醒了。他想着那瓶液体和米,还有其他模糊的线索,它们可能指向某个可怕之地。昨晚能睡上一觉已经很幸运了,谁知道下次睡觉会是什么时候。

他站起来朝床边走去。金柏莉的双臂还紧紧地环在腰上,似乎连睡觉时她都在自我保护。他坐到床边,用手指轻抚着她的下巴,然后轻轻地把几缕金色短发拨到她的耳后。

她睡得依然很沉。

她睡着的样子看起来更加脆弱,姣好的面容带着一丝纤弱。他不会被表象所迷惑。她绝对不是那种温柔的女孩。你可以一直欣赏她的微笑。但有一天,她会头也不回地走出大门,说不定还会觉得这是在帮你的忙。在她眼里,像他这样的男人不会爱上自己这样的女孩。真是有意思,因为曾经的他也一去不复返了。

他的手指轻轻划过她的臂弯,她终于睁开了眼睛。

"对不起,亲爱的。"他低声说。

"又有人死了吗?"

"只要我们行动起来就不会再有人死。"

金柏莉坐了起来,什么话都没说。她径直朝浴室走去。他躺到床上,双手紧贴在她刚才睡过的地方,体味着她的温暖。浴室里传来水流的声音,陈旧的水管也不时地"咯咯"作响。他又想到了昨天,想到了金柏莉被一群响尾蛇包围着的情景。

"我会好好照顾你的。"在空旷的房间中他暗暗发誓。可是他不知道未来会怎样,不知道这个誓言能否实现。

第三十三章　酸碱度三点八的水

弗吉尼亚　里士满

上午8：08

气温　88华氏度

"在我看来这和普通的水没什么区别。"

金柏莉长舒了一口气。而马克正靠在这间小办公室的墙上。直到地质勘探局的水文学家布莱恩·诺尔斯把结果递给他们时,他们才意识到之前的等待是多么忐忑。

"不会是圣水吧？"金柏莉问道。

诺尔斯看了她一眼："我可没做那方面的测试,要知道,我只是个政府雇员,不是教皇。"

"你能帮助他们吗？"朱雷里在一旁问道。十分钟前他把马克和金柏莉带到了诺尔斯的办公室。此时他正坐在一个青铜灰的档案柜边,两条腿有节奏地摆来摆去。

这时马克开了口："我们希望能对样本进行检测。理想一点来说,我们希望能够找到样本的来源地,比如某个特定的池塘、河流或者水坑。你能做到吗？"

诺尔斯打了一个哈欠，转了转僵硬的肩膀，似乎正在思考着。他看起来大概有三十多岁，长得不错，一头浓密的棕色头发，一副好身材，不过套着一身破破烂烂的牛仔服。他应该是那种不喜欢早起的人，一副还未睡醒的样子，似乎和金柏莉一样疲惫。

"好吧，"他简单介绍道，"我们可以对样本进行检测，检测内容包括酸碱度、溶氧量、温度、浑浊度、含盐量、氮氨砷含量及细菌种类……然后是水硬度和多种无机成分测试，比如铁、锰、硫酸盐，还有污染物检测。所以，我们可以做到你想要的各种检测。"

"好，太好了。"马克很激动。

"不过，有个问题，"诺尔斯做出了一个无助的姿势，"我们不是在野外，这几滴水根本就不够。"

马克吃惊地挑了挑眉毛，他看了看金柏莉，对方也只好耸耸肩。"至少我们把水带来了，"她说，"刚才我们只给了雷一张树叶的照片。"

"说得没错，我可是给出了结果哦。"朱雷里立刻吹嘘起来，"所以你可别坏了我们的名声，诺尔斯。我们继续下去，说不定会有重大收获。你知道《法律与秩序》中那个美国地质调查部门，想想他们，布莱恩，他们可都是菜鸟级的。"

诺尔斯似乎还在犹豫中。他靠在椅背上，双手压在头后："听我说，我们必须实际一点，如果想得到精确的结果，就必须站在水源处，现场进行检测。一旦装到瓶子里，就会存在差别。首先，温度的改变。其次，它离开了自己的氧气源，那么氧气扩散测试就没什么用处了。第三，酸碱度值也会因各种废气而发生变化。第四，在取水的过程中可能造成样本的污染。第五，……好吧，我暂时还没想到第五点是什么。但是必须承认会有很大影响。无论我怎样做，结果都会像手上长出的六指那样，中看不中用。"

"但是我们不知道水源地在哪里，"马克提醒他，"这就是问题的关键。我们就是想通过这点水来找出水源地。拜托，你一定有办法的。"

马克用恳求的目光望着他。过了一会儿，诺尔斯只好叹口气表示屈服，他警告说："结果不一定准确。"

"在这一点上，我们愿意接受推测的结果。"

"我自己都不知道能不能这样说。"不过，诺尔斯还是拿出了玻璃管进行取样，"你们确定就这点水？我希望能有四十毫升。"

"我最多还能拿到六滴。"

诺尔斯无奈地眨了眨眼睛："该死，那个给样本的人真是太抠门儿了。"

"他喜欢挑战。"

"别骗我了。我想你肯定不愿意再透露一些案件的信息。"

"没错。"

"啊，真是，问问又死不了。"诺尔斯又叹了口气，他坐在椅子上，专心致志地盯着样本，"好了。可以进行盐度检测，水只需要没过探头底部就行。我还能进行酸碱度检测，不过那也需要测量仪器。当然，也可以用酸碱度探头把少量的氯化钾滴入样本内，提高导电率，与盐度检测一同进行……我想还是先做盐度检测，然后再检测酸碱度。至于无机物检测……好吧，我都不知道那些机器能不能识别这么少的样本，细菌检测……那需要让样本通过筛子运行，这个不确定行不行，植物成分检测也一样。"他抬起头，"我必须提醒你们，由于样本量太少，检测方法本身会存在缺陷，盐度和酸碱度检测的结论不一定准确。除此之外，不管了，我愿意试试。我还从没碰到过谋杀案呢。"

"任何信息都会有用的。"马克一脸严肃。

诺尔斯拉开抽屉,取出一个塑料盒子,上面贴着一个破旧的标签"野外速测工具箱"。他打开盖子,拿出几个配有长金属探头的手持式测试仪。"先进行盐度检测。"他一边摆弄着一边喃喃自语,然后把探针插到水中。测试过程中他不再滔滔不绝,只是偶尔咕哝几声。

"盐度检测测量的是什么?"金柏莉问道,"区分出它是淡水还是盐水?"

"可以测出,"他抬头看了一眼金柏莉,"从根本上来说,我们测试的是每立方厘米的电导输出量,这样就能知道溶解物是什么。水本身不具有导电性,但是由于水中含有盐或其他矿物质的溶解物,从而使水具有较高的导电性,这与每立方厘米的溶解物数量成正比。因此我们采用这种迂回的方式来判断水源地。"

他紧盯着容器,然后把探头取出。"好了,我手里的这个盐度计显示每立方厘米的电导输出量是一万五,想想我之前的警告,这说明了什么?"

大家都一脸茫然地望着他,最后他抛出了答案:"水的导电性很好,可以说是恰到好处,没有海水那样高,但是又有一定的溶解物,可能是矿物质或离子,总之是那些比水导电性好的物质。"

"这水有没有被污染?"马克欲言又止地问道。

"溶解物含量很高,"诺尔斯再次重申,"这个时候我只能得出这样的结论。按说接下来应该做矿物质检测,那个结果也许能回答你的问题。可惜我们做不了。所以还是测试酸碱度吧。"他把第一个仪器放到一边,拿出了第二个插到水里,他看着计量器上的数字,不禁皱了皱眉,然后一边拿出来一边咕哝着:"该死的探针,等一下。"他把探针擦了擦，吹了几下，还用手拍打了一番。最后他满意地把探针放回水里，可结果依然让他很不爽。

"好吧，该死的搅屎棍，真是受不了了。"

"怎么了？"金柏莉问道。

"一定是样本量太少，或者是我的计量器出问题了。真是不敢相信，酸碱度值竟然是三点八，这不可能。"

说完，他拿起探针在桌子上用力地敲了敲。紧接着又试了一次。

"三点八是什么意思？"马克问道。

"酸，酸度相当高，高到能够把你的衣服烧出一个洞。七是标准的中间值。大部分的鱼类和藻类必须在酸碱度不低于六点五的水中才能生存。蜗牛、河蚌和贝类需要七，而昆虫、章鱼和鲤鱼要求较低，只要达到六就可以。所以只要有水生生物的河流和池塘，酸碱度一般不会低于六。目前在弗吉尼亚，降雨的酸碱度一般在四点二到四点五之间，因此纯净的雨水的酸碱度比较低，不过通过刚才的盐度检测，我们知道这并不是纯净的雨水。三点八，"他边说边摇了摇头。"太不可能了。"

他又看了一眼计量器，气得大吼一声，一把将探针拽了出来。

"这次是多少？"马克急切地问道。

"和上次一样，三点八，对不起，不过有可能是样本量太少了。我只能这样说。"

"你做了三次检测，"金柏莉似乎有不同的看法，"三次都是同样的结果，也许说明这水本身就是酸的。"

"这几乎不可能。要知道，我们现在测出来的值一定高于在水源地的检测值。老实说，我们一般不会看低于四点五的测试值。那是不可能的。当然，除非是酸性矿山排出的废水。"

马克立刻来了精神:"快跟我们说一下酸性矿山废水吧。"

"能说的并不多。主要是从矿里溢出的水或者流经矿山尾矿的水,一般都受到了严重污染,酸碱度很低,大都在二左右。"

"是不是很罕见?在这个州并不多?"

诺尔斯看了一眼马克:"哥们儿,即使在全世界范围内这种地方都很少,更何况一个弗吉尼亚州呢?"

"这个矿在哪里?"金柏莉迫切问道。

"你应该说复数,在很多煤矿里。我们曾经了解过。"

"在什么地方?"

"大多在弗吉尼亚西南部,我记得大概有七个县。"诺尔斯看着雷,希望得到他的确认,"我想一想……迪肯森、李、拉塞尔、斯科特,该死,我就是记不住,我来查一下。"他拉开椅子走到文件柜前,一把推开雷的双腿,然后在一堆文件中翻寻着。

"那个地方面积有多大?"金柏莉又问道。

诺尔斯耸耸肩,又朝雷看了一眼。"弗吉尼亚州西南边的大部分地方,"雷补充说道,"面积可不小,我只能这么说。"

"水可能就是从那里来的。"马克坚持说。

"我可没这么说。"诺尔斯警告他,"水太少,结果就不会客观,有太多我控制不了的变量。"

"但是这个可能性是很大的。"

"如果你认为三点八这个结果是准确的,那么我只能说没错,想找到这种水就需要去矿里。还有另一个可能……"他停顿了一下,紧紧咬着下唇,"水被某种物质污染了,"最后他咕哝着说,"只有这样才能解释为什么酸碱度值会这么低。它可能是来自矿里,也可能是来自其他被有机废物污染的地方。从根本上说,这个水里含有大量可生物降解的有机物,污染物为细菌提供食物,导致细菌大量生长,和水生生物与藻类相比,它们对氧气的消耗更迅速。那些需要氧气才能生存的鱼类、昆虫和植物都逐渐死亡,厌氧细菌控制了整个水域。只有它们才能生活在如此低酸碱度的水中。"

"但是你做不了细菌检测,不是吗?"金柏莉问道。

"是啊,样本量太少了。"

"那么……你还能做点什么吗?"

"好吧,我可以尝试检测一下矿物质成分。我们这儿有个人曾经从几千年前的地质岩心样本里取到了水,然后进行机器检测。当时的样本水量也很少,不过他好像得到了结果。我不知道准不准确……"

"无论怎样我们都接受。"马克打断他的话。

"这对我们来说太重要了,"金柏莉再次强调说,"我们必须把范围缩小到最小的区域,七个县太大了,最好能在七英里之内。"

"啊?七英里?"诺尔斯有些怀疑地看了她一眼,"即便我幸运地得到结果,也会是好几个矿……好了,"他没有再说下去,过了一会儿,他说,"还有,矿与矿之间存在一些关键的地形差异,有些是砂岩和页岩地形,有些是喀斯特地形。所以矿物质检测可能会有帮助。不过我必须提醒你,七英里是不可能的,我尽量把范围缩小到一到两个县,这个应该问题不大。"

"需要多长时间?"马克着急地问道。

"我要先去问问上次那个家伙,了解一下当时他是如何操作机器的……我想需要几天吧。"

"我只能给你两个小时的时间。"

"你说什么?"

"你听我说,有两个女孩失踪了,已经过去了将近四十八个小时。其中一个就在这个水源地附近,如果不能在短时间内找到她,她一定会死掉的。"

听到这个,诺尔斯惊讶地张大了嘴,脸色变得苍白和迷惘。过了一会儿,他重新看了一下手中的样本,坚定地说:"好,两个小时。"

"最后一点,"马克对朱雷里说,"我们还有一个亟待检测的样本,问题在于我们根本不知道它是什么。"

说完,他把小玻璃瓶掏了出来,那里装着从受害者头发上抖落的粉末。雷接过来看了一眼,然后递给了诺尔斯。谁都不知道这是什么,不过他们认为研究花粉的孢粉学家应该会对此有所了解。幸运的是,今天下午本州最好的孢粉学家劳埃德·阿米蒂奇会来这里开会。

"还有其他的吗?"雷问道。

"米,"金柏莉说,"长粒状的生米。你们觉得这是否意味着什么?"大家面面相觑,诺尔斯承认自己是一个典型的意大利人[1],雷则称自己讨厌下厨。不过,他们愿意去打听一下。

目前就是这样了。诺尔斯去进行矿物质检测,雷去打听有关米的信息,马克和金柏莉继续赶路。

"看来还是那片树叶更简单点。"在回到大厅的路上,金柏莉说。

"这可能就是问题的关键。"马克推开大门,一阵热浪扑面而来。他看了一下时间,金柏莉立刻明白了他的意思。

"时间差不多了?"

"没错。"他们钻进车里,朝机场出发。

---

1 意大利人喜欢吃面,很少吃米。——译注

第三十四章　诺拉·蕾梦里的女孩

弗吉尼亚　里士满

上午10：34

气温　94华氏度

第一眼看到诺拉·蕾时，金柏莉觉得她和自己想象中的完全不同。她脑海中的诺拉·蕾是一个受过重创的忧郁小姑娘，低着头，耷拉着肩膀，穿着一身不伦不类的衣服，虽然竭力想融入一切，但躲闪的目光却暴露了她的胆怯，她会四处张望，寻找任何潜在的威胁。

他们会小心翼翼地对待她，给她买一杯可乐，耐心地听她叙述关于生态杀手的信息，最后再把她送回相对安全的亚特兰大。这就是他们的打算，老实说，他们的时间已经很紧张了。

然而，诺拉·蕾·瓦特却有自己的打算。

她从机场航站楼里昂首阔步地走出来，斜挎着一个绘着花朵的旧背包，白色吊带外套着一件薄薄的蓝色衬衫，腿上是修身牛仔裤外加厚重的登山靴。一头褐色长发绑成了马尾，素颜。她径直朝他们走来，路上的旅客都闪到了一边。

金柏莉立刻产生了两个念头：一个早熟的女孩，抑或一个孤僻的女人，就像人海中的一座孤岛。紧接着她又不安地想，别人看到自己时是不是也会有这种想法。

诺拉·蕾走了过来，金柏莉把脸转向一旁。

"马克科马克特工。"她严肃地打了声招呼，然后握住了马克伸出的手。他介绍了一下金柏莉，两个女孩也握了握手，不过诺拉·蕾迅速把手抽了回去。金柏莉猜测她对身体接触存在抗拒心理。

"路上怎样？"马克问道。

"还可以。"

"你父母怎样？"

"还可以。"

"哦。今天的事情你是怎么跟他们说的？"

诺拉·蕾扬起了下巴："我跟他们说我要和亚特兰大的一个老同学在一起待一段时间。对此，我爸爸很高兴，我妈妈则忙着看电视剧。"

"小姑娘，撒谎可不好。"

"没错，不过我俩都不怕，是不是？"

说完，她就朝美食街走去，扔下了一脸惊奇的马克。

"她完全不是我们想象中那种受害者的样子。"金柏莉低声说，马克只是耸耸肩。两个人紧跟在诺拉·蕾后面。

"她有一个幸福的家庭，至少在出事之前是这样。"

马克和金柏莉买了两杯咖啡，诺拉·蕾则买了一杯苏打水和一份香蕉松饼，三人围坐在一张塑料桌子旁。

马克没有说话，金柏莉也不作声，只是故作从容地抿着咖啡，环顾着周围，假装一切都和自己没有任何关系。在空调的凉气中享受着咖啡真是太惬意了。她假装听不到自己剧烈的心跳声，假装不在意时间一分一秒地过去。

"我想帮忙。"诺拉·蕾终于放下了手中的松饼,此时的她一脸紧张和不安,一副小女孩的神情,绝不是那种孤僻的女人。

"我上司告诉我你对目前的情况有所了解。"马克尽可能地保持中立。

"他又出手了,带走了几个女孩,有两个已经死了,是不是?"

"你怎么知道的?"

"我就是知道。"

"他打电话给你了?"

"没有。"

"给你写信了?"

"没有。"她挺直腰,更加固执地说,"你先回答我的问题。是不是又有两个女孩死了?他是不是又出手了?"

马克没有说话,任由时间慢慢流逝。诺拉·蕾再次拿起松饼,慢慢掰开,揉搓着,搓成一个个小球。看来她比他俩更有耐心。

最后,马克妥协了:"没错,他又杀了两个女孩。"

就在那一瞬间,似乎所有的力量都从诺拉·蕾身上抽离了,她垂下肩膀,趴到了桌子上。"我就知道,"她喃喃地说,"我根本就不想知道,我宁愿那一切只是梦。可是我心里……我心里很清楚。可怜的女孩。她们根本就没有希望。"

马克俯下身子,双臂交叉着趴到桌上,专注地看着诺拉·蕾:"你必须告诉我,你是怎么知道这一切的?"

"你不会笑我吧?"

"经过了之前的三十六个小时,我根本就没有力气笑了。"

诺拉·蕾又把目光投向金柏莉。

"我比他还累,"金柏莉说,"所以你放心,我们会替你保守秘密。"

"我梦到她们了。"

"你梦到她们了?"

"我一直都会梦到我妹妹,我没有告诉任何人,因为这只会让他们难过。但是这几年我一直都能看到玛丽·琳恩,我觉得她很快乐。我不知道她在哪儿,但那里阳光明媚,绿草成片,马匹成群。她看不到我。我不知道自己是不是在那里,但我能不时地看到她,她过得很好。但是几天前,那里出现了一个女孩。昨晚,又出现了一个。我觉得她们还不知道自己死了。"马克一脸茫然,一遍又一遍地搓着脸。金柏莉知道他有些束手无措,也不知道该说什么才好。这和他们预期的完全不同。

"那两个女孩看到你了吗?"最后,金柏莉问道,"她们和你说话了没有?"

"说话了。其中的一个女孩也有个妹妹。她想知道她妹妹会不会也梦到她。"

"你能描述一下她们的长相吗?"

诺拉·蕾大体描述了一下,虽然没有完全对上,但几乎没有错误。一个金发女孩,一个黑人女孩。那些声称自己有超能力的人常常会依靠一般性描述来让你用想象填补空白。金柏莉又一次感到了疲惫。

"你见过那个男人吗?"马克问道。

"没有。"

"你只梦到了这些女孩?"

"是的。"

马克摊摊手:"诺拉·蕾,我觉得这帮不了我们什么。"

"我知道。"她承认道,声音一下子哽咽了,眼看着就要哭出来,"但是这代表着什么,不是吗?我知道这有联系,某种联系……虽然我还不知道会是什么。我看到了那几个女孩,我知道她们已经死了!我知道那个男人伤害了她们,她们痛苦、困惑,她们愤怒!也许我能利用这些,也许我能问她们更多的问题,了解有关凶手的信息,找出来他在哪里!我不知道,但是这一定有用,我知道它一定有用!"最后,她几乎是在尖叫了,她用拇指死命地把松饼块摁在桌子上,越来越用力,仿佛只有这样才能保持最后的理智。

金柏莉看着马克,他似乎后悔同意这次会面了,这也不能怪他。

"谢谢你来这里告诉我们这一切。"最后,他有些失落地说。

"你不能把我送回家。"

"诺拉·蕾。"

"不!我能帮上忙!虽然我还不知道怎么做。但是我真的能帮忙。如果你需要,我就在这里。"

"诺拉·蕾,你只是一个普通的公民。目前,我们正处在警方的正式调查中,不仅要求严格,而且旷日持久。我知道你的想法是好的,但是你的存在会影响办案速度,别坚持了,否则我要说脏话了。快回家吧,如果有需要,我一定会给你打电话的。"

"他很快还会出手的!最后的那个夏天他就出手了两次。这次他还会的!"

"诺拉·蕾,亲爱的……"马克伸出手,他在努力寻找说服女孩的办法,让她明白她的帮助只是徒劳。"从某种程度上来说,他已经出手了两次。这次不是两个女孩,而是四个。目前,两个死亡,两个失踪。所以,上帝,我不能干坐在这里和你聊天,还有重要的事情等着我。

诺拉·蕾，回家吧，我会和你保持联系。"说完，他就站了起来，金柏莉也紧跟着站了起来。这一次，诺拉·蕾依然没有听他的话，她也站了起来，眼睛里闪烁着明亮兴奋的光芒。

"那就这样吧，"她深吸了一口气，说，"我们去找那两个失踪的女孩。这就是我为什么会梦到那两个死去的女孩的原因，我就是打算过来帮忙的。"

"诺拉·蕾！"

女孩坚决地摇了摇头："别说了，我今年二十一岁，已经是成年人了。这是我自己的决定。我会跟着你，不管是出租车也好，卡车也好，我都会坐进去。我知道你很忙，所以赶紧同意吧，这样我们就可以出发了。三个人总好过两个人，你会明白的。"

"赶紧去乘飞机，否则我就打电话给你父母。"

"不！除非你看着我的眼睛告诉我我是错的。说啊，说你确定我一定帮不上忙。凶手的杀戮已经持续了很久，马克科马克特工，几年过去了，你依然没能阻止他。所以，为什么不能从我的梦境着手呢。"

马克显然被问住了，负疚感，女孩抓住了这一点。她说的有一点没错，这几年，警方邀请过很多知名的心理学家和预言家，所有能做的都做了，反复分析所有的时间线，一遍又一遍地追踪证据，可依旧毫无进展。每个人都疲惫了，得到的线索也即将消逝，这些年来，他们的最佳线索不过是那个疯子打电话来声称自己看到了一切。

虽然和这个案子只接触了三十六个小时，但金柏莉发现自己被那个梦深深吸引住了。她不知道这几年的痛苦经历会让马克有什么感受。现在已经这样了，两个女孩死了，两个女孩失踪，时钟滴答滴答……

"你应该了解凶手喜欢选择什么样的地方。"最后，马克说。

诺拉·蕾赶紧把包拎起来，兴奋地踢了踢腿，说："我来准备！"

"那里会很危险。"

她只是笑了笑："这个无须你告诉我！"

"三年前你只是幸运。"

"我知道。从那之后我就开始训练自己，阅读野外生存宝典，研究自然，健身。现在我的知识量一定会让你大吃一惊。所以，我可以帮到你。"

"你不该参与进来，这场战争和你无关。"

"这就是我的战争，生命中唯一的战争。我妹妹再也回不来了，马克科马克特工。曾经幸福的家再也没有了。三年来，我一直把自己关在屋子里，希望有一天不再被无休无止的恐惧所困扰。你知道吗？一切都不会自己好起来，所以我想不如来这里。"

"这不是复仇行动。如果我们找到他，你想动他一根寒毛的话……"

"我只是一个二十一岁的女孩，身上背的这个包也通过了机场的安检，你以为我要干什么？"

马克依然一副不安的神情，他用求助的眼神看着金柏莉，她只是耸耸肩，说："你总能把这样的女孩吸引过来。"

"看来我要换香水了。"他一脸严肃地说。

"那在此之前呢？"

他叹了口气，呆呆地望着机场的航站楼，最后似乎下定决心地说："好吧，不管了，反正我自己也不合法，金柏莉也是，再多一个又能怎样？这真是我做过的最奇特的案件调查。你对米了解吗？"

"不了解。"

"花粉呢？"

"会让人打喷嚏。"

他无奈地摇了摇头："带好你的包，我们还有很多事要做，时间不早了。"

说完，马克就大步朝前走去，诺拉·蕾和金柏莉急忙跟在了后面。

"感觉好些了吗？"金柏莉问诺拉·蕾。

"没有。"女孩回答说，"说实话，我很害怕。"

第三十五章　特工昆西出马

弗吉尼亚　匡提科

上午10：41

气温　92华氏度

昆西和蕾妮正驾车赶往匡提科。一路上，两个人都很沉默。最近一段时间以来，他们总是这样。吃饭、开车，甚至在房间里，两个人都不怎么说话。一开始蕾妮并没有意识到这一点。也许当时的沉默代表他们之间的关系上升到了另一种境界：无须言语就可以心有灵犀。但此时的沉默绝不代表着什么好事。如果把沉默比作声音的话，那此刻的沉默就像冰山裂开时的声音，转瞬间一座古老的冰山即将土崩瓦解。

蕾妮把额头抵在有些发烫的车窗上，她不停地揉着太阳穴，希望把那些念头从脑海中赶走。外面的阳光依然炙热，虽然开着空调，她依然能感受到从排风口中透进的热气，她的双腿已经被烤得发烫，汗水顺着后背朝下流淌。

"在想俄勒冈？"昆西突然问道。他还是穿着那身蓝色西装，系着领带，不过外套已经脱下，平整地放在后座上。她不知道每天早上他是怎么把它们套到身上的。

"也不完全是。"她坐直身子，踢了踢有些麻木的腿。出发之前，她才换上一身干爽的衣服——卡其短裤和白色衬衫，不过此时已经皱皱巴巴的了。她一点也不想穿套装，即使马上就要回到匡提科，要知道，她对那里相当不感冒，昆西也明白这一点。

"最近你经常想俄勒冈，是不是？"昆西再次问道。他的韧性让她惊奇不已，她紧盯着他的脸，却读不懂他的表情：目光深不可测，嘴唇紧紧抿成一条线。她觉得他是竭力想保持一副中立的心理学家的样子。

"没错。"她说。

"已经有很长时间了，快两年了吧。等这个案子结束之后，我们应该回去一趟，去俄勒冈度个假。"

"好的。"她的声音已经沙哑，眼泪瞬间夺眶而出。

他听出了她的不正常，不安地扭过头来："蕾妮……"

"我知道。"

"是我做错了什么吗？"

"不是你的问题。"

"我知道我对你有些疏远，我知道我一工作起来就容易迷失……"

"这也是我的工作。"

"但是你不快乐,蕾妮,不仅仅是今天。你的这种状态已经持续很长一段时间了。"

"是的!"她没想到自己的反应会这么大,不过心里有一种说不出的奇怪感受,解脱了。她终于可以大声说出来了,她终于承认了在内心潜伏了六个月的那头大象,总要说出来的。昆西把目光移回前方,但双手在方向盘上不安地一张一合。最后,他问道:"我能做些什么呢?"声音听起来似乎很镇定。她知道这是他一贯的做法。无论自己遭受什么打击,他都会沉着应对。可一旦他的女儿或者蕾妮受到了伤害,他就会……变得不知所措。然后他就会露出阴沉的目光,做好战斗的准备,这时他不再是那个顶级犯罪学家昆西,而是皮尔斯,一个极其危险的人。只要他所爱的人受到了伤害,他就会变成凶猛的斗士。不过,他从来不知道如何保护自己。

"我不知道。"蕾妮回答得很直接。

"如果你想回俄勒冈,我就和你一起去。如果你想休息一段时间,我就陪你。如果你需要空间,我也给你。如果你需要安慰,我马上就把车子停下,把你搂到怀里。不过,你必须告诉我你的想法,蕾妮,因为这几个月来我就像是一直飘在黑暗中,完全失去了理智。"

"昆西……"

"我愿意竭尽所能,我只希望你快乐,蕾妮。"

最后,她低声说:"对不起,昆西,我想要一个孩子。"

当他们来到杰斐逊宿舍楼外的停车场时,卡普兰已经满头大汗地等在那里,他看起来极度疲惫和愤怒。

"有人告诉我不能再和你们交流案件了。"他冲着刚走下车的昆西和蕾妮说,"我只能和那几个新接手的人探讨,目前这个案子由他们负责调查。"

昆西耸耸肩:"我没有接到有关人员变动的通知,你接到了吗,蕾妮?"

"没有,"蕾妮立刻说,"连个影都没有。"

"估计是有人在拖你后腿。"昆西对卡普兰说。

卡普兰挑了挑眉毛,始料不及地伸出手,一把将手机从昆西腰间拽下来,没想到这个大个子还很灵活。发现手机已经关了机,他咕哝着:"真聪明。既然他们想折腾自己人,那欢迎你们加入我的队伍。我手里有尸体,我还有管辖权,我不会放弃的。"

"阿门。"昆西说。蕾妮在一旁打了个哈欠。

卡普兰依然一脸怒容:"你们为什么又要审问我的哨兵?觉得我没处理好?"

"不是。我们现在掌握了一些有关嫌疑犯的新信息。"

这话让卡普兰的怒气平息了不少,他抖了抖肩膀,示意他们坐到自己车子里,然后朝基地出发。"今天大家都在外面训练,"卡普兰一边开车一边说,"是我让他们的头儿这样做的。那两个哨兵应该在学校里等我们。他们虽然年轻,但都很不错。如果了解到了什么消息,一定会告诉你们的。"

"最近这里有什么动静吗?"

"你指的是死尸?谢天谢地,没有。刊登在《匡提科哨兵》上的广告?也没有任何进展。昨天晚上我见到了贝琪·雷迪森的父母。目前情况就是这些。"

"那是个艰巨的任务。"昆西依然很平静。

"是的,你说得没错。"

卡普兰穿行在一片建筑群中,这是海军陆战队基础院校。果然,路边坐着两个新兵模样的年轻人,身穿迷彩服,帽子拉得很低,完全看不清他们的长相,每个人腰间都系着粗粗的黑色工装带。当卡普兰他们从车上下来时,两个新兵"咔嚓"一声立正站好。

卡普兰做了一下介绍,新兵依然纹丝不动。

"这位是皮尔斯·昆西,他将问你们几个问题,主要是关于七月十五日晚上发生的事情。这位是他的搭档,洛琳·康纳,她可能也会问几个相关问题。希望你们尽可能配合,像对待自己的长官一样对待他们,明白了没有?"

"明白了,长官!"

卡普兰朝昆西点了点头:"你可以开始了。"

昆西对这种装腔作势不太感兴趣。不过,他也理解,近来卡普兰受到的打击也不小。联邦调查局把他从专案组中踢了出来,他只能在自己的权力范围内耀武扬威。

昆西走到士兵面前,开始了提问:"七月十五日晚上是你们俩值夜班,对不对?"

"是的,先生。"

"你们有没有拦住每一辆车,对每一个驾驶员的证件都进行检查?"

"我们检查的是所有进入基地的车辆。"

"你们会对乘客进行身份核实吗?"

"每一个进入基地的访客都需要出示正规证件,长官!"

昆西看了蕾妮一眼。她不敢直视他的目光,怕自己忍不住笑出声来,说不定会笑出眼泪。今天上午发生的一切都太不真实了。而此刻他们好像是在和两只训练有素的海豹交流。

"那天晚上你们拦下的都是什么样的车子？"昆西继续问道。这一次没有立即得到回答。两名士兵都目视前方，似乎在思索如何回答，不过他们的神情看起来有些困惑。

昆西换了一种方式提问："卡普兰特工说你们两个都汇报说当晚的车流量很大。"

"是的，先生！"又一次大声回答。

"大部分车上坐的都是返回宿舍的国家学院学生。"

"是的，先生！"

"我可不可以这样认为，这些人要么开着租来的车子，要么开着自己的车子？我想你们见到的车子大都差不多？"

"是的，先生！"虽然声音没有之前那么高昂，但依然是肯定的回答。

"那货车呢？"昆西尽量让自己的声音保持柔和，"尤其是清晨的时候有没有货车进来？"

又一阵沉默，两个哨兵都紧皱着眉头。

"我们确实看到几辆货车，先生。"最后，其中一人说道。

"那你们有没有记录下来，或者看到了车牌？"

"没有，先生！"

这次轮到昆西皱起了眉头："为什么没有？进出的车辆大部分都是小汽车，卡车应该很少见。"

"不，先生。工地，先生。"

昆西不解地望着卡普兰，他似乎知道这是什么意思。

"目前基地上有不少项目正在施工，"卡普兰解释说，"新射击场、实验室，还有行政大楼，因此整个夏天都忙个不停，工地上很多人都开着卡车或货车。该死,开叉车的人已经被清走了。"

昆西闭上了眼睛。蕾妮知道他已经愤怒至极了,而这一切都掩盖在他平静的外表下。根本没人提到过这些细节,要知道细节虽小,却会对案件产生重大的影响。

"你们基地里有一大堆施工人员。"昆西冷冰冰地说。他睁开了眼睛,紧盯着卡普兰。"为什么之前你从没提到过这一点?"

卡普兰不安地避开了他的目光:"没人问过。"

"基地发生了谋杀案,你却认为这些十八到三十五岁、从事体力劳动的男人无须提及?换句话说,这些每天从大门进进出出、符合嫌疑犯特征的人都无关紧要?"

听到这话,两个新兵也一脸兴奋地看着卡普兰。

"每个进出基地的人都要首先通过安全检查。"最后,卡普兰面不改色地回答说,"还有,我手里有一份名单,我的人已经进行了逐一核查。我们这里只允许工作人员、施工人员、访客和学生进出,其他人一律不许。经过记录核查,这份名单没问题。"

"很好!"昆西说,"不过,除了一件事情,卡普兰特工,我们要找的这个人可不会有什么记录,因为他根本没有被发现过!"

卡普兰的脸一下子涨得通红,这时他才意识到那两个新兵在紧盯着自己,还有昆西,已经愤怒到了极点。但是他依然不服输。"我们已经对名单进行过分析,没有任何人有实施暴力或者攻击的记录。也就是说,没有任何证据表明我们需要把施工人员作为嫌疑犯。除非,你想调查每一个开货车的司机。"

"可以从这里开始。"

"那可是名单上一半的人啊!"

"没错,但是这些人中会有多少曾经住在佐治亚?"卡普兰不吭声了。最后昆西点点头,一脸严肃地说:"那只是一份简单的信用报告,特工先生,我们必须这样做。我们会了解到他们过去的住址,这样就能查出谁曾经在佐治亚州住过。最后就会有一个嫌疑犯名单。你觉得呢?"

"这……还……可以,好的。"

"还有两个女孩失踪,"昆西平静地说,"凶手已经侥幸了太久。"

"你并不确定他是否真的是施工人员。"卡普兰倔强地说。

"是的。但我们至少要开始着手了,不能一味地让对方来掌控这个游戏。相信我。"昆西把目光投向远方,"要么掌控游戏,要么认输。面对这样的对手,拼的就是战术。胜者为王。"

"我会让手下对名单进行调查,"卡普兰说,"给我几个小时的时间。你们要去哪里?"

"行为科学部,去找安努齐奥博士。"

"他有没有从广告中得出什么信息?"

"我还不知道。希望他能有好运。我们几个的运气实在太糟糕了。"

第三十六章 粉末的真相

弗吉尼亚

上午11：34

气温　97华氏度

缇娜已经深陷在污泥中，胳膊、腿、裙子，连脸和脖子上都沾满了臭烘烘的泥巴，每次踩下去，都会听到"咯吱"一声。不过，她已经无所谓了。她又抓起一把黏糊糊的东西，朝胸口一抹，继续朝前走去。

她记得高中时曾经读过一本名叫《蝇王》的书，阅读指南中介绍这本书谈的是梦遗。可缇娜并没有看出这一点。她只记得很多被困的孩子都变成了野蛮人，他们先是和野猪较量，后来就是彼此之间进行斗争。这本书充满了前卫的性暗示。可能确实是梦遗。不知道那些男同学们是不是都对这本书有着更浓的兴趣。

当然这并不是关键所在，关键在于缇娜·克拉恩自己，和不负责任的男同学之间的一夜风流让她有了身孕，有了一个实实在在的生命。谁说高中不能教会你什么？

一大早她就已经满身污泥。太阳已经慢慢升起，不久之后她就会像放大镜下的昆虫一样任由阳光炙烤。身上的泥泞臭气熏天，不过这也有不少好处。皮肤上覆盖着的泥垢能产生一丝凉气,蚊子苍蝇们也找不到叮咬的地方,这让那些溃烂的伤口得到一点安宁。不过刺鼻的气味直冲鼻孔,她被熏得头脑发涨。

看来,这些污泥很喜欢她,说不定还能解救她。它是她的朋友。看着泥潭里冒出的一个个泡泡,缇娜想不如索性吃一把算了。水和饼干都已经没有了,她的胃缩成一团,疼得厉害,比痛经还要难受。可能是肚子里的孩子正在离开她,她不是个好妈妈,孩子宁愿到泥潭里也不愿意待在她肚子里了。

她是不是在哭?不知道,因为脸颊上粘着厚厚一层已经结痂的污泥。

但脚下的泥是湿润的,它一定能平抚干得快要冒烟的嗓子。黏稠腐烂的污泥顺着喉咙流到胃里,胃黏膜便不会再备受折磨,污泥会变成她的食物。

这很容易。抓起一把,塞进嘴里。

你疯了!一个低沉的声音从脑海里冒出。看来酷热和脱水已经让她精神错乱了。她不停地打着寒战,每走一步都感到天旋地转。有时候她会突然莫名地大笑起来。过了一会儿,又会坐下来抽泣不已,这说明她还没完全丧失理智。

胳膊和腿上的伤口里似乎有东西在动,她用手指挤压一块伤疤,惊恐地看到四条白色的蛆虫掉了出来。伤口里面的肉完全溃烂了,看来虫子们已经饱餐了一顿。她的时间不多了。

她梦到了水,梦到整个身体荡漾在冰冷的溪流中,还有铺着白色亚麻桌布的餐桌,四个身穿礼服的侍者端来可以无限量续杯的冰水,杯中的水多到快要溢出来。她想吃烤牛排、裹着奶酪的回炉土豆和新出炉的腌洋蓟心，吃得满嘴都是橄榄油。

她梦到了淡黄色的托儿所，一个毛茸茸的小脑袋依偎在她胸前。

她还梦到了妈妈，她正在参加自己的葬礼，一个人孤零零地站在她的坟墓前。

只要她闭上眼睛，就能够立刻回到梦境中。不管了，让那些蛆虫来蚕食她的肉体吧，让整个身体慢慢沉到泥潭中吧。也许等最后时刻来临时，她已经什么都不知道了。她的孩子，还有她，就这样慢慢离开。

缇娜突然睁开眼睛，她硬逼着自己抬起头，慢慢站起来。世界还在旋转，她只好把身体靠在石头上。

不许吃泥！不许屈服！她是缇娜·克拉恩，不屈不挠的缇娜·克拉恩。她缓缓地吸了一口气，依然是闷热发臭的味道，但她不会放弃。她跟跟跄跄地来到长满藤蔓的墙边。就在这时突然出现了一条蛇，对着她发出"嘶嘶"声，庆幸的是它很快就爬走了。她紧紧靠着墙壁，满是污泥的脸颊贴在凉凉的藤蔓上。

她用手指轻轻拍着墙壁，仿佛这是她心爱的小狗。真有趣，她感觉墙面并不像粗糙的混凝土，实际上……

缇娜向后退了几步。她的眼睛肿得厉害，根本看不清楚……她一边拨开藤蔓，一边用尽力气把它们撑开。木头。这个长方形的深坑竟然是用木头支起来的，应该是铁路枕木或者类似的东西。陈旧的木头已经被岁月腐蚀得斑驳不堪。

她把手指塞进裸露的洞里，拼命地抠着，木屑一块块地往下掉。强度还不够，她需要一件更有力的工具，比如坚硬的石头。

她又一次蹲下来，在泥泞中摸索着，眼睛里闪耀着兴奋的光芒。一定能找到石头，一定要把木头凿出洞，然后她就能像蜘蛛侠那样从深坑里爬出去，一步步走到坑顶，她会找一个凉爽的地方，会找到水，还有可以吃的植物。

她，缇娜·克拉恩，一个被疯子绑架的准妈妈，一定会得到自由。

朱雷里刚结交的好朋友劳埃德·阿米蒂奇就是地质勘探局的孢粉学家。他同意中午过后和大家见面。五分钟之后，马克、金柏莉和诺拉·蕾走进会议室，阿米蒂奇已经等在那里，实验器材也准备好了。马克总觉得一切都怪怪的，不过话说回来，这个案子本身就很奇特。筋疲力尽的金柏莉依然保持着高度的警觉，脸上露出马克熟悉的那副稍显烦躁的表情。而诺拉·蕾脸上却没有任何表情，你无法看出她内心的想法。她刚做出一个重大的决定，也许现在她是尽力让自己不去想太多。

"朱雷里说你们在办一起凶杀案。"阿米蒂奇说。

"我们手里有一些从犯罪现场取得的证物。"马克说，"我们希望找到这些证物的来源地。恐怕只能告诉你这些。希望你能把所知道的一切告诉我们，时间很紧迫，我们昨天就该了解到这些。"

阿米蒂奇的年龄比他们稍长一些，浓密的头发，褐色的大胡子。听到马克的话，他吃惊地挑了挑眉毛。"噢，是这样。好，首先我要声明一下，花粉分析不像植物学那样细分。我的工作主要是从各种地方采集土壤样本，然后使用一点氢氯酸和氢氟酸对沉积物中的矿物质进行分离，再混合氯化锌通过过滤机进行过滤，然后放入医用离心机内，最后，瞧瞧，我得到了一个完美的花粉样本。有些是大自然新鲜出炉的，有些却来自于几千年前，情况各异。从这一点来说，我能辨认出一般的花粉植物家族，但是无法具体到某个特定的种类。举个例子，我可以告诉你这种花粉来自于洋槐,但不确定是不是来自于刺洋槐。这样能帮到你们吗?"

"我不知道到底什么是洋槐,"马克说,"所以我想无论你发现什么,都比我们之前了解的要多。"

阿米蒂奇似乎很满意他的回答。他伸出手接住了马克递来的样本。

"这不是花粉。"他立刻说道。

"你确定?"

"太确定了。花粉一般为五到两百微米大小,比一根头发丝还要细得多。这个大小都接近沉积物了。"

不过,阿米蒂奇并没有打算放手,他打开玻璃瓶,倒出一点点粉末,然后把它放到了显微镜下。"啊哦。"他不禁说了句,接着又是一句"啊哦"。

"这是有机物。"过了一会儿,阿米蒂奇说,"是单独的一种物质,而不是混合物,应该是某种灰尘,但是颗粒粗一些。"说完,他抬起头问道,"你是从哪里找到它的?"

"这个恐怕不能告诉你。"

"那你有没有发现其他东西?"

"水和生米。"

"米?怎么会有米啊,上帝?"

"这个我也想知道。你有没有什么看法?"

阿米蒂奇皱着眉头,噘着嘴巴,似乎在思索什么。最后他说:"跟我说一下有关那个水的情况。你们有没有把它送给水文学家看一下?"

"今天早上,布莱恩·诺尔斯对水进行了检测。它的酸碱度非常低,只有三点八,还有……好像是盐度比较高,每立方厘米的电导输出量是一万五,这说明里面含有不少矿物质或者离子。诺尔斯觉得它应该是来自某个矿或者是被有机废物污染的地方。"

阿米蒂奇不住地点着头:"没错,没错,他在考虑那几个产煤县,是不是?"

"我想是的。"

"布莱恩很厉害,很接近了,不过他遗漏了一点。"劳埃德边说边把粉末取了出来,出乎意料地用食指蘸上它,然后放到舌头上舔了一下,"非常细,这就是问题所在。如果它以原始面目出现,你们应该能认出它来。"

"你知道这是什么?"马克急切地问道。

"当然,这是木屑,绝对不是花粉,而是一块很细的碎木屑。"

"我不明白。"金柏莉喃喃地说。

"亲爱的,锯木厂,弗吉尼亚州的西南部除了有煤矿,还有很多木材厂。这个东西就是锯末,如果这些样本都是在一个地方的话……"

"我们希望如此。"马克说。

"那么导致水的酸碱度如此之低的原因就是有机废物污染。想一下,工厂产生的废物没有得到合理处置,就会流到溪水中,导致细菌大量积聚,溪流中的其他生物无法生存。布莱恩有没有做过细菌检测?"

"样本量太少了。"

"不过它盐分很高,"阿米蒂奇还在自言自语,"一定是某种矿物质,不能再进一步检测了,真是可惜。"

"等一下,"正在专心倾听的金柏莉突然插嘴,"你是说它来自工厂,而不是煤矿?"

"应该这样说,我觉得锯末和煤矿的联系不大,所以我认为应该是来自某个木材厂。"

"那也会导致水变成酸性？"

"亲爱的，污染就是污染。考虑到酸碱度只有三点八，这说明它一定是来自某个重污染地区。"

"但是诺尔斯说过这些水很危险，"马克说，"难道那些工厂在排放前不需要对废物进行处理吗？"

"理论上说，需要。但是，整个州有数不胜数的木材厂，如果那些位于偏远地区、规模较小的工厂去钻监管的漏洞，我也不会觉得奇怪。"

听到这话，诺拉·蕾似乎一振，她紧盯着阿米蒂奇。"如果是一家已经关闭的工厂呢？"她平静地问道，"一个已经关闭的，废弃的地方。"她把目光投向马克，"他就喜欢这样的地方。偏僻、危险，就像恐怖电影里的那种地方。"

"我知道那里有不少已经废弃的工厂，"阿米蒂奇说，"尤其是矿区。那里人口非常稀少，老实说，确实很适合拍恐怖片。"

"怎么会这样？"马克问道。

"那些地方又穷又偏僻。最开始人们搬迁到那里，获取自己的土地，躲避政府的约束。后来由于煤的开采，成群结队的廉价劳动力去那里谋生。不幸的是，耕种、伐木或者采煤都没有让他们富裕起来。现在那个地方已经千疮百孔，生活在那里的人们也身心疲惫，他们只能勉强维持生计。对他们来说，生活异常艰辛。"

"看来我们的搜寻范围又回到了七个县。"马克喃喃地说。

"这只是我的猜测。"

"还有更多的信息吗？"

"单是这个锯末的话，没有了。"

"妈的。"七个县。根本不够具体。如果是昨天或前天开始,如果能有几百个搜救队员,或者整个国民自卫队的话,一切还有可能。可是现在,他们只有三个人,其中两个还不是执法人员……

"阿米蒂奇先生,"金柏莉突然说道,"你有电脑吗?可以上网的电脑?我想借用一下。"

"当然,我有手提电脑。"

金柏莉已经从椅子上站了起来,眼睛里闪烁着明亮的光芒。她看了一眼马克,他正用惊讶的表情望着她。"还记得朱雷里怎么说的吗?事事有学问。"她看起来很兴奋,"那我就要实验一下。告诉我那七个产煤县的名字,我想我能找到米的出处。"

第三十七章 法医语言学家安努齐奥

弗吉尼亚 匡提科

下午1:12

气温 98华氏度

安努齐奥博士并不在办公室。昆西和蕾妮在会议室里等待秘书把他找来。两个人都没有说话。昆西在翻阅卷宗,蕾妮则紧盯着墙,一脸茫然。门外不时传来各种声响,那是匆忙的特工和行政助理们在忙着自己的工作。

"那并不是件简单的事情。"昆西突然说。

蕾妮的目光终于移到了他的身上。像往常一样,她一下子就明白了他的意思:"我知道。"

"我们都不年轻了。你将近四十,而我马上就五十五岁了。即使我们想要孩子,也并不意味着一定能要上。"

"我一直在考虑收养一个孩子。在我们国家,还有国外,有很多孩子急需家庭收养。也许我能给他(她)一个温暖的家。"

"带孩子不是一件容易的事情。如果是小婴儿,你要半夜喂奶;如果是稍大一点的孩子,你要考虑如何拉近你们之间的关系。孩子需要二十四小时的呵护。你再也不能说走就走,再也不能到餐厅里享受美食,还有就是必须减少工作时间。"

一阵沉默。过了一会儿,蕾妮说:"你别误会我的意思,昆西。我喜欢工作,但是最近……我觉得光有工作是不够的。我们不停地辗转于一个又一个犯罪现场,研究一具又一具死尸,今天刚抓住一个精神病,明天又会有新的出现。已经六年了,昆西……"她低下头望着桌子,"如果收养成功,我会退出工作。我已经等了太久了。"

"可是你是我的搭档。"他想都没想就提出了反对。

"你能够雇到咨询顾问,但是却雇不到父母。"

他转过身子,无奈地摇了摇头。他不知道该说些什么。也许对她来说,想要孩子是自然而然的事情,她还年轻,不像他已经经历过家庭变故的风霜洗礼。在她这个年纪,母性会慢慢萌发,这是谁都无法避免的生理需要。

他脑海里突然浮现出一幅画面:蕾妮捏着嗓子,用儿语在逗着怀里的小宝宝,宝宝高兴地挥舞着小脚丫和小手。他坐在一边,享受着孩子的第一次微笑。

很快又转到了另一个场景:每天工作到深夜,回家后发现孩子已经睡着了。每次到钢琴独奏会或学校演出的时候,都会有电话把他叫走。而五岁的孩子懂事得让你心碎:"没关系的,爸爸。我知道下次你会来。"

孩子很快就会长大。他们也很快会死去。最初,你会做出无数承诺,但最终却独尝苦涩。

突然间他对蕾妮产生了一股强烈的愤怒。他第一次遇到蕾妮时,她说自己根本不想结婚或者要一个孩子。她的孩提时代充满了黑暗和扭曲,她根本不相信自己能够打破这个怪圈。要知道,过去的六年里,他的两次求婚都遭到了拒绝。"如果没坏掉,就不要去修补。"她总是这样说。虽然每一次遭到拒绝时都比自己预想中的还要难过,但他一直都相信她的话。

可是现在,她竟然改变了自己的原则。不能和他结婚,但是,却想要孩子。

"我已经投入过自己的时间了。"昆西的话有些刺耳。

"我知道,昆西。"她竟然很平静。这比大吼大叫更让昆西感到害怕。"我知道你抚养过两个女儿,你已经经历过半夜喂奶、青春期焦虑这些麻烦。我知道你现在追求的是一种退休状态,而不是送孩子去幼儿园。我以为我也是。说实话,我从来没有想过这件事会成为困扰。可是……最近……"她微微耸了耸肩,"怎么说呢?有时候会觉得这样最好,但还是想改变一下。"

"我爱你。"最后他只能这样说。

"我也爱你。"蕾妮说,她的样子看起来悲伤极了。

接下来两个人又陷入了尴尬的沉默,直到安努齐奥博士走进来。不过,他似乎没有注意到空气中弥漫着的火药味,夹着一堆文件走到他们面前。"起来,"他直截了当地说,"出去。我们走走。"昆西立即站了起来,蕾妮慢慢地跟在他们后面。

"你接到电话了。"昆西对安努齐奥说。

对方警惕地摇了摇头,同时把目光瞥向天花板。昆西立刻明白了他的意思。很多年前,行为科学部的特工对联邦调查局的同事进行过盯梢。他们在天花板上面精心布置了监视和音频设备。有意思的是,后来联邦特工开始怀疑有间谍潜入,于是他们也偷偷安放了监视和窃听设备。简而言之,谁也不知道这种监视持续了多久。现在的他们是一朝被蛇咬,十年怕井绳。

三人来到了楼梯间,安努齐奥把手里的证件朝扫描器上扫了一下,然后就径直走到了门外。

"到底发生了什么事?"刚穿过楼前面的马路,语言学家就迫不及待地问道。周围不时传来阵阵枪声。

"我也不确定。"昆西拿起已经关掉的手机,"我已经失去联系一阵子了。"安努齐奥摇摇头,对于目前的进展他很不高兴,看起来似乎有所动摇。"我以为你们这些人在做好事。我以为我们之间的交谈可以有助于案件调查,而不是毁了我自己的事业。"

"我们确实是在做好事。我已经下定决心要抓住这个人。"

"事件正在升温。"蕾妮说,"昨天晚上,我们又发现了一具被害人的尸体。所有的细节都和生态杀手的特点相吻合。不过这次他抓了四个女孩。这说明还有两个在外面。要想打破他的计划,我们必须加快脚步。"

"该死。"安努齐奥无力地说,"和你们见面之后……我还希望……你们想从我这里得到什么?"

"有关于那个广告的消息吗?"昆西问道。

"我已经把那张纸送到了实验室,暂时没有任何消息。考虑到那份广告寄过来时是电脑排版好的,所以没有笔迹可供分析。幸运的话也许我们能得到有关纸张和墨水的信息。至于内容,暂时没什么新发现。作者很可能是个男性,智商较高。我还要强调一下,我们找的这个人很可能存在精神方面的障碍,也许是偏执狂,也许是精神受损。对他来说仪式是至关重要的,杀人的过程和结果一样重要。剩下的,我相信你也知道。"说着,安努齐奥看向昆西,"他永远都不会停手,除非有人阻止。"

昆西沉重地点了点头。这个消息让他倍感沮丧,他突然觉得所有的一切都让自己无比厌倦。他要为金柏莉操心,为蕾妮操心。现在又多出了孩子,对他来说,讨论孩子比讨论心理变态者更可怕,他不知道这到底意味着什么。

"马克科马克特工又接到了一通电话。"昆西说,"他会把谈话内容写下来,不过考虑到目前的形势,我觉得他不一定有时间。"

"什么时候接到的电话?"

"昨天深夜。当时他正在犯罪现场。"

听了这话,安努齐奥看起来很不安:"我不喜欢这样。"

"对方时机把握得非常准。"

"你觉得他在监视。"

"正如你所说,他享受这个过程。对他来说,过程和结果一样重要。我们有了一个新的想法，"昆西紧盯着安努齐奥的脸说，"凶手很可能利用厢式货车作为自己的犯罪工具。卡普兰特工说最近一段日子每天都有很多货车进出基地，它们属于工地上的施工人员。"

安努齐奥闭上眼睛，点了点头说："这比较符合。"

"卡普兰正在逐一调查曾经在佐治亚州住过的施工人员，到时候会给我一份名单，不过我想可能太迟了。"

安努齐奥终于睁开了眼睛，犀利地望着昆西和蕾妮。

"凶手想要匡提科，他已经得到了。现在的他已经不再需要这里了。"昆西继续说道，"他正在外面的某个地方展开行动，要想抓住他的话，必须找到这个地方。那么，博士先生，还有什么是你没有告诉我们的吗？"

语言学家先是惊讶，接着一脸警觉，最后故作镇定地说："我不懂你的意思。"

"你对这个案子很感兴趣。"

"这是我应该做的。"

"在处理那些信件的时候你就已经把注意力集中到来电者的身上了。"

"语言学就是语言学。"

"我们接受所有的可能性。"昆西最后尝试着说，"即使是不成熟，或者模糊的想法。"

安努齐奥犹豫了一下："我不知道。有些方面确实……这只是我个人的感觉。但是感觉并不代表事实，这一点我很清楚。"

蕾妮开了口："如果我们再告诉你三条线索，会对你的想法有影响吗？"

"哪些线索？"

"水，某种粉末，还有生米。我们应该能查到水和粉末的来源，但没有米的任何线索。"

安努齐奥望着他们，脸上露出了好奇的微笑："米？"

"长粒状生米，你了解吗？"

"你说过他喜欢危险的地方，是不是？人烟稀少，这样受害者被发现的可能性就非常小。哦，很好，很好，很好……"

"你到底知道什么，安努齐奥？"

"我年轻的时候曾是一名洞穴探险家。现在我知道凶手在哪里了，快，我要打个电话。"

第三十八章　第二目的地：奥恩多夫洞穴

弗吉尼亚

下午3：12

气温　101华氏度

太阳还在不知疲惫地散发着热量。缇娜身上的污泥已经被烤干，一块块脱落下来，露出了伤痕累累的皮肤。蚊子又开始一哄而上，不过她已经无所谓了，甚至感觉不到疼痛。

没有汗，甚至连小便都没有。现在的她严重脱水，身上连一滴水都挤不出来了。估计很难撑过十二个小时。浑身只剩下鸡皮疙瘩，还有一阵又一阵的寒战，她一边颤抖一边工作着。

石头根本没用。又大又笨重，连腐烂的木头都凿不动。她忽然想到了自己的手提包，兴奋地把里面的东西一股脑地倒在了石头上，一把金属指甲刀。太好了。

她一点点地凿着枕木，慢慢地挖出手和脚可以抓住的地方。蚊子围着她的脸，黄蝇叮着她的肩膀，眼前的世界还在不停地旋转着。

指甲刀掉下去了。她气喘吁吁地伏在泥泞里，双手颤抖不已。要想在泥泞里找到指甲刀可不是件容易的事情。哦，小心，又来了一条蛇。

她好想把眼睛闭上，慢慢地沉下去，沉到软软的泥潭里，任由它们淹没自己的头发、脸颊和喉咙。然后张开嘴巴，让它们流进嘴里。

战斗还是死亡，战斗还是死亡，战斗还是死亡，一切由她决定。目前很难知道它们之间的区别。

缇娜找到了指甲刀。她又开始挖。太阳依然在头顶炙烤着。

"我要去哪里？朝右拐？好，现在呢？等等，你说右边。不，你说的是左边。该死，给我几秒钟的时间。"一个急刹车，马克来了个一百八十度大转弯，向后退到一条脏兮兮的旧路上。金柏莉坐在旁边，努力地在弗吉尼亚州地图上确认他们现在的位置，可根本找不到那些老旧的伐木道路。而朱雷里正在电话里指路，他让马克通过地形来判断方向。

"什么？你再说一遍，是的，我听到的话都是断断续续的。蝙蝠？

这和蝙蝠有什么关系？"

"洞穴……救援队……蝙蝠……在车上。"雷还在说着。

"一辆蝙蝠车？"马克问道，正在这时金柏莉大喊一声："小心！"还好他及时看到了那棵巨大的树横在道路中间。

又一次急刹车。后排传来了诺拉·蕾的叫声："啊——哦！"

"都还好吗？"

金柏莉和诺拉·蕾相互看了看，同时点点头。马克停下了车子，再次把注意力放在手里的电话上。

"雷，我们快到了吗？"

"……两……三……"

"英里？"

"英里。"雷确定说。

那好，不管这该死的车了，他们可以步行过去。"队伍怎么过来？"马克问道。雷尽自己最大能力安排了一组专家赶过来。其中包括水文学家布莱恩·诺尔斯，孢粉学家劳埃德·阿米蒂奇。目前，他还在努力联系地质学家和熟悉喀斯特地形的植物学家。从理论上说，当马克、金柏莉和诺拉·蕾找到第三名受害者时，雷的队伍就会赶到现场，对受害者身上的线索进行分析，以找出第四名受害者的所在地。虽然已经迟了，但他们会尽力弥补失去的时间。

"蝙蝠……洞穴……"雷又这样说道。

"我听不到你在说什么。"

"喀斯特……志愿者……蝙蝠……"

"你有志愿者蝙蝠？"

"搜救！"雷似乎火了，"洞穴！"

"有一组志愿者在进行搜救,哦,在洞穴里!"马克完全没有想到。金柏莉已经在网上搜索了所有和大米有关的县名,看,有一篇文章是关于奥恩多夫洞穴的,那是濒临灭绝的等足类动物最后的家园,那里有一种小小的白色甲壳类动物,大概只有四分之一英寸长。长话短说,某个政客希望在该地区建立机场,而环保主义者试图用《濒危物种保护法》来阻止这一计划。政客的回答是,你们休想用一粒米来阻挠这一进程。于是这种等足类动物就有了一个可爱的昵称。

因此,他们确定了位置。只要能找到这个地方,就能把女孩救出来。

"水……危险……"雷还在说着,"很难进入……绳子……工装服……照明灯。"

"我们需要进入洞穴的专用设备,"马克明白了,"行,那么搜救队什么时候能到?"

"打几个电话……位置不同……蝙蝠……在车上。"

"他们车子里有蝙蝠?"

"贴纸!"

"明白了。"

马克拉开车门,走过去查看了一下倒在地上的大树。金柏莉也跟了出去,绕着树走了一圈,然后瞟了一眼马克,面无表情地摇了摇头。马克明白她的意思。这棵树的直径至少有三英尺,要想把它拖走,必须动用汽车、小型机器锯和绞盘。而现在,这里只有一个男人、两个女孩和一辆凯美瑞,所以想都别想了。

"我们已经拐到左边了,"马克对着电话说,"下面应该怎么办?"

这次他完全听不清雷的回答,只隐约听到一句"真菌的气味",马克愤愤地环顾了一下周围,一棵棵参天大树,一直延伸到看不到的远方。

四十分钟之前,他们离开81号州际公路,朝着西部腹地驶去。那是夹在肯塔基州和加利福尼亚州中间的一个狭长半岛,四周只有广袤的田野和森林。他们最后见到的建筑是十五英里之前的一个破旧加油站,破旧到让你觉得自一九六八年之后那里就没有加过一滴油。在那之前也只有几间活动板房和一座浸信会教堂。看来劳埃德·阿米蒂奇并没有开玩笑,这个地方确实穷困偏僻。

这里一片蛮荒,手机信号也变得越来越差。

"等到了现场后我再和你联系。"马克说。雷似乎回答了不少话,可是马克什么都听不到,最后他只好悻悻地挂上手机。

"现在我们做什么?"诺拉·蕾问道。

"步行。"

实际上,首先要做的事是带上设备。诺拉·蕾说得没错,她准备得确实很充分。她从旅行袋中拿出一个小背包,里面装着干粮、急救箱、指南针、瑞士军刀和净水器,还有一盒防水火柴和小手电筒。她把所有的东西一一装好。金柏莉和马克也忙个不停。

现在,他们还剩三加仑的水。想到那个女孩所处的环境,马克烦躁地把衬衫脱了又穿,穿了又脱,最后还是把水都塞进背包里。这下子背包可不轻,压得他根本抬不起来肩膀,已经湿透的衬衫紧紧贴在身上,这种滋味真是不好受。金柏莉见状走了过来,取出一加仑塞进自己的包里。"不要傻了。"说完,她把包拿起系在了腰间。

"至少还有这些树帮我们遮住阳光。"马克说。

"那要它们能吸收潮气才行。有多远?"

"我想大概有几英里。"

金柏莉又看了一下时间。"我们要加快速度了。"她一边说一边偷偷瞄了诺拉·蕾一眼。马克明白她的意思。诺拉·蕾只是一个普通人,她能有多大的毅力呢?不过很快就能知道了。后来,当马克回想起来时,觉得这真是一次超现实的徒步行走。酷热的午后,遮天蔽日的森林小道。不过太阳似乎不愿意放过他们,想尽一切办法穿过树缝把阳光倾泻下来。

成群的虫子开始出现。蜂鸟般大小的蚊子,长着尖尖嘴巴的苍蝇围着他们不停地打转。走不了几步,就需要停下来拍脸,最后他们只好把杀虫剂拿出来。不到四分之一英里的路,他们只能走走停停,对着四周喷洒药水,仿佛这只是某种廉价香水。

可惜这也起不了太大的作用。又热又湿的空气让他们的衣服浸透了汗水,引得一群群苍蝇蜂拥而至。大家都没有说话,只是一步一个脚印地向前走着。

四十分钟后,马克最先闻到了:"这是什么味道?"

"避蚊胺,"金柏莉冷冰冰地回答说,"或者是汗味。随便你怎么想。"

"不,不,这个味道更难闻。"

诺拉·蕾停下了脚步。"好像是有什么东西腐烂了。"她说,"就像……下水道的味道。"

马克突然明白了朱雷里在电话里想告诉自己什么了,真菌的气味。他加快步伐。"快点,"他喊道,"我们就要到了。"

他几乎是在跑了。金柏莉和诺拉·蕾匆匆地跟在后面。先是一个向上的陡坡,接着又向下走。最后他们突然停了下来。

"天啊。"马克忍不住叫道。

"简直就是一部恐怖片。"诺拉·蕾喃喃地说。

而金柏莉只是摇了摇头。

昆西有些气恼。这已经是他第三次还是第四次给金柏莉打电话了，依然没有接通。他转过身子面向蕾妮和安努齐奥。

"你知道那个洞在哪里吗？"他朝安努齐奥问道。

"当然知道。它在李县。从这里过去大概需要三四个小时。但是它可不像仙那度河谷的那些热门景点一样想去就去。要想去奥恩多夫洞穴，你必须有精良的装备。"

"可以。带上装备，我们一起去。"

安努齐奥沉默了片刻，然后说："也许应该让专案组了解案件的进展。"

"真的吗？你觉得他们会先采取什么措施，博士先生？是营救受害者还是把你叫过去面谈个三小时以验证你说的每一个细节？"

安努齐奥明白他的意思："好，我去拿装备。"

"我们要找什么？"

"鬼才知道。某种洞穴入口。可能在一堆石头中间，也可能在某棵树根下的洞里。我从来没有进行过洞穴探险。不过，找个洞口能有多难呢？"

后来的一切证明想找到洞口确实很不容易。马克绕着锯木厂狂奔了十五分钟。金柏莉和诺拉·蕾也是。他们的样子看起来真是愚蠢极了。首先折磨他们的是弥漫在潮湿空气中的恶臭味，熏得他们睁不开眼睛，嗓子也呛得生疼。马克用一件旧T恤捂着嘴巴，依然阻挡不了刺鼻的气味。

和臭味并肩作战的是从一座座高耸的锯末堆中升腾出来的阵阵热气。

一开始,他们都没认出来这是一堆木屑,它看起来更像是白沙,或者被雪覆盖的垃圾堆。直到十分钟前金柏莉走上前去仔细观察了一番才发现真相。真菌的气味,整个木屑山都长满了真菌,散发着一阵阵恶臭。布莱恩·诺尔斯的猜测是对的,那些水确实来自一个状况堪忧之地。

马克跳过一把锈迹斑斑的锯子,然后在如同棚子一般的长条形房子里绕来绕去,说是房子,其实只剩下了残垣断壁。隐约可以看到几台老旧的传送带躲在昏暗的角落里,一根根长矛依旧狰狞无比,它们的功能是插住木头以便将其切片。

遍地都是垃圾。揉成一团的汽水罐、一次性塑料杯,还有不少汽油罐,可能是用来给手持机器锯加油的。不远处有一堆荧光灯管,不时传来微弱的爆裂声,那是玻璃碎片在阳光的炙烤下引发的爆炸。

马克从未见过这样的场景。脚边是一团团生锈的铁丝,茂密的杂草丛中到处都是锯条,似乎还在等待着大显身手的一天,等待着把这里变得更糟糕。这里绝对是环保主义者的噩梦。这时他非常确信那个女孩就在附近。

金柏莉也一瘸一拐地绕着棚子走来走去。刺鼻的气味熏得她眼泪止不住地流下来:"发现什么了吗?"

马克摇摇头。

她点点头,继续弯着腰寻找洞口。没多久马克又遇到了诺拉·蕾,她不再奔走,而是双手叉腰站在那儿,闭上眼睛一动不动。

"看到什么了?"马克急切地问道。

"什么都没有。"看到马克出现在面前,她显得有些尴尬,"我不知道……我没有巫师的本事,我只能梦到。所以我想如果闭上眼睛……"

"只要有用就行。"

"可惜没用。一点儿用都没有。真是令人沮丧。我的意思是,如果她在洞里的话,那么我们此刻岂不是就走在她的上面?"

"有可能。搜救不是一件简单的事情,诺拉·蕾。当初在你获救之前,海岸警卫队已经来来回回走了五趟,最后才看到那件红衬衫。"

"我很幸运。"

"你很聪明,你把它挂在那里,你一直在尝试。"

"你觉得这个女孩聪明吗?"

"我不知道。我希望幸运之神能够眷顾我们,让我们把她带回家。"

诺拉·蕾点点头,继续向前走去。马克朝着另一片废弃的房屋走去。已经四点多了。他的心"扑通扑通"直跳,脸颊红得发烫。每个人都在透支着自己的体力。他们热得发狂,而且已经很长时间没有喝水了。

这对搜救工作很不利,可他就是无法停下来。

诺拉·蕾说得对,如果那个女孩在洞里的话,他们就站在她的上面。近在眼前,却又远在天边。

就在这时,透过"嗡嗡"声,他隐约听到有人在呼叫,太好了。是金柏莉,好像就在左边。

"嗨,嗨,"她大喊着,"我发现了,这里,快来!"

第三十九章　第三个女孩的尸体

弗吉尼亚　李县
下午4:53
气温　101华氏度

"喂？喂？你能听到我说话吗？"金柏莉对着一个露在地面上的管子大喊着。管子直径大概有八英寸，像是烟囱的一部分。她朝里面瞧了瞧，希望能看到点什么，可惜下面黑洞洞的，什么都看不到。接着，她又对着管子挥了挥手，一股凉气冲了上来。她不甘心地朝里面丢了一颗小石子，却听不到落地的声音。马克和诺拉·蕾都赶了过来。金柏莉趴在管子上，把手做成喇叭状，再次大喊着："有人在下面吗？"说完，她把耳朵紧贴在管子上，有什么动静吗？在潮湿黑暗的下面似乎有什么东西在移动，很难分辨。

"你好——"

马克大汗淋漓地跑到她的旁边，随即也蹲下来，和她一起大喊着。

"下面有人吗？凯伦·克拉伦斯吗？缇娜·克拉恩？你们在下面吗？"

"也许她睡着了。"金柏莉咕哝着。

"也可能是昏迷。"

"你们确定这里通向洞穴?"诺拉·蕾问道。

金柏莉有气无力地耸耸肩:"我很确定。"

"可是这肯定不是入口。"诺拉·蕾说,"没有人能从这个洞下去。"

"没错,这肯定不是入口,可能只是一个通风孔或天窗。不过,至少说明有人花费时间布置了这个管道,这肯定意味着什么。"

"说明洞穴很大。"马克喃喃地说,他也扔下去一粒石子,结果和之前一样,什么都听不到。"从网上的信息来看,它似乎是被一条长长的隧道连接起来的若干空间组合,有的空间和小教堂差不多大小。这个管子可能通向其中一个空间,可以让自然光透进去。"

"我们必须找到入口。"金柏莉说。

"是的。"

"我待在这里继续喊叫。你和诺拉·蕾去找找看有没有其他入口。说不定你们能听到我的声音从某个地方传出来,这样就能帮助我们找到入口。还有……"金柏莉迟疑了一下,说,"如果真的有人在下面,我不想让她以为我们走了。我希望她知道我们来了,一切很快就会结束。"

马克朝她点点头,脸上的表情让人难以捉摸。他转过身和诺拉·蕾又开始了疯狂的搜寻。金柏莉继续趴到地上,嘴巴对着肮脏的管子,一声接一声地呼喊着。

"我是金柏莉·昆西,"她这样喊着,她也不知道该说些什么,所以只好从最简单的开始,"我旁边还有马克·马克科马克特工和诺拉·蕾·瓦特,我们是来帮助你的,你能听到我说话吗?我听不到你的声音。你可能是太虚弱了,无法呼救,不过,你可以试着敲击旁边的东西。"

她等了一会儿，还是没有声音。

"你渴不渴？我们带了水和食物，还有毯子。我知道即使在这种季节，洞里依然很冷。哦，我知道你已经快要撑不住了。"她觉得这次好像听到了什么声音。她赶紧闭上嘴巴，屏住呼吸，是敲击石头发出的"砰砰"声吗？或许是这个又冷又害怕的女孩正在竭力朝洞口挪动？

"救援队马上就要到了，里面有搜救专家、地质专家。他们带着很多装备，一定能把你救出来。相信我，如果你觉得那里太冷了，别着急，很快你就会知道上面有多热了。在树荫下都有一百度。到时候你一定会怀念下面的凉爽。不过我猜等你再见到太阳，一定会非常高兴。还有树、天空和我们的笑脸，我们等不及想见到你了。"她絮絮叨叨个不停，仿佛只是在闲聊一般。她的嗓子慢慢有些嘶哑。

"你不用害怕，我知道一个人孤零零地待在黑暗中的滋味不好受。不过，现在我们来了。我们已经找了你很长一段时间，而且很快就会下到洞穴里，把你带上来，让你重见阳光。我们还会找出凶手，把他抓起来，这样以后再也不会发生类似的事情了。"

她听到了声音。声音很大，像踩在石头上发出的"咯吱咯吱"声。金柏莉兴奋地抬起头来，这才发现声音是来自地上，两辆灰不溜秋的卡车就快驶到她面前了。其中一辆车的驾驶员一侧的窗户上贴着蝙蝠头像。门一下子打开了，一个男人从车上跳下来，飞快地跑到车厢后面，一把将门拉开，"呼啦啦"地搬出来不少装备。

"就是你报告有人失踪的？"男人扭过头问道。第二辆卡车也停了下来，又跳下来两个人冲到装备旁边。

"是的。"

"很抱歉我们来得有点迟。都是因为那棵该死的树。对于那个失踪的探险者,你们都知道些什么?"

"我们相信她被丢弃在洞穴里至少有四十八小时了。她手里没有任何装备,最多只有一加仑的水。"

对方愣了一下:"啊?你再说一遍?"

"她不是什么洞穴探险者,"金柏莉平静地说,"她只是个小姑娘,是一个暴力犯罪的受害者。"

"你不是在开玩笑吧?"

"当然不是。"

"哦,老天,我不知道还应不应该问下去。"他转向两个同伴,"鲍勃,罗斯,你们听到没有?"

"小姑娘,没有装备,被丢弃在洞穴里,你不想问下去了。"两个同伴头也不抬地回答他,他们在忙着穿长衣长裤,紧接着又把自己套进厚重的蓝色工装里面。现在的气温有一百度,两个人已经汗流浃背,可他们并不在意。

"我是乔希·夏德特。"第一个小伙子走过来,稍显迟疑地握了握金柏莉的手。"我不是什么队长,不过确实负责这个小组。目前还有两个人在路上,不过听到你刚才所说的,我们三个最好现在就开始。"

"这个大烟囱通向洞穴吗?"

"是的,女士。它是你脚下踩着的主洞的天窗。"

"我一直在对着下面说话,不知道她能不能听到……"

"她一定很感激你这么做……"夏德特说。

"我能和你们一起去吗?"

"你带装备了吗?"

"就是我身上穿的这些。"

"这可不是什么装备。在洞穴里，一年四季都只有五十五度，感觉就像在冰箱里一样，这还是你没跳到水里之前的状况。要想进入奥恩多夫洞穴，我们必须靠绳子下降四十英尺，趟过没膝的水，然后进入一条三十英尺长的隧道，大概只有十二英寸高。这个时候我们就进入了主洞，主洞大概有四十英尺高。当然这一切的前提是我们没有碰到暴虐的浣熊或环颈蛇。"

"蛇？"金柏莉立刻蔫了下来。

"是的，女士。不过至少那里没有蝙蝠。遗憾的是，奥恩多夫洞穴已经濒临消亡。即使蝙蝠觉得那里是个冬眠的好地方，这个时候它们也要出来找虫子吃。当然，如果是十月到次年四月，情形又会有所不同。那时会有很多到洞里探险的人。"

"我以为你们就是洞穴探险者。"

"不，女士，准确地说，我们是洞穴勘探者。我们会营救那些洞穴探险者。所以你不用担心，让我们来做吧，我们会找到那个女孩的。她叫什么名字？"

"凯伦或缇娜。"

"她有两个名字？"

"不是，我们不知道她是受害者中的哪一个。"

"啊，老天，我真不该再问下去了。你做你的事情，我们做我们的事情。"说完，夏德特转过身走到自己的装备旁，换上工装服。这时，马克和诺拉·蕾都跑了过来。简单的自我介绍之后，三个洞穴勘探者已经换好衣服，捆好背包，穿上厚重的徒步靴，戴上厚实的皮手套。而马克他们三人，只好在一旁呆呆地站着。

接着，他们把很多色彩鲜艳的绳子缠到身上，再把一堆重型设备灵活地卷起、打结，挂在肩膀上。然后做最后的调整：测试光源，调整头盔。最后，夏德特做出了可以的指示。他又回到车子后面，拖出了一块长形的板子，这是用来运载受害者的，以防到时候她无法自己行走，或者已经死亡。

夏德特朝马克看了看，说："我们需要一个人在上面看着绳子，你以前做过吗？"

"我会攀岩。"

"那就是你了，走吧。"

最后，夏德特又叮嘱了一下金柏莉："继续对着管子说话，谁也不知道接下来会怎样。"

说完，男人们都转过身朝树林深处走去。金柏莉继续趴到地上，诺拉·蕾也加入了她的行列。

"我们都说什么呢？"女孩低声问道。

"当时你最想听到什么？"

"我希望一切很快就会结束，我马上就会没事了。"

金柏莉沉思了一会儿。然后她对着管子大喊："凯伦？缇娜？我又来了，我是金柏莉·昆西。你能听到我说话吗？一切很快就要结束了。我们马上就能带你回家，你会见到你的家人，到时候你就安全了。"

缇娜还在不停地凿着。开始是跪在地上，一个洞一个洞，慢慢向上延伸。她试着把满是泥泞的脚趾踩进刚凿出的两个洞里，然后用手抓着上面，颤颤巍巍地向上爬了两步。一阵眩晕，似乎像羽毛一样轻，又像锚一样重。她会像蜘蛛侠那样爬到洞口，然后一屁股坐在地上，再也站不起来。

"加油。"她张开干裂的嘴巴鼓励自己，开始向上攀爬。一步，两步，三步。她的胳膊也开始发抖，腹部一阵阵痉挛。她只好把头抵在枝叶繁茂的藤蔓上，祈祷自己不要掉下去。片刻之后，她又开始向上爬。

向着太阳爬去，像羽毛一样轻，像蜘蛛侠那样。

六步之后，她又气喘吁吁地停了下来，上面已经没有可以抓踩的洞了。虽然有藤蔓，但她摆脱不了之前的阴影，决定不靠它们。她笨拙地用脚趾撑住身体，伸出右手，继续用指甲刀凿洞。这似乎并不困难，不一会儿，木屑纷纷落下，她再次充满信心。她不顾一切地挖着，想象着自己已经到达洞口。

说不定上面就有一个湖泊，一个巨大的蓝色绿洲。她会一头跳下去，徜徉在安宁的波浪中。她还要潜到水里，让湖水把头发上的污泥冲洗干净，然后继续下沉，尽情地喝着，直到肚皮鼓得像气球一样。

最后，她会游到对岸，一个穿着礼服的侍者向她问好，手中的银盘上托着蓬松的白色毛巾。

她忍不住笑了起来。她并不在意产生这种幻想，这是她唯一能拥有的幸福了。

木屑沙沙地落到她的头顶，她回过神来，意识到自己还没有完成任务。由于用力过度，手臂一阵酸痛，她抠了抠刚刚挖出的小洞，可以插进手指。又到了前进的时刻。过去的那些电视剧主题曲是怎么唱的来着？坚持向上，到达顶峰，你会发现馅饼正在那里等着你。她撅着屁股，忍住疼痛又向上爬了一步，可是双手抖得更厉害了。虽然只向上了四英寸，但几乎要了她的半条命。

接着，她又要停下来挖洞了。她的左臂太痛，根本支撑不住整个身体，她只好换右手来支撑，左手凿洞。可是这样太笨拙了，她不知道自己到底能不能完成，说不定一不小心整块板子都会掉下去。太痛苦了。

她只能把筋疲力尽的四肢紧贴在墙壁上。还好，又一个洞凿好了，继续向上爬。这时她做了一个错误的举动——抬了抬头，这让她快要哭出来了，蓝天，离自己那么远！有多远？至少还需要十到十五步。她的胳膊和腿都疼得厉害，到现在她只爬了八步，她还能坚持多久？虽然有和蜘蛛侠一样的双手和双脚，可是她没有他那样的力气了。

她只想要那个湖，只想徜徉在碧蓝凉爽的湖水中。她只想走到对岸，扑进妈妈的怀抱，放声大哭，诉说自己所有所有的抱歉。

上帝，给她力量吧，让她有继续向上的勇气。她的妈妈，还有肚子里的孩子都需要她。求你了，上帝，别让她像陷阱中的老鼠一般死去。她不想就这样孤零零的一个人离开这个世界。

她告诉自己，再凿一个洞，向上，再凿一个，你就可以回到泥潭里休息一下了。

于是，她又开始动起手来。一个洞，又一个洞，虽然筋疲力尽，但她不停地告诉自己，只要再凿一个就行了。两步，三步，最后她已经爬了十到十二步。真是太恐怖了，她根本不敢向下看，只能继续前行。她的肩膀不停摇晃着，每个关节都仿佛被扯开了，如同悬吊着一般。有好几次她都摇摇欲坠，只好用手指紧紧抓住木头，她的肩膀发出奇怪的响声，双臂一阵剧痛，她忍不住叫了出来，可是干渴的喉咙阻挡了叫声，最后发出来的声音就像砂纸一般嘶哑。

坚持向上，到达顶峰，馅饼正在那里等着你。

她已经哭不出眼泪了。她只是拼命地抓着腐坏的木头和脆弱的藤蔓，尽力不去想此时的一切。她已经痛到麻木，这种忍耐力已经超越了她的极限。

眼前浮现出了妈妈的样子,还有她的孩子。加油,加油,加油!

已经爬了十五步了!洞口就在眼前,她甚至看到了地上茂密的草丛。许久未见的地表植物让她焦干的喉咙渗出了一丝口水。

她就这样一动不动地盯着,完全忘记了周围的一切。她似乎耗尽了最后一丝力气,她伸出手,却抓了个空。

然后她就摔了下去。

有一瞬间,她觉得自己似乎飘浮在半空中,挥舞着手脚,就像动画片里那些笨角色一样。不过很快,她就恢复了意识,"砰"的一声,她重重地摔到了泥潭中。

她没有尖叫,泥潭将她整个人都吞噬了。经历过了之前的一切,她已经不再反抗。

四十五分钟过去了,金柏莉还在说个不停。她在说着水、食物、温暖的阳光,还有天气、棒球赛季以及天空中飞过的小鸟,她还说到了老朋友,新朋友,如果能再次见面岂不是太美好了?

她还鼓励她坚持,永不放弃。只要你有信心,有毅力,奇迹一定会发生。

这时,马克从树林里走了出来。她看了他一眼,不再说话。十七分钟后,尸体运出来了。

345

第四十章　过去从未过去4

弗吉尼亚　李县

晚上7：52

气温　98华氏度

　　太阳慢慢落山，留给人们的除了天空中的一抹抹橙黄，还有挥散不去的炎热。黄昏的阴影越拉越长，湿气也越来越重。越来越多的车子聚集在这个废弃的锯木厂前。最先到达的是洞穴勘测者的又一支救援队。他们慢慢地把被害人的尸体拖出来。女孩一头褐色短发，身上绣着黄色花朵的吊带裙已经被酸水腐蚀得不像样了。十个手指甲全部破损，参差不齐，看样子她曾经在白云石的墙壁上疯狂地抓挠。现在，她的整个身体呈蓝色，肿胀得厉害。乔希·夏德特和同伴是在通往主洞下水道入口的长隧道中发现尸体的。他们拖着尸体穿过主洞，紧接着又在一块岩石上发现了一个空水壶和一个手提包。

　　从驾驶证上看到了被害人的姓名——凯伦·克拉伦斯。一个星期前，她刚满二十一岁。

　　剩下的就无须多说了。凶手把昏迷中的被害人运送到主洞。当她醒来时，只看到四十英尺高的通风管里透进的微弱的光。在她左边是相对安全的小池塘，里面盛的全是雨水。而右边就是一条受到严重污染、剧毒的溪流。也许她在岩石上待了一会儿。也许她试过那个小池塘，但立刻被一只只白色无眼的小龙虾咬到，也可能是一个个米粒大小的等足动物，说不定还有环颈蛇。

无论怎样，女孩最后都会浑身湿漉漉的。如果一直待在只有五十五度的空间里，体温降低就是早晚的事情了。

夏德特说了一个洞穴探险者的故事。那个人在五英里长、蜿蜒曲折的洞穴内支撑了两个星期。当然，他随身带了装备和一整包营养棒。还有，他所在的那个洞穴非常安全，那里的水不仅干净，据说还能带来好运。

可是凯伦·克拉伦斯却没有那样的好运。洞穴顶部和地面全是尖锐的钟乳石，一不小心就会撞到头，或者划伤膝盖，扭伤手腕。在某一刻，她决定走向那条被污染的溪流。酸水灼烧着她的皮肤和衣服，裙子上立刻出现一个个窟窿。不知道这个时候她是什么感觉，毫不在意？灼热的溪水能不能赶走她的寒冷？也许她只是下定了决心？干坐在岩石上只能等死。那个池塘通不到任何地方，只有这条小溪能把她带回人间。

无论怎样，她趟过了那条小溪，衣衫褴褛，泪流满面。顺着小溪，她来到狭窄的隧道口，钻到那条又长又窄的通道里，最后，死在了那片黑暗中。

刚过七点，朱雷里就到了现场。和他一起赶来的还有布莱恩·诺尔斯、劳埃德·阿米蒂奇和凯西·莱文。他们开着两辆切诺基吉普，载着野外设备、野营包和几箱书。他们一开始还颇为兴奋，像是过节一般，接着，他们看到了那具尸体。

他们立刻放下手中的工具，神情严肃地为女孩默哀，然后迅速投入了工作。

三十分钟后，蕾妮和昆西也赶到了，安努齐奥和他们在一起。没多久，诺拉·蕾就离开了现场，金柏莉跟在她的后面。

专家们得到了线索。执法人员得到了尸体，她不知道自己能得到些什么。

诺拉·蕾坐在树林深处的一个树桩上，双手轻轻拨弄着脚下的一丛丛蕨类植物。

"真是漫长的一天。"金柏莉靠在旁边的一棵树上说。

"可一切还没有结束。"诺拉·蕾回答她。

金柏莉勉强地笑了一下，这个女孩真的很坚强。"继续？"

诺拉·蕾耸耸肩："我想是的。在这之前，我从没有亲眼见过死人。我以为自己会很不安，可实际上，我只是……很累。"

"我也是。"

诺拉·蕾抬起头看着金柏莉："你怎么在这里？"

"树林里？这里总比太阳下面强。"

"我指的不是这个。我说的是案子，你怎么会和马克科马克特工一起办案？他说你并不是正式的，差不多这个意思。你曾经……你是？"

"哦，你的意思是我是某个被害人的亲属？"

诺拉·蕾点点头。

"不，至少这次不是。"金柏莉滑坐到树根旁。地上的土比较凉，这样似乎舒服一些。"实际上，两天前，我还是联邦调查局国家学院的一名新特工，还有七周我就毕业了。我的督导老师会说我对上司不太尊重。不过我认为自己应该能完成学业，顺利毕业。"

"发生了什么事情？"

"我去树林中跑步，发现了一具尸体，是贝琪·雷迪森。那天晚上是她开的车。"

"她是第一个被害人？"

金柏莉点点头。

"那现在我们要找她的朋友。"

"一个接一个地找。"金柏莉轻声说。

"这不公平。"

"是的，确实是很不公平。一切都是因为那个男人，我们一定要抓到他。"

两个女孩不再说话。树林里很安静，只有微风掠过树梢的声音，偶尔还会隐约听到松鼠或小鸟在落叶中觅食的"沙沙"声。

"现在，我父母一定很担心。"诺拉·蕾又开了口，"我妈妈……自从我妹妹出事后，她就不希望我离开她超过一小时，每半个小时我都要打电话回去，她就会嚷嚷着让我赶紧回家。"

"父母都希望子女比自己活得更久。"

"可是现实就是这么残酷。就像你说的，生活并不公平。"诺拉·蕾烦躁地揪着小草的叶子，"我今年才二十一岁，老实说，我应该重回学校，应该制订人生规划，找工作，找人约会，到了晚上出去喝点酒，或者刻苦学习。我应该尝试各种不同的事情，寻找自己的人生意义。可是……我妹妹死了，我的人生也随之结束了。现在我们一家人什么都不做，我们只是……活着而已。"

"三年也许还不够。你们可能需要更久的时间才能渡过这个难关。"

"渡过？"诺拉·蕾的声音充满了怀疑，"我们压根儿就没有这种念头。我们什么都没做，一切都像死一般沉寂。我的人生从此一分为二。在那天晚上之前，我要上学，有男朋友，还有派对在等着我。在那之后，一切都没有了，而我就像一具行尸走肉。"

"你有梦。"金柏莉的声音很平和。

诺拉·蕾似乎很困惑："你觉得它们都是我自己编的？"

"不，我很确定你梦到了你妹妹。有些人认为做梦是你的潜意识在替你解决问题。如果你总是梦到你妹妹，说明你的潜意识里还有问题要解决。也许并不是只有你的父母没有忘掉她。"

"我不想再继续这个话题了。"诺拉·蕾说。

金柏莉耸耸肩。

诺拉·蕾眯了眯眼睛："你是什么人？心理医生？"

"我学过心理学，但不是心理医生。"

"哦，学过心理学，参加联邦调查局国家学院。那你为什么来这里？"

"我的姐姐也不在了，还有妈妈。这是我来这里的原因。"昏暗中，金柏莉露出了坦诚的微笑，"如果比赛谁被命运捉弄得最惨，我想我一定会赢。"

善良的诺拉·蕾显得有些局促，只好又去拉扯那些蕨类植物，似乎颇为得心应手。"发生了什么事？"

"很老套。我父亲曾是联邦调查局的心理分析员，一个坏人觉得我父亲毁了他的一生，他想报复，他的方法就是毁掉我的家庭。先是我姐姐，当时她遇到了一点困难，同时她缺乏对人的判断力。他杀死了她，并把现场伪造成车祸。后来他又利用从我姐姐那里得到的信息接近我母亲，不过他没想到我母亲比他想象中的聪明。于是，她也死了。

鲜血四溅，洒满了七间屋子。最后，他又把目标指向我。庆幸的是，我父亲先动了手。在过去的六年里，在经历了亲人们被残酷杀戮之后，我和你一样不知如何度过余下的人生。"

"这就是你加入联邦调查局的原因？你想帮助其他人？"

"不全是。我加入联邦调查局是希望武装自己，当然也可以帮助其他人。"

诺拉·蕾点点头，也许她觉得这个理由已经足够了。"那现在你要去抓杀死我妹妹的凶手，很好。联邦调查局应该很庆幸有你这样的特工。"

"联邦调查局不再要我了。"

"可是你刚才说已经训练了一半……"

"我以私人原因请假，这才有时间办理这个案子。诺拉·蕾，联邦调查局不喜欢这样的事情。我不知道自己还能不能回去。"

"我想不通，你是在追捕凶手，是在拯救别人的生命，难道这不是他们想要的？"

"他们想要的是客观、专业，有良好的决策力和大局观的特工。我离开国家学院，是为了拯救一个生命。如果我留在那里，完成训练，那就有机会拯救几百个生命。虽然我的老师们有时候确实很讨厌，可他们并不笨。"

"那你为什么还要这样做？"

"因为贝琪·雷迪森长得很像我姐姐曼蒂。"

"哦。"诺拉·蕾终于明白了。

"是的。"金柏莉把头靠在粗壮的树干上，长叹了一口气。终于把这些憋了很久的话说出口，感觉比想象中要好得多，直面现实的感觉真是太好了!

她没有跟马克说实话,她告诉他这和她的家人无关。她对父亲说了谎,她告诉他自己可以应付一切。最重要的是,她也欺骗了自己。年轻、充满朝气的金柏莉,勇敢地支持着弱者,把自己卷入了这起错综复杂的案件中。这听起来很有说服力,可实际上,她的决定和贝琪·雷迪森、生态杀手以及她的督导马克·沃森一点关系都没有。一切只和她自己有关。六年的悲伤与成长,她不断告诉自己一切都很好。可当她看到一个和曼蒂相像的被害人时,之前所有的努力瞬间化为乌有,她抛开了事业、梦想和未来。她无法再忍受下去了。

贝琪·雷迪森死了。命运又一次撕开金柏莉的伤口,让她重新背负过去的痛苦,似乎这才是她的终极乐土。为什么不可能?只要她还纠结于家人的离去,就永远无法面对未来。只要她还一直惦念着妈妈和姐姐,就找不回过去那个理智、坚强的金柏莉。她经常想,如果妈妈和姐姐没有离去,她会是什么样子?事实上,她还是会心如所愿,会一如既往的坚毅、聪慧,说不定还会坠入爱河。谁能知道呢?

"现在要做什么?"诺拉·蕾轻声问。

"你指的是短期还是长期的?"

"短期的。"

"雷和其他几个地质勘探局的人会对被害人身上留下的线索进行分析,然后尽力找到第四个受害者。之后再追查凶手,把他绳之以法。"

听了这话,诺拉·蕾满意地点点头。"那长期的呢?"

"长期来说,这一切对我和你而言并没有太多影响。你妹妹和我的家人不会活过来,我们还要继续自己的生活。所以,我们必须度过这段艰难的充满悲伤和内疚的日子,看一下我们能否摆脱这种痛苦。或者，我们什么都不做，任由仅有的一切被带走。"

"我不是很喜欢这个长期规划。"诺拉·蕾说。

"我知道，"金柏莉说，"我也不喜欢。"

第四十一章　犯罪心理画像4

弗吉尼亚　李县

晚上8：53

气温　96华氏度

暮色越来越重，蝙蝠也开始活动了，它们在树丛间来回穿梭。四周被萤火虫的点点亮光和灯光照亮。天空渐渐变暗，头顶的蝙蝠悄无声息地飞翔，夜幕中的森林呈现出寂寥的安宁。

小时候，金柏莉和姐姐都很喜欢抓萤火虫。她们带着玻璃瓶，在后院的草地上追逐着那点点亮光。曼蒂总是抓不到，金柏莉却很在行。她们围坐在院子里的桌子前，把一根根新鲜的草叶和蒲公英茎喂给萤火虫吃，然后再把它们放飞。因为妈妈决不会允许把虫子带回家。

而此时，大家围着燃油营灯坐成一圈。金柏莉紧挨着马克，诺拉·蕾和安努齐奥坐在金柏莉对面，蕾妮和昆西正在谈联系本地验尸官的相关事宜。雷和他的伙伴们还在尸体旁边忙个不停。

"我们已经尽了最大努力，"昆西说，"现在我们必须通知正式的专案组。"

"这只会惹恼他们。"马克说。

"为什么？因为我们搬动了尸体，破坏了证据，让他们无法在犯罪现场开展基本的调查程序？"昆西半开玩笑地说，"没错，我相信他们一定会有想法。"

"拯救生命绝对优先于保护现场。"马克还在坚持。

"我并非质疑我们所做的事情，"昆西解释说，"我只希望把大家带回现实中。我们已经找到尸体，并让专家对线索进行了分析。现在摆在我们面前的是必须弄清楚下一步的行动。我觉得你们一定不希望把尸体送回洞穴中。或者，就这样扔着。"

听了这话，大家都很不安。昆西是对的，大家都还没有想到这一点。

"如果联系专案组，我们就会被塞进牢房里。"金柏莉说，"这就和我们抢先来这里的初衷不符了。"

"没错。我希望你和马克继续。蕾妮和我在这里等有关的人过来。我们迟早都要面对现实。"说完，他的目光停在了蕾妮身上。

"如果照旧的话，"安努齐奥开了口，"我愿意和其他人一起继续。马克科马克特工可能还会接到电话，我希望自己到时能在他旁边。"

马克朝腰间的手机看了一眼，苦笑着说："希望不大，这里的信号太差了。"

"不过，如果我们离市区近一点……"

"我也去。"诺拉·蕾坚定地对安努齐奥说，生怕对方拒绝自己。

"你没有这个义务，"昆西说，"瓦特小姐，老实说，现在你能给我们的最大帮助就是回家。你父母一定非常担心你。"

"就算我回家，他们也一样担心我。不，我不走，我要留在这里。"她已经下了决心，大家都不再说话。

这时，金柏莉转向安努齐奥，好奇地打量着他："你是怎么知道这个洞的？我听乔希·夏德特说普通探险者一般都不会来这里。"

"在锯木厂糟蹋这里之前可不是这样。"安努齐奥说，"二三十年前，这里非常漂亮。"他耸耸肩，"我就是在这里长大的，只要有时间，我就会到山上、洞里玩耍探险。已经很多年了，不过我常常会希望它们还和过去一样。也许我记忆中的那些小碎片能提供一些帮助。我对其他地方了解很少，但这里，可以说我太了解了。"

"你觉得他可能把第四个受害者抛在什么地方？"昆西望着马克平静地说。

马克转了转肩膀，似乎正在思考。"让我想想……先是海军陆战队基地，然后是国家森林，地下洞穴，现在还剩下什么？从地质上说，切萨皮克湾的可能性比较大。我曾经看到过很多旧矿塌陷区形成了水库，深到可以潜水，这有利于他行动。这里有各种各样的河流，就像上一次他选择了萨凡纳一样。"

"还有两个主要的山脉。"仔细思考了片刻后，安努齐奥说。

但马克摇了摇头："他已经选过森林了。他总会选择不一样的地方。"

"那海岸线呢？"诺拉·蕾问道。她依旧目不转睛地盯着安努齐奥。

"和佐治亚州相比，这里的海滩上人比较多，"马克说，"有这种可能。不过我总觉得他会选择更荒僻的地方。我们可以问问雷。"说完，他挥了挥手。过了一会儿，雷走过来了，苍白的脸颊上挂满了细密的汗珠。当他看到真正的尸体时，最初的兴奋和好奇已经消逝得无影无踪了。

"有什么发现吗？"马克问道。

"有一点。要知道，在一个女孩……尸体上……寻找线索并不容易，这可是尸体。"他似乎在考虑如何措辞，"它……它在水里泡了一段时间，谁知道会冲走什么呢。凯西在衣服口袋里找到一片皱巴巴的叶子，现在她正在努力地把它取出来，要知道那件衣服的纤维已经变得很容易被撕破。还有，夏德特又进洞里了，他去岩石那里查看一下。劳埃德正在对从女孩……尸体穿的鞋子下面取出的土壤样本进行分析，而我正在检查她的手提包，你说过，那个凶手有时候会把东西放在里面。"

"你检查过喉咙里面没有？"

"那里什么都没有。"

"我在考虑她的腹部，"马克喃喃地说，"第一个被害人就是地图，他总会别出心裁。我不知道他会变本加厉地使出什么样的手段。也许我们应该对尸体进行解剖。"

诺拉·蕾猛地站了起来，转身朝黑暗中走去。马克目送着她，但并不打算道歉。

朱雷里的脸都变绿了："你不会……你，之前你可没有提过这种事情。"

"那需要验尸官。"昆西说。

"你不能让地质学家来扮演法医的角色。"蕾妮同意昆西的看法。

"哦，太好了，"雷松了一口气，"我觉得自己都要吐出来了。"当然他并没有。他只是有些眩晕，过了片刻，他转过身来，神情凝重，脸色愈发灰白，"听我说，目前我们已经尽了最大的努力。现在我们需要找一家酒店，休息几个小时，等待机器的检测结果，看看能发现些什么。我知道大家都很着急，但是为了让所有的努力不白费，我们必须好好想一想。"

"我们听你的。"马克说，"如果你想这样做的话那就打包吧。蕾妮和昆西留在这里，我们几个跟着你。"

雷感激地点点头，转身朝自己的同事走去。

此时此刻，大家似乎都没有什么要说的，也没有什么可做的。

昆西抬头看了看天空。"还有一个女孩。"他的声音很低沉，"天已经黑了。"

缇娜醒来时听到一阵哭声。过了好一会儿，她才意识到是自己在啜泣。四周黑洞洞的，什么都看不到。她顿时慌乱起来，她的眼睛肿胀得睁不开，说不定她已经瞎了，那真是太糟糕了。过了很久，她才意识到是夜晚降临了。她就这样躺在泥泞里，也不知道过了多久。她抬起胳膊试图动一动，顿时痛得叫了出来，全身肌肉都在发抖，左边的髋骨和肋骨都疼得不停地抽动。她觉得自己就快不行了。过了好一会儿，她终于在泥里翻了一个身，然后把胳膊垫在身下，慢慢支起身体，最后终于站起来了。一阵眩晕，她趟着厚重的泥浆颤颤巍巍地朝坑壁走去，然后气喘吁吁地抓住藤蔓。她有些站不稳，一会儿歪向左边，一会儿倒向右边。最后她终于站定了，双手紧扒住坑壁。这时，她感到胃缩成一团，不停地翻滚着。她只好痛苦地弯下腰，尽力不去想此刻发生的一切。

最后，在这死一般沉寂的深坑里，她终于大哭起来，这也是她唯一能做的事情了。她的所有努力都跌成了碎片。像蜘蛛侠那样努力向上攀爬，最后却跌落回原地。她抬抬胳膊，然后伸伸腿，她想看看自己有没有受伤。还好，从理论上说，她还是完好无损的。

她试图走一步，可是右腿不听使唤地打着弯，她立刻跌坐回了泥潭里。她咬紧牙齿，又尝试了一次，还是不行。她的双腿太虚弱了，根本支撑不住整个身体。

她只好继续躺在冰凉、舒适的泥水中，看着黏糊糊的污泥慢慢涌到脸旁，她想就这样死去也不错。

如果能喝点水……她的嘴巴、喉咙、干瘪的胃，还有干燥、溃烂的皮肤。

她紧紧盯着身边的泥泞，一分钟之后，她摇摇晃晃地跪了下去。她不应该……她会死的。但是这还有什么关系呢？

她摊开手掌，慢慢朝泥泞中压去，凹陷处立刻出现了散发着恶臭的水。

缇娜低下头，像条狗一般喝了起来。

第四十二章 诺拉·蕾睡不着

弗吉尼亚 威斯维尔市
晚上10：04
气温 94华氏度

他们找到了一家小型路边汽车旅馆。金柏莉正在做入住登记。除了雷和他的同事们,她又给诺拉·蕾和安努齐奥各开了一个房间,然后是她和马克,一间房。

她回到车里,几乎不敢直视马克的眼睛。她把钥匙分配好,故意忽略了马克,这让他颇感奇怪。接着她又忙着把东西从车里搬出来。大家制定了游戏规则。一旦雷他们获得了什么消息,就会立刻通知马克或金柏莉,然后再由他们通知其他人。还有,这里貌似能接收到微弱的信号,马克和金柏莉都打开了手机。此刻只能抓紧时间冲个澡,然后眯上几个小时。离天亮已经没多久了。

金柏莉看着诺拉·蕾走进那扇简陋的白色小门,还有安努齐奥,正穿过停车场朝旅馆侧楼走去。直到所有人都离开了,她才慢慢走向马克。

"走吧,"她说,"我们俩一个房间。"

看不出他是不是很惊讶，不过他什么也没说，只是从她颤抖的手中接过了钥匙，拿起包向门口走去。

走到房间里，她似乎失去了之前的勇气。房间很旧，装饰成了米黄色，似乎和全世界所有地方的所有旅馆都一样。一想到这个，她觉得自己的心都快要碎了。这一次，也仅有这一次，她希望从人生中得到更多，而不仅仅只有对幸福的渴望。他们应该去一家更高档一点的旅馆，印着玫瑰花瓣的壁纸，红色的棉被，巨大的四柱床。你可以舒服地躺在上面，一觉睡到中午，忘记现实的一切。

可惜，对她来说这是一种遥不可及的奢侈。她希望当这样的一天真的到来时，自己不会束手无措。

马克把包放在床脚。"不如你先去冲澡吧？"马克轻声建议。她充满感激地点点头，迅速钻进了狭小的浴室里。全身的肌肉在热水和蒸汽中得到了放松，不过她很快从这种享受中冷静了下来。但这一次她没有哭，眼前也没有浮现妈妈和姐姐的身影，最痛苦的时候终于过去了，不知道为什么，她感到了很久以来从未有过的镇定。

他们尝试过，失败过。也许在不久后的一天，也可能就是一个小时之后，他们还会再次尝试。这就是人生。要么退出，要么继续前行。而她绝不是那种退缩的人。那就这样吧。她已经选好了道路。她会尝试，再尝试，即使有一天遍体鳞伤。她慢慢擦干身子，从化妆包里拿出一瓶不属于自己的香水。她在考虑要不要打理一下头发，或者化个妆。要是有一瓶润肤露就更好了，可以滋润一下灼伤的皮肤。可惜她不是那种会带一大堆瓶瓶罐罐出门的女孩。所以，她只能用一条破旧的白浴巾包裹好身体，略带羞涩地回到卧室。马克什么也没说，只是拿起洗漱包走进浴室。

她换上了一件朴素的灰色T恤,这还是联邦调查局配发的,然后静静地等着马克。

窗外已经漆黑一片。她想,肯定还是很热。对一个失踪者来说,待在这种地方是不是比寒冷漆黑的地方要好一些?或者,那个女孩已经被酷热折磨得快要发疯,只想要一点冰凉爽滑的东西来平复被灼伤的皮肤?太阳已经落下很久了,可空气却丝毫不见冷却,真是太荒谬了。

诺拉·蕾幸存了下来。为了让自己免受太阳的炙烤,她找到了一个保持清凉的方法,这才熬过了一天又一天的酷热——她把身子沉到泥泞里,等待着救援人员的到来。海岸线那么漫长,可是她从没有放弃希望,从没有屈服于恐慌。最后,她活了下来。只是失去妹妹的痛苦淹没了她成功的喜悦。她既赢了,又输了。一切似乎都很容易。

水流声停止了。金柏莉听到了浴帘拉开的声音。她立刻变得坐立不安,只好走到电视机旁的椅子上坐下,双手在大腿上不停地颤抖着。

盥洗盆那里传来一阵水声,接着是刷牙声,然后是一阵"哗哗"声,估计是在刮胡子。

金柏莉站了起来,开始在房间里踱来踱去。这真是比期末考试还要紧张。连第一次端起武器时都没有这么紧张,哦,到底有什么可怕的?

门打开了。马克容光焕发地站在那里,腰间系了一条浴巾。

"嗨,美女,"他温柔地说,"经常来这里吗?"她走到他面前,双手搂住他的肩膀,看来,这并没有想象中那么难。

诺拉·蕾根本睡不着。她一个人在房间里晃来晃去,最后一屁股坐在破旧的椅子上,目不转睛地盯着自己的旅行包。她知道自己需要做什么。真是很奇怪,当这个时刻终于到来的时候,她反而变得犹豫和紧张。

她从未想过会有这种感觉。她以为自己会很坚强,很有成就感。可实际上,她感到了害怕。

她从椅子上站起来,无所事事地在房间里转悠着。皱皱巴巴的双人床,廉价的电视柜,上面还有陈旧的水渍和一块块缺口。电视机又旧又小,估计连小偷都看不上。她慢慢数着地毯上香烟烫出来的印。对她来说,过去的三年真是太漫长了。也许她是错的,但她并不这样认为。你不会忘记和妹妹在一起的最后时刻,还有那个男人的声音:"女士们,需要帮助吗?"现在她就在这里。他也在这里。她应该怎么办?

她走到旅行包前,拉开拉链,从里面掏出一个密封塑料袋,看起来很像是化妆包。她并没有对马克说谎。对她这样一个女孩来说,要想通过安检,不可能带很多东西。

不过,她确实带了点东西。实际上,这还是跟他学的。

她缓缓地拿出一瓶眼药水,接着从靴子的橡胶鞋底侧边取出一根细长的针,然后从洗发水中拿出塑料注射器。

先装好针头,再小心翼翼地从眼药水瓶中吸取液体。上个星期她把真正的眼药水倒掉,换成了氯胺酮,作用强劲、迅速,适度的剂量即可致命。

他在做梦。睡梦中,他的身子扭来扭去,不停挥舞着手脚。他痛恨这个梦,希望自己能清醒过来。可是梦的能量太强,他又一次滑进了深渊。

葬礼上。烈日炙烤着大地,到处是令人难以忍受的酷热。牧师还在一直说个不停。母亲紧紧攥着他的手。她穿着一件长袖羊毛裙,这是她唯一的一件黑色礼服。站在这里对她来说真是一种折磨。她有些站不稳,大口喘着粗气。他和弟弟在旁边扶着她。

他们结束了。牧师不再说话,棺材慢慢降到墓穴中,大汗淋漓的掘墓人终于舒了一口气。

终于回家了,他内心充满了感激。

回到小屋里,他用最后的一点炭把炉火点燃。房子里顿时闷热得透不过气来,可是没有电,他们只能靠炉子做晚饭。明天他必须去寻找生炉子的木头。接下来,他还必须考虑其他事情。但这已经不错了。现在他只希望好好吃饭,让母亲的脸颊能有些颜色。弟弟正在等着用炖锅热肉汤。

兄弟俩都没有说话,只是默默地给母亲喂饭。母亲的嘴唇几乎没有一点血色。一勺又一勺的牛肉汤,一块又一块的陈面包。他们两个一口都没舍得吃。最后,母亲叹了一口气,他以为最坏的时候已经过去了。

"他已经走了,妈妈。"他说,"一切都会变好的,你看着吧。"母亲的脸变得异常苍白,毫无生气的眼睛突然发亮,泛出蓝色的怒火,整个脸庞呈现出可怕的神情。

"变好?变好?你这个没良心的小混蛋!他为你遮风挡雨,给你吃,给你穿,他图过什么回报没有?你们尊重过他吗?我尊重过他吗?这要求算高吗,弗兰克?算高吗?"

"不是,妈妈。"他一边竭力辩解着,一边慌乱地从桌子旁站起来。他望着和自己一样紧张的弟弟,母亲怎么会变成这样?

她也站了起来,苍白、瘦削,跟在大儿子后面纠缠着。

"我们没有食物!"

"我知道,妈妈。"

"我们没有钱!"

"我知道,妈妈。"

"很快我们连这个房子都保不住了!"

"不会的,妈妈。"

可是她并没有就此罢休。她慢慢朝他逼近。他已经无路可逃,只好紧靠着墙壁。

"你这个坏孩子,你这个下流胚子,你就是个忘恩负义、自私自利的坏蛋。我怎么会生出你这样的孩子?"

弟弟忍不住啜泣起来。桌上的肉汤正在慢慢冷却。这时他才意识到现在已经无路可逃。父亲刚离开,母亲就变成了可怕的魔鬼。他垂下双手,仰起脸蛋。第一个巴掌并不怎么痛,至少没有父亲打得痛。不过,母亲很快就学会了父亲的一切。

他一动不动,只是垂着双手任由母亲发泄。他的身子慢慢下滑,终于瘫倒在又热又脏的地板上。这时,母亲去拿父亲的皮带了。

"快跑!"他对着弟弟大喊,"趁还有机会,赶紧跑!"可是弟弟已经吓得全身瘫软,连路都走不了。没多久,母亲气势汹汹地挥舞着皮带回来了。

就在这一瞬间,他突然惊醒过来,大口喘着粗气,眼睛瞪得大大的。这是在哪儿?到底发生了什么?他以为自己完全被黑暗吞噬了。接着,他从床上起来了。

他站在房子中央,手里捧着一盒火柴,手指上已经捏了一根……

他又轻轻地把火柴放回桌上,然后迅速走开。他狠命地抓着头发,试图告诉自己——我还没有疯。

他需要阿司匹林，需要水，还有其他更强劲的东西。还不够，还不够，没有时间了。他用双手紧抓着脸颊，用力按着太阳穴，似乎只有这样才能让自己的脑袋不至于崩裂。

他必须保持清醒。时间不多了，时间不多了。

他无助地望着那盒火柴，他知道自己必须怎么做。他抓起火柴盒，把几根火柴放到掌心，突然想到了自己许久许久未曾想过的事情。

他想到了火，他觉得所有美好的东西都会消亡。他想起了那天在小房子里发生的事情，还有后来发生的一切。

第四十三章　他是我的哥哥

弗吉尼亚　李县

凌晨1：24

气温　94华氏度

"这是我见过的最不负责任的案件处理方式！不仅不合适，老实说，这是在犯罪！昆西，我告诉你，找不到这个人，我一定不会让你好过！我警告你，快点离开那里，越快越好！也别回匡提科了！我知道你和卡普兰还有安努齐奥之间的小把戏。你若敢踏进学院一步，我就会立刻逮捕你。现在，你已经和这个案子没有关系了。还有，我觉得你的事业也完蛋了。现在，赶紧滚吧！"

哈库斯特工终于结束了长篇大骂，怒气冲冲地走了。在如此炎热的天气里，这番吼叫着实让他流了不少汗，深蓝色上衣已经紧紧贴在了身上。此时，他和那些在锯木厂里勘查的特工看起来没什么两样。

"我觉得他不大喜欢你。"蕾妮对昆西说。

他转过身来："老实告诉我，穿上西装的我看起来是不是和他一样可笑？"

"大多数时间是的。"

"哼，看来你知道得太迟了。"

说完，两个人朝汽车走去，虽然语气轻松，但他们知道现实并非如此。哈库斯的训斥并非危言耸听。他们已经被解雇了，还收到了学院的禁令。一旦消息传开，他们在这个高度紧张、变态的圈子里可能就无法生存，不会再有人找他们进行案件调查，大半辈子建立起来的名声可能会毁于一旦。

昆西觉得自己像被掏空一般，这种感觉已经很多年没有过了。

"只要我们抓到生态杀手，他们就会把这个抛到脑后。"蕾妮安慰他。

"也许吧。"

"只有在失败的情况下，不负责任才能成立。一旦成功，不负责任也会变成一种另辟蹊径。"

"没错。"

"昆西，昨天晚上，那些家伙拿到了和我们一样的证据，可是，在你打电话之前，他们并没有来这里。老实说，如果不是我们深入调查，那个女孩现在还漂在洞穴里，就别想找到第四个受害者。哈库斯大发雷霆的原因在于你给了他一个大难堪。你想，还有什么比被人抢先一步更尴尬，尤其是被一群局外人。"

昆西停住了脚步，冷不丁地说："我最讨厌这个了。"

"政治从来都是最没劲的。"

"不，我说的不是这个案子。去他妈的案子。你说得一点儿都没错。今天失败了，明天可能就会成功。事情总是发展变化的，这说明不了什么。"

蕾妮停下了脚步。借着淡淡的月光可以看到她的脸色有些苍白。他很少骂人，现在的他让她既着迷又害怕。

"我不希望我们之间变成这样，蕾妮。"

她迟疑了一下，垂下眼睛看着地面说："我知道。"

"你是我最珍贵的宝贝，我必须让你知道这一点，否则我就是个彻头彻尾的笨蛋。"

"你不是什么彻头彻尾的笨蛋。"

"我不了解孩子。我必须承认，你的那个想法把我吓个半死。过去，我不是个好父亲，蕾妮。现在，我依然不是。但是我愿意和你谈一谈。如果你真的真的很想要，我会好好考虑一下的。"

"我真的很想要。"

"行，那你也要和我说实话。你只是想要一个孩子吗？因为我尝试过……我以为……蕾妮，每次我向你求婚时，为什么你总不答应？"

听到这句话，她的泪水瞬间涌出："因为我希望你一直求下去，你不是笨蛋，昆西，我才是笨蛋。"

他突然感到天旋地转，他还以为……那么肯定……"这是不是意味着……"

"你觉得自己很怕孩子？昆西，我才怕呢，我什么都怕。我害怕承诺与责任。我害怕自己会让你失望，害怕有一天我会伤害孩子。虽然我们一直在成长，可是永远都脱离不了过去。曾经的一切像一个巨大的阴影笼罩着我，我拼命地想摆脱。"

"哦，蕾妮……"

"我告诉自己要知足，要学会享受幸福。我们两人一起工作，一起生活，这已经超越了我想要的幸福。我们做着重要的工作，会见重要的人，对一个曾经被当作人肉出气筒的女人来说，这已经很好了。可是……我还是不满足。也许幸福是会让人上瘾的，你得到了一些，还想要更多。我不知道，昆西。我不想这么贪心，可是我控制不了自己。我对你，对我自己，都想要更多。我想要……孩子、白色的栅栏，也许还有茶壶套。不过，我并不了解到底什么是茶壶套。也许这会吓到你，我觉得我就要失去理智了。"

"蕾妮，你是我见过的最坚强、最勇敢的女人。"

"你这样说是怕我打你屁股吧。"

她气呼呼地朝地上踢了一脚，昆西笑了。他感觉好多了，世界又回归了正常。他的手不再发抖，仿佛那些长久以来莫名的重负终于被卸了下来。

他知道，时机不对，地点也不对。可是他已经浪费了太多的时间在等待，等待那些一直没有到来的完美时刻，他知道机会稍纵即逝。他虽然睿智，但终归岁月不饶人，他不想再有遗憾。

于是，他单膝跪下，跪在满是灰尘和松针的地上，拉起蕾妮的手，她已经泣不成声，但她并没有退缩。

"和我一起慢慢变老，蕾妮。"他低声说，"我们一起收养孩子，减少工作量，我们会有一个家，做一些时髦的事情，写写回忆录。我会害怕，但你会帮我指路。"

"我不知道自己能不能做一个好妈妈。"

"我们可以一起学习。"

"我不知道自己能不能做一个好妻子。"

"蕾妮，你只需要做你自己，而我会是这个世界上最幸福的男人。"

"哦，看在上帝分上，快起来吧。"可当她拉起他的手时，她哭得更厉害了。他没有站起来。最后，她陪他一起跪在了地上。"我们要多聊聊。"

"我知道。"

"我指的不只是工作。"

"我知道。"

"如果你害怕了，一定要告诉我，昆西。如果你离开了，我会受不了的。"

"我会的。"

"好。"

"好？"

她抽了一下鼻子，说："我的意思是，好，我愿意，我愿意嫁给你。管他呢，我们连杀手都能抓住，还怕处理不了这种家务事？"

"一定没问题的。"昆西同意她的看法，然后拥住她的肩膀。她在他的怀中瑟瑟发抖，这时，昆西才明白她和自己一样紧张。他顿时充满了力量。其实，对于很多问题，你无须知道答案。你只需勇敢尝试。

"我爱你，蕾妮。"他伏在她耳畔喃喃地说。

"我也爱你。"

她把他搂得更紧了，他低下头，亲吻着她脸上的泪水。

一个小时之后，电话来了。他们回到81号州际公路，一路向北驶去，重新回到了繁华的弗吉尼亚。他们不约而同地打开手机，现在已经没有躲避联邦调查局的必要了。而且，昆西希望能够在第一时间接到金柏莉和马克的电话。可惜，这个电话不是金柏莉打来的，而是卡普兰。

"我得到了一点消息。"卡普兰说。

"为了公平起见，我必须告诉你，我们已经正式被踢出专案组了。"昆西说。

"那好吧，你就当没听我说过这些。我的手下对那些工地上的人进行了调查，了解他们在过去十年有没有在佐治亚州待过。好消息是，我们得到了一些线索。坏消息是，没有一个符合条件。不过，更好的消息是，我扩大了搜寻范围。"

"扩大？"

"我对牵涉到这个案子的每个人都进行了调查，然后发现了一点问题。我觉得必须立刻告诉你。安努齐奥，那个语言学家。"

"他曾经在佐治亚州住过？"

"在那里工作过。那里发生过备受瞩目的连环杀人案，他应邀过去，在亚特兰大待了三年，从九八年至二〇〇〇年，而这个时期……"

"正是生态杀手开始活动的时候，该死。"昆西猛地砸了一下方向盘。他转向蕾妮，"快，打电话给金柏莉。告诉她那个人是安努齐奥，赶快把诺拉·蕾从他身边带走！"

金柏莉还在辗转反侧。这个时候应该好好睡一觉，给自己充一下电。快闭上眼睛吧。可是，她就是睡不着。

她用食指慢慢抚摸着马克古铜色的胸膛，拨弄着那一撮撮胸毛。她完全控制不住自己对他的眷恋，对她来说，这光滑的皮肤就像丝滑的绸缎一般让人爱不释手。

旁边的马克鼾声大作。她知道，他和自己一样又热又累。他已经两次翻过身来，霸道地用胳膊搂住她的腰或臀部。她觉得自己不能惯他这个毛病，可是内心深处却又很喜欢。她担心自己会堕落得和其他女人一样，开始学会一点点控制自己的男人，然后如同棉花糖一般慢慢融化在他的温柔乡里。不，她可不要沦陷，至少不能完全沦陷。在床上，她必须要有自己的地盘，摊开四肢，想怎么睡就怎么睡。想到这儿，她停止了探索，不再去抚摸那诱人的肱二头肌，还有下巴……

她决定把手伸向他此刻正和她的大腿紧紧纠缠在一起的臀部。

就在这时，她的手机响了。她的手顿时僵住，然后忍不住骂了一句脏话，当然，这不是淑女在床上该有的表现。床单乱成一团，她好容易才抽出身来。

"我真是恨死了这些电话。"马克的声音听起来很清醒。

"骗子！你在装睡。"

"当然了，想惩罚我吗？来打我屁股吧。"

"最好是好消息，"金柏莉说，"否则我会把手机捣个粉碎。"

虽然这样说，但他们心里很清楚，一定发生了紧急情况。现在天还没亮，估计是朱雷里打来告诉他们有关被害人的消息。对于他们来说，刚才的安宁只是缓刑期，现在，时间到了。

金柏莉打开手机，她已经做好了最坏的准备。听到蕾妮的声音时，她颇为吃惊。

"是安努齐奥。"蕾妮开门见山地说，"你们现在在什么地方？"

金柏莉赶紧报出旅馆名称和高速出口编号，她太震惊了。

"快把他控制起来。"蕾妮继续说，"我们这就赶过去。金柏莉，你一定要保护好诺拉·蕾。"

说完，电话挂上了。马克和金柏莉忙穿好衣服。

外面漆黑一片，依然很热。他们带上武器，贴着墙根蹑手蹑脚地朝安努齐奥的房间走去。他们先经过了诺拉·蕾的房间，金柏莉敲了敲门，没人应声。

"睡得很沉。"马克低声说。

"千万别是我们想的那样。"

他们穿过停车场，脚步更加迅速。安努齐奥的房间位于这个"L"形建筑物的另一侧。门紧闭着，没有开灯。金柏莉把耳朵贴在门上，开始什么都听不到，没过多久，有家具倒地的声音，接着似乎有人被甩来甩去。

"快，快，快！"金柏莉大喊一声。

马克抬起腿朝房间门踢去。没成功，门被锁链扣上了。他使尽浑身力气猛然一踹，房门开了。

"警察，不许动！"

"诺拉·蕾，你在哪儿？"

两人迅速滚进房间，一个负责观察上面的动静，一个观察下面的动静。紧接着，金柏莉摸到了开关，打开电灯。

眼前一片混乱。两个人厮打在一起，椅子、床、电视机已经被掀翻在地。让他们感到惊奇的是，并非是安努齐奥把诺拉·蕾压在地上，占上风的竟然是女孩，而那位只穿了一条平角裤的博士已经被逼到了墙角。女孩手里挥舞着一支巨大发亮的针筒。

"诺拉·蕾！"这一切完全超出了金柏莉的想象。

"是他杀死了我的妹妹！"

"不是我，不是我，我敢向上帝发誓！"安努齐奥紧贴着墙壁大喊着，"我想……我想你说的可能是我的哥哥！"

第四十四章　犯罪心理画像5

弗吉尼亚　威斯维尔

凌晨3：24

气温　94华氏度

"我希望你们能理解，我觉得他不大正常。"

"你哥哥可能绑架和杀死了十多个女孩，什么叫不大正常？这就是问题所在吗？"

"我觉得他不是真心想伤害她们的。"

"简直是屁话！"马克气急败坏地盯着坐在床边的安努齐奥。昆西和蕾妮也赶过来了，此时正守在门口。金柏莉则在右手边的角落里安抚着诺拉·蕾。针管已经被拿走了，不过，房间里仍然弥漫着浓浓的敌意。"你就是那个打电话的人！"

安努齐奥垂下了头。

"到底怎么回事？你从一开始就在耍我！"

"我不是想耍你，我只是想帮助你。"

"但你说过打电话的人可能就是凶手。这又是什么意思呢？"

"我希望你能认真对待那些电话。老实说，我已经非常尽力了，要知道，我了解的也不多。"

"你可以把他的名字告诉我们。"

"这对你根本没有任何用处。虽然他活在这个世上，可你根本找不到弗兰克·安努齐奥，他用的是假名。希望你能理解，我已经三十多年没有和他说过话了。"

听到这话，所有人都愣住了。马克皱着眉头，这真不是个好消息。他开始叉着手在房间里踱来踱去。

"也许你应该从头说起。"昆西依然很平静。

安努齐奥疲惫地点点头，开始叙述起来："五年前，我接手了一起亚特兰大的绑架案，遭到绑架的是一名年轻医生的孩子，他们希望我能对勒索信进行分析。就在这期间，两名佐治亚州州立大学的女学生也失踪了。我把报纸上的报道都剪了下来，当时是为了手头的那个案件。毕竟我研究的是一起失踪案件，这又是一起，谁也不知道其中会有什么联系，所以我开始跟踪了解女学生失踪案。后来，在第二年夏天最炎热的时候，又有两个女孩失踪。

"那个时候，我就知道失踪女孩的案件和我的案子没有任何联系。我手里的是一起连环绑架勒索案，凶手是一个很酷的年轻人，在当地一家比较有名的乡村俱乐部上班，他利用工作之便寻找和跟踪那些比较富裕的家庭。这个案子耗时三年之久，不过最终凶手还是落网了，很大程度上得益于那些勒索信。

"然而，这些酷热绑架案则完全不同。凶手总是以成双成对的女大学生为袭击目标，然后把其中一人的尸体搁置在路边，把另一人丢弃在非常偏僻的地方。他还经常给媒体写信，'时钟滴答滴答……热浪正在展开杀戮'。我一直记得这些内容，这确实让人很难忘记。"

安努齐奥的声音停住了，他低下头紧盯着地毯，似乎陷入了沉思之中。

"你哥哥都做了些什么？"蕾妮的声音很平和，"跟我们说说弗兰克吧。"

"我父亲是个非常严厉的人。"

"很多父亲都是这样。"

"他在煤矿上班，那个地方距离我们现在的位置不远。生活很残酷，夜以继日的辛苦劳作换回的依然是贫穷，所以，他总是怒气冲冲。"

"愤怒的人总喜欢把火撒到别人身上。"蕾妮说。

听到这话，安努齐奥把头抬了起来："你说得没错，他们就是这样。"

"你哥哥把他杀死了？"

"不，他死在了煤矿。每天在煤堆里劳作，他的肺部充满了粉尘，先是咳嗽，然后越来越虚弱，直到有一天，我们再也不用怕他了。"

"安努齐奥，你哥哥到底做了什么？"

"他杀死了我们的母亲。"安努齐奥的声音愈发低沉，"他杀死了那个我们一直在竭力保护的女人。"

最后，他说不下去了。他垂下头，耷拉着肩膀，双手在膝盖上绞来绞去，似乎无法再和任何人对视。

"可是，你们必须理解……父亲葬礼之后，我母亲变得不大正常。她开始冲弗兰克大吼，责怪他忘恩负义，然后用父亲的皮带抽打他。

一开始，弗兰克动也不动，只是静静地躺在那里任由她鞭打，直到她耗尽最后一丝力气，连胳膊都抬不起来。然后他站起来，拉起她，动作特别轻柔。我到现在都清晰地记得那一幕。当时他只有十四岁，可身材十分魁梧，在他手里，母亲就像只小鸟一般。他把她抱回房间里，放到床上。

"他让我离开房子。但是，我吓得根本走不了路。我呆呆地站在房子中间，看着他拿起油灯，把油洒满整个房间，我知道他想做什么。母亲也只是躺在床上看着他，大口地喘着粗气，什么话都不说，甚至连头都没有抬一下。他要杀死她，也可能是我们所有人，我觉得她很感激他这么做。

"整个房子里都洒满了油。他走到炉子旁，把烧红的炭火放在地上，'刺'的一声，房子瞬间着了起来。那个房子是木质的，年久失修，非常干燥，从来没有做过绝缘处理。也许连房子都很感激他这么做，因为这里从未有过快乐。我不知道。我只记得哥哥拽着我的胳膊，把我拉到门外。然后，我们就站在外面，看着房子慢慢烧成灰烬。最后，我听到了母亲的尖叫声。我发誓我看到了她站在熊熊燃烧的火焰里，双手护着头，大声尖叫着。可一切都已经晚了，谁也救不了她。谁都救不了我们。

"哥哥拉着我走到路边，他说很快就会有人过来。他说，戴维，你只要记住，是热浪杀死了她。说完，他就朝树林深处走去。从那以后，我再也没有见过他，也没有和他说过话。一个星期之后，我被里士满的一个家庭收养了。然后，就是这样了。

"十八岁那年，我曾短暂地回到过那个地方。我想去看看父母的墓地。我发现墓碑上被凿出了一个洞，里面有一张卷起来的纸片，上面写着:'时钟滴答滴答……地球正在毁灭……动物在哭泣……河流在呜咽。你们听不到吗?热浪正在展开杀戮。'我觉得这是我哥哥最终的想法。"

"所有一切都必须死?"金柏莉冷冷地问道。

"所有美丽的东西。"安努齐奥耸耸肩,"不要让我解释。大自然既是我们逃离父亲的避难所,也是将我们和外界隔离的牢房,没有人知道这里曾经发生的一切。我哥哥对森林既爱又恨,对父亲既爱又恨。在最后,他对母亲也是如此。对他来说,爱与恨的界限是模糊不清的。他恨自己的所爱,爱自己的所恨。最后,他被这张网牢牢缠住,根本无法解脱。"

"所以他才寻找热浪,"昆西喃喃地说,"希望它来净化一切。"

"他利用了既拯救他又背叛了他的大自然。"蕾妮补充道。她不解地看着诺拉·蕾,"还有,你怎么会在这里?我以为你并不知道是谁袭击了你和妹妹。"

"声音,"诺拉·蕾说,"我记得……记得他的声音。从他走到我们车窗前,问我们是否需要帮助开始。"

"你看到他的脸没有?"

"没有。"

"那么说那天晚上你听到的声音有可能是安努齐奥博士的,也有可能是他哥哥的,或者也可能是某个和他们声音听起来很像的人。难道你在拿起注射器走过来之前不应该告诉我们一下吗?"

诺拉·蕾紧盯着金柏莉,说:"她不是你的妹妹。"

蕾妮叹了口气,说:"诺拉·蕾,那你打算怎么做?"

"我不知道。"

"你相信安努齐奥的话吗?"

"你相信吗？"女孩反问一句。

"我正在考虑。如果我们把你放开，你会再攻击他吗？"

"我不知道。"她用异常明亮的眼睛盯着安努齐奥，"那么说凶手不是你，是你哥哥。但你也应该感到羞耻。你是联邦特工，本应该保护我们。可是，你明明了解情况却什么都不说。"

"我没有什么可说的，没有名字，没有地址。"

"可你了解他的过去！"

"但我不了解他的现在。我唯一能做的只有观察和等待。当看到我哥哥的信又出现在弗吉尼亚报纸上时，我立即给佐治亚州调查局寄了一份。我希望马克科马克特工能参与进来。我竭尽一切力量来引起警方的注意。我觉得那肯定会有用处的。"

"三个女孩死了。"诺拉·蕾大吼着，"你倒说说你的努力价值何在？"

"如果我能确定……"安努齐奥喃喃地说。

"懦夫！"诺拉·蕾厉声反驳他，安努齐奥终于不吭声了。

昆西深吸了一口气，他看了看蕾妮、马克和金柏莉："我们现在该做什么？"

"还是要寻找凶手和受害者。"马克说，"虽然知道了动机，但只有在审讯时才能派上用场。现在的情况是，在如此炎热的午夜，还有个女孩在外面等待我们的解救。所以，安努齐奥，你还是说出来吧。他是你的哥哥，你要学会和他一样思考。"

然而，这位筋疲力尽的语言学家摇了摇头："一开始我能理解一些线索，因为我也经常在户外待着。可是现在的证据，你也知道，都是些水、沉积物和花粉，那已经完全超出了我的知识范畴。这必须找相关的专家。"

"难道没有什么你哥哥特别喜欢的地方？"

"我们在阿巴拉契山脉的丘陵地区长大，那里肮脏不堪。我们最喜欢的地方就是我们可以走到的地方。"

"可你知道那个洞穴。"

"那是因为我过去经常去洞穴探险。和弗兰克选择的其他地方相比，这里算是最本土的了。"

"那么说我们应该待在这里，深入阿巴拉契山脉看看。"蕾妮说。

然而，马克和安努齐奥不约而同地摇了摇头。

"我哥哥的作案手法受过去影响很深，"安努齐奥解释道，"虽然当时的热浪给他留下了心灵创伤。但他选择的地方和我们家都没有任何关系。我甚至都不知道他曾在佐治亚州生活过。"

"安努齐奥说得没错。"马克说，"无论是什么原因让他开始这一切，现在的他已经停不下脚步了。他沉迷于这个游戏，他玩的是多样性。无论我们此刻在哪里，那个女孩一定在距离我们最遥远的地方。"

"我们需要雷团队的帮助。"金柏莉说。

"我马上询问一下进展。"马克立刻接口说。

不过，已经不需要了，两个人在停车场中间碰到了，雷正要去马克房间。

"我们得到了一些信息。"专家显得非常兴奋，"劳埃德对土壤样本进行了化验，发现里面含有水松、水紫树和红枫的花粉。还有一些植物碎片，不过是到处都有的蕨类植物。鞋子上沾有泥煤苔，这就意味着只能是……"

"我们要去迪士尼乐园？"

"比那儿更好玩，迪斯莫尔沼泽。"

凌晨四点，大家决定分头行动。作为元老，昆西依然承担着联系联邦调查局专案组的责任，同时，他要和蕾妮一起看着诺拉·蕾，现在大家都对她放心不下。

地质勘探局的专家们正在收拾设备，打包上车。据凯西·莱文说，迪斯莫尔沼泽大概有六百平方英里，里面尽是虫子、毒蛇、黑熊和山猫。参天的大树、茂密的荆棘丛和四处蔓延的野生葡萄藤使得那里人迹罕至。

他们需要水、杀虫剂，还有火柴。换句话说，他们需要一切有用的东西。

马克和金柏莉让安努齐奥坐在后面的座位上。他们会跟在雷的车子后面。到时候，他们七个人来对大沼泽进行搜索，要知道，那可是个乔治·华盛顿都征服不了的地方。

太阳还躲在地平线下，成群结队的蚊子依然猖獗不已。

"准备好了吗？"马克一边坐进车里一边问道。

"准备好了。"金柏莉回答说。

马克从后视镜里看了一眼安努齐奥，他正在疲惫地揉着头，似乎一下子老了二十岁。"火灾之后他们为什么没有把你哥哥抓起来？"他突然问道。

"我觉得他们根本找不到他。"

"你把发生的一切都说出来了吗？"

"当然了。"

"因为你不可能永远隐瞒真相。"

"我是一名联邦特工,"安努齐奥回答得很简单,"我知道该做什么。"

"好,因为找到那个女孩只代表成功一半。在那之后,我们还要追捕你的哥哥,不找到他决不放弃。"

"他永远都不会投降的。他绝不是那种会束手就擒、甘于待在监牢里的人。"

"那你要做好准备了,"马克的声音听起来冷酷极了,"因为我们也不是那种会让他逍遥法外的人。"

第四十五章 第三目的地:迪斯莫尔沼泽

弗吉尼亚 迪斯莫尔沼泽

早晨6:33

气温 96华氏度

母亲冲着她大吼:"我把你送进大学是为了让你接受教育,以后能有所作为。现在倒好,你还真有了作为,是不是?"

缇娜回嘴道:"老妈,快给我倒杯水,然后把这些穿礼服的侍者都赶走!"

说完,她就坐下来观察那些蓝色的蝴蝶。

水,湖泊,清凉的溪流,烤土豆片。哦,热死了,热死了,皮肤就像着火一般。她恨不得把皮一层层揭下来，揭到只剩骨头，然后滚进泥潭中。那样会不会舒服些？

前臂上的肉似乎在蠕动，她看到渗着血的伤口不停地动来动去，不一会儿，一条条恶心至极的蛆虫冒出来了。它们钻进了她鲜嫩的肉里享受美食。她应该把它们全拽出来，然后一股脑地塞进嘴里。味道会不会很像鸡肉？

美丽的蓝蝴蝶悠闲地在空中飞舞，越飞越高，越飞越高，直至最后消失在视线里。她希望自己能像它们那样自由自在地飞翔，舞动着翅膀，飞向高空，然后落在一棵巨大的山毛榉的树荫下……或者湖泊里……或者凉爽的山涧中。

痒，真是太痒了。她只好不停地抓啊抓啊。可根本没用。她又热又渴。太阳就要出来了，新一轮的炙烤又要开始了。她想哭，却没有了眼泪。她用双手使劲压着泥泞，小水坑出现了，她不顾一切地沾湿嘴唇。母亲又在吼她了。看看你现在在干什么？这一次，她连回嘴的力气都没有了。

"对不起。"她喃喃地说，然后闭上了眼睛。她梦到了明尼苏达州的冬天，梦到母亲向她张开双臂，她祈祷一切能快点结束。

向东行驶两个小时之后，他们终于到达沼泽。游客入口处位于东边的北卡罗来纳州。他们推测凶手不会超出弗吉尼亚州的地盘，因此，凯西·莱文带着小车队来到了西边的徒行入口。车子都停在了脏兮兮的停车场里。作为搜救专家，凯西开始布置任务。她先把口哨拿了出来。"一定要记住，三声代表遇险呼救。遇到危险时，停在原地别动，吹口哨，我们很快就能找到你。"

接着是分发地图。"这是我在离开旅馆前从网上下载的。正如你们所看到的，迪斯莫尔沼泽为长方形，不幸的是，这个长方形实在太大了。单看属于弗吉尼亚州的这一边，面积就超过十万英亩。对七个人来说，这着实不小。"

马克拿起地图，那真是一块巨大的阴影，如同迷宫一般纵横交错。他用手指着那些不同的标志问道："这些都是什么？"

"虚线代表穿越沼泽的徒步和骑行道路，它们把整个沼泽一分为二。宽线代表没有铺设过路面的小道。黑色的细线是过去的运河，那是几百年前由奴隶发掘而成的。当水位涨高时，他们可以利用运河运送当年收获的柏树和杜松树。"

"那现在呢？"

"现在，运河的绝大部分已经变成了沼泽，虽然有水，但无法行舟，当然也不适合步行。"

"那道路呢？"

"宽敞，平坦，但杂草丛生，没办法开车。"莱文明白他的意思，又补充说，"理论上来说，游客是不允许开车上路的。不过在天黑之后……"

马克说："好。也就是说我们的对手需要把一个失去意识、体重达一百二十磅的人搬到沼泽腹地。他肯定要找一个偏僻的地方，这样才不易被发现。不过，他需要一条路，因为扛着一个女人穿过这十万英亩绝对不可能。那么，我们能从中得到什么启示？"

大家仔细研究着地图。徒步道路非常集中，形成了清晰的网格，占据了沼泽西面的大部分地方。距离他们最近的是一条标记为木板道的环状路，排除——因为这里游客太多。再远一点是椭圆形的德拉蒙德湖，排除——徒步路、小道、补给渠太多，人流量大。越过湖泊向东、南、北走，是一大片灰色区域，被一条破旧而坑坑洼洼的道路一分为二。那里是一个几近隔绝的地带。

"我们必须开车进去，"金柏莉说，"开到湖泊那里。"

"然后从那里分头行动，"马克同意她的说法，急切地望着莱文，"他不会把她丢在路边。看看这些纵横交错的道路，她很容易就能走出来。"

"没错。"

"他也不会走运河，因为她同样能沿着运河走出来。"

凯西沉默地点点头。

"他一定把她带到了某个荒僻之地，"马克总结道，"可能在东北这一片，这里的高树和灌木丛会让人失去方位感，而且捕食者多，更加危险。无论她怎么呼救都不会有人听到。"说完之后，他不再吭声。现在时间还早，太阳还没升起，可外面已经酷热难耐，所有人都已经大汗淋漓。空气中湿气很重，这让他们的呼吸更加困难，心跳也更加剧烈。条件太恶劣了，几乎可以用残酷来形容。那个被困了三天的女孩到底怎样了？

"路上会非常危险，"凯西处变不惊地说，"浓密的野蔷薇灌木丛会阻挡你的去路。上一秒还是硬邦邦的土地，下一秒就可能陷到沼泽里。同时，你们还要警惕熊和山猫，当然还有各种毒蛇：棉口蛇、铜头蛇、藤丛蛇。一般情况下，它们会老老实实地待着。但一旦你们不小心侵入了它们的地盘，它们绝对不会口下留情的。"

"藤丛蛇？"金柏莉立刻紧张起来。

"比其他蛇要短，光是那短粗的头部就能把你吓得屁滚尿流。棉口蛇和铜头蛇喜欢待在潮湿的沼泽里，而藤丛蛇更喜欢石块和枯叶堆。最后我要提醒大家注意的是各种虫子：蚊子、黄蝇、蠓虫、恙螨和扁虱。大部分时候，我们不需要太过考虑这些小昆虫。但在这里却是例外，数目庞大、成群结队的虫子已经赶走了无数的游客，也让这里成为最不受欢迎的地方之一。"

"这不是开玩笑。"雷咕哝着，他已经开始左右开弓了。"嗡嗡"声越来越响，第一波蚊子已经到来。他们散发出来的气息吸引着更多的蚊子赶过来。

雷和布莱恩的兴奋劲顿时消失得无影无踪。他们只能从包里掏出杀虫剂。如果那个女孩在这片沼泽中，那他们就必须去。谁都不想去，可是谁都没有提反对意见。

"听我说，"凯西说，"我们面临的最大危险是脱水和中暑。大家要保证一个小时至少喝一升水。最好是过滤水，不过在必要时，可以直接喝沼泽中的水，虽然看起来很恶心，就像洗臭袜子的水，但实际上却很纯净。那是杜松树、胶树和柏树的树皮中的单宁酸保护的结果。在过去漫长的海上航行中，水手们就是这样做的。从那之后，水和栖息地都改变了，不过考虑到目前的气温……"

"喝水。"马克说。

"是的，多多地喝水。水是我们的朋友。现在，假设我们能幸运地找到缇娜，记住，遭受中暑和脱水后，首要任务就是降低身体核心温度。先朝她身上泼水，按摩四肢以加速血液循环，然后给她水喝，同时还要让她吃一点咸味食物，最好是补盐液。如果遭到她的攻击，请不要惊奇，极度中暑者可能表现出妄想和攻击状态。她可能会咆哮怒吼，也可能看起来清醒，但下一秒钟就会攻击你。不要和她发生冲突。

让她躺下，尽快给她喝水，如果需要的话可以使用武力。还有其他问题吗？"

没人说话。蚊子大军已经赶来，眼前、耳旁，甚至嘴角都是"嗡嗡"声。此时，雷和布莱恩对拍打已经不再那么热衷了。虫子们根本无所谓，连杀虫剂都影响不到它们分毫。

最后是检查装备。每个人都带上了水、急救包、口哨、地图和杀虫剂。也就这些了。大家把装备搬上车。雷打开通往德拉蒙德湖那条道路的大门。车子一辆接一辆地驶入了沼泽。

"这个地方真是太可怕了。"当看到右手边混浊的运河蜿蜒伸向阴森的树林深处时，安努齐奥不禁感慨道。

马克和金柏莉都没有说话。

进入沼泽后，情况变得更为复杂。道路弯弯曲曲，两旁尽是扭曲的柏树和巨大的杜松。有好几次金柏莉都差点碰到头。树干非常粗，估计她两只手都搂不过来。有的树叶比她的头还大。树枝和藤蔓紧紧交织在一起。很多时候，她不得不放下背包好挤过狭窄的缝隙。

繁茂的枝叶遮天蔽日。在这里根本看不到太阳，抬起头，偶尔才能看到树顶上的点点白光。三个人都没有说话，松软的地面吸收了他们的脚步声，四周寂静得可怕。空气中全是腐烂的植物味道，熏得他们快要吐出来。也许换个时间，换个情形，她会领略到这片沼泽的美丽之处。亮橙色的紫薇花散落在碧绿的草地上，绚丽的蓝色蝴蝶在树丛中嬉戏飞舞，不时还会有绿色、金黄色的蜻蜓掠过，给这片昏暗的阴森之地平添了不少色彩。不过，此时此刻金柏莉完全没有欣赏的心情，在她眼里处处都蕴含着危险。树根下堆满了落叶，那是蛇最钟爱的休息场所。肆虐的葡萄藤几乎和她胳膊一样粗,紧紧缠绕在树干上。还有那一块块平地,曾经也是沼泽,但似乎已干枯了几十年。四处散落着破旧的圆木桩,仿佛是一排排望不到边的墓碑。那里的土质应该更为湿软,很多蟾蜍和蝾螈从洞里跳出来,以躲开越来越近的脚步声。

黑暗的角落里似乎有东西在动。虽然看不到是什么,但金柏莉觉得它们就像风哨声一般让人毛骨悚然。小鹿?熊?山猫?她不确定。光是这种遥远而不经意的声音就已经把她吓得寒毛直竖,差点就要蹦起来了。现在至少有一百度,可她还是打了一个冷战。

马克走在最前面,金柏莉紧随其后,安努齐奥跟在最后。马克对这片区域进行了粗略的划分。现在是对两条坑坑洼洼的道路中间的地方进行排查。这个主意不错。不过,脚下的灌木丛太过浓密,根本无法进入。他们只好不停地变换方向,一会儿向左,一会儿向右,一会儿朝这边走,一会儿朝那边走。马克带了指南针,也许他清楚现在所处的位置。在金柏莉看来,他们必须完全听从沼泽的摆布,只能走它所允许的道路,经过它所允许的地方。四周越来越阴暗,树枝越来越茂密,他们不得不扭转身子来通过越来越狭窄密集的树缝。

大家都没怎么说话,只是专心地在这片湿热的藤蔓中艰难跋涉,希望能找到一些痕迹,比如断裂的树枝、足迹或破损的植被,总之,一切能证明有人来过的迹象。他们轮流吹着口哨,呼唤缇娜的名字。他们迈过那些被雷电击倒的大树,穿行在粗壮的树枝间,有时候还要在浓密的灌木丛间砍出一条路来。

珍贵的饮水越来越少,他们的呼吸越来越急促,脚步越来越不稳,最后,连胳膊都开始不停地发抖。

金柏莉的嘴巴干得厉害,这代表她喝的水远远不够。她的步伐有些踽踽,不停地被绊倒,最后只好用手扶着旁边的树枝和灌木丛。汗水流进眼睛,一阵刺痛。黄蝇还不时地在她嘴角和耳后打转,希望能饱餐一顿。

她不知道到底走了多久,似乎一直这样在这片热带丛林中穿梭,眼前全是厚重潮湿的树叶,令人窒息的藤蔓、荆棘和灌木丛。

就在这时,马克突然举起了手。

"你们听到了吗?"他警惕地问道。

金柏莉立刻停下来,稍微喘了口气,然后竖起耳朵听着,在那么一瞬间,似乎有一个声音。

马克转过身来,浸满汗水的脸庞带着兴奋与急切。

"从哪儿传过来的?"

"那边!"金柏莉指着自己的右边大叫道。

"不,我觉得更像是那边。"马克指着正前方。他皱了皱眉头,"该死的树,它们挡住了声音,根本听不出到底在哪儿。"

"好吧,就是那边的某个地方。"

"快走!"

这时,金柏莉突然意识到了什么,连忙大叫:"马克,安努齐奥在哪里?"

第四十六章　他根本没有哥哥

弗吉尼亚　里士满

中午11：41

气温　101华氏度

"我告诉你，第四个受害者缇娜·克拉恩，被丢弃在迪斯莫尔沼泽的某个地方。"

"我告诉你，你现在无权插手这个案子！"

"我知道我无权！"昆西忍不住吼了一句，但还是强压住了怒火。三十分钟之前，他赶到联邦调查局里士满办事处和哈库斯特工见面。哈库斯不同意他去自己的办公室，于是两人选择了一间地下室作为见面场所。昆西依旧彬彬有礼。他说："我并不是想插手这起案子，我只是帮助那个失踪的女孩。"

"可你篡改了证据。"哈库斯咆哮着。

"当我赶到现场的时候，地质勘探局的那帮人已经在对证据进行分析了，我还能做些什么呢？"

"你应该让他们立即离开，等待专业人士来勘察。"

"可他们就是专业人士。"

"但他们没有接受过法医证据方面的培训。"

"他们已经成功辨认出三个不同的地方了！"昆西大吼着，忍不住咒骂了几句。过去的这一天他一直在竭力压抑着自己的感情。他强迫自己深吸了一口气，现在不是发火的时候，他应该保持理智和克制，要冷静地和对方交谈。等这一切过去了，他一定会好好收拾他一顿。"我们需要你的帮助。"他还在努力。

"你把这个案子搞砸了。"

"这个案子早就被搞砸了。四个失踪，三个已经死了。特工，我们还有最后一个机会，还有一个女孩被抛在成千上万亩的沼泽里。呼叫搜救队，找到那个女孩，你就能上头条新闻。就这么简单。"

哈库斯拉着脸："我真的很讨厌你。"不过，这一次他的怒气明显下去了不少。昆西说得没错，谁都不想错失上头条新闻的机会。"你的这种做法让这个案子岌岌可危，"哈库斯咕哝着，"不要认为我会忘记这一点。"

"呼叫搜救队，找到那个女孩，上头条。"昆西重复着。

"迪斯莫尔沼泽，哈？它真的像听起来那么糟糕吗？"

"差不多。"

"妈的。"哈库斯掏出手机，"希望你的人没搞错。"

昆西义正词严地说："我的人从没错过。"说完，他就离开了。

他朝车子走去，蕾妮和诺拉·蕾正等在那里。就在这时，手机响了，是卡普兰。

"你控制安努齐奥了吗？"他迫不及待地问道。

"不是他，"昆西说，"好像是他的哥哥。"

"他哥哥？"

"据安努齐奥所说，三十年前，他哥哥杀死了他们的母亲，活活烧死的。从那之后，他再也没有见过他。但是后来他哥哥在他们母亲的墓碑上留下了一张纸条，内容和那个生态杀手的信一模一样。"

"昆西，从安努齐奥的人事档案看，他根本没有哥哥。"

昆西立刻不吭声了，眉头紧蹙："也许他没有把他当作家人。毕竟过去三十年了，而且他们分开的最后一幕并不美好。"

卡普兰停顿了一下，说："我不相信。肯定不对。你听我说，我刚刚和安努齐奥的秘书通过电话。两年前，他因为动手术请了三个月的病假。医生从他大脑中取出了一个肿瘤。据他秘书所说，六个月前，安努齐奥又开始抱怨头疼，对此，她非常担心。"

"肿瘤……"

"这方面你是专家。脑瘤会对人的行为产生影响，对不对？尤其是那些长在特定部位的……"

"大脑边缘系统。"昆西喃喃地说，闭上眼睛陷入了沉思。"在有些情况下，外伤或肿瘤会对行为产生巨大影响，比如脾气暴躁。很多性情温和的人会变得暴力，具有很大的攻击性，并且会说脏话。"

"甚至喜欢杀人？"

"确实有这样的案例。"昆西回答说，"不过这种事很难说……还有，肿瘤可能会引起精神病发作。你在电脑旁边吗？能不能帮我查一下戴维·安努齐奥？看看他的出生和死亡记录，地址是弗吉尼亚州，李县。"

蕾妮和诺拉·蕾都在好奇地盯着昆西："戴维不是安努齐奥博士的名字吗？"蕾妮低声问。

"我们是这样以为的。"

"以为？"蕾妮瞪大眼睛，昆西知道她明白了自己的意思。在做调查工作的时候为什么从来不能以为？因为那会产生误导。卡普兰已经回到电话旁了。

"根据葬礼公告，戴维·约瑟夫·安努齐奥死于一九七二年七月十四日，当时年仅十三岁，和母亲一起葬身于家庭火灾中。唯一幸存的……老天！富兰克林·乔治·安努齐奥。弗兰克·安努齐奥博士。昆西，安努齐奥根本没有哥哥！"

"他有一个弟弟，不过他杀了他！他杀了自己的弟弟、杀了自己的母亲，老天，说不定连父亲都是他杀的。这么多年以来，他一直在掩盖这一切，希望自己能够忘记，直到自己的头脑出现了问题。"

"你要立刻把他控制住！"卡普兰大吼着。

昆西低声说："晚了，他已经到迪斯莫尔沼泽了，和我的女儿一起。"

他知道自己必须做的是什么。他陷入了深深的沉思，又一次回想起过去的那些日子。头好疼，一阵阵的剧痛。他跟跟跄跄地朝前走着，不停地揉着太阳穴。

回忆让他的头脑越来越清晰。他回想起母亲躺在床上的样子，她只是一动不动地躺着，一脸冷漠地看着他把灯油一点点洒在房间里。他想起窝在角落里的弟弟，他没有任何要跑出去的意思。没有反抗，没有斗争。被父亲虐待的这些年已经让他们失去了所有的抵抗力。此刻，他们只是木然地等待着死亡的降临。

三十年前的他太虚弱了。他只能拿起火柴，轻轻一擦。他以为自己会留下来，以为自己也一直等待着死亡。可是，在最后一刻，他退缩了，他穿过熊熊燃烧的火焰，冲到门外。他听到母亲愤怒的尖叫和弟弟可怜的哭声。他奔向树林，祈求上苍拯救自己。

可惜，上苍并没有怜悯他。他又饿又热又渴，茫然而绝望。就这样过了几个星期。最后，他只好回到镇上，漠然等待着接下来发生的一切。

他没有想到的是镇上的人们是那么仁慈。他们拥抱他、安抚他、关心他。他们总说，他真是个坚强勇敢的孩子，竟然可以独自在树林里生存那么久。还有，能从大火中逃生，他是多么幸运，上帝一定格外眷顾他。

在人们眼里，他就像英雄一般。而他，已经疲惫得无力反驳。

可是，那熊熊燃烧的火焰总会在他梦境中出现。他毫不理会，期望自己能如凤凰涅槃一般重生。他认真学习，努力工作。他对自己发誓，一定要做个好人，多做好事。虽然孩提时代犯了可怕的错误，但长大成人的他已经脱胎换骨。

这种状况确实持续了一段时间。他曾是一名优秀的特工，破获重大案件，拯救无数生命，并且对某些关键性的研究起到了重要的推动作用。可是曾经的伤痛并不放过他，那些火焰在梦中魅惑着他，和他对话，怂恿他去做更可怕的事情。他杀了人，可又希望警方能够阻止自己。他绑架女孩，同时留下线索，希望有人能拯救她们。他痛恨自己，却又控制不住自己。一边在工作中寻求救赎，另一边却犯下更可怕的罪行。最终，他成了命中注定的那个人。

所有的美好都背叛了自己。所有的美好都是骗人的。你唯一能够信任的只有火。此刻，他在黑暗的沼泽深处奔跑着。他听到小鹿的脚步声，听到隐藏着的狐狸发出的声响，树叶下"沙沙"作响，说不定是条蛇。可他已经什么都不在乎了。

他的头在一阵阵发抖，好疼。他的身体亟须休息，可他的手却不听使唤地拿出火柴。他一根接一根地划着，闪耀着点点亮光的火柴杆掉落在沼泽中，一条条蛇随之躲回洞里。有的火柴瞬间就熄灭了，有的却掉在了干燥的树叶上，还有的坠落在那些缓缓燃烧的泥炭中。

他从深坑旁边经过。他觉得自己好像听到了什么声音。

于是，他为她划着了一根火柴。

所有美好的东西都要死。所有的东西，所有的人，包括他自己。

马克和金柏莉开始奔跑。他们听到灌木丛里发出杂乱的脚步声，似乎来自四面八方。有人在这里。安努齐奥？他哥哥？宁静的沼泽地似乎一下子变得嘈杂起来，金柏莉立刻掏出手枪，四处寻找目标。

"右边。"马克压低声音说道。

又是一阵声响，这次似乎是在他们左边。

"这些树干扰了我们的听觉。"金柏莉气喘吁吁地说。

"我们不能失去方位感。"

"太迟了。"

这时，臀部一阵震动，有人打电话过来。金柏莉用左手接通电话，右手依旧紧握着手枪，两只眼睛不忘四处扫射。四周黑漆漆的大树似乎在一点点朝她逼近。

"安努齐奥在哪里？"手机里传来父亲的声音。

"我不知道。"

"没有什么哥哥，金柏莉。他弟弟早在三十年前就死在了那场大火中。凶手就是安努齐奥。他似乎是长了一个脑瘤，现在出现了严重的精神障碍。他可能带着武器，非常危险。你一定要注意。"

"爸爸，"她轻柔地说，"我闻到了火的味道。"

缇娜猛然抬起头。她的眼睛又肿胀得睁不开了。虽然看不到，但她能听到声音。声音，很多声音。脚步声，喘息声，还有"噼里啪啦"的爆炸声。上面瞬间嘈杂起来，救援的人来了！

"有人吗？"她有气无力地喊了一句，可听起来似乎只是在嗓子眼里咕哝着。她清了清嗓子，又喊了一声，还是那样。

绝望中，她拼命地想把自己拽起来，可是已经筋疲力尽的胳膊抖得厉害，根本支撑不住整个身体。又是一阵脚步声，缇娜感到肾上腺素嗖的一下冲了上来，硬是撑起了半个身体。她的双手在泥潭中徒劳地摸索着，污泥从指缝中吱吱地冒出。

她不再谨慎，抓起一大把泥放到嘴边，贪婪地吸着里面的水分。干渴的嘴巴和喉咙顿时舒服了不少，快了，快了，就快了。

"有人吗？"她又一次喊道，"我在下面。"

这次声音稍微大了一些。好像有人停住了脚步，她紧张得都要喘不过气了。

"有人吗？有人吗？有人吗？"

"时钟滴答滴答，"一个清晰的声音从上面传来，"热浪正在展开杀戮。"

这时，缇娜的手突然感到一种针扎般的刺痛，似乎被某种动物的利齿咬到一般。

"哎哟！"她拍打着手掌，太烫了。"哎哟，哎哟，哎哟！"她疯狂地拍打着，用力把火柴杆摁到泥里。混蛋，看来他要把她烧死。

这管用了。缇娜挣扎着站起来，举起双臂，握起拳头，扯着嘶哑的嗓子大声叫道："混蛋，有种下来和我面对面，来啊，像个爷们儿一样来和我打！"

刚说完，她的双腿就瘫了下来。她躺在泥潭里，头晕目眩，气喘吁吁。她听到了更多的声音，对方好像跑了。这时，她反倒不希望他走。这些日子以来，这还是她第一次和人类进行对话。

嗨，她虚弱地想着。就在这时，她闻到了一股烟味。

金柏莉开始吹口哨，三声长哨。马克也吹了起来。眼前已经烟雾缭绕，他们冲到那堆树叶旁，拼命地把它们踢散，把火苗踩灭。

左边还有很多烟，不过右边又传来一阵"噼里啪啦"的声响。金柏莉和马克又一次吹响了口哨。

他们一会儿向左，一会儿向右，在树林里奔来跑去，却只能徒劳地看着一堆堆树叶被点燃。

"我们需要水。"

"没有了。"

"湿衣服？"

"只有我穿着的这件了。"说完，马克立即脱下身上的T恤，朝火堆打去。

"凶手就是安努齐奥，不是他哥哥。他长了一个脑瘤，看来他已经疯了。"金柏莉一边说一边踩着燃烧的树叶。蛇？现在她可没心思管它们了。

右边一阵窸窣作响。金柏莉拔起枪对准目标，是小鹿，几只小鹿迅速从他们旁边跑过。这时，她才意识到周围的动静：松鼠都朝树上爬去，小鸟飞向空中。不久之后，他们还会看到水獭、浣熊、狐狸，还有更多更多的动物仓皇逃离。

"他爱自己所恨,恨自己所爱。"金柏莉冷冷地说。

"他们的想法是对的。光靠我们两个肯定阻止不了这一切。必须有人支援。"

但金柏莉已经朝一处冒烟的地方跑去。"我们还不能走。"

"金柏莉……"

"快点,马克,我们还不能走。"

她折下一根腐烂的树枝,在火堆里拨来拨去。马克朝另外一个着火点走去。他们同时听到了一个声音——呼救声。似乎很遥远。

"嗨……我在下面!快来……救我!"

"是缇娜!"金柏莉激动得快要喘不过气来。

两人不约而同地朝声音传出的地方跑去。

接下来的寻找让金柏莉吃了不少苦头。她向前跑去,差点一脚踏空,眼前是一个长方形的坑,她站在坑口摇摇晃晃,眼看就要摔下去,幸亏马克一把拽住她的背包,她才站稳了脚步。

"我应该好好看看脚下的路。"她咕哝着。

马克一脸一身全是汗水和炭灰,他狡黠地笑了一下:"怕影响你的形象?"

两人趴到地上,目不转睛地朝洞里看。坑似乎很大,大概有十乘十五英尺大小,至少二十英尺深,看起来有些年头了。四壁爬满了浓密、纠葛的藤蔓。金柏莉用手指摸了摸,好像是陈旧的铁路枕木。不知道当初是什么人修建了这个深坑,不过考虑到贯通整个沼泽的运河都是由奴隶修造的,金柏莉倒是能猜到修建的原因。应该是不希望在夜里受到太多的打扰吧。好吧，既然说到了睡觉的地方受到限制……

"有人吗？"她对着下面大叫道，"缇娜？"

"这是真的吗？"黑暗中传来一个微弱的声音，"你没有穿制服，是不是？"

"是的。"金柏莉缓缓地说。她看了一眼马克，两个人都在想凯文之前说的那番话："中暑会让受害者产生幻觉。"

烟味越来越重。金柏莉半眯着眼睛，希望能看清下面的人影。看到了，她看到了，缇娜正坐在泥潭里的一块石头旁边，从头到脚都是泥泞，与周围已经浑然一体。直到她开口说话露出白色的牙齿时，金柏莉才认出她来。

"有水吗？"女孩嘶哑的声音里充满了渴望。

"我们马上把你救出来。"

"我觉得我的孩子没了，"她低声说，"求你别告诉我妈妈。"

金柏莉闭上了眼睛。这话深深刺痛了她，没想到这场战斗中又多了一个无辜的受害者。

"我们马上扔一条绳子给你。"马克依旧保持着冷静。

"我不行……爬不动……我太累……太累了……"

"你下去，"马克对金柏莉说，"我把你俩拉上来。"

"我们没有担架。"

"把绳子头打一个结，这是我们唯一能做的了。"

金柏莉没有说话，只是看着他的手臂，要想把一百多磅的人拉上来，这可需要不小的力气，而他已经不眠不休连续奔走了三天。马克只是耸耸肩。金柏莉读懂了他的意思。烟越来越浓，火已经熊熊燃烧起来。已经没有别的选择了。

"我马上下去！"金柏莉对着坑里喊道。

马克拿出塑料绳，在自己腰上捆了一圈，然后放金柏莉下去。她顺着坑壁慢慢向下滑去，尽力不去想那令人窒息的恶臭，还有那泥潭里可能会有的生物。

终于到了坑底，金柏莉被眼前的缇娜吓了一跳：瘦骨嶙峋，皮包骨头，就像一具活着的木乃伊。她的头发凌乱不堪，满是泥泞，眼睛肿成了一条缝。即使有污泥的遮掩，金柏莉依然能够看到血和脓液一点点从伤口里渗出，里面似乎还有东西在蠕动，这是她的错觉吗？女孩说得没错，以她目前的状况，根本没有能力爬到上面去。

"缇娜，见到你真是太好了，"金柏莉故作轻快地说，"我是金柏莉·昆西，我是来救你出去的。"

"有水吗？"女孩再次充满希望地问道。

"上面有。"

"我太渴了。湖在哪里？"

"我来把绳子给你套上。你坐在上面，就像秋千一样。马克科马克特工会把你拉上去。如果你能用脚踩着坑壁，那就更好了。"

"有水吗？"

"想喝多少有多少，缇娜。只要你能到上面去。"女孩慢慢地点点头，可脑袋就像喝醉似的来回晃着，她已经有些神志不清了，估计再晚一会儿就要出问题。金柏莉加快速度把绳子捆到缇娜的臀部，调整好位置。

"准备好了吗？"她冲着坑口问道。

"准备好了。"马克说。金柏莉听出了他声音中的紧迫，看来大火越来越近了。

"缇娜，"她认真地对女孩说，"如果你想喝水，那就赶快行动。我的意思是现在就要动起来。"

她扶着女孩，绳子立刻绷紧了。缇娜似乎明白了她的意思，双脚无力地蹬在坑壁上。上面传来一声粗重的喘息，马克开始拉了。

"水就在上面，缇娜，水就在上面。"

这时，缇娜做出了完全出乎金柏莉预料的举动：她抬起手臂，双脚踩在枕木间的小空隙里，她在竭尽全力帮忙。

向上，向上，她正在一步步奔向自由。向上，向上，一步步离开这个地狱一般的地方。

就在这时，金柏莉感觉一直紧压在胸口的大石头不见了。她站在那里，看着这个受尽折磨的女孩终于安全离开这里，她感到了前所未有的满足和平静，她做了好事，她终于成功了。

缇娜终于到了坑口。几秒钟之后，绳子又垂了下来。

"快！"马克咆哮着。

金柏莉抓住绳子，踩着那些缝隙，一步步爬到坑口。

刚翻上去，她就看到一道火墙正向他们逼近。

第四十七章 你到底是谁

弗吉尼亚　迪斯莫尔沼泽
下午2：39
气温　103华氏度

"我们需要直升机，需要人手，需要帮忙！"

前面停了很多车子，昆西也立刻停下了车，不远处一道道黑烟冲向蓝色的天空。一、二、三，至少有六处着火点。他转身朝林业官员走去，对方还在朝对讲机发号施令。

"到底怎么了？"

"着火了。"对方只是简单回答。

"我女儿在哪儿？"

"她是徒步者吗？她和谁在一起？"

"该死。"正说着，昆西看见朱雷里蹒跚地下了车，径直朝自己走来。蕾妮焦急地跟在后面，"发生了什么事？"

"还不知道。我开车到德拉蒙德湖进行搜救，然后就听到了哨声，看到了浓烟。"朱雷里说。

"哨声？"

"三声,代表遇险呼救。应该是来自东北方向。我朝那里驶去,可是烟太大了,我和布莱恩觉得还是撤退为好,我们没有带任何防火器材。"

"其他人呢?"

"我看到凯西和劳埃德朝车子走去。我不知道金柏莉、马克还有那个博士在哪里。"

"怎么去德拉蒙德湖?"

雷看看他,又看看那浓密的烟雾:"现在,你去不了了。"

马克和金柏莉用肩膀架住缇娜的双臂向前走,女孩很勇敢,尽力用自己的双脚在地上走。可惜她的体能已经到达了极限,越是想帮忙,越是不停地被绊倒,反而拖慢了他们的速度,三个人都失去了平衡。

笨拙的动作让他们无路可走,大火快要烧到他们面前了。

"我来背她。"马克说。

"太重了。"

"闭嘴,赶紧帮忙。"他蹲下来,缇娜搂住他的脖子,金柏莉把她托到他的背上。

"水。"女孩呻吟着。

"到了树林外面就有水了。"马克向她保证。他们不敢告诉缇娜水已经没有了。实际上,如果他们不能在五分钟之内赶到停车的地方,外面有再多的水也没用了。

他们继续奔跑着。金柏莉已经完全丧失了时间感和方位感,只是跌跌撞撞地穿过树丛和灌木丛。她的眼睛被浓烟熏得刺痛,不住地咳嗽。浓烟也带来了一点好处——虫子都不见了。可是她根本分不出东西南北，沼泽已经完全吞噬了她，她早就丧失了方向感。

不过，马克似乎很清楚他们的位置。他的表情坚毅而刚强，不停地向前冲着，他一定能把她们带出这里。

就在这时，一个笨拙的身影出现在他们的左边，一头成年黑熊！离他们不过十尺之遥！不过，这头凶猛的野兽似乎并没有注意到他们，而是拼命地朝前跑着，跟在它后面的还有小鹿、狐狸，甚至还有蛇。所有的生物都在出逃。在火这个更危险的敌人面前，平时的食物链规则已经完全不适用了。他们拼命地跑着，任凭汗水顺着身体向下流淌。他们跑得更快了，缇娜开始语无伦次地咕哝，她的头无力地耷拉在马克肩上。可是，他们跑得越快，吸入的烟就越多，也就越难以呼吸。

他们穿过两棵大树中间的空隙，绕过一大片灌木丛，突然迎面碰上了安努齐奥。他靠着树干站在那里。看到他们突出重围，他似乎毫不惊讶。

"你们不应该跑出来。"他喃喃地说。金柏莉一眼看到他脚边的东西，一个蛇窝，里面盘着一条带着棕褐色斑点的毒蛇。而他的小腿上已经出现了两个红点，应该是被毒蛇咬到了。

"我开枪打死了它，"他旁若无人地诉说着，"不过是在它咬了我之后。无所谓了。我再也不能走了。现在只是在等待。像个男人一样来惩罚我吧。每次听到我们的尖叫声时，你觉得我父亲会想些什么？"

他的目光落到了马克后背上："哦，太好了，你找到她了。真是太好了，四个女孩，我希望你们至少救出一个。"

金柏莉愤怒地向前走了一步，安努齐奥的手立刻在体侧抽动了一下，他握着枪。

"你们不应该从火里逃出来，"他一脸严肃，"三十年前我尝试过,可你们看看现在的我变成了什么样子。坐下来,待会儿,不会疼很久的。"

"你快死了。"金柏莉的声音尽量平和。

"不只我,我们都快死了。"

"我们不会的。坐下来好好看看你想要的一切,死在你最珍爱的火中。但是我们会离开这里。"

她又向前迈了一步,安努齐奥立刻举起枪。

"站着别动。"安努齐奥坚定地说,眼睛里闪烁着狂热、激动的光芒。"你必须死,只有这样你才能得到真正的安宁。"

金柏莉有些沮丧地抿着嘴唇,她瞥了一眼马克,他身上有枪,可是他的双手正紧紧抓着缇娜,根本没办法快速掏出手枪。她又看了看安努齐奥,他正目不转睛地盯着自己。

"你到底是谁?"她问道,"弗兰克还是戴维?"

"弗兰克,我一直都是弗兰克。"安努齐奥无力地回答,"你想听一些蠢事吗?一开始我拼命假装一切都和我无关,假装戴维才是凶手。是他回来了,做了这么多可怕的事情。而我,哥哥弗兰克,已经逃出来了,我不会像我的家人那样。可是凶手并不是戴维。戴维挨了太多的打,戴维已经失去了所有的希望。在逃跑与死亡之间,戴维选择了死亡。所以,凶手只能是我,是我掠走了那些无辜的女孩。当那个脑瘤被取掉时,我看得更清楚了。我做了坏事,可都是那些火逼我的。现在,我必须停止了。但是当疼痛再次袭来时,我又会梦到树林里的那些尸体。"

四周的浓烟越来越重,金柏莉不停地眨着眼睛,她意识到热浪已经到了身后。

"如果把止血带绑在伤口上，你应该不会死。"金柏莉还在做最后的努力，"等我们走出这片沼泽，你可以使用抗蛇毒血清，然后再好好进行心理治疗。"

"但我并不想活了。"

"可是我还想活。"

"为什么？"

"因为只有活着才有希望。只有尝试才有希望。还有，我是那种很认真的人。"安努齐奥终于把目光转到马克身上，这是她一直等待的机会。她强压住想要咳嗽的冲动，迅速举起手枪对准安努齐奥，"放下武器，弗兰克。让我们过去，否则你就不必再担心这些宝贵的火了。"

安努齐奥只是笑了笑："杀了我。"

"放下武器。"

"杀了我。"

"有种朝你自己开枪！我才不要替你结束痛苦！我只是来救这个女孩的！我们已经找到她了，我们要出去！"浓烟滚滚，金柏莉几乎什么都看不到了。

"不，"安努齐奥一字一句地说，"你只要动一下，我就会开枪。火已经来了，快惩罚我吧。"

"你就是个懦夫！只会把自己的怒火发泄到别人身上，可是你心里很清楚，你最恨的就是你自己！"

"我救过人。"

"你杀死了自己的家人！"

"那是因为他们希望我那样做！"

"一派胡言！他们想要的是你的帮助。你有没有想过你弟弟如果活着可能是什么样子？我敢肯定，他一定不会变成一个专门杀害女孩的连环杀手！"

"戴维很柔弱，他需要我的保护。"

"戴维需要的是家人，可是，你却把他们都杀死了！一切都是因为你，安努齐奥。那不是你弟弟需要的，不是你妈妈需要的，更不是什么环境需要的。你杀人只是因为你自己想杀人，是因为杀人会让你感到快乐。也许这才是戴维选择留在房子里的原因。他一直都很清楚，你才是那个家里最坏的人！"

金柏莉一点点朝他逼近，安努齐奥的脸涨得血红，手中的枪不停地颤抖着。大火近在眼前，她已经闻到头发烧焦的气味。时间不多了，无论是对他，对她，还是对所有人。

金柏莉长吸了一口气。她等待着，一、二、三，树林里突然传来"砰"的一声，一棵老树干爆炸了。机会终于来了。安努齐奥转过头去，金柏莉猛然一踢，她的脚踹在他的手上，枪"嗖"的一下飞了出去。又是一脚，他痛得蹲下来抱着自己的腹部。第三脚落在了他的头上，在她的腿踢出去的一刹那，他发出了可怕的笑声。

"别再扭捏了，"他依然笑个不停，"上帝啊，老天啊，千万不要怜悯我。当我打你时，请挺起胸膛，抬起下巴。看着我的眼睛，像个男人一样接受惩罚。"安努齐奥还在笑，那种空洞的声音让金柏莉寒毛直竖。他突然抬起头，紧盯着金柏莉，"杀了我，"他一字一句地说，"求你了，快点！"

金柏莉从他身边走开，她捡起他的枪，朝火焰深处抛去。

"别找那么多借口了，安努齐奥，你要是想死，就自己去死。"说完，她扭头回到马克和缇娜身边。大火越来越近，她的脸已经被烤得发烫。她看到马克的表情依然平静，身体还是那么强壮。他信任她，相信她一定能够对付安努齐奥。现在轮到他了，他要把她和缇娜安全带出去。

人生总是充满各种选择，金柏莉想，生存、死亡、抗争、逃跑、希望、恐惧、爱、恨，活在过去的阴影中，还是活在当下。金柏莉看了看马克，又看了看缇娜，她已经不再后悔自己的选择。

"快走吧。"她催促道。

大家开始奔跑，安努齐奥在后面不停地大吼着，也许他只是在大笑。大火蔓延的速度越来越快，谁都无法阻挡。

火墙终于逼到了安努齐奥面前，无论怎样，他终于得到了最后的安宁。

十分钟后，他们找到了车子。他们把缇娜塞到后座上，然后迅速冲到前面。马克拿出钥匙，发动车子，终于上路了。他们冲向平坦的草地，避开逃跑的动物。

金柏莉听到了消防车的声音，她抬起头，头顶上盘旋着救援直升机和林业部门的飞机。救援队伍来了，马上就会有专业人士，还有专业器材来熄灭大火，拯救可拯救的一切。

车子终于冲出了沼泽，在停车场前一个急刹车，场内已经停满了各种各样的汽车。马克率先从车里跳出来："急救医生，快点，这里。"

水来了，冷却包来了，急救人员开始对缇娜进行治疗。昆西和蕾妮正穿过停车场朝金柏莉跑来。不过马克抢占了先机，他一把将金柏莉搂在怀里，让她依偎在自己胸前。终于安全了。

诺拉·蕾从人群中挤出来，朝缇娜走去。

"是贝琪吗？"缇娜无力地问道，"薇薇？凯伦？"

"她们一定很高兴你还活着。"诺拉·蕾蹲下来平静地说。

"她们还好吗?"

"她们一定很高兴你还活着。"

缇娜明白了。她痛苦地闭上眼睛。"我要妈妈。"说完,她开始大哭。

"一切都会好的。"诺拉·蕾说,"相信我,虽然很可怕,但你活下来了,你赢了。"

"你怎么知道?"

"因为,三年前,这个人也绑架了我。"

缇娜终于停止了哭泣,她透过充血肿胀的眼睛看着诺拉·蕾:"你知道他们会把我带到哪里去吗?"

"我不知道,不过只要你愿意,我会陪着你。"

"像闺蜜那样?"缇娜低声问。

诺拉·蕾终于笑了,她握着缇娜的手说:"一直都会。"

尾声　过去终将过去

弗吉尼亚　匡提科
上午10：13
气温　88华氏度

　　她还在树林里奔跑。树上垂下来的叶子不时掠到她的头发，低矮的树枝也会不经意地划到她的脸。她纵身一跃，跳过倒地的树干，然后在十五英尺高的墙壁前停下了脚步。她找到绳子，手脚并用，向上，向上，她不停攀爬着，气喘吁吁，心跳"扑通扑通"。

　　终于到了上面。放眼望去，成片成片翠绿繁茂的树林。她没有贪恋这美丽的景色，而是朝另一边纵身一跳。轮胎来了。"砰、砰、砰"，她用一只脚就插住了所有轮胎，紧接着像只乌龟一样从一根狭窄的金属管子中爬过，从管子出来后就剩下最后一段跑道了。阳光照耀着她的脸庞，微风轻抚着她的头发。

　　她终于冲过了终点线。这时，马克掐住秒表说："啊，亲爱的，你竟然用了那么久？老天，我知道有几个人的速度比你快上两倍！"

　　金柏莉一头朝他怀里撞去，他张开双臂迎接着。可惜她用的是上个星期刚学会的一种格斗技巧，于是，马克立刻躺在了地上。

她累得上气不接下气，脸上、身上全是汗水，T恤也紧紧贴在了皮肤上。不过，她依然一脸微笑。

"刀在哪里？"马克狡黠地问道。

"想都别想。"

"求求你了美女，如果你愿意的话，我可以再无理一点儿。"

"除非你比我快上两倍。"

"好吧，也许我说得有点夸张，"他把手搭在她光洁的双腿上，沿着脚踝慢慢向上摸索，"不过我至少能比你快两秒。"

"那靠的是上肢力量，"金柏莉呸了他一口，"男人的比较强，所以在攀爬时更有力。"

"没错，人生很不公平吧？"他突然一个翻转，把她压到地上。在这个困局中，她采取了明智的对策：她抬起上身，搂住他的肩膀，送上了一个深情悠长的热吻。

"想我了没有？"几秒钟之后他气喘吁吁地问道。

"没有，不怎么想。"

这时，树林里传来了一阵声响。看来有不少学员都选择在这个迷人的周六清晨出来训练。马克极不情愿地站了起来，金柏莉也急忙直起身子，把头发上、身上的灰尘和落叶拂去。眼看着有几个学员已经爬到了墙顶，马克和金柏莉只好向附近的树林里跑去。

"你还好吗？"到了茂密的树荫下，马克问道。

"还在坚持。"

他停下脚步，把她拉到自己面前，让她直视着自己的眼睛："不，金柏莉，我跟你说真的，你还好吗？"

她耸耸肩，竭力控制着自己想要冲进他怀里的冲动。她希望自己不要那么激动。生活还在继续,经过这些日子,她的人生已经多了不少责任。

"大家对我的出现并没有表现出太多的大惊小怪。"最后她承认。一个月之前,她回来继续自己的学习。某些当权者并没有表现出什么,蕾妮说得没错,人们只会责怪失败者,一旦你成功了,就没人会说三道四。金柏莉和马克营救出缇娜·克拉恩的传奇故事占据报纸头条将近一个星期。当她后来给马克·沃森打电话申请回校时,他竟然批了一个单人宿舍给她。

"再回来的感觉不好受吧?"

"是的。现在我只是个半途出现的局外人,更糟糕的是,别人都觉得我那样做的原因一半是因为想挑战,一半是因为不想相信。"

"她们是不是对你很苛刻?"他托着她的下巴一脸严肃地问道。

"确实有人想把我的床撕成碎片。哦,老天,好害怕,我应该写信告诉爸爸。"

"哦,哦,你打算怎么报复?"马克立即问道。

"我还没想好。"

"哦,亲爱的。"

她继续向前走着。过了一会儿,他跟上了她的步伐。"我会把它做好,马克。"她严肃地说,"还剩下五个星期,我一定会坚持到底,有人不喜欢我,没关系。因为不管别人怎么看,我就是擅长这份工作。而实战经验只会让我做得更好。说不定某天我会接到直接命令。想想局里会怎么做。"

"你一定会是他们的全新秘密武器。"马克一脸敬畏。

"那肯定。"她骄傲地点点头。不过,她可不蠢。她紧盯着马克,

"你怎么会来这里,马克?别告诉我是因为你想念我的笑容了。我知道你最近的社交活动比较多。"

"总会有很多事,不是吗?"

"现在就说。"

他叹了口气,希望自己能想出点别的,不过最后决定还是说实话:"他们找到了安努齐奥的尸体。"

"很好。"那场大火一直持续了几个星期才被彻底扑灭。好消息是,消防人员迅速控制了火势,将损失降低到了最低程度。不过,烧过的灰烬不时复燃,前后持续了将近一个月。林业部门一直没敢放松警惕。

在这期间,志愿者一直在观测森林火势,寻找安努齐奥的尸体。随着时间的推移,大家都有些焦躁不安,尤其是金柏莉。

"他做了比我们想象中更多的事情。"马克说,"他内心非常矛盾,在最后一刻,他还是想活下去。他拖着那条受伤的腿跑了一英里左右。不知道最后他是因为什么而死。毒液涌进了他的心脏?烟?火?"

"他们验尸了没有?"

"昨天验了。金柏莉,他根本没长什么肿瘤。"

她愣住了,有些不相信地眨着眼睛,最后她用手撩了撩头发。"好吧,一切都在意料之中,不是吗?"她喃喃地说,"他就是这样一个混蛋,把所有的责任都推到别人身上,唯独不责怪自己。他的妈妈、他的弟弟,还有那个子虚乌有的病,真是坏到了极点,不是吗?"

"不过,根据记录,他曾经得过脑瘤,"马克说,"医生也证实了这一点,两年前,他做过一次手术来摘除脑瘤。据医生所说,这种脑瘤可能会导致暴力行为,这一点我知道。过去在得克萨斯州发生过凶残的屠杀案,当时凶手就声称是肿瘤所致。"

"查尔斯·惠特曼,"金柏莉喃喃地说,"他捅死了自己的母亲,又杀死了妻子,然后爬到得克萨斯大学的钟楼上,对着下面的人群开枪。最后,十八人死亡,三十多人受伤。他在警方动手之前开枪自杀了。他留下了一张纸条,是不是?好像说他希望被解剖,他觉得自己身体一定有问题。"

"没错,后来解剖发现在他的下丘脑部位有一个肿瘤,有的专家说正是这个导致了他的暴力行径,不过也有些专家持反对意见。谁知道呢?安努齐奥可能就是如此。也许这个案子给他留下了深刻的印象,尤其在他发现自己有脑瘤时。但是这一次,他并没有脑瘤,所以这些不过是他的借口而已。"

"你一开始就正中要害,"金柏莉说,"为什么凶手会绑架和谋杀年轻女孩?因为他想这样做。有时候,道理就是这么简单。"

"那家伙确实有些内疚,"马克耸了耸肩,"所以才会留下线索让我们去寻找第二个女孩,还装作匿名举报人给我打电话,希望我们涉入其中,所以才会以联邦特工的身份让我们继续追查。他对那些信进行分析,说写信人是被迫杀人的,他希望有人阻止自己。也许他是在试图解释自己的行为。"

但金柏莉激烈地摇着头:"马克,他是真的想帮忙吗?他只是希望有更多的人受伤。一开始,他痛恨自己的父亲,但他却杀死了母亲和弟弟。他袭击年轻的女孩,还为搜救设置重重障碍。我不认为他打那些电话是希望你能抓到他。他只是希望更多的人卷入其中。他根本无所谓什么间接伤害。如果情况允许的话,在沼泽里的那天他一定会杀死我们。"

"也许你是对的。"

"我很高兴他死了。"

"宝贝,我也不难过。"

"找到那些女孩的车子了吗?"她又问道。

"你竟然会问这个,真是有意思。找到了一辆。"

"在什么地方?"

"在塔卢拉峡谷,被网、绿漆和树叶伪装了一番。现在我们的人正在对其他地点进行再次搜查,看看在附近能不能找到其他受害者的车子。我们还发现安努齐奥在树林里有一间小屋,距离这里不太远。房子很旧,就像那种狩猎小屋。里面有一张小床、水、很多盒饼干、一把麻醉枪,还有大量的麻醉药。看来他打算继续干下去。"

"我很高兴他死了。缇娜怎么样了?"

"在明尼苏达州的家里,和她母亲在一起。"马克回答说,"我听诺拉·蕾说,在被绑架前不久,缇娜发现自己怀孕了。可惜孩子没了,她现在很痛苦。不过她的母亲给了她很大的支持,她会留在家里直到夏天结束,然后再决定下一步的打算。她失去了三个最好的朋友,说实话我不知道如何才能从这种痛苦中解脱出来。不过她和诺拉·蕾走得很近,也许她们可以相互帮助,诺拉·蕾说在未来的一段时间里会经常去看她。明尼苏达州的夏天比较凉爽,诺拉·蕾很喜欢这一点。好了,该你了。你父亲和蕾妮怎么样了?"

"他们在俄勒冈。还有五周我就毕业了,在我毕业前的这段日子里,他们打算什么都不做,每天就到海边散散步,打打高尔夫球。我给了爸爸两天的时间,让他去处理在当地接到的第一起凶杀案。俄勒冈的那帮警察永远不会知道发生了什么事。"

"有人死了,然后就可以旅行了?"马克取笑她说。

"差不多这个意思。"

"那你呢？"他的手指轻轻划过她的脸颊，然后慢慢下滑，最后落在她的腰间，"未来的这几周你打算做什么？"

"我是一个新特工。"金柏莉平静地说。她把手放在他结实的臂弯里，"没有太多发言权，你会被分配到指定的地方。"

"可以列出自己的倾向吗？"

"可以。我说亚特兰大很不错。当然，没有什么原因。"

"没有原因？"他的双手开始不安分起来，一路向上探索，直到柔软的胸部。

"好吧，还是有点原因的。"

"那你什么时候能知道结果呢？"

"昨天。"

"你的意思是……"

她笑了起来，又觉得有点尴尬，于是赶紧把头扭开。"没错，我很幸运。亚特兰大办事处非常大，他们需要很多特工。我想我要开始学会拉长调子慢吞吞地说话，还有喝可乐。"

"我想让你见见我的家人。"马克立刻接口说。他把她拥得更紧了。她不知道他会怎么想。两个人都那么忙，你永远都不知道……

不过他一直在笑，蓝色的眼睛里闪烁着灿烂的光芒。他俯下头，再次吻上她。"哦，这肯定会很有意思！"

"我会把刀带上！"她无力地警告他。

"我妹妹肯定会很兴奋。"

"我尽量不去催你，要知道我们两个都很忙。"

"别说话，来吻我。"

"马克……"

"金柏莉,你太美了,我爱你!"

她不知道该说些什么,只好拉着他的手,低声呢喃,然后把双唇压在他的嘴上。

两人一起走在林中,耳畔是轻柔的微风,头顶的阳光依然明媚。

PS. 金柏莉的姐姐与妈妈的故事请见本系列之《下一个意外》。昆西与蕾妮的故事请见本系列之《第三个受害者》。

THE KILLING HOUR BY LISA GARDNER
Copyright: © 2003 BY LISA GARDNER,INC
This edition arranged with JANE ROTROSEN AGENCY LLC
through BIG APPLE AGENCY,INC.,LABUAN,MALAYSIA.
Simplified Chinese edition copyright:
2015 BEIJING ALPHA-BOOKS.CO.,INC.
All rights reserved.

版贸核渝字（2013）第61号
图书在版编目（CIP）数据

双重失踪 /(美) 嘉娜著；李静，黄静雅译. -- 重庆：
重庆出版社, 2015.8
（FBI心理分析员系列）
书名原文: The Killing Hour
ISBN 978-7-229-09820-9

Ⅰ.①双… Ⅱ.①嘉… ②李… ③黄… Ⅲ.①长篇小说—美国—现代 Ⅳ.①I712.45

中国版本图书馆CIP数据核字（2015）第100323号

FBI心理分析员系列：双重失踪
FBI XINLIFENXIYUANXILIE SHUANGCHONGSHIZONG

［美］丽莎·嘉娜 著
李 静 黄静雅 译

出 版 人：罗小卫
策　　划：华章同人
出版监制：王舜平
策划编辑：张慧哲
责任编辑：刘美慧
责任印制：杨 宁
营销编辑：王丽红
装帧设计：主语设计

重庆出版集团
重庆出版社 出版

（重庆市南岸区南滨路162号1幢）

投稿邮箱：bjhztr@vip.163.com

三河市九洲财鑫印刷有限公司　印刷
重庆出版集团图书发行有限公司　发行
邮购电话：010-85869375/76/77转810

重庆出版社天猫旗舰店
cqcbs.tmall.com

全国新华书店经销

开本：880mm×1230mm　1/32　印张：13.25　字数：300千
2015年8月第1版　2015年8月第1次印刷
定价：39.80元

如有印装质量问题，请致电023-61520678

版权所有，侵权必究